작년을 기다리며

Now Wait for Last Year

NOW WAIT FOR LAST YEAR

필립 K. 딕 걸작선

작년을 기다리며
Now Wait for Last Year

♦

김상훈 옮김

폴라북스

◖ 등장인물

에릭 스위트센트 │ 장기이식 전문의

캐서린 스위트센트 │ 에릭의 아내. 티화나 모피 염료(TF&D)사의 골동품
수집 담당자

버질 L. 애커먼 │ TF&D사 사장

조나스 애커먼 │ 버질 애커먼의 증종손. TF&D사 전해조(電解槽) 부문
담당자

필리스 애커먼 │ 버질 애커먼의 증종손녀. TF&D사 이사회 중역

브루스 히멀 │ TF&D사 공장 직원

지노 몰리나리 │ UN 사무총장

메리 라이네케 │ 몰리나리의 애인

해리 티가든 │ 몰리나리의 주치의

돈 페스텐버그 │ 몰리나리의 고문 변호사

버트 해즐틴 │ JJ-180 제조사인 해즐틴 사의 사장

프레넥시 │ 릴리스타의 수상

로저 코닝 │ 릴리스타의 경찰관

◑ 차례

낸시 해켓에게 바친다
··· 그대가 해를 즈려밟고 오르며,
그보다 더 찬란하게 빛날 수 있는 길.

—헨리 본

키위새 모양을 한 낯익은 빌딩은 평소와 마찬가지로 거무스름한 빛을 발하고 있었다. 에릭 스위트센트는 자가용을 접어서 좁다란 전용 주차 공간에 가까스로 집어넣었다. 아침 8시부터 출근해야 하다니 정말 한심했다. 이렇게 이른 시간인데도 사장인 버질 L. 애커먼은 TF&D 사의 사옥 문을 열고 이미 업무를 개시하고 있었다. 아침 8시에 그토록 맑은 머리를 유지할 수 있다니 가당키나 한 얘기인가. 의사인 스위트센트는 곰곰이 생각에 잠겼다. 이런 행위는 신의 섭리에 반하는 일이다. 설마 이런 세상이 올 줄이야. 전쟁통에는 인간의 그 어떤 기행奇行도 용인되는 것일까, 애커먼 같은 노인의 행동조차도 말이다.

이런 생각을 하면서도 에릭은 보행로 쪽으로 가려고 했지만 그의 이름을 부르는 소리를 듣고 발을 멈췄다.

"아, 스위트센트 씨! 잠깐만 기다려주시겠습니까!" 코가 멘 듯한, 심하게 귀에 거슬리는 로번트*의 목소리였다. 로번트가 팔다리를 열심히 흔들어대며 자기 쪽으로 다가오는 것을 보고 에릭은 마지못해 멈춰 섰다. "티화나 모피 염료사의 스위트센트 씨가 맞으시죠?"

에릭은 로번트의 무례한 태도에 기분이 상했다. "스위트센트 선생님이라고 불러."

"청구서를 가지고 왔습니다." 로번트는 몸통에 달린 금속제 파우치에서 흰색 종이쪽지를 재빨리 꺼냈다. "사모님인 캐서린 스위트센트 부인이 세 달 전에 〈만인을 위한 꿈나라에서의 행복한 시절〉 계좌에서 외상으로 구입하신 물품 청구서입니다. 65달러에 16퍼센트의 수수료가 붙습니다. 연체 관련 법규에 관해서는 잘 아시겠죠. 바쁘신데 방해해서 죄송합니다만, 지불하지 않으시면, 흠흠, 법을 어기는 일이 됩니다."

로번트는 마지못해 호주머니에서 수표책을 꺼내드는 에릭을 주시했다.

"이번엔 도대체 뭘 샀는데?"

에릭은 수표에 금액을 써넣으면서 넌더리 난다는 어조로 물었다.

"럭키스트라이크 담뱃갑입니다, 선생님. 1940년대에 제조된 녹색의 고색창연한 진품이죠. 제2차 세계대전 중에 담뱃갑 디

---

* robant. 로봇 하인. robot과 servant를 합친 조어이다.

자인이 바뀌기 전의 물건입니다. '럭키스트라이크는 전쟁을 하러 갔다' 어쩌고 하는 선전 문구는 선생님도 들어보셨죠." 로번트는 킥킥 웃었다.

믿기 힘들었다. 뭔가 이상하다. "하지만 그런 물건의 대금은 회사에서 치르는 게 아니었어?" 에릭은 반문했다.

"이 경우는 그렇지 않습니다, 선생님." 로번트는 잘라 말했다. "절대로 아닙니다. 사모님은 개인적인 구매라고 명명백백하게 밝히셨습니다." 그러고는 에릭이 단박에 거짓말임을 직감한 이런 설명을 덧붙였다. 그러나 로번트가 거짓말을 하는 것인지 캐시가 거짓말을 하는 것인지는 적어도 즉각 판단하기는 힘들었다. "사모님은 피츠버그-39를 건설하고 계시답니다." 엄숙한 어조였다.

"말 같지도 않은 소리." 에릭은 서명을 한 수표를 로번트를 향해 휙 던졌다. 로번트가 펄럭거리며 떨어지는 종잇조각을 잡으려고 악전고투하는 사이에 그는 자리를 떴고, 보행로 쪽으로 걸어갔다.

럭키스트라이크 담뱃갑이라. 또 캐시의 병이 도진 거로군. 에릭은 뚱한 표정으로 생각했다. 그놈의 창조적 충동은 꼭 이렇게 돈을 낭비해야만 충족시킬 수 있단 말인가. 게다가 언제나 자기 봉급으로도 감당하기 힘든 비싼 것들만 골라 사는 이유는 또 뭘까. 유감스럽게도 캐시가 나보다 조금 더 많이 버는 것은 사실이지만 말이다. 하여튼 왜 미리 귀띔해주지 않았을까? 이런 유의 비싼 물건을 사놓고……

물론 답은 뻔했다. 이 청구서만 보아도 문제가 무엇인지는 넌더리가 날 정도로 명명백백하지 않은가. 에릭은 생각에 잠겼다. 캐시와 그의 봉급을 합치면 만만치 않은 액수가 되고, 그럭저럭 사리분별이 있는 성인 남녀 한 쌍이 풍족하게 생활하는데는 아무 지장도 없다. 설령 전쟁 탓에 물가가 폭등했다고 해도 말이다. 15년 전의 그였다면 이렇게 말했을 것이고, 실제로도 그렇게 말했다.

그러나 현실은 반드시 그런 식으로 흘러가지는 않았다. 그리고 앞으로도 그렇게는 되지 않을 것이라는 확고부동한 직감이 마음속 깊은 곳에서 우러러나오는 것을 에릭은 자각했다.

TF&D사의 사옥에 들어간 에릭은 자기 사무실로 통하는 복도로 다이얼을 맞췄다. 생각 같아서는 위층에 있는 캐시의 사무실로 가서 당장 호통을 치고 싶었지만 억지로 참았다. 나중에 그러면 된다. 일이 끝나고, 저녁 먹을 때 그러면 되지 않는가. 염병할, 오늘 할 일만 해도 산더미처럼 쌓여있다. 이런 상황에서 언제 끝날지도 모르는 말싸움을 시작할 기력은 도저히 생겨나지 않았다. 과거에도 마찬가지였다.

"안녕하세요, 선생님."

"여어." 에릭은 흐릿해 보이는 비서를 향해 고개를 까닥해 보였다. 미스 퍼스는 오늘은 광택이 있는 휘분輝粉이 섞인 파란색 스프레이로 몸을 장식하고 있었다. 그것이 천장의 조명을 반사하면서 몸 전체가 반짝거린다. "히멀은 어딨어?" 주차장에는 이미 하청 공장들의 차가 도착하고 있는데도 최종 공정 품질관리 검사원의 모습은 어디에도 보이지 않았다.

"브루스 히멀 씨한테서는 늦을지도 모르겠다는 전화 연락이 있었습니다. 샌디에이고 시립 도서관으로부터 피소를 당해서 법정에 출두해야 한다는군요." 미스 퍼스는 이렇게 말하며 그를 향해 애교스러운 미소를 지어 보였다. 그러자 한 점의 흠결도 없는 칠흑의 합성 치아가 드러났다. 1년 전에 텍사스 주 아마릴로에서 전근 온 그녀를 따라온 섬뜩한 유행이다. "도서관 경찰이 어제 히멀 씨의 조합아파트를 강제 수색하다가, 스무권 넘는 도난 서적들을 찾아냈다고 하네요— 브루스는 아시다시피 물건을 빌리는 걸 두려워하는 강박 증세가 있어서…… 그걸 전문 용어로 뭐라고 하더라?"

에릭은 안쪽 사무실로 들어갔다. 그가 혼자서만 쓰는 방이었다. 버질 애커먼이 직책에 걸맞은 대우 어쩌고 하며 그에게 떠맡긴 곳이다— 봉급을 올려주는 대신 말이다.

놀랍게도 사무실 안에는 캐시가 와 있었다. 창가에 서서 달착지근한 냄새가 나는 멕시코 산 담배를 피우며, 도시 남쪽에 펼쳐진 바하 캘리포니아 특유의 황량한 고동색 야산을 바라보고 있다. 오늘 아침에 일어난 이래 처음으로 얼굴을 본다. 캐시는 남편인 에릭보다 한 시간 더 일찍 일어나서 옷을 입고 혼자 아침을 먹은 후 자기 차로 출근했기 때문이다.

"무슨 일이야?" 에릭은 굳은 표정으로 말했다.

"일단 들어와서 문을 닫아." 캐시는 뒤를 돌아보았지만 에릭과 눈을 맞추지는 않았다. 날카롭고 섬세한 아름다움을 가진 얼굴에는 깊은 생각에 잠긴 듯한 표정이 떠올라있었다.

에릭은 문을 닫았다. "내 사무실에 초청해줘서 고마워."

"당신이 오늘 아침 그 빌어먹을 수금 로번트한테 잡힐 건 이미 알고 있었어." 먼 곳에서 들려오는 듯한 목소리.

"거의 80달러에 달하더군. 연체료까지 합치면."

"그래서, 지불했어?" 캐시는 이렇게 말하며 처음으로 에릭과 흘끗 눈을 마주쳤다. 마스카라로 검게 칠한 속눈썹이 바르르 떨린 것은 내심 초조한 탓일까.

"아니." 에릭은 비꼬는 듯한 어조로 대꾸했다. "그 자리에 꼼짝 않고 서서 로번트의 총을 맞았어." 그는 옷장에 웃옷을 걸었다. "물론 지불했어. 몰리나리가 신용 구매 시스템을 완전히 폐지해버린 뒤로는 누구든 무조건 그래야 하잖아. 당신은 관심 없을지도 모르지만, 기한 내에 대금을 지불하지 않으면—"

"그만." 캐시가 말했다. "설교는 듣고 싶지 않아. 로번트는 뭐래? 내가 피츠버그-39를 건조하는 중이라고 했어? 그건 거짓말이야. 내가 초록색 럭키스트라이크 담뱃갑을 산 건 선물로 쓰기 위해서였어. 당신 몰래 내가 베이비랜드를 건설할 리가 없잖아. 어차피 우리 두 사람이 공유하게 될 텐데."

"피츠버그-39는 해당 안 돼. 난 1939년이든 언제든 피츠버그에 살아본 적이 없어." 에릭은 책상 앞에 앉아서 영상인터컴의 스위치를 눌렀다. "출근했습니다, 미시즈 샤프." 그는 버질 애커먼의 비서에게 알렸다. "오늘은 기분이 어떠신지? 어젯밤

14

의 전쟁채권 시위는 잘 마치고 귀가했습니까? 주전론자들의 피켓에 머리를 얻어맞거나 하진 않으셨고?" 에릭은 인터컴을 끊은 다음 캐시에게 사정을 설명했다. "루실 샤프는 열렬한 평화주의자야. 회사가 직원의 정치 활동을 허용하는 건 참 좋은 일이라고 생각하지 않아? 그보다 더 좋은 건 그러기 위해 돈 한 푼 들일 필요가 없다는 거야. 정치 집회의 입장료는 무료거든."

"하지만 함께 기도하거나 합창을 해야 하잖아. 게다가 싫든 좋든 그 채권을 사야 하고."

"그 담뱃갑은 누구한테 선물한 거야?"

"버질 애커먼이야, 물론." 캐시는 두 갈래의 잿빛 연기를 공중에 뿜었다. "내가 어딘가 다른 회사에서 일했으면 좋겠어?"

"물론. 더 좋은 직장이 있다면야."

캐시는 생각에 잠긴 표정으로 말했다. "에릭, 당신이 뭐라고 생각하든 간에 내가 이 회사를 떠나지 않는 건 높은 연봉 때문이 아냐. 난 이 회사가 전쟁 수행에 기여하고 있다고 생각해."

"이 회사가? 어떻게?"

그러자 사무실 문이 열렸다. 미스 퍼스가 역광逆光을 받은 채로 에릭을 향해 몸을 돌리자 앞으로 튀어나온 두 유방이 문틀을 스쳤다. "어머, 선생님, 바쁘신데 죄송하지만 조나스 애커먼 씨가 오셨답니다— 공장의 전해조電解槽 책임자이고, 버질 사장님의 증종손이신 분 말이에요."

"여어, 공장은 어떤가, 조나스?" 에릭은 방으로 들어온 사장의 증종손에게 손을 내밀며 말했다. 두 사내는 악수를 나눴다.

"야근 중에 거품 속에서 뭐가 튀어 나오거나 하진 않았어?"

"정말로 그런 일이 일어났다면 작업원으로 둔갑해서 정문을 통해 당당하게 나갔겠지." 조나스는 이렇게 대꾸했고, 그제야 캐시가 와있는 것을 깨달았다. "안녕하십니까, 스위트센트 부인. 워싱턴-35에서 소품으로 쓰려고 최근 입수했다는 그 풍뎅이 모양을 한 차를 저도 봤습니다. 폴크스바겐이라고 하던가? 그런 이름이었던가요?"

"크라이슬러 에어플로예요." 캐시가 대답했다. "좋은 차지만, 설계 결함으로 무른 금속을 너무 많이 썼죠. 그 탓에 시장에서는 참패했어요."

"대단하십니다." 조나스는 감탄한 표정으로 말했다. "뭔가에 관해 그토록 샅샅이 안다니, 기가 막히군요. 역시 팔방미인 따위는 필요 없나 봅니다— 그러는 것보다는 차라리 당신처럼 한 우물을 파는 편이—" 그제야 그는 스위트센트 부부가 음울하게 입을 다물고 있는 것을 알아차렸다. "혹시 방해가 된 건가?"

"육체적 안락보다는 회사 일이 먼저야." 에릭은 대꾸했다. 이 친족 회사의 복잡다단한 서열의 맨 끄트머리에 위치한 사내였지만, 오히려 이렇게 끼어들어줘서 다행이었다. "캐시, 미안하지만 자리를 피해줘." 에릭은 군이 쾌활함을 가장하려고 들지 않았다. "저녁 먹으면서 얘기하자고. 지금 로번트 수금원이 구조적으로 거짓말을 할 능력이 있는지 없는지를 가지고 이러쿵저러쿵 하기에는 너무 바빠." 에릭은 아내를 사무실 문까지 배웅했다. 캐시는 저항하지 않고 순순히 나갔다. 에릭은 나직하게 말했다. "그 로번트 녀석도 세상 사람들과 마찬가지로 당신을 우롱하고 싶어한 거 아냐? 입이 싼 녀석들이지." 에릭은 그녀의 등 뒤에서 문을 닫았다.

잠시 후 조나스 애커먼이 어깨를 으쓱하고 말했다. "흐음, 요즘 결혼이라는 게 다 그렇지, 뭐. 공인된 원수 사이랄까."

"왜 그런 소리를 하는 거지?"

"분위기만으로도 뻔하던데, 뭐. 찬바람이 쌩쌩 불어서 얼어 죽는 줄 알았다니까. 부부가 같은 회사에서 일하면 안 된다는 사규라도 있으면 좋을 텐데 말이야. 아니면 아예 같은 도시에서는 일을 못 하게 한다든가." 이렇게 말하고 씩 웃자 조나스의 젊고 갸름한 얼굴에서 심각한 표정이 씻은 듯이 사라졌다. "하지만 캐시는 정말 유능해. 캐시가 우리 회사에 취직하고 나서 버질이 다른 골동품 수집 담당들을 서서히 해고해버린 것만 봐도 알 만하잖나…… 그 얘긴 이미 들었겠지만."

"수없이 들었지." 거의 매일. 에릭은 쓰디쓴 기분으로 생각했다.

"차라리 이혼해버리면 어때?"

이 말에 에릭은 어깨를 으쓱했다. 짐짓 달관한 것처럼 보이도록 계산된 제스처였다. 상대가 정말로 그렇게 받아들여주면 좋을 텐데.

그러나 에릭의 이런 노력은 결국 헛수고로 끝난 듯하다. 조나스는 "그럼 만족하고 있다는 거야?"라고 되물었기 때문이다.

"그런 뜻이 아냐." 에릭은 체념한 어조로 대꾸했다. "난 예전에도 한 번 결혼한 적이 있고, 그때 상황도 지금하고 하등 다르지 않았다는 뜻이야. 캐시와 이혼한다면 보나마나 난 또 결혼할 거야. 정신분석의의 말에 의하면 난 남편이자 아버지이자 돈 잘 벌어오는 봉급쟁이의 역할을 통해서만 자기 정체성을 찾을 수 있는 위인이라서 그렇다는군. 이혼해봤자 다음 결혼 상대도 또 캐시 같은 타입이 될 게 뻔해. 워낙 내 성질머리가 그렇다네." 에릭은 고개를 들고 애써 자조적이고 신랄한 표정으로 조나스를 응시했다. "무슨 용건으로 왔나, 조나스?"

"출장 명령이야." 조나스 애커먼은 쾌활하게 말했다. "중역 모두 화성으로 가야 해. 자네도. 회의라는군! 적어도 우린 버질 할배 자리에서 최대한 떨어진 곳에 죽치고 있자고. 그럼 골치 아픈 회사 일이나 전쟁이나 지노 몰리나리에 관해 이러쿵저러쿵 안 해도 되니까 말이야. 게다가 고속 우주선이기 때문에 편도 비행에 여섯 시간밖에는 안 걸려. 화성에 갔다가 오는 동안 내내 서 있기는 싫으니 우리가 앉을 좌석만은 확실하게 확보해놓아야겠지만."

"화성에서는 얼마나 오래 머무를 건데?" 에릭은 이번 출장이 전혀 내키지 않았다. 오랫동안 자기 일을 팽개쳐두어야 하기 때문이다.

"내일이나 내일 모레까지는 틀림없이 돌아올 거야. 생각해보면 좋은 소식 아닌가. 와이프하고도 잠시 떨어져있을 수 있는 기회야. 캐시는 본사에 남을 테니. 좀 웃기는 얘긴데, 영감은 워싱턴-35에 행차할 때 골동품 전문가들을 함께 데리고 가는 법이 없더라고…… 혼자서만 그런 장소의, 뭐랄까, 마법에 푹 빠지고 싶어서 그런 걸까……. 나이가 들수록 점점 더 그런 경향이 강해지는 것 같아. 자네도 130살이나 되면 그걸 좀 이해할 수 있을지도 모르겠군― 아마 나도. 그때까진 영감의 변덕을 받아주는 수밖에." 그러고는 우울한 어조로 덧붙였다. "에릭, 자넨 주치의니까 이미 알겠지만, 버질은 결코 죽지 않을 거야. 몸 안의 교환 가능한 어떤 장기가 고장 나든 간에, 예의 '어려운 선택'을 내리고 삶을 포기할 위인이 아니니까 말이야. 이따금 버질의 그런― 낙천적인 태도가 부러워질 때도 있긴 해. 삶을 그토록 사랑하고, 삶에 그토록 애착을 가질 수 있다는 사실이 말이야. 하지만 우리처럼 인생에 찌든 평범한 작자들은……" 이러면서 조나스는 에릭을 훑어보았다. "기껏해야 서른 살이나 서른세 살에도―"

"난 지금도 충분히 원기왕성해." 에릭은 대꾸했다. "앞으로 살날도 한참 남았고 말이야. 그러니까 어떤 식으로든 찌든다거나 할 일은 없을 거야." 그는 웃옷 주머니에서 로번트 수금원이 건넨 청구서를 꺼내들었다. "기억을 뒤져봐. 세 달쯤 전에 워싱턴-35에서 초록색 바탕의 럭키스트라이크 담뱃갑을 본 적이 없나? 캐시가 들여놓은 물건 중에서?"

잠시 침묵이 흐른 후 조나스 애커먼은 말했다. "가련한 친구 같으니라고. 의심하는 것도 정도가 있지. 기껏 생각해낸다는 게 그런 거야? 어이, 의사 친구, 이 회사에서 자기 일에 집중하지 못한다면 자넨 그걸로 끝장이야. 인사부에는 버질의 주치의로 취직하고 싶어하는 장기이식 전문의들의 이력서가 스무 통이나 쌓여있다고. 버질은 재계 거물인 데다가 전쟁 수행에는 필수 불가결한 인물이니까 말이야. 주치의는 반드시 자네여야 한다는 특별한 이유가 있는 것도 아니고." 조나스는 동정심과 비난이 묘하게 뒤섞인 표정으로 말했다. 에릭 스위트센트는 내심 움찔했다. "솔직히 말해서, 만약 내 심장이 고장난다면— 아마 언젠가는 그렇게 되겠지만— 자네에게 진료받고 싶은 생각은 별로 안 드는군. 자넨 사생활에 너무 얽매여있어. 자기 일에만 너무 신경을 쓰는 나머지 우리 지구의 운명 따위에는 관심도 없는 듯하고. 빌어먹을, 무슨 얘긴지 모르겠어? 우린 죽느냐 사느냐 하는 전쟁을 하고 있다고. 게다가 지고 있어. 우리 군이 매일 박살나고 있다고!"

사실이다. 에릭은 깨달았다. 게다가 우리가 받드는 지도자는 병과 우울증으로 의기소침해진 인물이 아니던가. 그리고 티화나 모피 염료사는 그 병약한 지도자를 지탱하고, 그가 가까스로 현재 지위를 유지할 수 있도록 조력을 아끼지 않는 대기업 중 하나였다. 버질 애커먼 같은 최고위층 거물과 긴밀한 친분 관계가 없었다면 지노 몰리나리는 진작에 실각했거나, 죽었거나, 양로원에서 살고 있었을 것이다. 나도 그쯤은 안다. 그러나 인간에게는 개인 생활이라는 것이 있지 않은가. 사실, 수렁에 빠져 옴짝달싹도 할 수 없게 되어버린 캐시와의 결혼 생활도 내가 원해서 그렇게 된 것은 아니다. 그런데도 내 말에 토를 달아야겠다면, 그건 자네가 구원의 여지가 없는 애송이이기 때문이야. 자유로운 청춘 시절을 졸업해서 지금 내가 살고 있는 어른의 세계에 도달하지 못한 자네 잘못이란 뜻이야. 경제적으로도, 정신적으로도, 또 성적 매력이라는 면에서도 자네를 압도하는 여자와 결혼해본 적이 있기는 해?

본사 건물에서 나오기 전에 에릭 스위트센트는 혹시 브루스 히멀이 출근했는지를 알아보려고 전해조 시설에 들렀다. 히멀은 와있었다. 결함 판정을 받은 레이지 브라운 도그Lazy Brown Dog들이 잔뜩 든 거대한 바구니 옆에 서있다.

"다시 녹여버려." 애커먼 일족의 최연소 구성원인 조나스가 히멀을 향해 불량 제어구制御球 하나를 툭 던지며 말하자, 히멀은 아무 말 없이 특유의 공허하고 종잡을 수 없는 미소를 떠올렸다. 제어구는 TF&D사의 조립 라인에서 생산된 것이었고, 검사에 합격했다면 행성간 우주선의 지령 유도 장치에 접속되었을 중요 부품이었다. "실은 말이지." 조나스는 에릭에게 말했다. "여기 있는 제어 장치들을― 그러니까, 불량 판정을 받은 것 말고 육군에 납품될 예정인 것들을 십여 개쯤 골라 검사해보면, 1년, 아니 반 년 전에 생산된 것과 비교하더라도 반응시간이 몇 마이크로초쯤 느려진 걸 알 수 있을 거야."

"아니 그럼, 품질 기준이 낮아졌다는 건가?" 에릭은 반문했다.

믿기 힘들었다. TF&D사의 제품은 전쟁 수행에는 필수 불가결한 것이었다. 지구군에 의한 모든 군사작전의 성패가 이 사람 머리통만 한 제어구에 달려있다시피 한 것이다.

"낮아졌지." 그러나 조나스는 그런 사실에도 전혀 개의치 않는 듯했다. "얼마 전까지만 해도 불량 판정을 받는 비율이 너무 높았거든. 그 탓에 이익을 낼 수가 없었어."

히멀이 더듬거리며 말했다. "이, 이따금 화성박쥐의 구아노〔鳥糞石〕로 비료를 만들던 시절로 돌아가고 싶다고 생각할 때가 있습니다."

과거에 TF&D사는 화성의 펄럭박쥐가 갈겨놓은 똥을 모아서 최초의 수익을 올렸고, 그것을 바탕으로 또다른 비非지구산 생명체인 화성의 프린트 아메바를 이용한 고수익 사업에 뛰어들었다. 이 놀랄 만한 단세포생물은 다른 생물—특히 자기와 같은 크기의 것—들의 모습을 모방함으로써 살아남는 능력을 가지고 있었다. 그 광경을 목격한 지구의 우주비행사들과 UN 관리들에게는 단지 재미있는 구경거리에 불과했지만, 그것을 최초로 상품화할 생각을 한 사람은 박쥐똥 비료의 성공으로 큰 명성을 얻은 버질 애커먼이었다. 애인 하나가 입고 있던 고가의 모피 숄을 이 프린트 아메바에게 보여주자, 아메바는 불과 몇 시간 만에 똑같은 모피 숄을 복제해냈던 것이다. 버질 입장에서는 실질적으로 두 개의 숄을 소유한 것이나 마찬가지였다. 그러나 아메바는 모피로 있는 것에 싫증을 내고 다시 원래 모양으로 되돌아왔다. 개량할 필요가 있다는 결론이 나왔다.

몇 달이나 연구를 거듭한 결과 해결책이 나왔다. 변신한 아메바를 죽인 다음 그 사체를 정착액이 든 전해조에 넣어 화학적으로 처리하면, 바뀐 모양 그대로 고정할 수 있었다. 아메바는 부패하지 않으므로 복제품은 오리지널과 구분이 가지 않았다. 버질 애커먼은 재빨리 멕시코 티화나에 가공공장을 세웠고, 화성 현지에 자리잡은 자사 시설에서 생산되는 온갖 종류의 모조 모피 원단을 받아들여 대대적인 생산에 착수했다. 지구의 천연 모피 시장은 하루아침에 붕괴했다.

전쟁은 모든 것을 바꿔놓았다.

그러나 전쟁으로 바뀌지 않은 것이 어디 있단 말인가? 릴리스타인들과 평화 조약을 맺었을 때, 이렇게까지 사태가 악화되리라고 그 누가 예상할 수 있었을까? 릴리스타인들과 그 수상인 프레넥시가 장담한 바에 의하면, 릴리스타는 은하계 최강의 군사력을 보유한 종족이고, 그들의 적인 리그인들은 군사적으로도, 기타 모든 면에서도 릴리스타의 상대가 되지 않으므로 전쟁은 단기간에 끝날 것이었다.

전쟁 자체도 충분히 비참하지만, 전쟁에 지고 있다는 사실만큼이나 사람을 퍼뜩 제정신으로 돌아오게 하고, 과거에 자신이 내렸던 결정을 비판적으로—헛되이—돌이켜보게 만드는 것도 없지 않을까. 에릭은 곰곰히 생각했다. 릴리스타와 맺은 평화 조약이 그런 결정의 대표적인 예이다. 혹시 최근 들어 후회한 일이 없느냐는 질문을 받았다면, 상당수의 지구인들에게서도 같은 대답이 돌아왔을 것이다. 그러나 최근 들어서는 몰리나리든 릴리스타 정부든 지구인들의 의견 따위를 들으려 하지는 않았다. 사실, 몰리나리의 의견마저 아무 효력을 발하지 못한다

23

는 것이 중론이었다. 사람들은 술집이든 자기 집 거실이든 장소를 가리지 않고 공공연하게 이 사실을 거론했다.

리그인들과의 전쟁이 시작되자마자 티화나 모피 염료사는 사치품인 모조 모피의 제조를 중단하고 다른 제조업 회사들과 마찬가지로 군수품 생산을 시작했다. 우주선 조종장치의 핵심 단체單體 부품인 레이지 브라운 도그를 신묘할 정도로 정확하게 복제하는 일은 TF&D사의 주력 생산 라인과 처음부터 신통하게 궁합이 맞았기 때문에, 생산 시설의 전환은 아무 지장도 없이 신속하게 이루어졌다. 에릭 스위트센트는 불량품이 잔뜩 들어있는 바구니를 앞에 두고, 멍한 상념에 잠겼다. 이 회사에서 일하는 사람이라면 누구나 한 번씩은 생각해본 일이었다. 이 제어구들은 결함 판정을 받기는 했지만 정밀 부품이라는 데는 변함이 없으므로, 어디에든 재활용할 방법은 없을까. 에릭은 제어구 하나를 집어 들어 어루만졌다. 무게는 야구공 정도이고, 크기는 그레이프프루트만 하다. 히멀에게 결함 판정을 받은 경우 어떻게 손쓸 방도가 없다는 것은 확실해 보인다. 에릭은 몸을 돌려 손에 쥔 제어구를 재활용 장치의 깔때기 모양을 한 투입구에 던져 넣으려고 했다. 제어구의 불휘발성 플라스틱은 그곳에서 용해되어 원래의 유기 세포로 돌아가게 된다.

"잠깐." 히멀이 목쉰 소리로 말했다.

에릭과 조나스는 히멀 쪽을 흘끗 보았다.

"녹이지 말아주십쇼." 히멀은 이렇게 말하고 볼품없는 몸을 곤혹스러운 듯이 뒤틀며 팔짱을 꼈다. 길고 울퉁불퉁한 손가락이 꿈틀거린다. 히멀은 멍하게 입을 벌리더니 웅얼거리듯이 말했다. "이젠 더 이상— 녹이지 않습니다. 어차피 원자재 값으로는 한 개당 4분의1센트에 불과합니다. 그 바구니에 든 걸 모두 합쳐도 1달러 정도밖에는 안 되죠."

"그래서?" 조나스가 반문했다. "그래도 버릴 수는 없는 노릇이잖아."

히멀은 중얼거렸다. "제가 살 겁니다." 그는 바지 호주머니를 뒤지기 시작했다. 한참이나 그렇게 악전고투하다가 지갑을 겨우 꺼냈다.

"그런 걸 사서 어디 쓰려고?" 조나스가 힐문했다.

"한 가지 계획을 세워놓았습니다." 히멀은 잠시 침묵했다가, 겨우 입을 열었다. "저는 레이지 브라운 도그 결함품 하나 당 반 센트를 지불합니다. 원래 가격의 두 배를 내는 거니까 우리 회사에는 이득입니다. 그러니까 반대하는 사람이 있을 것 같지는 않습니다만?" 그가 곤혹스러운 표정으로 목소리를 높였다.

조나스는 상대방을 주시하며 대꾸했다. "반대하는 사람은 없어. 그냥 왜 그런 걸 사려는지 궁금해서 물어본 거야." 그러고는 묻는 듯한 눈으로 에릭을 흘낏 곁눈질했다.

"으음, 제가 쓸 겁니다." 히멀은 음울하게 대답하고 몸을 돌려 가까이 있는 문을 향해 휘적휘적 걸어갔다. "거기 있는 것들은 모두 제 겁니다. 대금은 제 월급에서 공제해놓았으니까요." 히멀은 문을 열면서 어깨 너머를 향해 이렇게 말하고는 주춤주춤 비켜섰다. 얼굴이 검붉게 상기해있는 것은 틈입자들에 대한 분노와 마음속 깊숙이 각인된 병적인 불안감의 소산이리라.

방 안에서는—아무래도 창고인 듯하다—1달러 은화 크기의 바퀴가 달린 조그만 수레들이 굴러다니고 있었다. 스무 대 이상 있다. 기민하게 충돌을 회피하며 바삐 돌아다니고 있다.

에릭은 모든 수레 위에 레이지 브라운 도그가 한 개씩 부착되어 수레의 움직임을 제어하고 있다는 사실을 깨달았다.

잠시 후 조나스는 코 옆쪽을 문지르며 그르렁거리듯이 말했다. "동력은 어디서 얻나?" 그는 허리를 굽히고 발치를 굴러가던 수레 하나를 낚아채는 데 성공했다. 갑자기 들어 올려진 수레의 바퀴가 공전했다.

"A형 건전지 한 개입니다. 10년은 충분히 가죠." 히멀은 말했다. "전지 값도 반 센트밖엔 안 됩니다."

"그럼 자네가 여기 있는 수레들을 만든 건가?"

"예, 애커먼 부장님." 히멀이 조나스가 들고 있던 수레를 받아서 다시 바닥에 내려놓자 수레는 또다시 힘차게 달리기 시작했다. "여기 있는 것들은 아직 밖으로 내보낼 수가 없는 최근 것들입니다." 히멀이 설명했다. "수레도 연습이 필요해서요."

"그런 다음에는 자유롭게 풀어준다는 거로군." 조나스가 말했다.

"그렇습니다." 히멀은 거의 대머리에 가까운 커다랗고 둥근 머리를 까닥했다. 뿔테 안경이 코끝으로 미끄러졌다.

"왜 그런 일을 하는 건데?" 에릭이 물었다.

가장 민감한 부분에 관해 단도직입적인 질문을 받은 탓인지 히멀은 얼굴을 붉히며 좀 안됐다 싶을 정도로 움찔댔다. 그러면서도 어딘가 자기 행동을 자랑스러워하는 듯한 도전적인 느낌도 있었다. "이 녀석들에게도 그만한 권리는 있으니까요." 그는 불쑥 말했다.

조나스가 말했다. "하지만 제어구의 원형질은 살아있는 게 아니잖아. 정착제로 처리한 시점에서 이미 죽었어. 자네도 알잖나. 그 순간부터 원형질의 모든 부분은 단순한 전기회로에 불과하고, 죽어있다는 점에서는— 흐음, 로번트와 하등 다를 게 없어."

히멀은 의연한 태도로 대답했다. "하지만 애커먼 부장님, 제가 보기에는 살아있습니다. 간혹 가다 불량 판정을 받고 심우주에서 우주선을 유도하지 못한다고 해도, 미미하게나마 끝까지 살아갈 권리가 없는 건 아니잖습니까. 제가 이렇게 움직이게 해주면 녀석들은 아마 6년 또는 그 이상 마음 내키는 대로 돌아다닐 수가 있으니까, 그걸로 충분하다고 생각합니다. 적어도 천수를 다한 게 되니까."

조나스는 에릭을 돌아보며 말했다. "만약 사장이 이걸 안다면—"

"애커먼 사장님은 알고 계십니다." 히멀은 즉시 대답했다. "허가를 해주셨죠. 아니, 정확히 말하자면 묵인해주셨다고 해야겠군요. 제가 회사에 대금을 지불하는 걸 아시니까요. 또 저는 퇴근 후 밤 시간에만 수레를 제작합니다. 제가 사는 아파트에 조립 라인을 만들어놓았죠. 아주 원시적이긴 하지만, 충분히 효과적입니다." 그러고는 이렇게 덧붙였다. "매일 새벽 1시까지 이걸 만들고 있습니다."

"밖에 내놓으면 무슨 일을 하나?" 에릭이 물었다. "그냥 시내를 돌아다니는 건가?"

"글쎄요. 저도 모르겠습니다." 히멀은 대꾸했다. 그 부분에 관해서는 전혀 관심이 없는 듯한 기색이었다. 수레를 만들어서 거기에 레이지 브라운 도그가 기능할 수 있도록 탑재하는 것으로 자기 일은 끝이라고 믿는 듯하다. 아마 히멀이 옳은지도 모르겠다. 시내로 내보낸 수레를 일일이 따라다니며 위험에서 지켜줄 수는 없는 일이니까 말이다.

"자넨 예술가로군." 에릭이 지적했다. 웃어넘겨야 할지 아니면 불쾌해해야 할지 도무지 감을 잡을 수가 없었다. 그러나 감동을 받지 않은 것만은 확실했다. 히멀의 이런 행위에는 어딘가 괴팍하고 기이한 데가 있었다— 부조리 그 자체다. 회사뿐만 아니라 자기 아파트로 돌아와서도 결함품들이 양지에서 살아갈 수 있도록 쉬지 않고 일하다니…… 그냥 놓아두면 다음에는 무슨 짓을 하려고 할지 알 게 뭔가? 게다가 다른 사람들이 훨씬 더 어리석고 불합리한 행위인 전쟁—그것도 질 것이 뻔한—으로 고생하는 와중에 이런 일에 몰두하다니.

아니, 바로 그런 배경이 존재하는 탓에 히멀의 행위도 그리 우스꽝스럽게 보이지 않는 것인지도 모른다. 시대상을 반영하고 있다고나 할까. 광기가 지구 전체를 물들이고 있다— 몰리나리를 위시해서, 정신의학적으로 명백하게 장애가 있는 이 말단 품질관리자까지 말이다.

조나스 애커먼과 함께 복도를 걸어가며 에릭은 말했다. "저 친구, 뇌가 녹아버렸군." 이것은 현재 정신이상을 가리키는 데 쓰이는 가장 노골적인 표현이었다.

"누가 봐도 그렇겠지." 조나스는 이제 됐다는 식으로 손짓을 했다. "하지만 이것 덕택에 버질 옹의 숨겨진 일면을 본 것 같기도 해. 히멀의 기행奇行을 묵인하고 있으니. 자기한테 한 푼의 득도 안 되는데도 말이야. 아니, 솔직히 말해서 난 기뻐. 버질은 훨씬 더 냉혹한 인간이라고 생각하고 있었거든. 저 불쌍한 미치광이를 당장 여기서 쫓아내서 릴리스타 성星의 강제 노동 수용소로 보내고도 남을 인물로 보고 있었지. 정말이지 끔찍한 운명이지, 그건. 히멀은 운이 좋았어."

"전쟁은 어떻게 끝날 거라고 생각하나?" 에릭은 물었다. "몰리나리가 리그 성과 단독 평화 조약을 체결해서 지구를 전쟁의 수렁에서 빠져나오게 할 거라고 생각하나? 그럼 릴리스타인들은 홀로 싸워야 하겠지— 전쟁은 그 작자들이 제멋대로 시작한 거니까 말이야."

"절대 그러지 못할걸." 조나스는 단언했다. "그럴 조짐이라도 있다면 프레넥시의 비밀경찰이 지구로 대거 몰려와서 몰리나리를 잘게 썰어버릴 테니까. 하룻밤 새에 실각시키고, 좀 더 호전적인 인물을 사무총장으로 임명할 거야. 계속 싸우는 걸 선호하는 인물을."

"하지만 어떻게 그럴 수 있단 말인가. 몰리나리를 지도자로 선출한 건 우리지 그자들이 아냐." 그러나 에릭은 아무리 법적인 논리가 그렇더라도 조나스의 말이 옳다는 것을 알았다. 조나스는 지구의 동맹을 맺고 있는 릴리스타 성을 실제적으로 평가하고, 현실을 직시하고 있을 뿐이다.

"우리에게 가장 좋은 결말은" 조나스가 말했다. "그냥 전쟁에 지는 거야. 천천히, 피하지 못할 결말을 향해 가는 거지. 지금 우리가 그러고 있는 것처럼." 그러고는 목소리를 낮추고 쉰 목소리로 속삭였다. "패배주의적인 얘기를 하는 건 내키지 않지만—"

"상관없어."

조나스는 말을 이었다. "에릭, 난 그 이외에 빠져나갈 방법은 없다고 생각해. 설령 가장 안 좋은 시기에 가장 안 좋은 동맹자를 골라서 가장 안 좋은 전쟁을 수행한 벌로 리그인들이 지구를 1세기 동안 점령한다고 해도 어쩔 수 없어. 지구가 행성 간間 전쟁에 돌입한 건 역사상 이번이 처음인데도, 하필 몰리나리는 그런 상대를 선택해서—"

"그리고 그 몰리나리를 선택한 건 우리잖나." 에릭은 지적했다. 궁극적으로는 우리 모두의 책임이다.

갑자기 앞쪽에서 낙엽처럼 비쩍 마르고 가벼워 보이는 작은 사내가 나타나더니 그들을 향해 휘적휘적 다가오며 가냘프고 새된 목소리로 외쳤다. "조나스! 그리고 스위트센트 선생! 워싱턴-35로 출발할 시간이야." 새끼를 돌보는 어미새처럼 조바심 섞인 말투였다. 고령에 달한 버질 애커먼은 양성적兩性的

인 느낌을 풍겼다. 남자와 여자를 하나로 섞어놓은 듯한, 무성 無性의 말라비틀어진—그러나 여전히 정력적인—존재라고나 할까.

　버질 애커먼은 고색창연한 빈 캐멀 담뱃갑을 연 다음 손바닥
위에서 납작하게 짜부라뜨리고 말했다. "쾅, 찍, 딱, 펑. 어느
것일 것 같나, 스위트센트?"

　"딱." 에릭은 대답했다.

　버질 노인은 봉투처럼 납작해진 담뱃갑 바닥 쪽의 풀칠되어
접힌 부분에 각인된 표시를 들여다보았다. "찍. 졌으니 팔뚝을
맞춰줘야겠어. 서른두 대." 노인은 이렇게 말하며 짐짓 거드름
피우는 듯한 태도로 에릭의 어깻죽지를 툭툭 쳤다. 진짜처럼
새하얗게 번득이는 상아 의치를 드러내며 어린애처럼 히죽거
린다. "그런다고 해서 자네가 다치거나 할 염려는 없네, 의사
선생. 당장이라도 새 간이 필요해지는 상황이 올지도 모르
니……. 실은 어젯밤 잠자리에 든 뒤로 몇 시간 동안이나 상태

가 안 좋아서 고생했는데, 내 생각으로는— 물론 진단은 자네에게 맡기겠네만—또 독혈증毒血症이 온 것 같아. 온몸이 찌부드드하거든."

버질 옆좌석에 앉아있던 에릭 스위트센트가 물었다. "어젯밤에는 몇 시에 주무셨습니까? 그때까지 뭘 하고 계셨는지?"

"흐음, 실은 젊은 여자하고 있었지." 버질은 자기를 둘러싸고 앉아있는 친척들—하비, 조나스, 랠프, 필리스 애커먼—을 쳐다보며 장난스러운 미소를 떠올렸다. 그들은 지구에서 화성의 워싱턴-35를 향해 고속으로 날아가고 있는 유선형의 행성 간 우주선 선내에 앉아있었다. "더 자세히 말해야 하나?"

증손손녀인 필리스가 엄한 어조로 말했다. "맙소사, 나이 생각을 하셔야죠. 갑자기 심장이 멈춰버리기라도 하면 누군지는 몰라도 그 여자가 뭐라고 생각하겠어요? 그짓을 하는 와중에 돌아가시기라도 하면 우리 체면은 뭐가 되고." 그녀는 책망의 눈초리로 버질을 노려보았다.

버질은 높다란 목소리로 대꾸했다. "그럼 바로 그런 비상사태에 대비해서 내가 오른손에 쥐고 있는 데드맨 제어장치*가 여기 있는 스위트센트 선생을 호출할 거야. 그럼 선생은 후다닥 달려와서, 내 몸을 다른 데로 옮기지도 않고, 바로 그 자리에서 망가진 옛 심장을 꺼내서 새 걸로 교환해주겠지. 그럼 난—" 노인은 킥킥 웃더니 웃옷 가슴 호주머니에서 접힌 리넨

---

* Dead man's control. 기계 조작자가 의식을 잃거나 죽는 경우에 대비해서 자동적으로 안전조치를 취하도록 만든 장치. 보통 손을 놓으면 작동한다.

손수건을 꺼내 아랫입술을 적신 침을 닦았다. "하던 일을 계속할 거야." 종이처럼 얇은 피부는 발그레하게 빛났고, 그 아래에 뚜렷하게 윤곽을 드러낸 섬세한 두개골은 다른 사람들을 애먹이는 즐거움에 기쁜 듯이 떨리고 있다. 설령 친척이라고 해도 이 노인의 세계에 개입하는 것은 용납되지 않았다. 살기 급급한 전쟁통에도 이렇게 사생활을 누릴 수 있는 것은 노인의 특권적인 지위 덕분이었다.

"밀레 트레."* 하비는 심술궂은 어조로 다 폰테의 오페라 가사를 인용했다. "하지만 할아버지 경우엔 10억 3명이라고 해야 하지 않겠습니까. 이탈리아어로 뭐라고 하는지는 모르겠지만. 제가 증조할아버지 나이쯤 되면―"

"넌 절대 내 나이까진 살 수 없을걸." 버질은 껄껄 웃었다. 환희에 찬 생기발랄한 눈이 약동한다. "그럴 생각일랑 하지 마, 하비. 날 따라올 생각일랑 하지 말고 경리 업무에나 전념하라고. 걸어 다니는 주판이라는 별명을 가진 너답게 말이야. 넌 침대에서 여자와 함께 있다가 복상사하는 일은 결코 없을 거야. 네가 죽을 때는 말이지―" 버질은 잠시 침묵하며 적당한 단어를 찾으려고 했다. "흐음, 아마 잉크병하고 함께 있을 게 뻔해."

"작작해요." 필리스는 메마른 어조로 대꾸하고는 몸을 돌려 검은 우주공간에 떠있는 무수한 별들을 바라보았다.

---

* mille tre. 이탈리아어로 1003(명)을 의미한다. 모차르트가 작곡하고 로렌조 다 폰테가 대사를 쓴 『돈 조반니』(1787)의 아리아에서, '스페인에서는 이미 1003명을 유혹했다'는 가사에서 유래했다.

에릭이 버질에게 말했다. "질문이 하나 있습니다. 초록색 럭키스트라이크 담뱃갑 얘깁니다. 실은 세 달쯤 전에―"

"자네 처는 나를 정말 좋아하거든. 그래, 그건 내게 줄 선물이었다네, 의사 선생. 아무 단서도 붙지 않은 순수한 선물이었지. 그러니까 자네도 그렇게 열 받을 필요는 없어. 캐시는 연애 따위엔 흥미가 없으니까. 나도 복잡한 일이 생기는 건 원하지 않고 말이야. 여자라면 얼마든지 손에 넣을 수 있지만, 우수한 장기이식 전문의는― 흐음……." 버질은 생각에 잠겼다. "그렇군. 잘 생각해보니 장기이식 전문의도 얼마든지 손에 넣을 수 있군."

"좀 전에 저도 에릭한테 같은 얘기를 했죠." 조나스는 이렇게 말하며 에릭에게 윙크해 보였지만 당사자인 에릭의 무표정한 얼굴에는 아무런 반응도 떠오르지 않았다.

"하지만 난 에릭을 좋아해." 버질은 말을 이었다. "침착하기 그지없는 타입이거든. 지금도 저러고 있는 모습을 보라고. 탁월한 분별력을 갖추고 있고, 그 어떤 비상사태에 직면해도 냉정한 사고력을 유지하지. 이 친구가 일하는 걸 여러 번 직접 보아온 내가 하는 말이니까 믿어도 좋아, 조나스. 게다가 한밤중이든 언제든 개의치 않고 일어나서 와주는 친구지―그런 의사는 그리 흔치 않아."

"그만한 봉급을 받고 있으니 당연하죠." 필리스가 잘라 말했다. 여전히 말수가 적고 사람들과 어울리려고 하지 않는다. 버질의 증종손녀이며 TF&D사 이사회의 임원이기도 한 이 매력적인 여자는 어딘가 맹금류를 연상시키는 날카로운 느낌을 준다—그 부분은 버질을 많이 닮았지만, 색다른 것을 선호하는 버질의 유머감각은 결여되어있다. 필리스에게 비즈니스와 관련 없는 것은 모두 불필요한 쓰레기에 불과했다. 에릭은 문득 이런 생각을 떠올렸다. 만약 필리스가 히멀의 취미에 관해 안다면 그 조그만 수레들은 더 이상 돌아다니지 못할 것이다. 필리스의 세계에서는 무해한 취미가 성립할 수 있는 여지가 전혀 없었다. 어떻게 보면 캐시를 조금 닮기도 했다. 성적 매력이 충분하다는 점도 캐시를 닮았다. 요즘 유행하는 울트라마린〔群靑〕색으로 물들인 머리를 한줄로 길게 땋아 늘어뜨리고, 귀에는 그런 헤어스타일을 강조하려는 듯 자동회전식 귀걸이를 달았고, 코에는 (딱히 에릭의 마음에 들지는 않았지만) 상류 부르주아 계층의 결혼 적령기 여성임을 알리는 코걸이를 달고 있었다.

"이번 회의의 목적이 뭡니까?" 에릭은 버질 애커먼에게 물었다. "지금 당장 시작해서 시간을 절약하면 어떻습니까?" 짜증스러운 기분이었다.

"관광 여행이야." 버질이 대답했다. "잠시라도 번잡스러운 세상사를 잊기 위한 여행이지. 실은 워싱턴-35로 손님 하나를 초대했다네. 이미 도착했을지도 모르겠군……. 〈자유 행동권〉을 줬으니, 내 베이비랜드를 그 친구한테 개방한 거나 다름없지. 나 이외의 사람을 거기서 자유롭게 돌아다니게 한 건 이번이 처음이야."

"그게 도대체 누굽니까?" 하비가 힐문하듯이 말했다. "이론상 워싱턴-35는 우리 회사의 소유물이고 우리는 그 회사의 임원이니까, 우리도 당연히 알 권리가 있지 않습니까."

조나스는 신랄한 어조로 말했다. "아마 〈전쟁의 공포〉로 딱지놀이를 하다가 그걸 몽땅 그 손님한테 잃으셨는지도 몰라. 그럼 그 베이비랜드의 문을 활짝 열어주는 수밖에 없잖아?"

"난 〈전쟁의 공포〉나 FBI 카드로는 내기를 안 해." 버질이 말했다. "그건 그렇고, 난 〈파나이호 격침〉의 복제 카드를 갖고 있어. 그런데 이튼 햄브로가—너희도 알지, 맨프렉스 사(社)의 그 멍청한 사장 녀석 말이야—생일 선물이라며 내게 그걸 주더군. 내가 모든 시리즈를 완전히 갖추고 있다는 건 주지의 사실이라고 생각했는데, 유독 햄브로만 몰랐던 거야. 그런 위인이니, 프레넥시의 졸개들에게 공장 여섯 곳을 장악당한 것도 당연해."

"〈꼬마 반항아〉에 나온 셜리 템플 얘기나 해줘요." 필리스가 따분한 듯이 말했다. 우주선 너머에 펼쳐진 별들을 여전히 바라보고 있다. "그 영화에서—"

"넌 이미 그 영화를 봤잖아." 버질은 뚱한 어조로 대꾸했다.

"봤죠. 하지만 몇 번을 봐도 질리지 않는걸요. 처음부터 마지막 1초까지 그렇게 사람 마음을 설레게 하는 영화도 없지 않나요." 필리스는 이렇게 말하고는 하비를 돌아보았다. "라이터 좀 빌려줘."

에릭은 자리에서 일어나 소형 우주선의 라운지 쪽으로 걸어갔다. 탁자 앞에 앉아서 음료 메뉴를 집어 들었다. 목이 말랐다. 애커먼 일족이 저런 식으로 자기들끼리 아웅다웅하는 걸 옆에서 듣고 있으면 언제나 갈증을 느낀다. 마치 마음의 평화를 되찾기 위해 목을 축일 필요가 생겨나는 것처럼……. 아마 생명의 원천인 모유를, 일종의 원유原乳를 몸이 원하는 것인지도 모르겠군. 내게도 베이비랜드가 필요한 건지도 몰라. 에릭은 반쯤 농담하듯이 중얼거렸다. 나머지 반은 본심이었지만.

버질 애커먼을 제외한 모든 사람에게 1935년의 워싱턴 D.C.는 무의미했다. 먼 과거의 것이 되어버린 당시의 진짜 도시를, 그 시간과 공간을, 그 주위 환경을 제대로 기억하고 있는 사람은 오직 버질뿐이었기 때문이다. 따라서 워싱턴-35는 버질이 소싯적에 알고 있던 제한된 우주를 세세한 부분까지 엄청난 공을 들여 재현한 장소였다. 그리고 이 장소는 그의 전담 골동품 수집가인 캐시 스위트센트의 손에 의해 끊임없이 손질되고 개량되고 있었다. 결코 본질을 변화시키는 일 없이, 조금이라도 더 진짜에 근접할 수 있도록 말이다. 결국 워싱턴-35는 죽은 과거에 대한 집착이며, 그것을 응고시킨 존재에 지나지 않는다…… 적어도 다른 애커먼 일족의 입장에서는. 그러나 버질에게는 살아있는 세계였다. 그곳에 가면 그는 꽃이 피는 것처럼 생기를 되찾는다. 그곳에서 점점 쇠약해지는 생화학적인 에너지를 충전하고, 다시 현실로, 다른 인간들과 함께 살아가는 현대 세계로 돌아오곤 하는 것이다. 통달하고, 능수능란하게 좌지우지하기는 하지만, 심리적으로는 결코 고향으로 간주할 수 없는 곳으로.

그리고 최근 항간에서는 이 거창하기 그지없고 퇴행적인 베이비랜드가 유행하고 있었다. 워싱턴-35보다는 규모가 작지만, 다른 일류 기업가와 자산가들―까놓고 말해서 전쟁 덕에 벼락부자가 된 위인들―도 자기들의 어린 시절을 실물 크기로 재현한 모형을 만들기 시작한 것이다. 버질의 베이비랜드도 이제는 그리 희귀하다고는 할 수 없었다. 물론 정교함이나 현실성에서 워싱턴-35를 능가하는 모형은 전무했다. 다른 베이비랜드들은 과거에 만들어진 진품이 아닌 모조 골동품들을 적당히 배치해놓은 천박한 복제에 불과했다. 사실 그럴 만도 하지, 하고 에릭은 생각했다. 거창한 데다가 막대한 돈이 들지만 실생활에서는 아무 쓸모도 없는 이런 일에 자금을 대고 제대로 운용할 경제적 능력을 가진 사람은 오로지 버질밖에는 없었기 때문이다. 그것도 이런 전쟁통에 말이다.

유별나기는 하지만, 무해한 행위인 것 또한 사실이다. 잘 생각해보면 비틀거리며 거리를 돌아다니는 브루스 히멀의 조그만 수레들과 닮은 점이 없지도 않다. 달리 누구를 해치는 것도 아니지 않은가. 현재 지구가 수행 중인 총력전―프록시마 항성계에서 온 외계인들에 대해 우리가 벌이고 있는 지하드〔聖戰〕와는 딴판으로 말이다.

이런 생각을 하고 있자니 문득 불쾌한 기억이 떠올랐다.

UN의 지구 수도인 와이오밍 주 샤이엔에는 포로수용소에 수용된 포로들 말고도, 지구군이 운영하는 전시장에서 날카로운 이빨을 뽑힌 상태로 구경거리가 되고 있는 상당수의 리그인들이 있었다. 시민들은 도합 여섯 개의 팔다리가 달려있고, 두 다리 또는 네 다리 모두를 써서 빠르게 직진할 수 있는 이 외골격 생물들을 얼마든지 구경하고, 심사숙고하는 시간을 가질 수 있다. 리그인에게는 발성 기관이 없고, 그 대신 촉각을 꿀벌처럼 정교하게 춤추듯이 움직임으로써 의사소통을 한다. 지구인이나 릴리스타인과 대화할 경우는 자동번역장치가 쓰인다. 이것을 쓰면 구경꾼들도 처량하기 그지없는 포로들에게 질문을 할 수 있었다.

얼마 전까지만 해도 포로들은 천편일률적인 유도성 질문만 들었지만, 곧 구경을 하러 온 일반인들에게서도 상당히 민감하고 위험천만한―적어도 위정자들의 눈으로 보면 그렇다는 뜻이다―종류의 질문이 나오기 시작했다. 이런 이유에서 포로들의 전시는 느닷없이 중단되었고 무기한 연기된다는 공고가 나왔다. **지구인과 리그인들은 어떻게 하면 화해할 수 있는가?** 이 질문에 대해 리그인들은 놀랍게도 답을 가지고 있었다. 그들이 내놓은 답의 요지는 '서로 간섭하지 않고 공존하면 된다'였다. 지구인들이 프록시마 항성계로 진출하는 것을 멈추면, 리그인들 또한 태양계를 건드리지 않겠다는―사실 리그인들 쪽에서 태양계를 건드린 적은 없었다―얘기였다.

그러나 릴리스타의 경우는 얘기가 달랐다. 리그인들은 그들에 대해서는 처음부터 아무런 해답도 갖고 있지 않았다. 릴리스타인은 그들이 몇 세기 동안이나 싸워온 철천지원수였고, 이 일에 관해서 제3자의 의견을 듣거나 받아들이기에는 이미 때가 늦었기 때문이라고 했다. 어차피 릴리스타의 군사 '고문관'들이 지구에 주둔해버린 지금은 이 모든 게 탁상공론에 불과했다. 명목상으로는 포로 탈출을 감시하기 위해서라지만……. 네 개의 팔이 달리고 키가 6피트에 달하는 개미를 닮은 생물이 뉴욕 거리를 몰래 돌아다닐 수 있을 리가 없지 않은가.

한편, 릴리스타 고문단의 존재는 쉽게 간과되었다. 릴리스타인의 정신 구조는 조균류藻菌類와 별반 차이가 없었지만, 겉모습만으로는 지구인과 전혀 구별이 되지 않았다. 그럴 만한 이유가 있었다. 무스테리안 기期*에 릴리스타인의 알파 켄타우리 제국의 소함대小艦隊 하나가 지구와 화성의 일부에 식민지를 건설했던 것이다. 그러나 이 두 행성의 이주민들 사이에서 증오가 싹트면서 치명적인 다툼이 시작되었고, 이것은 곧 길고 퇴행적인 전쟁으로 이어졌다. 그 결과 릴리스타인들이 도입한 두 개의 하위문화는 급속하게 쇠퇴했고, 야만적인 미개 상태로 추락했다. 화성의 식민지는 괴멸적인 기후 변화를 견디지 못하고 완전히 멸망해버렸지만, 지구에 남은 이주민들은 완만하게나마 미개 상태에서 탈피했고, 역사시대의 긴 암중모색을 거쳐 문명을 되찾았다. 릴리스타인들과 리그인들 사이에서 일어난 전쟁으로 모성母星인 알파 켄타우리와 접촉이 끊긴 이래, 지구 식민지는 행성 전체를 통괄하는 정교하고 풍성한 문명을 일궜고, 최초의 주회 궤도 위성을 발사하는 단계까지 이르렀다. 그런 다음 지구인들은 달에 무인 탐사선을 보냈고, 마침내는 유

---

* 유럽의 중기 구석기 시대

인 우주선을 보냈지만……. 그 와중에 자신들의 고향 항성계와 다시 접촉한 것은 얄궂은 운명의 장난이라고밖에는 할 수 없었다. 물론 쌍방이 느낀 놀라움 또한 엄청났다.

"웬일로 그렇게 조용해요?" 좁은 라운지로 들어온 필리스 애커먼이 에릭 옆자리에 앉으며 말했다. 그녀가 미소 짓자 갸름하고 새치름한 표정이 씻은 듯이 사라지며 한순간 놀라울 정도로 사랑스러운 얼굴이 되었다. "나도 한 잔 주문해줄래요. 볼로배트*에 진 할로에 폰 리히트호펜 남작에 조 루이스에―그리고 또 뭐였더라?" 필리스는 기억을 떠올리려는 듯이 눈을 질끈 감았다. "생각이 안 나네. 아, 맞아. 톰 믹스** 랠스턴 명사수대. 랭글러도 함께 출연했죠. 찰거머리 같은 부하 카우보이 말이에요. 그리고 그 지긋지긋한 시리얼 상자! 빌어먹을 위뚜껑을 뜯어 보내면 경품을 보내주는 그거 말이에요. 당신도 우리가 여기 뭐 하러 왔는지는 알죠? 보나마나 고아 소녀 애니하고 조그만 암호해독 배지가 나오는 라디오쇼를 또 강제로 듣게 될 거고……. 싫든 좋든 오벌틴*** 광고에 귀를 기울이고, 거기서 낭독하는 암호를 받아 적은 다음에―암호해독 배지를 써서 애니가 월요일에 뭘 하게 될지를 맞히겠죠. 하느님 맙소사." 그녀가 유리잔을 잡으려고 상체를 굽히자 옷깃 언저리에서 희고 작지만 모양이 좋은 젖가슴 윗부분이 흘끗 드러났다. 어느 정도는

---

* bolo bats. 탁구 라켓을 닮은 배트에 고무줄로 연결된 고무공이 달린 어린이용 장난감.
** Tom Mix. 미국의 영화배우. 초기의 할리우드 서부극에 많이 출연했다.
*** Ovaltine. 맥아 분유 음료. 〈고아 소녀 애니〉 쇼의 광고주.

직업적인 흥미도 있었겠지만, 에릭의 시선이 그쪽을 향한 것은 불가항력에 가까웠다.

　그 덕에 상당히 기분이 좋아진 에릭은 쾌활한, 그러나 여전히 신중한 어조로 말했다. "가짜 아나운서가 가짜 라디오쇼에서 낭독하는 번호를 받아 적고, 고아 소녀 애니 특제 해독 배지를 써서 해독해보면—" '리그인들과 단독 휴전 조약을 체결하라. 지금 당장' 이라는 메시지가 나올지도 모르겠군. 에릭은 음울한 표정으로 생각했다.

　"무슨 얘긴지 알아요." 필리스가 그가 하려던 말을 이어받았다. "'지구인들이여, 상황은 절망적이니 당장 항복할지어다. 짐은 리그인들의 군주이니 다들 짐의 말에 귀를 기울이도록. 우리 군은 워싱턴 D.C.의 WMAL 라디오국을 접수했고, 지금부터 네놈들을 분쇄할 것이다.'" 필리스는 어두운 표정으로 긴 굽이 달린 유리잔에 든 음료를 들이켰다. "'그리고 덤으로 제군이 애음愛飮하던 오벌틴도 함께—'"

　"내가 말하려던 건 정확하게는 그게 아니었어." 하지만 지독하게 비슷하기는 하다. 에릭은 신경질적으로 내뱉었다. "당신도 다른 일족들처럼 남의 말을 툭툭 끊는 버릇이 있는가 보군."

　"일족이라니, 무슨 일족?"

　"애커먼 일족. 우리가 당신들에게 붙인 이름이야." 에릭은 음울한 어조로 대꾸했다.

　"그럼 하려던 말을 해보시죠, 의사 선생님." 필리스의 잿빛 눈이 재미있다는 듯이 반짝였다. "조촐하게나마 주장을 펴 보이라고요."

"됐어. 그런데 그 손님이란 위인은 도대체 누구지?"

필리스의 크고 맑은 눈이 이토록 크고, 이토록 침착하게 보인 적은 일찍이 없었다. 두 눈동자에 깃든 내적 우주의 확고부동함, 알 필요가 있는 일은 모두 알고 있다는 듯한 절대불변의 확신에서 우러러 나오는 듯한 평안한 분위기가 보는 사람을 압도하고, 굴복시킨다고나 할까. "기다려보면 알 수 있지 않을까요." 이렇게 대꾸한 그녀는 눈의 평온한 표정을 그대로 유지한 채로 그를 짓궂게 놀리려는 듯이 입술을 움직이기 시작했다. 다음 순간, 전혀 다른 느낌의 불꽃이 눈동자 속에서 튀는가 싶더니 얼굴 표정이 표변했다. "저기 보이는 저 문 말인데" 그녀는 이글거리는 눈으로 그를 바라보며 짓궂게 말했다. 당장이라도 까르르 웃음을 터뜨릴 듯이 꿈틀거리는 입은 마치 10대 소녀를 연상케 한다. "벌컥 열어보면 프록시마에서 온 사절이 말없이 서있을 것 같지 않아요? 아, 그럼 정말 볼 만할 텐데. 징그럽게 번들거리는 덩치 큰 리그인이 우릴 직접 만나러 오다니. 프레넥시의 비밀경찰의 끈질긴 감시를 피해서 몰래 잠입하는 데 성공했다는 사실만으로도 믿기 힘들지만, 정식으로 회합을 열어서 우리와—" 필리스는 잠시 말꼬리를 흐리더니 곧 나직하고 단조로운 목소리로 이어 말했다. "단독 평화 조약을 맺으러 오다니 이렇게 놀라울 수가." 어둡고 우울한 표정으로 나른하게 잔을 기울이는 필리스의 눈동자에는 이제는 그 어떤 빛도 깃들어있지 않았다. "맞아요. 그런 날은 반드시 오겠죠. 생생하게 머리에 떠올릴 수 있어요. 버질은 평소와 마찬가지로 짓궂은 표정으로 히죽거리면서, 군수품 생산 계약이 단 하나도 남지 않고 휴지조각으로 변하는 걸 바라볼 거예요. 또다시 가짜 밍크로, 박쥐똥으로 비료를 만들던 시절로 돌아가는 거죠……. 공장 전체가 지독한 악취를 내뿜던 당시로." 필리스는 조롱하는 듯한 태도로 짧고 거친 웃음을 발했다. "머지않아 그렇게 될 거예요. 틀림없이."

"아까 당신이 말한 프레넥시의 비밀경찰이 조금이라도 낌새를 챈다면," 에릭은 필리스에게 장단을 맞춰 말했다. "그 즉시 워싱턴-35로 쳐들어올걸."

"알아요. 그건 결국 판타지고, 소망을 이루고픈 꿈일 뿐이라는 걸. 이 절망적인 현실이 만들어낸 거죠. 그러니까 버질이 그런 만남을 주선하고, 또 실제로 그걸 실행에 옮기든 안 옮기든 간에, 상관없지 않아요? 백만 광년이 지나더라도 그런 일이 성사될 리는 없으니까. 시도야 할 수 있지만, 절대로 실현되지는 못할 꿈이죠."

"유감이로군." 에릭은 반쯤 혼잣말하듯이 말했다. 깊은 생각에 잠긴 표정이었다.

"반역자로군요! 강제수용소로 잡혀가고 싶어요, 당신?"

에릭은 잠시 생각해보다가 신중한 어조로 대답했다. "내가 원하는 건—"

"당신은 자기가 뭘 원하는지 몰라요, 스위트센트 씨. 불행한 결혼 생활에 시달리고 있는 사내는 모두 자기가 뭘 원하는지를

45

깨닫는 메타생물학적인 능력을 상실하니까. 원래 있던 능력이 사라지는 거죠. 지금 당신은 썩은 조개나 마찬가지예요. 잘못된 점을 고쳐보려고 하지만, 오랜 고뇌에 지쳐버린 당신의 마음은 거기 가있지 않은 거죠. 지금 당신 모습을 봐요! 나한테서조차도 도망치려고 필사적이군요."

"그건 사실이 아냐."

"—그러니 더 이상 나와 몸을 맞대려 하지 않는 거예요. 특히 넓적다리 부분은. 아, 넓적다리 따위는 우주에서 추방해버려라, 이건가요. 하지만…… 이런 좁은 라운지에서 서로 마주 앉아있을 때는 몸을 빼는 쪽이 더 힘들지도 모르겠네요. 그래도 당신은 몸을 뺐어요. 그렇죠?"

에릭은 화제를 바꾸려고 시도했다. "어젯밤 TV에서 월드 교수라고, 그 괴상한 턱수염을 기른 심장병의사가 돌아왔다고—"

"아니, 그 사람은 버질의 손님이 아녜요."

"그럼 맘 헤이스팅스?"

"도술을 부릴 수 있다고 주장하는 그 멍청한 사기꾼 말이에요? 지금 나한테 농담하는 거죠? 안 그래요? 천하의 버질이 그런 사기성이 농후한—" 필리스는 엄지를 위로 쑥 내미는 외설적인 몸짓을 해 보였다. 그러면서 씩 웃자, 놀랍도록 새하얗고 고른 치아가 드러났다. "혹시 이언 노스라면 또 모를까."

"그게 누군데?" 언젠가 들어본 적이 있는 듯한, 어딘가 익숙한 느낌을 주는 이름이다. 필리스에게 이런 질문을 하는 것은 득책이 아님을 에릭은 알고 있었지만, 여전히 물어보지 않을 수 없었다. 굳이 지적하자면 바로 이런 부분이 여성에 대해 에릭이 가지고 있는 약점이었다. 여자가 유도하는대로 따라가는 경향이 있다— 언제나 그런 것은 아니었지만 말이다. 그러나 에릭은 인생의 중대 국면을 맞았을 때, 인생의 분기점이라 할 만한 곳에서 여자 말을 순순히 들은 적이 몇 번 있었다.

필리스는 한숨을 쉬고 말했다. "이언의 회사는 고가의 무균 인공장기를 생산해요. 당신이 다 죽어가는 부자들 몸에 이식하는 그 반짝반짝하는 물건들 말예요. 그런데 당신, 그쪽으로는 전문가라면서 누구 덕택에 그럴 수 있는지도 몰랐어요?"

"물론 알고 있었어." 분한 탓인지 짜증스러운 말투였다. "워낙 다른 일들에 정신이 팔려 있어서 잠깐 잊었을 뿐이야."

"혹시 그 손님은 작곡가일지도 몰라요. 케네디 시절에 활약했다는 파블로 카잘스*일지도 모르겠군요. 맙소사, 살아있으면 엄청난 고령이겠네요. 혹시 베토벤 본인일지도. 흐음." 필리스는 짐짓 생각에 잠긴 표정을 지었다. "세상에. 그러고 보니 버질이 루드비히 반 어쩌고 하는 사람이라고 얘기하는 걸 들은 기억이 나네요. 혹시 루드비히 반 어쩌고 하는 사람이 또 있었어요?"

"염병할." 에릭은 조롱받는 일에 염증을 느끼고 화난 어조로 내뱉었다. "작작해둬."

"그렇게 고압적으로 얘기하지 마요. 그렇게 높은 자리에 있는 것도 아니면서. 기껏해야 추한 노인네 하나를 몇 세기 동안

---

* Pablo Casals. 1876~1973. 스페인 출신의 첼로 연주자, 지휘자.

이나 살려두는 것밖에는 하는 일도 없으면서." 필리스는 그러고는 쾌활하며 애교가 있는 나직한 웃음을 쏟아냈다.

에릭은 최대한 위엄 있는 목소리를 내려고 노력하며 말했다. "나는 TF&D사에서 일하는 8만 명의 사원들의 건강도 관리하고 있어. 그래서 하는 말인데, 화성에서는 아예 그 직무를 수행할 수가 없어. 그 생각을 하니 분통이 터지는군. 정말로." 당신의 존재도 포함해서 말이야. 에릭은 쓰디쓴 기분으로 생각했다.

"그런 말도 안 되는 업무가 어딨어요." 필리스가 말했다. "인공장기 이식 전문의 한 사람이 8만 명 더하기 한 사람의 환자를 맡는다는 게 말이 되나요. 하지만 당신은 로번트들을 한 팀 부리고 있으니까……. 아마 당신이 자리를 비운 사이에도 그것들이 업무를 잘 처리해줄지도 모르겠네요."

"로번트란 불쾌하기 짝이 없는 것이라지." 에릭은 T.S. 엘리엇을 비틀어 인용했다.[*]

"그리고 인공장기 이식 전문의는" 필리스가 받아쳤다. "비굴하기 짝이 없는 존재라지."

에릭은 필리스를 쏘아보았지만 그녀는 전혀 개의치 않는 태도로 음료를 홀짝였을 뿐이었다. 에릭이 필리스를 이기는 것은 무리였다. 정신력부터 상대가 되지 않기 때문이다.

워싱턴-35 한복판의 배꼽에 해당하는 지점에는 버질이 소싯

---

[*] 실제로는 엘리엇이 아닌 E.E. 커밍스의 싯구 "세일즈맨이란 불쾌하기 짝이 없는 것이라지(a salesman is an it that stinks)"에 빗댄 표현이다.

적에 살던 5층짜리 벽돌 아파트 건물이 서있었다. 건물 안에는 전쟁 중임에도 불구하고 2055년에 향유할 수 있는 최고의 편의 시설들이 가득 들어찬 현대적 주거가 들어서있었다. 몇 블록 떨어진 곳을 코네티컷 애비뉴가 가로질렀고, 그 길을 따라 버질이 기억하는 갖가지 가게들이 배치되어있었다. 먼저 버질이 《팁탑 코믹스》와 싸구려 과자를 구입하던 '개미지'가 있었다. 그 옆에는 에릭도 기억하는 '피플 드럭스토어' 건물이 있었다. 버질 노인은 여기서 담배 라이터와 길버트 사의 5번 상품인 유리 공예 및 화학실험 세트를 산 적이 있다고 한다.

"'업타운 극장'에서 이번 주에는 어떤 영화가 상영 중이지?" 하비 애커먼이 중얼거렸다. 일행이 탄 우주선은 그때 버질이 좋아하는 풍경을 볼 수 있도록 코네티컷 애비뉴를 따라 천천히 비행 중이었다. 하비는 그쪽을 응시했다.

진 할로 주연의 〈지옥의 천사들〉이었다. 모두 최소한 두 번씩 은 본 영화다. 하비는 신음 소리를 흘렸다.

"그래도 멋진 장면이 하나 있잖아." 필리스가 말했다. "할로 가 '좀더 편한 옷으로 갈아입고 올게'라고 말하는 장면 말이야. 그리고 돌아왔을 때—"

"알아, 안다고." 하비는 퉁명스럽게 말했다. "맞아, 나도 그 장면은 좋아해."

우주선은 코네티컷 애비뉴에서 매콤 가街로 향했고, 검은 단철鍛鐵제 울타리로 둘러싸인 조그만 잔디밭이 딸린 3039번지 건물 앞에 착륙했다. 해치가 안쪽을 향해 열린 뒤에 에릭이 호

흡한 것은 오래전 지구 수도의 공기가 아니라 화성의 차갑고
희박한 공기였다. 아무리 심호흡을 해도 충분한 공기가 폐로
들어오지 않는 탓에 그는 헐떡이며 멈춰 섰다. 현기증이 몰려
오며 속이 울렁거렸다.

"공기 조절 담당자에게 한소리 해줘야겠군." 조나스와 하비
의 부축을 받으며 보도로 이어지는 트랩을 내려가던 버질이 불
평했다. 그러나 아파트 현관으로 성큼성큼 걸어가는 모습을 보
니 실제로는 그리 불편한 것 같지는 않았다.

어린 소년들을 본딴 모습의 로번트 몇 명이 달려오더니 그중
하나가 진짜 어린애 같은 목소리로 외쳤다. "어이, 버질! 어디
갔다 오는 길이야?"

"엄마 심부름." 버질은 기뻐 죽겠다는 듯한 표정으로 이렇게
말하고 껄껄 웃었다. "잘 지냈니, 얼? 좋은 중국 우표가 생겼
어. 아빠 회사로 온 거래. 똑같은 게 있으니 네 것하고 바꾸자
고." 버질은 건물 포치에 멈춰 서서 호주머니를 뒤졌다.

"이게 뭔지 알아?" 두 번째 로번트 소년이 새된 목소리로 말
했다. "드라이아이스야. 밥 루지한테 플렉시*를 빌려주고 얻었
어. 만지고 싶으면 만져도 좋아."

"그럼 내 만화책하고 교환할래?" 버질은 열쇠를 꺼내 건물의
현관문을 열면서 말했다. "『벅 로저스와 파멸의 혜성』이면 어
때? 정말 끝내주는데."

남은 일행이 우주선에서 내려오자 필리스는 에릭에게 말했

* flexie. 고무 인형 등 탄성을 가진 재질로 만들어진 장난감

50

다. "저 애들한테 신품 상태의 1952년산 메릴린 먼로 누드 달력을 주면 뭐하고 바꾸자고 할 것 같아요? 적어도 팝시클 막대사탕을 반은 주겠다고 할 것 같은데."

아파트 건물의 현관문이 획 열리며 뒤늦게나마 TF&D의 경비원이 모습을 드러냈다. "아, 애커먼 씨. 벌써 오신 줄 몰랐습니다." 경비원은 융단을 깔아놓은 어두운 복도로 일행을 안내했다.

"손님은 와있나?" 버질은 갑자기 긴장한 기색으로 물었다.

"예. 지금 방에서 쉬고 계십니다. 몇 시간은 방해하지 말아달라고 하셨습니다." 경비원 쪽도 상당히 신경이 곤두선 기색이었다.

버질은 문득 멈춰 서며 물었다. "일행은 몇 명이던가?"

"보좌관하고 비밀 경호원 두 명뿐입니다."

"차가운 쿨에이드 한 잔 마시고 싶은 사람 있나?" 앞장서서 걷기 시작한 버질이 문득 생각났다는 듯이 뒤를 흘끗 돌아보며 물었다.

"저요, 저요." 필리스가 버질의 열성적인 말투를 흉내 내며 대답했다. "난 라즈베리 라임 합성 과일주스를 마실래요. 에릭, 당신은 뭐가 좋아요? 진 버번 라임이나 체리 스카치 보드카는 어때요? 아니, 1935년에는 아직 그런 맛은 발매되지 않았던가?"

하비가 에릭에게 말했다. "난 좀 누워서 쉬고 싶군. 화성 공기가 안 좋은 건지, 여기만 오면 언제나 녹초가 되어버리거든."

그러고 보니 안색이 파리하고 얼굴 여기저기가 검붉게 변해있었다. "왜 돔으로 둘러싸버리지 않는 걸까? 그러면 진짜 공기를 호흡할 수 있을 텐데."

"아마 고의로 그런 건지도 몰라." 에릭이 지적했다. "아예 이곳에 죽치고 은퇴해버리고 싶은 유혹에 저항할 수 있잖나. 오래 있지 못하고 떠나야 하니까."

조나스가 그를 곁으로 오더니 말했다. "난 이 시대착오적인 장소를 의외로 좋아해, 하비. 박물관 수준이잖아." 그러고는 에릭을 보며 말했다. "이 시대의 골동품들을 이렇게 많이 한 곳에 모아놓은 자네 와이프의 수완에는 감탄을 금할 수가 없군. 저 아파트에서 틀어놓은—저걸 뭐라고 하더라?—아, 라디오 연속극 좀 들어보라고." 일행은 순순히 귀를 기울였다. 먼 과거에서 들려오는, 〈베티와 봅〉이라는 제목의 고색창연한 멜로드라마였다. 성우들의 목소리는 살아있는 듯이 생생해서, 에릭조차도 감탄했을 정도였다. 단순히 녹음된 목소리를 틀어놓은 것이 아니라, 마치 눈앞에서 생방송을 듣는 듯한 느낌이다. 이러기 위해 도대체 캐시는 어떤 방법을 썼던 것일까. 짐작도 가지 않는다.

그때 잘생기고 근육질의 우람한 몸을 가진 이 건물의 관리인 스티브가—정확하게는 실물을 복사한 로번트 시뮬라크럼〔模造人間〕이—파이프를 물고 나타나더니 일행을 향해 정중하게 인사했다. "안녕하십니까, 선생님. 아침 날씨가 좀 쌀쌀하지요. 좀 있으면 아이들이 썰매를 타고 놀 겁니다. 아까 제 아들 조지한테 들었는데, 썰매를 사려고 용돈을 모으고 있답니다."

"그럼 나도 1달러 기부해야겠군. 1934년 지폐로 말이야." 랄프 애커먼이 지갑을 꺼내며 말했다. 그러면서 에릭에게 나직하게 속삭였다. "혹시 버질 할배는 유색인종 아이가 썰매 따위를 사다니 당치도 않다고 생각하지는 않을까?"

"안 그러셔도 됩니다, 애커먼님." 스티브가 랄프에게 말했다. "조지는 자기 돈으로 썰매를 살 작정입니다. 팁을 모으는 게 아니라 제대로 일해서 번 돈으로." 위엄 있는 흑인 로번트는 이렇게 말하고 자리를 떴다.

"정말이지 진짜 같군." 잠시 후 하비가 말했다.

"정말이야." 조나스는 맞장구치고는 몸을 부르르 떨었다. "맙소사. 잘 생각해보니 진짜는 1세기 전에 이미 죽었잖아. 자칫하면 우리가 우리 시대의 지구도 아닌 화성에 와있다는 사실조차도 잊을 것 같아― 아무래도 이런 건 맘에 안 들어. 있는 그대로를 보는 게 더 낫잖아."

에릭은 문득 어떤 생각을 떠올렸다. "그렇다면 퇴근한 뒤에 아파트로 돌아가서 교향곡의 스테레오테이프를 듣는 것에도 찬성하지 않는다는 뜻인가?"

"그건 아냐." 조나스가 대꾸했다. "이런 것과는 전혀 다른 차원의 일이잖아."

"아니, 다르지 않네." 에릭은 반박했다. "교향곡이 거기 존재하는 건 아니니까 말이야. 원래 울려 퍼졌던 음향은 이미 존재하지 않아. 그걸 녹음한 오케스트라 홀은 이미 조용해진 지 오래고 말이야. 자네가 갖고 있는 거라고는 일정 패턴으로 자화磁化시킨 길이 1200피트의 산화철 테이프에 지나지 않아…….
지금 보는 것과 마찬가지로 일종의 환상인 거지. 여긴 그걸 완벽하게 만들어놓았지만." Q.E.D.* 에릭은 속으로 이렇게 중얼거리고는 층계를 향해 걸어갔다. 우리는 매일 환상과 함께 살아가고 있어. 최초의 음유시인이 먼 옛날에 일어났던 전쟁에 관한 서사시를 처음으로 읊었을 때, 환상이 우리 세계로 파고들어왔다. 『일리아드』는 건물 포치에서 우표를 교환하는 로버트 어린애들과 마찬가지로 '허상'에 지나지 않는다. 인간은 언제나 과거를 잊지 않고 그것에 현실성을 부여하려고 애써왔다. 그런 행위 자체는 전혀 나쁜 일이 아니다. 과거 없이는 연속성 또한 없고, 지금 이 순간밖에는 남지 않기 때문이다. 과거가 없으면 순간―현재―은 거의 의미를 상실하고 만다.

아마 캐시와의 문제도 바로 이것일지도 모르겠군. 에릭은 계단을 밟고 올라가며 곰곰이 생각했다. 함께 보냈던 과거를 머리에 떠올릴 수가 없어. 두 사람이 자발적으로 함께 살았던 나날이 기억나지가 않아……. 지금 캐시와의 생활은 순전한 타성이 되었고, 얼마나 오랫동안 그런 식으로 살아왔는지는 짐작도 가지 않았다.

그리고 두 사람 모두 그 사실을 이해하지 못한다. 두 사람 모두 그것이 어떤 의미를 가지는지, 또 어떤 동기에서 비롯되었는지를 파악하지 못하는 것이다. 옛날 일을 더 잘 기억할 수만

---

* quod erat demonstrandum. 증명 완료.

있다면 적어도 짐작은 해볼 수 있을 텐데.

혹시 이것이야말로 만인이 두려워하는 노화의 첫 징조일지도 모른다. 난 서른네 살밖에는 안 됐는데!

층계 위에서 멈춰 서서 에릭이 오기를 기다리던 필리스가 말했다. "나하고 바람피우지 않을래요?"

에릭은 내심 움찔했다. 욕망, 공포, 흥분, 희망, 절망, 죄책감, 열망이 몰려왔다.

에릭은 말했다. "당신은 인류 최고의 이를 가지고 있군."

"내가 한 질문에 대답해요."

"난―" 에릭은 어떻게든 대답해보려고 했다. 애당초 그런 질문에 대답할 수 있는 단어가 있기는 한 것일까? 하지만 질문 자체가 단어로 이루어져있지 않았는가? "그러다가 모든 걸 알아차리는 캐시한테 들켜서 산 채로 화형을 당하라고?" 에릭은 필리스의 시선을 느꼈다. 그를 빤히 쳐다보는, 별처럼 반짝이는 커다란 눈의 압력을. "흐음." 그는 맥 빠진 소리를 냈고, 작아지고 한없이 왜소해진 듯한 비참한 느낌을 맛보았다.

필리스가 말했다. "하지만 당신한테는 그게 필요하잖아요."

"으음." 에릭은 우물거렸다. 애당초 원하지도 않았고, 필요로 한 것이 아닌데도, 이 여자는 마치 정신분석이라도 하려는 듯이 그의 사악한 영혼을 들여다보고 있다. 에릭의 내면―영혼―을 끄집어내서 혓바닥 위에서 굴리며 놀고 있는 것이다. 빌어먹을! 모조리 알아차린 듯하다. 필리스의 말은 진실이었기 때문이다. 에릭은 그녀를 증오했고, 그녀와 자고 싶다는 강렬한 욕구를 느꼈다. 물론 그녀는 이 모든 사실을—그의 표정을 읽고—알아차렸다. 도저히 이 세상 것이라고는 생각되지 않는, 그 커다랗고 가증스러운 눈으로.

"날 거부한다면 당신은 파멸할 거예요." 필리스가 말했다. "진실되고, 자발적이며 느긋한 육체적 관계를 나와 가지지 않는다면—"

"10억분의 1일 거야." 에릭은 쉰 목소리로 말했다. "들키지 않고 그럴 수 있는 확률은." 그러고는 가까스로 억지웃음을 지었다. "사실, 지금 이 얼어 죽을 층계에 이렇게 서서 대화를 나누고 있는 것 자체가 어리석은 짓이야. 하지만 당신은…… 뭐래도 상관없다 이거지?" 에릭은 다시 층계를 오르기 시작했고, 그녀 곁을 지나서 2층으로 갔다. 당신이야 잃을 게 없잖아? 그는 생각했다. 잃는 사람은 나야. 모든 걸 잃게 되겠지. 당신 입장에서 캐시를 다루는 것은 낚싯줄을 풀었다 당겼다 하면서 나를 농락하는 것 못지않게 쉬운 일일 테니까 말이야.

버질의 현대적인 전용 아파트 건물의 현관문은 활짝 열려있었다. 버질은 이미 안에 들어간 듯하다. 남은 일행도 하나둘씩 그 뒤를 따라 들어갔다. 물론 선두에 선 것은 애커먼 일족이었고, 회사 임원들이 그 뒤를 따랐다.

에릭은 안으로 들어가서— 버질의 손님을 보았다.

이 손님이야말로 그들이 만나러 온 인물이다. 그러나 의자 위에 축 늘어져있는 그 사내의 얼굴은 공허하게 이완되어있었다. 부풀어 오른 울퉁불퉁한 입술은 짙은 자줏빛으로 변색해있었고, 초점이 맞지 않은 두 눈은 허공을 향하고 있다. 그러나 이 사내야말로 지구의 통합 정부가 선출한 최고 지도자이자 리그인들과 전쟁 중인 지구군을 통괄하는 최고 지휘관 지노 몰리나리인 것이다.

그의 바지 앞단추는 풀려있었다.

03

점심시간이 되자 티화나 모피 염료사의 본사 공장에서 최종 공정 품질관리를 맡고 있는 브루스 히멀은 담당 부서를 빠져나와 티화나의 거리를 터벅터벅 걸어갔다. 목적지는 싼 데다가 아는 사람과 거의 마주치지 않아서 번거로운 인간관계에 신경을 쓸 필요가 별로 없다는 이유로 그가 애용하는 단골 카페였다. 카페 '잰서스'는 어도비 벽돌로 지은 두 채의 포목점 사이에 자리 잡은 노랗고 조그만 목조 건물이었고, 잡다한 직종에 종사하는 노동자들과 주로 20대 후반의 괴짜 백수들이 드나드는 곳이었다. 그러나 이들은 히멀에게 간섭하지 않았으므로 그것만으로도 충분히 만족스러웠다. 사실, 히멀이 세상에서 원하는 것은 오직 그뿐이었다. 묘하게도 세상 쪽에서도 그의 이런 작은 소망만은 받아줄 용의가 있는 듯했다.

구석 자리에 앉아 질척질척한 칠리를 스푼으로 떠먹으며 딸려 나온 두껍고 찐득찐득한 흰 빵을 뜯고 있을 때 머리가 잔뜩 헝클어진 앵글로색슨계의 사내가 성큼성큼 다가왔다. 가죽 재킷에 청바지, 부츠, 장갑으로 완전무장한 모습은 마치 과거 시대에서 그대로 빠져나온 듯한 인상을 준다. 티화나에서 가스터빈 기관을 단 고색창연한 택시를 운전하는 크리스천 플루트라는 사내였다. 광대버섯을 원료로 제조한 캡스틴이라는 마약 매매와 관련된 건으로 로스엔젤레스 당국과 알력을 빚은 끝에, 이곳 로어캘리포니아*에서 십 년째 숨어 사는 중이다. 히멀과는 조금 안면이 있었다. 플루트도 히멀과 마찬가지로 타오이즘〔道教〕의 신봉자였기 때문이다.

"살베, 아미쿠스."** 플루트는 노래하듯이 말하며 히멀의 부스석 반대편 자리에 재빨리 앉았다.

"여어." 히멀은 지독하게 매운 칠리를 입안 가득 우물거리며 물었다. "뭔가 재밌는 얘기라도 있어?" 플루트는 언제나 최신 정보를 가지고 있었다. 매일 택시를 몰고 티화나의 거리를 돌아다니며 온갖 사람들과 접촉하기 때문이다. 무엇이든 사건이 벌어지면 크리스 플루트는 언제나 그 자리에 있었고, 가능하다면 거기서 뭔가 이득을 얻으려고 했다. 기본적으로 그런 식의 부업으로 먹고사는 사내였다.

"실은 있어." 플루트가 히멀을 향해 몸을 내밀며 자못 심각한

---

* Lower California. 바하 캘리포니아. 태평양과 캘리포니아 만 사이의 반도.
** Salve, amicus. 라틴어로 '여어, 친구'라는 뜻.

표정을 짓자 모래 빛의 바싹 마른 얼굴에 새겨진 주름이 깊어졌다. "이거 보여?" 꽉 쥐고 있던 손을 펴고 탁자 위에 캡슐 하나를 굴리는가 하더니 재빨리 손바닥으로 덮었다. 워낙 순식간의 일이었기 때문에 홀연히 나타났다가 사라져버린 듯한 느낌이었다.

"봤어." 히멀은 계속 칠리를 우물거리며 되물었다.

플루트는 몸을 움찔거리며 속삭였다. "흐흐. 이건 JJ-180이라는 물건이라네."

"그게 뭔데?" 히멀은 관심 없다는 듯이 시큰둥하게 대꾸했다. 빨리 나를 놓아두고 잰서스 밖으로 나가서 다른 건수라도 찾아보면 좋을 텐데.

"JJ-180은 말이지," 플루트는 히멀과 얼굴이 닿을 정도로 몸을 내밀고 거의 들리지 않을 정도로 나지막한 목소리로 말했다. "남미에서 프로헤다드린이라는 이름으로 곧 팔리게 될 약의 독일어 상품명이야. 독일의 화학회사가 개발했는데, 아르헨티나의 제약회사 이름으로 판매한다는군. 미국으로 반입하는건 불법이야. 사실, 여기 멕시코에서조차도 손에 넣는 건 쉽지 않아. 믿기지 않을지도 모르지만 말이야." 이렇게 말하고 플루트는 삐뚤빼뚤하고 더러운 이를 드러내며 씩 웃었다. 잘 보니혀도―히멀은 이 사실을 깨닫고 또다시 불쾌감을 느꼈다―뭔가 기괴한 약물에 침식된 것처럼 묘한 빛깔을 띠고 있다. 그는 혐오감을 못 이기고 자기도 모르게 몸을 뺐다.

"여기 티화나에서 입수 못 하는 건 없다고 생각했는데." 히멀이 말했다.

"나도 그렇게 생각했어. 그래서 이 JJ-180에 흥미를 느끼고 입수할 생각을 했던 거야."

"아직 시험해보지 않았어?"

"오늘 밤." 플루트는 말했다. "우리 집에서 할 거야. 캡슐이 다섯 개 있는데, 원한다면 자네한테 하나 줄 수도 있어."

"무슨 효과가 있는데?" 이 경우는 적절한 질문인 듯했다.

플루트는 자기 몸속의 리듬에 맞추려는 듯이 몸을 꿈틀거리며 대답했다. "환각을 경험해. 하지만 그 이상의 것도 경험해. 엇 하는 사이에 휙휙 하고 지나가는 식으로 말이야." 눈이 흐릿해졌다. 플루트는 황홀한 미소를 띤 채로 자기 자신의 내부로 침잠했다. 히멀은 기다렸다. 이윽고 플루트는 제정신으로 돌아왔다. "개인차가 있어. 칸트가 말한 '인식의 범주'와 관계가 있는 것 같다는 얘기도 있더군. 뭔 얘긴지 알겠어?"

"시간과 공간의 감각에 관계되어있다는 얘기군." 『순수이성 비판』을 읽어본 적이 있는 히멀이 대답했다. 사상의 내용뿐만 아니라 문체도 딱 그의 스타일이었기 때문에 그가 애독하는 책이었다. 그의 좁은 아파트에도 잔뜩 메모를 써넣은 페이퍼백 판이 한 권 있었다.

"맞아! 그 약은 특히 시간 감각을 변하게 하기 때문에, '시간 변조제'라고 불러야 할지도 모르겠군―그렇지?" 플루트는 아무래도 자기 자신의 말에 취해있는 것 같았다. "사상 최초의 시간 변조제지……. 아니, 정확하게는 '유사 시간 변조제'라고 불러야 할지도 모르겠군. 그걸 통해 경험하는 걸 진짜라고 믿지 않는 한 말이야."

히멀은 "슬슬 회사로 돌아가야 해"라고 말하며 자리에서 일어나려고 했다.

플루트는 히멀을 억지로 앉힌 후 말했다. "50 US달러야."

"뭐?"

"캡슐 한 개 값이 50달러라고, 이 친구야. 희귀한 거잖아. 나도 이번에 처음 봤어." 플루트는 탁자 위로 캡슐을 또다시 슬쩍 굴렸다. "남한테 주기가 싫을 정도야. 굉장한 체험이 될걸. 도道의 경지에 도달할 수 있을지도 몰라, 우리 다섯 명 모두가. 이 정신 나간 전쟁통에서 도를 얻을 수 있다니, 50 US달러면 싸다고 생각하지 않아? 두 번 다시 이 JJ-180을 손에 넣지 못할 수도 있어. 아르헨티나인지 어딘지 모르겠지만 원산지에서 오는 물건을 멕시코 짭새들이 몰수하려고 노리고 있거든. 녀석들도 바보가 아냐."

"다른 것들하고 그것 사이에 정말로 차이가—"

"두말하면 잔소리지! 어이, 히멀, 방금 내가 택시를 몰다가 뭘 칠 뻔했는지 알아? 자네가 만든 그 조그만 수레 중 하나였어. 그대로 뭉개고 지나갈 수도 있었지만 안 그랬지. 사방팔방에 널려있더군. 몇 백 대든 뭉개버릴 수도 있었어……. 난 몇 시간마다 TF&D사 근처를 지나가니까. 재밌는 얘길 하나 해줄까. 티화나 당국은 그 빌어먹을 조그만 수레들이 도대체 어디서 오는 건지 아느냐고 내게 묻더군. 난 모른다고 대답했지만……. 그러니까 자네도 날 좀 도와줘. 우리가 오늘 밤 함께 도를 얻지 못한다면 얘기해버릴지도 몰라."

"알았어. 하나 사겠네." 히멀은 마지못해 대꾸하고 지갑을 꺼냈다. 공갈 협박을 당한 것이나 마찬가지다. 돈을 버린다고 생각하는 쪽이 마음이 편하다. 오늘 밤에는 허무한 시간을 보내게 될 것이다.

그의 예상은 완전히 빗나갔다.

대對 리그 전쟁에서 지구의 최고 지휘관 자리를 맡고 있는 지노 몰리나리는 평소 때처럼 카키색 군복 차림에, 가슴에는 단 한 개의 훈장만을 달고 있었다. 15년 전에 UN 총회로부터 수여받은 1급 황금십자장이다. 면도를 할 필요가 있어 보이는군. 에릭 스위트센트는 생각했다. 몰리나리의 얼굴 아래쪽은 까칠하게 자라난 수염 밑동으로 뒤덮였고, 마치 몸속 깊숙한 곳에서 밖으로 스며나온 듯한 땟국으로 시커멓게 절어있었다. 구두끈 역시 바지 지퍼처럼 힘없이 풀려있었다.

정말이지 몰골이 말이 아니군. 에릭은 생각했다.

줄지어 방으로 들어온 버질 일행은 이 광경을 보고 아연실색했지만, 몰리나리 본인은 고개를 들려고도 하지 않았고, 멍하고 무감동한 얼굴 표정 역시 바뀌지 않았다. 몰리나리가 피폐하고 병든 상태라는 점은 명백했다. 아무래도 일반 대중 사이에 도는 소문은 사실과 다르지 않은 듯했다.

오히려 에릭은 실물로 보는 몰리나리가 최근에 TV에서 본 것과 하등 다르지 않은 모습이라는 사실에 놀랐다. 실물 쪽이 더 위대하다거나, 강건하다거나, 유능하다는 느낌이 전혀 없었던 것이다. 믿기 힘들었지만 현실이었다. 그럼에도 불구하고 몰리나리는 지구의 최고 권력자였다. 법적으로는 어떤 관점에서 보더라도 현재의 권력을 유지하고 있었고, 누구에게도—적어도 지구인에게는—권력을 물려줄 생각이 없었다. 심신 양면으로 심각하게 소진된 상태이면서도 몰리나리는 물러날 생각을 전혀 하고 있지 않다는 사실을 에릭은 갑자기 깨달았다. 어떤 의미에서는 몰리나리가 자신의 이토록 피폐한 모습을 전혀 꾸미지 않고 상당한 유력자들 앞에서 드러낼 수 있다는 사실 자체가 그의 강고한 불퇴不退 의사를 보여주고 있다고 받아들일 수도 있을 것이다. 몰리나리는 자신의 진짜 모습을 감추지 않았고, 특별히 허세를 부린다거나 용맹스러운 전쟁 영웅 시늉을 하려고 하지도 않았다. 그런 일에 신경을 쓰기에는 너무 피폐했든가, 워낙 중차대한 사안들이 산적한 탓에 사람들—특히 동료 지구인들—에게 체면을 차리기 위해 그렇지 않아도 쇠락해가는 기력을 쓸 여유가 전혀 없든가 둘 중 하나라는 생각이 든다. 몰리나리 입장에서 그런 일은 이제 의미가 없는 것이다.

어떤 결과가 찾아오든 간에 말이다.

버질 애커먼이 에릭을 향해 나직하게 말했다. "자넨 의사니까, 혹시 진찰을 받고 싶은지 이 친구한테 물어보면 어떻겠나." 버질 또한 걱정하는 기색이 역력했다.

에릭은 버질을 쳐다보았다. 이제야 알겠다. 버질이 나를 여기까지 데려온 것은 바로 이 때문이었던 것이다. 내가 몰리나리를 만나서 진찰할 수 있도록 하는 것이 목적이었다. 그 외의 구실들은 동행인들을 포함해서 위장에 불과하다. 릴리스타인들을 속이기 위한. 이제는 명명백백하게 알 수 있다. 이번 일이 무엇인지, 내가 무슨 일을 해야 하는지. 지금 눈앞에 누워있는 사람은 내 치료를 필요로 하는 환자다. 지금 이 순간부터, 나의 모든 능력과 재능을 쏟아부어야 하는 대상인 것이다. 반드시 그래야 한다. 다른 대안 따위는 없다. 상황이 나에게 그럴 것을 요구하고 있으므로. 다른 길은 없다.

에릭은 허리를 굽히고 더듬거리며 말했다. "사무총장님." 떨리는 목소리였다. 그러나 몰리나리에 대한 외경심에서 그러는 것이 아니라—눈앞에 널브러져있는 사내에게 그런 감정을 유발하는 요소는 전혀 없었다—단순한 무지 탓이었다. 그런 지위에 있는 사람에게 어떻게 말을 걸어야 할지 전혀 감이 잡히지 않았기 때문이다. "저는 일반의—般醫입니다." 그는 마침내 이렇게 말하고 입을 다물었다. 자기 귀에도 맥 빠진 소리로 들렸다. "인공장기 이식 전문의이기도 하지만 말입니다." 그러고는 말을 멈췄지만 상대방에게서는 아무런 시각적, 청각적 반응도 돌아오지 않았다. "총장님이 여기 워싱턴-35에 계시는 동안—"

느닷없이 몰리나리가 고개를 들었다. 눈이 맑아졌다. 잠시 에릭을 응시하더니, 갑자기 특유의 굵직하고 우렁우렁한 목소리로 말을 걸어 모두를 깜짝 놀라게 만들었다. "걱정이랑 붙들어 매게나, 선생. 난 괜찮으니까." 그러고는 씩 웃었다. 짧지만 인간적인 미소였다. 몰리나리는 에릭의 난처한 처지를 충분히 이해하고 있는 듯했다. "모두들 놀아보자고! 1935년 스타일로 즐기는 거야! 금주법이 시행되던 시절이던가? 아니, 그보다는 전이었겠군. 펩시콜라라도 마시지 않겠나."

"라즈베리 쿨에이드를 마시려던 참이었습니다." 평소의 침착함을 어느 정도 되찾은 에릭이 응수했다. 두근거리던 가슴도 이제는 정상으로 돌아와있었다.

몰리나리는 쾌활한 어조로 말했다. "버질 저 친구, 이렇게 지구에서 멀리 떨어진 곳에 잘도 이런 장소를 만들어놓았더군. 실컷 구경했는데, 이렇게 끝내주는 곳은 국유화해야 하지 않을까 하는 생각이 들 정도야. 전심전력을 다해 전쟁 수행에 기여해도 모자랄 판에, 개인 취미에 이렇게 막대한 자산을 쏟아붓다니 기가 막히는군." 농담처럼 들렸지만 뼈 있는 한마디였다. 너무나도 정교한 복제 도시에 대해 불쾌감을 느낀 듯했다. 몰리나리의 금욕적인 생활에 관해서는 지구 주민이라면 누구나 알고 있었다. 간혹 그런 태도와는 상반되는 주색잡기에 열중하는 경우도 이따금 있기는 했지만, 최근 들어서는 그마저 시들해졌다는 소문이 돌았다.

"이 친구가 에릭 스위트센트 선생일세." 버질이 말했다. "이미 총사령부의 인사 파일을 읽어서 잘 알고 있겠지만, 인공장기 이식에서는 지구 최고의 전문가지. 지난 10년 동안 나한테 무려 스물다섯 번이나 이런저런 장기를 이식해줬어— 아니, 스물여섯 번이었던가? 물론 그에 상응하는 보수를 지불했지만. 매달 꼬박꼬박 받아가는 월급 액수가 만만치가 않지. 이 친구의 사랑스러운 아내만큼 많지는 않지만 말이야." 버질은 이렇게 말하고 에릭을 보며 씩 웃었다. 말라비틀어진 길쭉한 얼굴에 아버지 같은 자애로운 표정을 떠올리고 있다.

잠시 후 에릭은 몰리나리에게 말했다. "저도 버질에게 새로운 뇌를 이식할 날이 오는 것을 고대하고 있습니다." 자기도 모르게 튀어나온 짜증스러운 말투에 에릭 자신도 놀라움을 느꼈다. 아마 캐시 이름을 언급한 것에 대한 반응이리라. "미리 준비해둔 뇌가 몇 개 있습니다. 그중 하나는 진짜 쩝니다."

"'쩝니다'라." 몰리나리는 중얼거렸다. "최근 몇 달 동안은 최신 유행어에 신경을 쓸 틈이 없었어…… 눈코 뜰 새 없이 바쁘거든. 작성해야 할 공문서는 산더미처럼 쌓여있고, 쓸데없는 공무가 너무 많아. 이 전쟁도 정말 '쩔지' 않나, 선생?" 그는 고통으로 가득한 커다란 검은 눈으로 에릭을 뚫어지게 쳐다보았다. 에릭은 난생처음으로 경험해보는 것이었다. 도저히 같은 인간의 것이라고는 생각하기 힘들 정도로 강렬한 눈길. 숫제 일종의 생리 현상에 가까웠다. 유아기에 생성된 특이하고 우월한 신경 경로에서 비롯된 기민한 반사력의 소산이라고나 할까. 몰리나리의 응시는 그것이 발산하는 위압감과 기민함만으로도 범인凡人을 초월했다. 이 시선이야말로 몰리나리와 다른 인간들을 갈라놓는 특징이었다. 몰리나리의 경우, 인간의 마음과 외부 현실을 이어주는 주요 통로인 시각이 놀랄 정도로 발달한 덕에, 눈앞을 가로지르는 모든 것을 포착하고, 놓치지 않는 것이다. 그리고 그 무엇보다 더 중요한 것은, 이토록 강력한 안력眼力은 필연적으로 경계심을 갖추고 있다는 점이다. 위험이 닥쳐왔다는 사실을 재빨리 알아차릴 수 있는 능력을.

몰리나리는 바로 그런 능력을 이용해서 살아남은 것이다.

에릭은 문득 어떤 사실을 깨달았다— 이 끔찍하고 기나긴 전쟁을 겪으면서도 단 한 번도 상상한 적이 없었던 일을.

몰리나리는 어떤 시대에서든, 인간 사회의 어떤 단계에서든 틀림없이 지도자가 되었을 인물이었다. 어떤 곳에서도 말이다.

"사무총장 각하." 에릭은 최대한 신중하게 말을 골랐다. "어떤 전쟁도, 그걸 겪는 당사자들에게는 힘들고 괴로운 일입니다." 그는 잠시 생각하다가 이렇게 덧붙였다. "우리 모두는 이번 전쟁이 시작됐을 때도 그 사실을 잘 알고 있었습니다. 한 종족이, 한 행성이, 다른 두 종족들 사이에서 오랫동안 계속되어온 가혹한 전쟁에 자발적으로 참전했으니, 그런 위험을 감수하는 것은 당연한 일이 아니겠습니까."

침묵이 흘렀다. 몰리나리는 말없이 에릭을 훑어보았다.

"릴리스타인들이 우리의 동족이라는 것은 사실입니다." 에릭은 말을 이었다. "유전학적으로도 그건 이미 증명되지 않았습니까?"

이번에도 돌아온 것은 침묵뿐이었다. 그리고 아무도 이 무언의 빈 공간을 채우려고 하지 않았다. 잠시 후 몰리나리는, 생각난 듯이 방귀를 한 방 뀌었다.

"에릭한테 자네의 복통에 관해 얘기해봐." 버질이 몰리나리에게 말했다.

"복통이라." 몰리나리는 이렇게 말하고 얼굴을 찌푸렸다.

"그럼 내가 뭘 하려고 자네들을 여기로 데려왔다고—" 버질이 운을 뗐다.

"응." 몰리나리는 무뚝뚝하게 내뱉고 커다란 머리를 끄덕였다. "나도 알아. 자네들도 물론 알겠지. 바로 이걸 위해서 이렇게 모였다는 걸."

"세금이나 노사 관계에 관해 샅샅이 알고 있는 것만큼이나 스위트센트 선생이 자네를 도와줄 수 있다는 걸 난 확신하고 있다네, 사무총장." 버질은 말을 이었다. "우리는 모두 복도 건너편 방에 가있을테니, 내밀하게 얘기를 나누게나." 버질이 평소와는 다르게 조심스러운 태도로 자리를 뜨자, 뒤에 있던 애커먼 일족과 회사 중역들도 차례로 방에서 나갔다. 방에 있는 사람은 이제 에릭 스위트센트와 사무총장뿐이었다.

조금 뒤에 에릭은 말했다. "자, 사무총장님, 복부의 통증에 관해서 얘기해주시겠습니까." 상대가 누구든 간에 환자는 환자다. 에릭은 UN 사무총장 건너편의 안락의자에 앉았고, 반사적으로 직업적인 표정을 떠올리고 몰리나리가 입을 열기를 기다렸다.

04

그날 저녁, 브루스 히멀이 티화나 시의 황폐한 멕시코인 지구에 있는 크리스 플루트의 아파트에서 금방이라도 무너질 것 같은 나무 계단을 오르고 있었을 때, 배후의 어둠 속에서 여자 목소리가 들려왔다. "잘 있었어, 브루시? 오늘 밤은 어째 TF&D 사의 사원 모임이 되어버린 것 같네. 사이먼 일드도 함께 왔거든."

현관에서 그를 따라잡은 사람은 섹시하지만 만만찮은 독설가인 캐서린 스위트센트였다. 예전에도 플루트가 주선한 모임에서 몇 번 얼굴을 마주친 적이 있어서 브루스는 전혀 놀라지 않았다. 스위트센트 부인은 직장에서 입는 것과는 좀 다른 옷을 입고 있었다. 이 사실 또한 놀라울 것이 없었다. 오늘 밤의 수상쩍은 모임에 대비해서 캐시는 허리 위로는 아무것도 입지 않은 반나체 상태였다. 물론 두 개의 유두乳頭만은 반짝이는 금빛 물질로 덮여 있었지만 말이다. 엄밀하게 말하자면 도금한 것은 아니다. 이 금빛 물질은 화성산 생물이고, 각기 지각력까지 갖추고 있었다. 그런 연유로 좌우의 유두는 마치 살아있는 것처럼 움직이며 주위의 환경 변화에 민감하게 반응했다.

이것이 히멀에게 끼친 효과는 절대적이었다.

캐시 스위트센트 뒤에서 사이먼 일드가 계단을 올라왔다. 어둠 속에서 드러난 일드의 여드름투성이 얼굴에는 멍청하고 상스러운 표정이 떠올라있었다. 히멀 입장에서는 아예 없는 편이 나은 사내였다. 불행하게도, 사이먼을 보면 자기 자신의 질 나쁜 복제를 보고 있는 듯한 기분이 들기 때문이다. 히멀 입장에서는 최악의 인선이었다.

플루트의 너저분하고 쉰 냄새가 나는 복합아파트에 있는 천장이 낮고 난방조차도 안 된 방에는 이미 네 번째 참가자가 와 있었다. 히멀은 단박에 그가 누군지를 알아보았고, 눈을 돌리지 못하고 빤히 쳐다보았다. 책의 뒤표지에 실린 저자 근영에서 곧잘 본 적이 있는 유명인이었기 때문이다. 창백한 얼굴에 안경을 끼고, 가지런히 빗질한 장발에, 몸에는 이오* 산産 천으로 만든 세련되고 고급스러운 옷을 걸치고 있지만, 어딘가 안절부절못하며 서있던 사내는 샌프란시스코에 사는 도교道教 권위자 맘 헤이스팅스였다. 체격은 가냘프지만 놀라울 정도로 잘생긴 40대 중반의 이 사내가 동양 신비주의에 관한 다수의 책

---

* Io. 목성의 제6위성

을 썼고, 그 덕택에 상당히 유복한 생활을 영위하고 있다는 사실을 히멀은 알고 있었다. 그런 헤이스팅스가 왜 이런 곳에 온 것일까? 보나마나 JJ-180을 시험해볼 작정이리라. 헤이스팅스는 합법 불법에 개의치 않고 세상의 모든 환각제를 체험해보는 것으로 유명했다. 헤이스팅스 관점에서 보면 약물은 종교와 밀접한 관계가 있기 때문이다.

그러나 히멀이 아는 한 맘 헤이스팅스가 티화나에 있는 플루트의 아파트에 출몰한 것은 이번이 처음이었다. 그를 이런 곳까지 오게 한 JJ-180이란 도대체 어떤 약물일까? 히멀은 이런 생각을 하며 방구석에 서서 주위에서 일어나는 일을 관찰했다. 헤이스팅스는 마약과 종교에 관한 플루트의 장서를 구경하는 일에 몰두하고 있었다. 다른 사람들의 존재에는 관심이 없는 듯했고, 경멸하는 듯한 분위기조차 풍기고 있었다. 사이먼 일드는 평소와 마찬가지로 방바닥의 쿠션 위에 널브러져있었다. 비비 꼬인 갈색 마리화나 담배에 불을 붙이더니 멍하게 연기를 뿜으며 크리스가 나타나기를 기다리고 있다. 그리고 캐시 스위트센트는— 웅크리고 앉아, 생각에 잠긴 눈으로 자기 무릎을 쓰다듬고 있었다. 마치 파리가 몸단장을 하는 듯한 느낌이다. 히멀은 그녀가 자신의 날씬하고 강인한 육체를 요가라도 하듯 일부러 자극하면서 각성 상태로 몰아가고 있다는 인상을 받았다.

이런 육감적인 모습은 히멀을 불안하게 했다. 히멀은 시선을 다른 곳으로 돌렸다. 캐시의 존재는 정신적인 면을 중시하는 오늘 저녁의 모임과는 어울리지 않는다. 그러나 스위트센트 부인에게 의견을 개진할 수 있는 사람은 아무도 없었다. 이 여자는 거의 자폐증 환자나 마찬가지였기 때문이다.

그때, 맨발에 빨간 목욕 가운을 걸친 크리스 플루트가 부엌에서 나타났다. 검은 선글라스를 쓴 채로 슬슬 시작할 시간이 되었는지를 가늠하고 있다.

"맘." 플루트가 말했다. "캐시. 브루스. 사이먼, 그리고 나, 크리스천까지 모두 다섯 명이로군. 바나나 보트 편으로 탐피코 항구에 방금 도착한 약을 써서, 미지의 세계로 모험을 떠날 준비는 되었겠지…… 자. 바로 이거야." 플루트는 손바닥을 내밀었다. 다섯 개의 캡슐이 보였다. "한 사람당 한 개씩 먹으면 돼― 캐시, 브루스, 사이먼, 맘, 그리고 나, 크리스천. 모두들 함께 마음의 여행을 떠나는 거야. 모두 무사히 돌아올 수는 있을까? 보텀이 말한 것처럼, 깡그리 변신할 수는 있을까?"*

정확하게는 피터 퀸스가 보텀에게 말한 대사이지. 히멀은 속으로 생각했다.

그러고는 그 대사를 소리내어 말했다. "'보텀, 그대는 깡그리 변해버렸어.'"

"뭐라고?" 크리스 플루트는 얼굴을 찡그리며 되물었다.

"이게 정확한 인용이야." 히멀은 대꾸했다.

"빨리 시작해, 크리스." 캐시 스위트센트가 뚱한 어조로 말했다. "빨리 약을 나눠 주고 시작하자고." 그녀는 크리스의 손바닥 위에서 캡슐 하나를 재빨리 낚아채는 데 성공했다. "난 지금

---

* 셰익스피어 작 『한 여름밤의 꿈』 3막에 나오는 대사.

삼킬래. 물 없이." 캐시가 말했다.

맘 헤이스팅스가 영국인을 연상시키는 거드름 피우는 어조로 말했다. "물 없이 섭취해도 효과가 같을지 궁금하군?" 헤이스팅스는 캐시 쪽으로 눈길 한 번 주지도 않고 그녀를 샅샅이 관찰한 것이 틀림없다. 몸의 일부가 갑자기 긴장한 것만 보아도 속내가 뻔히 드러나 보였다. 히멀은 강한 분노를 느꼈다. 이 모든 일은 우리의 육체를 초월하기 위한 행위가 아니었던가?

"효과는 다르지 않아요." 캐시는 대꾸했다. "절대적 현실 속으로 뛰어 들어가면 모든 게 똑같죠. 모든 것이 하나의 광대한 혼돈이 된다고나 할까." 그러고는 캡슐을 삼켰고, 쿨럭거렸다. 캡슐은 이제 없었다.

히멀은 손을 뻗어 자기 캡슐을 집어 들었다. 다른 사람들도 그 뒤를 따랐다.

"만약 몰리나리의 경찰한테 이걸 들킨다면" 사이먼은 혼잣말하듯이 말했다. "우리 모두 징집되어서 최전선으로 보내질 거야."

"혹은 릴리스타 행성의 '자원봉사' 수용소에서 일하게 되겠지." 히멀은 덧붙였다. 모두들 긴장한 채로 약이 효력을 나타내기를 기다리고 있었다. 약효가 나타나기까지의 몇 초 동안은 언제나 이런 식이었다. "프레넥시 그 작자도 이해할 수 있도록 영어로 변환한다면, '보텀, 그대는 프레넥시로 깡그리 변해버렸어'라고 해야 하나." 히멀은 불안한 듯이 킥킥 웃었다. 캐서린 스위트센트는 그런 그를 쏘아보았다.

74

"아가씨." 맘 헤이스팅스는 침착한 목소리로 그녀에게 말했다. "혹시 예전에도 만난 적이 있는지 모르겠군. 어쩐지 낯이 익어서 말이야. 혹시 베이지역*에서 많은 시간을 보내시지는 않는지? 우리 집이 거기 있거든. 건축가가 설계한, 작업장이 딸린 건물이고, 서부 마린의 바다를 내려다보는 언덕 위에 있지……. 거기서 곧잘 세미나를 열곤 하는데, 누구든 자유롭게 와서 참가할 수 있다네. 하지만 거기서 봤다면 기억하고 있을 텐데. 아, 그렇군—"

캐서린 스위트센트가 말했다. "우리 빌어먹을 남편이— 결코 허락하지 않을걸요. 난 자립한 여자인데도—경제적으로도 얼마든지 여유가 있는데도—뭔가 내 힘으로 하려고 하면 언제나 딱딱거리고, 끽끽거리는 잔소리를 들어야 하죠." 그러고는 이렇게 덧붙였다. "내 직업은 골동품 수집가랍니다. 하지만 고리타분한 물건들에는 싫증이 나서. 그래서 이제는—"

맘 헤이스팅스는 캐시의 말을 가로막고 크리스 플루트에게 말했다. "이 JJ-180이란 건 어디서 온 건가, 플루트? 독일이라고 했던 것 같은데. 하지만 자네도 알다시피 나는 독일에 있는 제약 관계 기관들과는 공립이든 사립이든 대부분 안면이 있는데, JJ-180이라고 불리는 약에 관해서는 전혀 들어본 적이 없어서 말이야." 그러고는 미소 지었다. 그러나 이것은 날카롭고 교활한 느낌을 주는 미소였고, 상대방에게 대답을 강요하는 것이었다.

---

* Bay area. 샌프란시스코 만 인근 지역.

크리스는 어깨를 으쓱했다. "난 내가 들은 대로 말했을 뿐이야, 헤이스팅스. 싫으면 그만두라고." 플루트는 헤이스팅스의 말에 전혀 신경을 쓰는 기색이 아니었다. 이런 식의 거래에서 보증 따위를 할 의무는 없다는 사실을 모든 사람이 암묵적으로 이해하고 있었기 때문이다.

"그렇다면 실제로는 독일제가 아니라는 거군." 헤이스팅스는 고개를 살짝 끄덕이며 말했다. "알 것 같군. JJ-180은 프로헤다드린이라고 불리기도 한다는 걸 아는데……. 혹시 지구 밖에서 온 거 아닌가?"

잠시 후 크리스는 말했다. "난 그런 것까진 몰라, 헤이스팅스. 정말로."

일동 모두를 향해 헤이스팅스는 특유의 차갑고 이지적인 어조로 말했다. "과거에도 지구 밖에서 만들어진 불법 마약이 들어온 적이 있지만, 모두 별 볼일 없는 것들이었지. 대부분 화성산 식물을 원료로 한 것들이었고, 이따금 가니메데 산 지의류地衣類로 만든 것도 있었어. 아마 자네들도 얘기를 들은 적이 있겠지. 모두들 그런 종류의 정보는 잘 알고 있는 것 같으니까 말이야. 응당 그래야 하고. 적어도 자네들은—" 헤이스팅스의 미소가 더 커졌지만, 무테 안경 뒤의 두 눈은 웃고 있지 않았다. "이 JJ-180의 출처에 관해서는 충분히 만족하고 있는 것 같군. 이 친구한테 50 US달러나 주고 산 걸 보면."

"난 만족해." 사이먼 일드가 평소처럼 멍청한 말투로 대꾸했다. "이러쿵저러쿵하기에는 너무 늦었어. 다들 크리스한테 돈을 냈고, 이미 캡슐을 삼켰잖아."

"맞는 말일세." 헤이스팅스는 순순히 시인하고 크리스의 삐 걱거리는 안락의자에 앉았다. "뭔가 변화를 느낀 사람은 아직 없나? 그러는 즉시 얘기해줘." 그는 캐서린 스위트센트를 흘끗 보았다. "당신의 젖꼭지들이 나를 바라보고 있다는 느낌이 자 꾸 오는데, 그냥 내 착각인가? 어느 쪽이든 간에, 거북하기 이 를 데 없군."

"뭔가 느끼기 시작했어." 크리스 플루트가 긴장한 목소리로 말했다. "뭔가를 느껴, 헤이스팅스." 그는 혀로 입술을 축이려 고 했다. "잠깐 기다려. 난― 솔직히 말해서 난 여기 혼자 있어. 주위에 아무도 없잖아."

맘 헤이스팅스는 크리스를 찬찬히 훑어보았다.

"그래." 크리스는 말을 이었다. "난 내 아파트에 혼자 있어. 다들 자취를 감췄어. 하지만 책이나 의자, 기타 다른 것들은 모 두 남아있어. 그럼 난 누구한테 말을 하고 있는 거지? 내 말에 대답한 사람 있어?" 그는 주위를 둘러보았다. 일동의 모습이 그에게 보이지 않는다는 점은 명백했다. 시선이 그대로 그들을 지나쳤기 때문이다.

"내 젖꼭지들은 당신이든, 기타 누구든 바라보고 있지 않아 요." 캐시 스위트센트는 헤이스팅스에게 말했다.

"아무 목소리도 안 들려." 크리스는 공황 상태에 빠져 말했 다. "대답해줘!"

"다들 여기 있는데." 사이먼 일드는 이렇게 대꾸하고 킥킥거렸다.

"부탁이니 무슨 말이든 해봐." 크리스가 말했다. 간원하는 듯한 어조였다. "내 눈엔 그림자들밖에는 안 보여. 모든 게─ 생명이 없어. 죽은 것들뿐이야. 방금 시작됐을 뿐인데, 이제 어떻게 되는 건지 두려워. 지금도 그런 느낌이 계속되고 있어."

맘 헤이스팅스는 크리스 플루트의 어깨에 손을 얹었다.

손은 플루트의 몸을 그대로 통과했다.

"흠, 우린 50달러의 가치는 있는 걸 손에 넣은 것 같아." 캐시 스위트센트는 낮은 목소리로 말했다. 전혀 기쁜 투가 아니었다. 그녀는 크리스 쪽으로 천천히 다가갔다.

"그러지 마." 헤이스팅스가 온화한 목소리로 말했다.

"그래야겠네요." 캐시는 이렇게 대꾸하고 크리스 플루트의 몸을 통과했다. 그러나 반대편에서 다시 나타나지는 않았다. 사라져버린 것이다. 플루트는 그대로 그 자리에 남아서 누구든 대답해달라고 처량하게 간원하면서, 그가 더 이상 지각하지 못하는 동료들을 찾아 허공을 마구 더듬고 있었다.

고립이군. 브루스 히멀은 생각했다. 각자가 서로에게서 단절된 거야. 끔찍하군. 하지만─언젠가는 약발이 떨어질 거야. 그렇잖아?

그러나 히멀은 확신할 수 없었다. 게다가 그에게서는 아직 아무런 징후도 나타나지 않았다.

"이 아픔은 언제나 밤이 되면 더 악화되더군." UN 사무총장인 지노 몰리나리 장군은 쉰 목소리로 말했다. 그는 버질 애커먼의 워싱턴-35 아파트 거실에 있는 커다란 빨간색 수제 소파에 드러누워, 질끈 눈을 감고 있었다. 커다란 얼굴의 물컹물컹한 근육은 볼품없이 축 늘어져있었고, 입을 열 때마다 구지레한 볼살이 건들거렸다. "진찰은 받았네. 주치의인 티가든 선생한테 말이야. 수없이 검사를 받았지. 특히 악성종양이 있는지의 여부를 면밀하게 조사했어."

기계적으로 말하고 있군, 하고 에릭은 생각했다. 말투가 부자연스러운 것은 병에 관한 오만 가지 걱정이 워낙 단단히 머리에 박힌 탓이리라. 지금까지 수없이 많은 의사를 상대로 수없이 했던 의식을 되풀이하고 있는 것에 불과하다. 그리고― 지금도 고통에서 벗어나지 못하고 있다.

"악성종양 따위는 없어." 몰리나리는 말을 이었다. "권위 있는 친구들이 확진해줬으니 믿어야겠지." 몰리나리가 거창한 의학적 용어들을 야유하고 있다는 사실을 에릭은 갑자기 깨달았다. 자기를 구해주지 못하는 의사들에 대해 엄청난 적의를 품고 있는 듯했다. "십중팔구 급성 위염이라고 진단하더군. 유문幽門의 경련이라는 얘기도 있었지. 심지어 내 아내가 3년 전에 겪었던 산통産痛을 재현한 히스테리성 복통이라는 작자까지 있었어." 그는 반쯤 혼잣말하듯이 덧붙였다. "아내는 그 직후에 죽었다네."

"식사는 어떻게 하십니까?" 에릭이 물었다.

몰리나리는 지친 표정으로 눈을 떴다. "식사라. 난 안 먹는다네, 선생. 아무것도 안 먹어. 공기만으로 살아가고 있거든. 전 송신문에 나온 기사도 안 읽어봤나? 난 자네들 같은 보통 인간들과는 달리 음식을 먹을 필요가 없어. 특이체질이라서 말이야." 갑자기 언짢아진 기색이었다.

"그럼 업무를 보시는 데 지장이 있을 정도로 아프시다는 겁니까?"

몰리나리는 에릭을 찬찬히 훑어보았다. "자넨 이게 심신증心身症이라고 생각하고 있는 것 같군. 환자가 만성적인 증세를 호소하면 모조리 심인성으로 치부해버리는 건 과거에나 통용되던 구닥다리 유사 과학 아니었나?" 그는 쓰디쓴 표정으로 내뱉었다. 얼굴 근육이 꿈틀거린다. 축 늘어졌던 볼살도 이제는 공기라도 넣은 것처럼 팽팽하게 부풀어 올라있었다. "내가 책임을 회피하고 싶어서 이러는 거라고 주장하고 싶은 건가? 어이, 의사 선생, 난 아직도 내 책임을 떠맡고 있다네— 이 고통과 함께 말이야. 그럼 이걸 신경증적, 심리적 부산물이라고 불러야하나?"

"아닙니다." 에릭은 시인했다. "하지만 저는 정신의학에는 문외한이라서, 그걸 치료받으시려면—"

"이미 만나봤어." 몰리나리는 이렇게 말하고 느닷없이 몸을 일으켰고, 비틀거리며 선 채로 에릭을 마주 보았다. "버질을 불러줘. 이런 식으로 계속 나를 심문하는 건 시간낭비야. 어차피 심문받을 생각도 없고 말이야. 그런 건 안 좋아해." 몰리나리는 흘러내리는 카키색 바지를 추켜올리며 불안정한 발걸음으로 문을 향해 걸어갔다.

"사무총장님, 위를 적출할 수 있다는 건 알고 계시죠. 언제든 적출해서, 인공장기로 대체할 수가 있습니다. 간단한 수술이고 실패하는 경우도 거의 없습니다. 병력 기록을 읽지도 않고 이런 말을 하면 안 된다는 건 알지만, 언젠가는 위를 이식받으셔야 할 겁니다. 위험이 있든 없든 간에." 에릭은 몰리나리가 살아남을 것이라고 확신하고 있었다. 저러는 것은 순전히 공포증 탓이다.

"안 돼." 몰리나리는 조용히 말했다. "그럴 필요는 없어. 내가 한 선택이야. 죽어도 상관없어."

에릭은 몰리나리를 빤히 쳐다보았다.

"농담이 아닐세." 몰리나리가 말했다. "설령 내가 UN 사무총장이라고 해도, 죽고 싶어할지도 모른다는 생각은 안 해봤나? 이 고통에서, 이 육체적인—혹은 심리적인—병에서 해방되고 싶어할 거라고는? 더 이상 살고 싶지 않다, 이렇게 생각하고 있는 건지도 몰라. 그걸 누가 알겠나? 어차피 누가 상관하겠느냐고? 하지만 그런 건 아무래도 좋아." 몰리나리는 잡아뜯을 듯한 기세로 복도로 통하는 문을 열었다. "이봐, 버질!" 놀랄 정도로 활기차고 우렁찬 목소리였다. "부탁이니 빨리 그 빌어먹을 파티를 시작하자고." 그는 어깨 너머로 에릭을 돌아보며 말했다. "이게 파티라는 걸 알고는 있었나? 보나마나 저 늙다리는 지구가 직면한 군사 · 정치 · 경제 문제의 해결책을 모색하기 위한 중요한 회의라고 했겠지. 단 삼십 분 안에 그런 일을—"몰리나리가 씩 웃자 커다랗고 흰 이가 드러났다.

"솔직히 말해서 파티였다니 기쁘군요." 에릭은 말했다. 에릭 입장에서 몰리나리를 문진問診하는 일은 문진을 당하는 입장인 몰리나리만큼이나 힘든 경험이었다. 그렇지만— 버질 애커먼은 결코 이대로 물러나지는 않을 거라는 예감이 왔다. 버질은 몰리나리를 위해 어떤 일을 해주고 싶어한다. 친구의 고통을 없애주고 싶어하는 것이다. 그리고 그 이면에는 극히 현실적인 동기가 자리 잡고 있었다.

지노 몰리나리의 죽음은 버질이 TF&D사의 소유권을 상실하는 것을 의미했다. 프레넥시의 부하들이 지구의 경제 활동을 장악하는 일을 최우선시하고 있다는 점에는 의심의 여지가 없었다. 아마 상세한 사전 계획을 이미 짜놓았을 것이다.

버질 애커먼은 노련한 비즈니스맨이었다.

"저 늙은이한테서는 봉급을 얼마나 받고 있나?" 몰리나리가 갑자기 물었다.

"사, 상당한 고액입니다." 허를 찔린 에릭은 더듬거리며 대답했다.

몰리나리는 에릭을 훑어보며 말했다. "자네 애길 하더군. 이 회합에 오기 전에 말이야. 자네의 우수함에 관한 얘기를 귀가 아프도록 들어야 했어. 이미 오래전에 죽었어야 할 몸인데도 자네 덕에 여태껏 살아있다, 뭐 그런 헛소리를 말이야." 두 사람의 얼굴에 미소가 떠올랐다. "자넨 무슨 술을 마시겠나? 난 무슨 음식이든 좋아한다네. 고기 튀김에, 멕시코 음식에, 돼지 등갈비에, 홀스래디시 소스에 찍어먹는 새우튀김에……. 위장을 위해서라도 좋은 걸 먹어야 하니까 말이야."

"버번." 에릭은 말했다.

사내 하나가 방으로 들어와서 에릭을 흘끗 보았다. 무표정하고 음침한 이 사내가 몰리나리의 비밀 경호원 중 한 명이라는 사실을 에릭은 깨달았다.

"이 친구는 톰 조핸슨일세." 몰리나리는 에릭에게 설명했다. "이 친구 덕에 여지껏 살아있지. 나한테는 에릭 스위트센트 선생 같은 존재지만, 톰이 쓰는 건 권총이야. 의사 선생한테 권총을 보여주겠나, 톰. 어떤 때든, 어떤 거리에서든, 상대가 누구든 간에 눈 깜짝할 새에 사살할 수 있다는 걸 보여주라고. 지금 버질이 복도를 걸어오면 늙어빠진 심장 한복판을 쏴버려도 괜찮아. 어차피 여기 있는 스위트센트 선생이 새 걸 끼워넣을 수 있으니까 말이야. 그러려면 얼마나 걸리나, 선생? 십 분인가, 아니면 십오 분인가?" 몰리나리는 큰 소리로 웃고는 조핸슨에게 말했다. "문을 닫아줘."

경호원은 명령에 따랐다. 몰리나리는 에릭 스위트센트를 마주 보고 섰다.

"그런데 말일세, 실은 자네한테 묻고 싶은 일이 하나 있다네. 만약 자네가 나를 상대로 인공장기 이식 수술을 한다고 가정해보세. 내 오래된 위장을 꺼내고 새로운 걸로 바꾸고 있을 때 뭔가 잘못되면 어떻게 되나? 무슨 아픔을 느끼는 건 아니지? 왜냐하면 난 마취당해서 의식이 없을 테니까 말이야. 그래줄 수

83

있겠나?" 몰리나리는 에릭의 얼굴을 보고 있었다. "무슨 뜻인지 이해하지? 이해하는군." 배후에서는 경호원이 무표정한 얼굴로 닫힌 문 앞에 버티고 서서 누가 엿듣지 못하도록 감시하고 있었다. 몰리나리는 오직 에릭에게만 속내를 털어놓고 있는 것이다. 그를 완선히 신뢰하고.

"왜 그런 말씀을?" 잠시 후 에릭은 말했다. 저기 조핸슨의 레이저 매그넘 권총을 쓰면 간단히 해결될 문제 아닌가? 당신이 원하는 게 그런 거라면…….

"실은 나도 모르겠네." 몰리나리는 말했다. "딱히 생각나는 이유는 없어. 아마 아내의 죽음 때문인지도 모르겠군. 그게 아니라면 내게 부과된 무거운 책임 탓으로 돌려도 좋아…… 그 책임을 지금은 충분히 다하고 있지 못하지. 적어도 다수의 의견에 의하면 말이야. 하지만 거기엔 동의하기 힘들군. 난 잘하고 있다고 생각하고 있거든. 하지만 다른 사람들은 현 상황을 이루는 모든 인자를 완전히 파악하지 못하니까." 그러고는 본심을 말했다. "그리고 난 지쳤어."

"그건— 가능합니다." 에릭은 정직하게 대답했다.

"그럼 그럴 수 있다는 건가?" 몰리나리의 눈이 활활 불타오르며 에릭의 눈을 뚫어지게 응시했다. 상대방의 속내를 읽으려는 듯이. 그렇게 몇 초가 흘러갔다.

"예, 할 수 있겠죠." 에릭은 자살에 관해 조금 독특한 개인적 견해를 가지고 있었다. 그가 종사하는 직업의 기반을 이루는 윤리에는 반했지만, 그는 살면서 직접 경험한 생생한 현실에 근거해서— 죽음을 원한다면 누구든 죽을 권리가 있다는 신념을 가지고 있었다. 이런 신념을 정당화할 그럴듯한 논리를 가지고 있지는 않았고, 또 그런 것을 고안할 생각도 없었다. 그의 입장에서는 자명한 이치였기 때문이다. 애당초 인간의 삶 자체가 은총이라는 증거는 어디에도 없지 않은가. 개중에는 그렇게 느끼는 사람도 있겠지만, 물론 안 그런 사람도 많다. 지노 몰리나리에게 삶은 악몽이었다. 이 사내는 병들었고, 양심의 가책에 시달리고 있으며, 전혀 성공할 가망이 없는 엄청난 노역勞役을 짊어지고 있다. 동포인 지구인들의 신뢰를 전혀 못 받고 있지만, 그렇다고 해서 릴리스타인들의 존경이나 신뢰나 예찬을 받고 있는 것도 아니다. 이에 더하여 아내의 돌연하고 예기치 않은 죽음으로 시작해서 최근 그를 엄습한 복통에 이르기까지 개인사 문제로 고민하고 있다. 게다가—에릭은 갑자기 직감했다—그 이상의 고민거리가 있다. 몰리나리밖에는 모르지만, 남에게 밝힐 의사가 없는 모종의 결정적인 요소가.

"그럴 용의는 있나?" 몰리나리가 물었다.

긴 침묵이 흐른 후 에릭은 대답했다. "예, 그럴 용의가 있습니다. 쌍방 합의하에 말입니다. 각하가 그걸 원했고, 제가 그에 응했다. 단지 그걸로 족합니다. 다른 사람들과는 무관한 우리 두 사람 사이의 일로 해두겠습니다."

"알았네." 몰리나리는 고개를 끄덕였다. 안도한 표정이었다. 긴장도 좀 풀리고, 마음이 편해진 느낌이랄까. "왜 버질이 자네를 추천했는지 알 것 같군."

85

"저도 그러려고 했던 적이 한 번 있습니다. 그리 오래전의 일이 아닙니다."

몰리나리는 고개를 획 쳐들고 날카롭기 그지없는 눈으로 에릭을 응시했다. 마치 에릭의 육체를 가르고 마음속 가장 깊숙한 곳에 숨겨진 말없는 부분을 직접 파고드는 듯한 시선이었다. "정말인가?" 몰리나리는 물었다.

"예." 에릭은 고개를 끄덕였다. 그래서 나도 이해할 수 있어. 그는 생각했다. 그래서 자세한 이유 따위를 몰라도 공감할 수 있는 거야.

"하지만 나는 자세한 이유를 듣고 싶은데." 몰리나리가 말했다. 텔레파시가 아닐까 생각될 정도로 정확하게 에릭의 속마음을 짚어낸 이 말을 듣고 에릭은 망연자실했다. 상대방의 날카로운 시선으로부터 눈을 돌릴 수가 없었다. 그러고는, 깨달았다. 이것은 초능력 따위가 아니라, 그보다 훨씬 더 신속하고 강력한 것이라는 사실을.

몰리나리가 손을 내밀었다. 에릭은 반사적으로 그 손을 잡았다. 악수를 한 뒤에도 몰리나리는 손을 놓는 대신에 오히려 꽉 쥐었다. 통증이 에릭의 팔을 타고 올라왔다. 몰리나리는 에릭을 좀 더 잘 알고 싶어하는 듯했다. 얼마 전에 필리스 애커먼이 그랬듯이, 에릭에 관해 알 수 있는 일은 모조리 알아내려고 시도 중인 것이다. 그러나 몰리나리는 단순한 호기심에서 이러는 것이 아니었다. 그는 진실을 당사자인 에릭 스위트센트의 입으로 직접 듣고 싶어하고 있었다. 결국 무슨 일이 있었는지를 몰리나리에게 털어놓는 수밖에 없다. 선택의 여지는 없었다.

실은 매우 사소한 사건에 지나지 않았다. 만약 다른 사람에게 털어놓았더라면 황당하다는 반응과 함께 비웃음을 사도 싼 얘기였기 때문에 그가 다니는 정신분석의에게조차 발설한 적이 없었다. 비웃음을 넘어 정신이상이라는 의심조차 받을 수 있었기 때문이다.

그 사건이란 그와ㅡ

"자네 아내 사이의 일이군." 몰리나리는 여전히 그를 빤히 쳐다보고 있었다. 여전히 손을 꼭 쥐고 있다.

"예." 에릭은 고개를 끄덕였다. "단초는 제 앰펙스 비디오테이프…… 20세기 중반의 위대한 코미디언인 조내선 윈터스의 테이프였습니다."

에릭은 캐시 링롬을 처음으로 자기 아파트에 초대하기 위한 구실로 그의 훌륭한 테이프 컬렉션을 이용했다. 캐시도 초대만 해준다면 그의 아파트에 잠시 들러서 몇몇 장면을 보고 싶다는 얘기를 한 적이 있었다.

몰리나리가 말했다. "그리고 자네가 테이프를 수집하고 있다는 사실에서 뭔가 심리적인 의미를 읽었던 거로군. 자네에게 '특별한' 의미를 가진 무엇인가를."

"예." 에릭은 침울하게 고개를 끄덕였다.

어느 날 밤 캐시는 그의 아파트 거실에서 고양이처럼 유연하고 긴 지체를 웅크리고 앉아있었다. 최신 유행에 맞춰 도료를 뿌려 엷은 초록빛을 띤 유방을 드러낸 채로, 화면을 뚫어지게 응시하며 간간이 웃음을 터뜨리던—그 테이프를 보고 안 그럴 사람이 어디 있겠는가?—그녀가 문득 말했다. "있잖아, 윈터스는 역시 역할 연기에서 빛이 나는 것 같아. 일단 어떤 역할을 맡으면 완전히 몰입해버리는 식이지. 정말로 그런 사람이 되었다고 믿어버리는 것 같아."

"그게 마음에 안 든다는 거야?" 에릭은 물었다.

"그런 건 아니고, 단지 당신이 윈터스에 끌리는 이유를 알 수 있다는 생각이 들어서." 캐시는 물방울이 맺힌 차가운 유리잔을 만지작거리며 긴 속눈썹을 내리깐 채로 곰곰이 생각에 잠겼다. "윈터스의 문제는, 자기 역할에 완전히 몰입할 수 없는 부분이 언제나 남겨져있다는 거야. 그렇다면 당신도 인생에 대해서, 당신이 수행해야 할 역할, 그러니까 장기이식 전문의라는 사실에 대해 저항하고 있다는 뜻이야. 당신 내부의 어린애 같은, 무의식적인 부분은 사회인이 되는 걸 거부하고 있는 거지."

"흐음, 그게 그렇게 맘에 안 들어?" 에릭은 일부러 농담하듯이 되물었다. 정신분석을 받으려고 만나는 것도 아니고, 이 부담스러운 대화를 어떻게든 조금 더 즐거운 곳으로 유도하고 싶었기 때문이다……. 희미한 연두색 빛을 발하며 깜박이는 그녀의 티 없는 젖가슴을 주시하면서 그의 마음속 일부가 확고하게 매료된 영역으로.

"기만적이잖아." 캐시가 말했다.

그 말을 들었을 때 에릭 내부의 무엇인가가 상처받고 신음을 흘린 것을 기억한다. 지금도 상처를 느꼈다. 몰리나리도 에릭의 신음 소리를 듣고, 그 사실에 주목한 듯했다.

"당신은 다른 사람들을 속이고 있는 거야." 캐시는 그렇게 말했었다. "이를테면 나를." 그 시점에서 그녀는 고맙게도 화제를 바꿨다. 그는 안도했다. 하지만— 그는 왜 그렇게 동요했던 것일까?

나중에, 두 사람이 결혼했을 때, 캐시는 새침한 어조로 테이프 컬렉션을 두 사람이 공유하는 공간이 아닌 그의 서재에 놓아두라고 요구했다. 묘하게 거북하다는 이유로. 하지만 왜 거북한지는 모르겠다고 했다—적어도 그에게는 그렇게 말했다. 어느 날 저녁 낯익은 욕구를 느낀 에릭이 테이프 컬렉션의 일부를 재생하려고 하자 캐시는 불평했다.

"왜?" 몰리나리가 물었다.

에릭은 대답하지 못했다. 그도 이유를 몰랐고, 지금도 모르기 때문이다. 그러나 그것은 불길한 파국의 전조였다. 캐시가 테이프들을 혐오하고 있다는 것은 알았지만 그것이 무엇을 시사하는지는 알지 못했다. 자기 결혼 생활에서 일어난 일의 의미를 파악할 수 없다는 사실에 그는 깊은 불안을 느꼈다.

한편 에릭은 캐시의 소개로 버질 애커먼을 위해 일하게 되었다. 아내의 도움으로 경제적으로도 사회적으로도 한꺼번에 여러 계단을 뛰어오를 수 있게 된 모양새였다. 물론 그는 캐시에게 고마움을 느꼈다. 당연하지 않은가? 가장 큰 야망을 이뤘으니 말이다.

아내 덕에 원하는 것을 이뤘다는 사실을 그는 그리 중대하게 받아들이지는 않았다. 아내가 남편의 출세를 돕는 것은 흔히 있는 일이다. 거꾸로 남편이 아내를 돕는 경우도 있다. 그렇지만—

캐시는 그 사실을 고민하고 있었다. 그녀 자신이 먼저 제안한 일이면서도.

"그럼 지금 직장은 자네 처가 얻어 준 건가?" 몰리나리는 찌푸린 얼굴로 되물었다. "그러고는 자네를 탓했다 이거지? 어떤 상황인지 눈에 보이는군. 명확하게." 그는 앞니를 만지작거리며 말했다. 여전히 험악하고 찌푸린 표정이었다.

"어느 날 밤에 침대에서—" 에릭은 여기까지 말하고 차마 말을 잇지 못하고 입을 다물었다. 너무나도 개인적이고, 너무나도 불쾌한 경험이었기 때문이다.

"계속해줘." 몰리나리가 말했다. "끝까지 듣고 싶네."

에릭은 어깨를 움츠렸다. "그러니까— '이런 가짜 인생에는 질렸어'라고 말하더군요. 물론 여기서 '가짜'라는 건 제 직장 일을 가리키는 겁니다."

벌거숭이로 침대에 누워, 당시에는 길었던 머리카락을 어깨 위로 늘어뜨린 채로, 캐시는 이렇게 말했다. "당신은 지금 직장에 취직하고 싶어서 나와 결혼했지. 자기 힘으로 노력할 생각도 안 하고. 남자라면 모름지기 자기 앞길을 개척해야 하는 법이잖아." 캐시의 눈에서 눈물이 솟구쳤고, 그녀는 와락 엎드리고 울었다— 적어도 우는 것처럼 보였다.

"'노력'하라고?" 에릭은 당혹해하며 물었다.

몰리나리가 끼어들었다. "더 출세해라. 더 나은 일을 얻어라. 아내가 남편더러 노력하라는 건 보통 그런 뜻이라네."

"하지만 난 지금 일이 마음에 드는데." 에릭은 그때 이렇게 대답했다.

"그럼 당신은 만족한다는 거야?" 캐시는 쓰디쓴 어조로 웅얼거렸다. "다른 사람들의 눈에 성공한 사람으로 보이는 것만으로? 실제로는 전혀 아니잖아." 그러고는 훌쩍거리며 흐느끼듯이 이렇게 덧붙였다. "잠자리에서도 제 구실을 못하는 주제에."

에릭은 몸을 일으켜 아파트 거실로 나갔다. 그곳에 잠시 홀로 앉아있다가, 본능적으로 서재로 가서 애지중지하는 조니 윈터스의 테이프 중 하나를 꺼내 프로젝터에 끼웠다. 한동안은 참담한 기분으로 조니가 잇달아 모자를 바꿔 써가며 전혀 다른 사람으로 변신하는 모습을 바라보고 있었다. 그러던 중―

서재 문간에 캐시가 유연하고 날씬한 나신을 드러냈다. 그녀는 일그러진 표정으로 말했다. "이제 알았어?"

"뭘 알아?" 에릭은 테이프 프로젝터를 껐다.

"테이프 말이야. 내가 지워버린거."

에릭은 캐시를 빤히 바라보았다. 그녀가 한 말을 이해할 수 없었기 때문이다.

"며칠 전에, 이 아파트에 혼자 있었을 때" 캐시는 새된 목소리로 도전하듯이 말했다. "정말이지 기분이 울적했어―그때 당신은 아무 짝에도 쓸모 없는 일을 하기 위해 버질한테 가있었고―그래서 난 테이프를 하나 끼웠어. 설명서에 나온 그대로 정확하게 끼웠는데, 뭔가 잘못됐던 것 같아. 그래서 지워져버렸어."

몰리나리는 침울한 목소리로 중얼거렸다. "자네한테 '괜찮아' 라는 말을 듣고 싶었던 거로군."

에릭도 그 사실을 알고 있었다. 그때도 알았고, 지금도 알고 있다. 그러나 그러는 대신 그는 화를 억누른 목소리로 겨우 이렇게 말했을 뿐이었다. "어느 테이프야?"

"기억 안 나."

언성이 높아졌다. "빌어먹을. 어느 테이프였어?" 에릭은 테이프가 진열된 선반으로 달려가서 처음 손에 닿은 케이스를 움켜쥐었다. 잡아뜯듯이 테이프를 꺼내서, 서둘러 프로젝터에 끼웠다.

"이미 알고 있었어." 캐시는 극도의 경멸이 담긴 눈으로 그런 그를 바라보면서 거칠고 음울한 어조로 내뱉었다. "당신이…… 나보다 그 테이프들을 훨씬 중요하게 여긴다는 걸."

"제발 부탁이니 어느 테이프인지 가르쳐줘!" 그는 간원했다.

"보나마나 안 가르쳐줬겠지." 몰리나리는 생각에 잠긴 어조로 중얼거렸다. "바로 그걸 노리고 그랬을 테니까. 어느 테이프인지를 알아내려면 자넨 모든 테이프를 빠짐없이 틀어봤어야 했을 거야. 족히 이틀은 테이프를 틀고 있었겠지. 머리가 좋은 여자로군. 정말로 머리가 좋아."

"싫어." 캐시는 나직하고 쓰디쓴 어조로 말했다. 거의 섬약하다는 느낌이 들 정도의 목소리였다. 얼굴 가득히 그에 대한 증오가 넘쳐났다. "정말 잘한 일이라고 생각해. 이제 내가 뭘 할 생각이게? 난 그 빌어먹을 테이프들을 몽땅 못쓰게 만들 거야."

에릭은 망연자실한 표정으로 캐시를 응시했다.

"당신은 그런 일을 당해도 싸." 캐시가 말했다. "자기 세계 속에만 틀어박혀서, 나를 전심전력으로 사랑해주지 않았으니까. 당신에게는 지금 그 모습이 딱 어울려. 동물처럼, 막다른 곳에 몰려 어쩔 줄 모르고 우왕좌왕하는 동물 같은 모습 말이야. 지금 당신 모습을 좀 봐! 정말 한심해— 벌벌 떨면서 당장이라도 울음을 터뜨릴 것 같은 표정이야. 당신의 그 잘나빠진 테이프들을 누군가가 못쓰게 만들었다는 이유 하나만으로!"

"하지만, 이건 내 취미라고. 옛날부터 줄곧 이랬어."

"자기 고추를 잡아당기면서 노는 어린애처럼 말이지." 캐시는 말했다.

"이것들은—다시 구할 수도 없어. 개중에는 시중에 아예 없는 것도 있다고. 〈잭 파 쇼〉 같은 건—"

"그래서 뭐? 혹시 그거 알아, 에릭? 당신이 왜 남자들이 출연하는 테이프 보는 걸 즐기는지, 정말로 아냐고?"

몰리나리는 끙 하는 소리를 냈다. 육중하고 살찐, 장년의 얼굴이 움찔한다.

"왜냐하면" 캐시는 말했다. "당신은 동성애자거든."

"헉." 몰리나리는 이렇게 중얼거리고 눈을 깜박였다.

"당신은 억압된 호모야. 의식적으로 자각하고 있을 것 같지는 않지만, 그런 성향을 틀림없이 갖고 있어. 나를 봐, 에릭. 여기 있는 나를. 완벽하게 매력적이고, 당신이 원한다면 언제든 마음대로 할 수 있는 나를 보라고."

"게다가 공짜로." 몰리나리는 빈정대듯이 덧붙였다.

"그런데도 당신은 침실에서 나하고 그짓을 하는 대신 테이프를 보려고 여기 와있어. 정말이지 에릭, 난 내가 지운 테이프가—" 여기까지 말하고 캐시는 문간에서 몸을 획 돌렸다. "잘 자. 혼자서 재미있게 놀아." 그녀의 목소리는 믿기 힘들게도 완벽하게 억제되어있었고, 차분하기까지 했다.

에릭은 웅크린 자세에서 그녀를 향해 달려들었다. 그에게 등을 돌리고 복도를 나아가는 매끄럽고 새하얀 나신을 향해 손을 뻗었고, 움켜잡았다. 너무나도 꽉 잡은 탓에 그의 손가락이 그녀의 부드러운 팔을 파고들었다. 그녀의 몸을 획 회전시켜 그를 마주 보게 했다. 캐시는 깜짝 놀란 얼굴로 눈을 깜박이며 그를 바라보았다.

"난 널—" 에릭은 말을 멈췄다. 널 죽일 거야, 라고 말하려던 참이었다. 그러나 그의 마음속 깊은 곳의 침착한 부분— 발작적인 격정 밑에서 조용히 잠들어있던 그의 차갑고 합리적인 부분이 얼음의 신 같은 목소리로 속삭였다. 말하지 마. 말해버리면, 이 여자의 승리야. 결코 그 말을 잊지 않을 거고, 네가 살아있는 한 너를 괴롭힐 거야. 그런 술책에 능한 여자니까, 결코 다치게 해서는 안 돼. 자기가 다치면 천 배로 보복할 여자야. 그랬다. 그녀의 지혜란 바로 그런 것이었다. 어떻게 하면 상대방에게 상처를 줄 수 있는지를 숙지하고 있는 것이다. 그 어떤 것보다도.

"이.손.놔." 캐시의 눈이 이글거렸다.

에릭은 손을 놓았다.

잠시 팔을 문지르다가 캐시는 말했다. "내일 밤까지 테이프를 모두 아파트에서 치워놔. 안 그러면 우린 끝이야, 에릭."

"알았어." 에릭은 고개를 끄덕였다.

"그리고 또" 캐시는 말을 이었다. "내가 원하는 게 있어. 당신은 지금보다 더 보수가 좋은 자리를 찾아야 해. 다른 회사에서. 그러면 내가 고개를 돌릴 때마다 당신을 안 봐도 되니까 말이야. 그럴 수 있다면······. 두고 봐야겠지. 얼굴을 맞대고 사는 게 가능해질지도 몰라. 새로운, 내게 더 공평한 기반 위에서 말이야. 당신이 당신 것만이 아니라 내 욕구에도 조금 더 관심을 기울여준다면." 놀랍게도 이성적이고 침착한 말투였다. 감탄할 정도다.

"그래서, 테이프들을 처분했나?" 몰리나리가 물었다.

에릭은 고개를 끄덕였다.

"그러고 나서 몇 년 동안 자네는 아내에 대한 증오심을 억누르려고 노력했겠군."

에릭은 또다시 고개를 끄덕였다.

"그리고 아내에 대한 증오는, 자네 자신에 대한 증오로 바뀌었겠고. 왜냐하면 자넨 그런 연약한 여자를 두려워하고 있는 자기 자신을 견딜 수가 없었기 때문이야. 하지만 그녀는 매우 강한 '인물'이었어ㅡ 내가 왜 '여자'라고 하지 않고 '인물'이라

95

고 했는지는 알겠지."

"비열한 수법을 쓴다는 말씀이시겠죠." 에릭은 말했다. "제 테이프를 지운 것처럼—"

"여기서 비열한 수법은" 몰리나리는 에릭의 말을 가로막았다. "테이프를 지웠다는 사실 자체가 아니라, 어느 테이프를 지웠는지를 자네한테 안 가르쳐줬다는 점이야. 그리고 그런 상황을 즐기고 있다는 걸 숨기기는커녕 과시했다는 점이겠지. 만약 자기 행동을 후회했다면— 아니, 그런 여자, 그런 인물은 결코 그러는 법이 없네. 절대로." 몰리나리는 잠시 침묵했다. "그런데도 헤어지지 못한다는 거로군."

"이제는 떼려야 뗄 수 없는 사이입니다." 에릭은 말했다. "상처는 고스란히 남았지만 말입니다." 그날 밤 두 사람은 서로에게 고통을 안겨주었고, 그들이 말다툼하는 소리를 듣고 누군가가 와서 말려줄 가능성은 만에 하나도 없었다. 도움. 에릭은 생각했다. 우리 두 사람에겐 도움이 필요해. 이 상황은 앞으로도 지속되면서 두 사람의 관계를 한층 더 악화시키고, 점점 더 부식시킬 테니까. 마침내 자비로운 종언이 찾아올 때까지—

그러나 그런 날이 오기까지는 몇 십 년이나 걸릴지도 모른다.

그래서 에릭은 죽음을 동경하는 지노 몰리나리의 마음을 이해할 수 있었던 것이다. 에릭도 몰리나리와 마찬가지로 죽음을 해방으로 간주하고 있었기 때문이다. 인간의 무지함과 기벽奇癖과 우매함을 감안한다면, 죽음이야말로 이 세상에 존재하는…… 아니, 존재하는 것처럼 보이는, 단 하나의 해결책이었다. 인간이라는 불멸의 등식에 대입한다면 말이다.

사실, 몰리나리에게 상당히 공감했다고 해도 과언이 아니었다.

"우리 둘 중 한 사람은" 몰리나리는 예리한 어조로 말했다. "중요인물이 아닌 덕에 다른 사람들 눈이 미치지 않는 곳에서 사적으로 엄청난 고통을 겪고 있군. 다른 한 사람은 로마 시대의 공인을 방불케 하는 거창한 방식으로 괴로워하고 있고. 창에 찔려 죽어가는 신처럼 말이야. 묘한 얘기로군. 서로 완전히 대비되는 입장에 서있지 않나. 극소와 극대라고나 할까."

에릭은 고개를 끄덕였다.

"하여튼 간에" 몰리나리는 에릭의 손을 놓아주고 어깨를 툭 두드리며 말했다. "내가 고집을 부린 탓에 자네 마음을 언짢게 했군. 사과하겠네, 스위트센트 선생. 이 얘기는 더 이상 하지 않기로 하지." 그러고는 경호원에게 말했다. "문을 열게. 얘기는 끝났어."

"잠깐." 에릭은 말했다. 하지만 더 이상 무슨 얘기를 해야 할지 알 수가 없었다.

몰리나리가 그를 대신해서 말해주었다. "나를 위해 일하고 싶은가?"라는 질문으로 느닷없이 침묵을 깼던 것이다. "그러는 건 어렵지 않네. 형식적으로는 군에 징집되는 형태를 취해야겠지." 그러고는 이렇게 덧붙였다. "내 개인적인 주치의가 되라는 명령을 받게 될 건 확실하네."

에릭은 가급적 자연스러운 어조로 말했다. "저도 그럴 용의가 있습니다."

"그럼 아내와 24시간 얼굴을 마주치지 않아도 될 거야. 새로 시작한다고 생각하게. 그럼 두 사람이 따로 각자의 삶을 살아 갈 수 있는 계기를 얻을 수 있지 않겠나."

"그렇겠군요." 에릭은 고개를 끄덕였다. 부정할 길이 없는 사실이다. 어떤 의미에서는 매우 매력적인 제안이기도 했다. 아이러니가 있다고 한다면― 이것은 캐시가 몇 년 동안이나 그에게 강요하다시피 조르던 바로 그 일이라는 점이었다. "아내와 일단 상의를 해봐야겠지만―" 에릭은 이렇게 말하다가 얼굴을 붉혔다. "적어도 버질과는 얘기해봐야겠죠. 어쨌든 간에, 상사의 동의는 얻어야 하니까 말입니다."

음울하고 엄격한 표정으로 생각에 잠긴 듯이 에릭을 바라보던 몰리나리는 느리고 침울한 목소리로 말했다. "한 가지 문제가 있네. 캐시는 자주 만나지 않게 될 거야. 하지만 나와 함께 있으면 자네는 빈번하게 우리의―" 몰리나리는 얼굴을 찌푸렸다. "동맹자들과 만나게 되겠지. 릴리스타인들에게 둘러싸이면 즐거울 것 같나? 자네도 밤늦게 위경련을 일으키는 사태가 올 수도 있어……. 그보다 더 나쁜 사태―의사인 자네조차 예상하지 못한 이런저런 심인성 증상에 시달릴 가능성조차 있단 말일세."

에릭은 말했다. "한밤중에 괴로워하는 사람은 각하 혼자가 아닙니다. 적어도 동료가 있는 편이 낫지 않겠습니까."

"나?" 몰리나리가 말했다. "스위트센트, 난 자네든 기타 누구하고도 함께 못 있네. 밤이 되면 산 채로 가죽이 벗겨지는 듯한

고통에 시달리거든. 10시에 자리에 들면 보통 11시에는 잠에서
깨지. 나는─"몰리나리는 생각에 잠긴 얼굴로 말을 멈췄다.
"아냐. 밤은 내겐 좋은 시간이 아닐세. 전혀."

몰리나리의 표정에서도 그 사실은 확연하게 드러나있었다.

05

워싱턴-35에서 돌아온 날 밤, 에릭 스위트센트는 샌디에이
고에서 국경을 넘은 곳에 있는 그의 복합아파트에서 아내와 마
주쳤다. 캐시의 귀가가 더 빨랐던 것이다. 함께 사는 사이이므
로 늦든 빠르든 마주치는 것은 당연했다.

"조그맣고 붉은 화성에서 귀환하신 건가." 캐시는 등 뒤로 거
실 문을 닫는 에릭을 보며 말했다. "이틀 동안이나 뭐 하면서
지냈어? 다른 남자애나 여자애들하고 구슬치기를 해서 이겼
어? 아니면 톰 믹스의 일광日光 사진이라도 인화하며 지냈다든
가?" 캐시는 한손에 음료가 든 잔을 들고 소파 한가운데에 앉
아있었다. 머리를 뒤로 질끈 동여맨 탓에 10대 소녀처럼 보인
다. 아무 장식도 없는 검은 드레스 아래로 보이는 다리는 길고
매끄러웠고, 발목은 놀라울 정도로 가늘고 모양이 좋았다. 맨

발의 발가락 하나하나에 반짝거리는 판박이 그림이 전사轉寫되어있다. 허리를 굽혀 들여다보니 컬러로 된 〈노르만 정복〉의 일부였다. 양쪽 새끼발톱은 생각하기도 싫을 정도로 외설적인 그림으로 반짝이고 있다. 에릭은 벽장으로 코트를 걸러 갔다.

"다들 이 전쟁을 잊고 좀 쉬러 간 거야." 에릭은 말했다.

"다들? 당신하고 필리스 애커먼 말이야? 아니면 당신하고 다른 누구?"

"모두 다 같이 갔어. 필리스만 있던 게 아냐." 에릭은 저녁에 무엇을 먹을까 궁리하는 중이었다. 텅 빈 뱃속이 꾸륵거리며 불평하고 있다. 그러나 아직 아플 정도로 배가 고픈 것은 아니었다. 아픔은 조금 더 시간이 지난 뒤에 찾아온다.

"날 초대하지 않은 건 무슨 특별한 이유가 있어서야?" 치명적인 채찍처럼 날아온 캐시의 목소리를 들은 에릭은 살이 오그라드는 듯한 느낌을 받았다. 에릭 내부의 생화학적인 동물 본능은 쌍방이 앞으로 나누게 될 대화를 두려워하고 있었다. 물론 캐시도 에릭과 마찬가지로 무작정 치고 들어올 것이 뻔하다. 그녀도 에릭 못지않게 수렁에 빠져 옴짝달싹도 못하는 상태였기에.

"특별한 이유 따윈 없어." 에릭은 느린 걸음으로 주방으로 들어갔다. 조금 마비된 듯한, 마치 캐시의 첫마디에 오감이 위축해버린 듯한 느낌이었다. 지금까지 수없이 이런 식으로 다투면서, 에릭은 육체적 차원에서 스스로를 보호하는—그런 일이 가능하다면 말이지만—법을 터득했다. 어느 정도 나이를 먹은,

지치고 노련한 남편들에게만 가능한 일이다. 하지만 갓 결혼한 신출내기들은…… 간뇌間腦적 반응에서 벗어날 수 없는 법이지, 하고 에릭은 생각했다. 그러면 더 괴롭다.

"알고 싶다니까." 문간에 나타난 캐시가 말했다. "왜 나를 고의로 따돌렸는지."

하느님, 정말이지 아내의 몸은 매력적이다. 검은 드레스 속에는 당연히 아무것도 입지 않았기 때문에, 자극적이고 친숙한 몸의 곡선 하나하나가 그를 압박해왔다. 하지만 이 유연한 육체에 걸맞은 부드럽고, 종순하고, 친밀한 정신은 어디로 가버렸단 말인가? 복수의 여신이 그에게 내린 저주는—이따금 에릭은 이것을 스위트센트 가문의 저주로 생각하곤 했다—지금 이 순간 맹위를 떨치고 있었다. 눈앞에 있는 생물은 생리적 수준에서는 완벽한 성性 그 자체였지만, 정신적 수준에서는—

언젠가는 딱딱함이, 경직성이 그녀 전체에 침투하는 날이 온다. 하늘이 내려준 그녀의 육체도 석회화해버리는 날이. 그러면 어떻게 될까? 이미 목소리에서 그런 징조가 보인다. 몇 년 전에 듣던 목소리와는 느낌이 다르다. 불쌍한 캐시, 하고 에릭은 생각했다. 죽음을 가져오는 얼음과 냉기의 힘은 당신의 마음뿐만 아니라 음부와 유방과 허리와 엉덩이에도 스며들 것이고—이미 마음 깊숙이까지 스며들었다는 점은 확실했다—그럼 당신은 더 이상 여자가 아냐. 당신은 거기서 살아남을 수 없어. 나, 또는 다른 남자가 어떤 수단을 강구하더라도.

"당신이 따돌림 당한 건," 에릭은 신중한 어조로 말했다. "당신이 최악의 골칫거리이기 때문이야."

캐시는 화들짝 놀라며 눈을 크게 떴다. 한순간 경계심과 순수한 경악의 표정이 떠올랐다. 이해하지 못한 것이다. 잠시나마 그녀는 단순한 인간 수준으로까지 끌어내려졌고, 조상 대대로 물려받은 예의 압박력도 많이 수그러들었다.

"지금 당신처럼 말이야. 그러니까 그냥 날 내버려뒀으면 좋겠어. 저녁밥 준비를 해야 하거든."

"필리스 애커먼한테 가서 부탁하지그래." 캐시가 말했다. 한 개인을 초월하는 자신감이, 고래古來의 은근한 교활함이 빚어낸 조소적嘲笑的인 태도를 되찾고 있었다. 여성 특유의 초능력에 가까운 직감을 통해, 화성 여행 중 에릭과 필리스 사이에서 약간의 로맨틱한 교류가 있었다는 사실을 간파한 것일까. 그리고 화성에 도착한 날 밤—

아무리 예민해졌다고 해도 그 일까지 간파하지는 못할 거야. 에릭은 침착하게 판단했다. 그래서 캐시를 무시하고, 등을 돌린 채로 냉동 닭고기 요리를 적외선 오븐에 넣고 능숙하게 데웠다.

"당신이 없던 새에 내가 뭘 했는지 맞혀봐." 캐시가 말했다.

"애인이라도 만들었나보군."

"새로운 환각제를 시험해봤어. 크리스 플루트한테 받은 걸. 크리스네 집에서 환각 파티를 했는데, 거기서 세계적 유명인사인 맘 헤이스팅스하고 딱 마주쳤지 뭐야. 그래서 그 약에 취해 있었을 때 나한테 수작을 걸어오는데, 뭐랄까— 꿈이라도 꾸는 것 같았어."

"그랬었군." 에릭은 식탁을 차리며 대꾸했다.

"그 사람을 흠모해. 그 사람 아이를 낳고 싶을 정도로." 캐시가 말했다.

"'흠모' 하신다고. 맙소사, 표현 한번 기창하구먼." 상대방의 도발에 낚인 에릭은 몸을 돌려 그녀를 마주 보았다. "그럼 당신 그 작자하고—"

캐시는 미소 지었다. "글쎄, 그냥 환각이었을 가능성도 있어. 하지만 난 그렇게 생각 안 해. 이유를 얘기해줄까. 집에 와보니까—"

"작작해둬!" 자기도 모르게 몸이 떨리고 있었다.

거실에서 영상전화기가 울렸다.

에릭이 거실로 가서 수화기를 들어 올리자 작은 잿빛 화면에 지노 몰리나리의 군사 고문 중 하나인 오토 도르프 대위의 얼굴이 떠올랐다. 워싱턴-35에서 도르프는 보안 업무를 보좌하는 역할을 맡고 있었다. 갸름한 얼굴에 가늘고 우울한 눈을 한 이 사내는 사무총장의 경호에 전신전령을 다하고 있다. "스위트센트 선생님?"

"예." 에릭은 말했다. "하지만 아직 준비가—"

"한 시간 더 드리면 충분하겠습니까? 그쪽 시간으로 8시에 헬기를 보내고 싶습니다만."

"한 시간이면 충분합니다. 짐을 꾸려서 아파트 건물 로비에서 기다리고 있겠습니다."

전화를 끊고 주방으로 돌아갔다.

캐시가 말했다. "세상에. 에릭― 얘기 좀 할 수 없을까? 하느님 맙소사." 그녀는 무너지듯이 식탁 의자에 앉아 머리를 감싸쥐었다. "맘 헤이스팅스하고는 아무 일도 없었어. 잘생긴 남자고, 함께 그 약을 먹은 것도 사실이지만―"

"얘기해두는데" 에릭은 식사 준비를 계속하며 말했다. "이번 건은 모두 오늘 아침 워싱턴―35에서 결정된 일이야. 버질의 요청으로 말이야. 오랫동안 차분하게 얘기를 나눠본 다음 내린 결정이야. 현재는 몰리나리 쪽이 버질보다 훨씬 더 내 도움을 필요로 하고 있거든. 게다가 버질이 장기이식을 필요로 하는 사태가 오더라도 언제든 와서 도울 수 있어. 평상시에는 샤이엔에 주재해야 하지만." 그러고는 이렇게 덧붙였다. "징병 영장이 나왔어. 내일부터는 UN군의 군의관 자격으로 몰리나리 사무총장의 보좌진에 합류하게 돼. 이젠 내 마음대로 변경할 수 있는 사항이 아냐. 어젯밤 몰리나리가 명령서에 서명했거든."

"왜 그랬어?" 캐시는 두려움에 찬 표정으로 에릭을 올려다보았다.

"이런 상태에서 빠져나오고 싶어서. 우리 중 한 사람이―"

"더 이상 돈을 쓰지 않을게."

"지금 지구는 전쟁 중이야. 죽는 사람들도 많아. 몰리나리는 병에 걸렸고, 의사의 도움이 필요해. 당신이 돈을 쓰든 말든 간에―"

"하지만 당신은 일부러 지원했잖아."

105

잠시 후 에릭은 말했다. "사실을 말하자면, 간원하다시피 했지. 버질한테 있는 말 없는 말을 다 동원해서 아부했다고."

캐시는 이제 완전히 충격에서 회복한 듯했다. 그녀는 침착한 태도로 말했다. "급료는 어느 정도인데?"

"충분히 많아. 게다가 TF&D사에서도 계속 월급이 나올 거야."

"나도 당신하고 함께 갈 방법은 없어?"

"없어." 그럴 수 없도록 미리 손을 써두었다.

"성공을 거뒀다고 생각하자마자 당신이 날 차버릴 거라는 건 알고 있었어— 처음 만나고 나서부터 줄곧 나한테서 도망치려고 했지." 캐시의 눈에서 눈물이 솟구쳤다. "에릭, 내가 먹은 그 약, 중독성이 있는 것 같아. 무서워 미치겠어. 그 효력이 어땠는지 당신은 상상도 못할 거야. 지구 밖 어딘가에서 만들어진 것 같아. 릴리스타제일지도 몰라. 중독이 되어버리면 나 어쩌지? 만약 당신이 떠나버린다면—"

에릭은 허리를 굽히고 캐시를 안아 올렸다. "그런 작자들하고 엮이면 안 된다고 도대체 내가 몇 번 말했어?" 그러나 캐시에게 이런 소리를 해보았자 무의미하다. 앞으로 두 사람 사이가 어떻게 될지는 뻔했다. 캐시는 에릭을 다시 한 번 자신에게 끌어당길 수 있는 무기를 가지고 있다. 에릭이 없다면 캐시는 아마 플루트와 헤이스팅스 일당에게 휩쓸려 파멸해버릴 것이다. 그런 그녀를 버리고 간다면 상황이 악화될 것은 불을 보듯 뻔했다. 몇 년 동안이나 그들을 잠식해 들어온 병을, 에릭이 염두에 두고 있던 행동 정도로 치유할 수 있을 리가 만무하다. 화성의 베이비랜드에 가있었을 때는 치유할 수 있다고 생각했지만, 지금은 아니다.

에릭은 캐시를 침실로 안고 가서 살며시 침대에 눕혔다.

"아." 캐시는 이렇게 말하고 눈을 감았다. "아아, 에릭." 뜨거운 숨을 몰아쉰다.

그러나 에릭은 응할 수가 없었다. 이번에도. 그는 비참한 기분으로 그녀에게서 몸을 떼고 침대 가장자리에 앉았다.

"난 TF&D를 떠나야 해." 이윽고 에릭은 말했다. "당신도 그걸 받아들여야 하고." 그는 캐시의 머리카락을 쓰다듬었다. "몰리나리는 망가지고 있어. 난 별반 도움이 안 될지도 모르지만 일단 시도는 해봐야 하잖아. 이해하지? 그게 내 본심―"

캐시는 말했다. "거짓말이야."

"내가 언제 거짓말을 했어? 어떤 식으로?" 여전히 캐시의 머리카락을 쓰다듬고는 있었지만 이제는 그러고 싶은 의지도 욕구도 없이 단지 기계적으로 그러고 있을 뿐이었다.

"떠나는 이유가 진짜로 그거라면, 지금 당장 나와 사랑을 나눴을 테니까." 캐시는 드레스의 단추를 다시 채웠다. "내가 싫은 거지." 확신한 듯한 어조였다. 생기를 결여한, 가냘픈 목소리. 언제나 이런 장벽이 앞을 가로막고, 소통을 불가능하게 만들었다. 그래서 이번에는 소통하려고 시간을 낭비하는 대신, 에릭은 단지 그녀를 쓰다듬으며 생각에 잠겼다. 이 여자에게 무슨 일이 일어나든 나는 양심의 가책을 느낄 것이다. 그리고 캐시도 그 사실을 알고 있다. 고로 캐시는 자기 어깨에서 책임이라는 무거운 짐을 벗어던졌다는 얘기가 된다. 최악의 사태라고 하지 않을 수 없었다.

사랑을 나누지 못한 것이 후회되지만, 어쩔 수 없는 일이다.

"저녁을 먹어야겠어." 에릭은 일어섰다.

캐시는 윗몸을 일으켰다. "에릭, 나를 버리고 간 대가는 꼭 치르게 할 거야." 그녀는 옷매무시를 가다듬었다. "무슨 뜻인지 알지?"

"응." 그는 대꾸하고 주방으로 걸어갔다.

"일생을 바쳐서라도 그러고야 말겠어." 캐시가 침실에서 말했다. "이젠 살아갈 이유가 생겼으니까 말이야. 마침내 인생의 목표가 생겼다니 이렇게 기쁠 수가. 가슴이 다 두근거리네. 몇 년이나 그토록 무의미하고 추악한 삶을 살아오다가 이런 일이 일어나다니. 하느님, 정말이지 다시 태어난 기분이야."

"행운을 빌게."

"행운? 난 행운 따위는 필요 없어. 내게 필요한 건 노련함이고, 난 그걸 갖추고 있다고 생각해. 그 약이 효과를 발휘했을 때 난 많은 걸 배웠어. 그게 어떤 경험이었는지 알려줄 수 있다면 정말 좋을 텐데. 에릭, 그건 정말 상상을 초월하는 약이야—우주를 받아들이는 감각 전체를 바꾸고, 특히 다른 사람들에 대한 감각을 완전히 바꿔버리지. 다시는 같은 눈으로 볼 수가 없게 돼. 당신도 그걸 써보면 좋을 텐데. 도움이 될 거야."

"그 무엇도 내게 도움이 될 수는 없어."

이 말은 그의 귀에 묘비명처럼 들렸다.

짐을 거의 다 꾸렸을 때—저녁식사는 이미 마친 지 오래였
다—아파트 초인종이 울렸다. 오토 도르프가 벌써 군용 헬기편
으로 도착한 것이다. 에릭은 침착하게 현관으로 가서 문을 열
었다.

도르프는 아파트 안을 흘끗 둘러보고는 말했다. "아내분과
작별 인사는 나누셨습니까, 선생님?"

"나눴네." 그러고는 이렇게 덧붙였다. "이미 여길 떠났어. 지
금은 나 혼자일세." 에릭은 여행 가방 뚜껑을 닫고 다른 가방과
함께 현관으로 가지고 나갔다. "준비됐네." 도르프가 가방 하나
를 들어주었다. 그들은 함께 엘리베이터로 걸어갔다. "결국 이
해해주지 않더군." 에릭은 아래층으로 내려가는 엘리베이터 안
에서 말했다.

"전 독신이라 그런 일에 관해서는 잘 모르겠습니다." 도르프
는 예의 바르고 절도가 있는 태도를 바꾸려 하지 않았다.

착륙한 헬기 안에서는 다른 사내가 대기하고 있었다. 에릭이
승강대를 오르자 그는 손을 내밀었다. "만나서 반갑네." 기내의
어둠 속에 서있던 사내가 설명했다. "난 해리 티가든이야. 사무
총장의 의료팀 책임자이지. 자네가 우리 의사단에 합류한 걸
기쁘게 생각하고 있어. 사무총장한테 미리 연락을 받지는 못했
지만, 괜찮아— 워낙 충동적으로 행동하는 위인이니."

에릭은 사내와 악수를 나눴지만 머릿속으로는 여전히 캐시

생각을 하고 있었다. "스위트센트입니다."

"몰리나리 사무총장을 만났을 때 상태가 어때 보이던가?"

"피곤해 보였습니다."

티가든은 말했다. "몰리나리는 죽어가고 있어."

에릭은 상대를 흘끗 쳐다보고 말했다. "원인이 뭡니까? 인공 장기 이식이 가능한 오늘날에는—"

"현대 외과 기술에 관해서는 나도 잘 알고 있다네. 장담해도 좋아." 무뚝뚝한 어조였다. "얼마나 숙명론적인 인물인지는 자네도 만나봤으니 잘 알겠지. 몰리나리가 벌을 받고 싶어한다는 건 명백해. 우리 모두를 이 전쟁에 끌어들인 책임을 지고 싶어 하는 거지." 헬기가 밤하늘을 향해 상승하는 동안 잠자코 있던 티가든은 이윽고 말을 이었다. "몰리나리가 처음부터 이 전쟁에 지기 위해 책략을 꾸몄다는 생각을 한 번이라도 해본 적이 있나? 일부러 지고 싶어한다는? 최대의 정적들조차도 그런 생각은 해본 적도 없을걸. 내가 자네한테 이런 소리를 하는 이유는 느긋하게 있을 여유 따위는 아예 없기 때문일세. 지금 이 순간에도 몰리나리는 샤이엔에서 급성 위염인지 뭔지 하는 것의 발작으로 괴로워하고 있거든. 워싱턴-35에서 자네와 휴가를 보내고 돌아온 뒤로는 줄곧 그렇게 몸져누워있었어."

"내출혈은 있습니까?"

"아직은 없어. 혹시 있었을지도 모르지만 몰리나리가 숨기고 있었던 건지도 모르고. 그 위인이라면 충분히 그럴 수 있는 일이지. 타고난 비밀주의자거든. 기본적으로 아무도 믿으려고 하지 않으니."

"그럼 악성종양은 확실히 아닌 겁니까?"

"하나도 찾아내지 못했네. 하지만 몰리나리는 우리가 만족할 때까지 검사를 하도록 내버려두지를 않아. 도망치지. 너무 바쁘다는 이유로. 서류에 서명을 해야 한다, 연설문을 써야 한다, 총회에 법안을 제출해야 한다 하면서. 그 모든 걸 혼자 힘으로 하려고 하는 거야. 부하들한테 권한을 위임하지를 못하고, 설령 위임한다고 해도 그 즉시 권한이 중복되는 조직들을 만들기 때문에 밥그릇 싸움이 일어난다네— 몰리나리 특유의 자기보신술이라고나 할까." 티가든은 호기심을 느낀 듯 에릭을 흘끗 보았다. "워싱턴-35에서는 자네더러 뭐라고 하던가?"

"별다른 얘긴 안 했습니다." 몰리나리와 나눴던 대화의 내용을 밝힐 생각은 없었다. 몰리나리가 에릭에게만 내밀하게 얘기했다는 점에는 의심의 여지가 없었기 때문이다. 사실, 에릭이 샤이엔으로 발령 받은 주된 이유도 바로 그것이 아니던가. 에릭은 다른 의사들에게는 불가능한 일을 몰리나리에게 해줄 수 있기 때문이다. 의사의 업무치고는 기이한 것이지만……. 만약 그 사실을 티가든에게 털어놓는다면 어떤 반응이 돌아올지 궁금했다. 아마 그 즉시—당연한 일이지만—에릭을 체포하라는 명령을 내리고, 총살형에 처하려고 할 것이다.

"자네가 왜 우리와 합류했는지 아네." 티가든이 말했다.

에릭은 끙 하는 소리를 냈다. "정말입니까?" 그럴 것 같지는 않았다.

"몰리나리는 단지 본능적인 편견을 따라 행동하고 있을 뿐이야. 의사단에 새로운 피를 주입함으로써 이중 감시 체제를 만들려는 거지. 하지만 반대하는 사람은 없네. 사실을 말하자면 되려 반겼다고 해야겠지— 일손이 모자라서 다들 격무에 시달리고 있거든. 물론 자네도 사무총장이 수없이 많은 식솔을 거느리고 있다는 건 알지. 버질 애커먼, 자네의 그 가부장적인 예전 고용주보다 더 규모가 클 정도야."

"어딘가에서 읽은 기억이 있습니다. 숙부가 세 명에 사촌이 여섯 명, 숙모 하나, 여동생 하나, 그리고 형이 한 사람—"

"그치들 모두가 샤이엔의 관저에 살고 있다네." 티가든이 말했다. "사시사철 그렇게 몰리나리 주위에서 얼쩡거리면서 조그만 떡고물이라도 받아먹으려고 안달하는 작자들이지. 더 나은 음식, 잠자리, 하인 따위를 제공받고 싶어하고— 어때, 감이 오지 않나. 게다가 몰리나리에겐—" 티가든은 잠시 뜸을 들이다가 말을 이었다. "애인까지 하나 있어."

에릭은 처음 듣는 얘기였다. 지금까지 그 얘기를 화제에 올린 사람은 없었다. 사무총장에게 적대적인 보도기관조차도.

"메리 라이네케라는 여자야. 부인이 죽기 전에 만났다는군. 서류상으로는 개인 비서로 되어있어. 실은 난 메리가 마음에 들어. 몰리나리를 위해 실로 많은 일을 해줬거든. 부인이 죽기 전에도, 죽은 뒤에도 말이야. 메리가 없었더라면 몰리나리는 아마 살아남지 못했을 거야. 릴리스타인들은 메리를 정말 싫어하지……. 왜 그러는지 정확한 이유는 모르겠어. 아마 내가 미처 모르는 사정이 있는 건지도 모르겠군."

"몇 살입니까?" 사무총장의 나이는 40대 후반에서 50대 전반쯤 될 것이라고 에릭은 추정하고 있었다.

"인도적으로 허용되는 최소한의 나이야. 자네도 마음의 준비를 하는 게 나을 걸세." 티가든은 껄껄 웃었다. "처음 만났을 때는 고등학생이었다는군. 늦은 오후에만 타이피스트로 일하고 있었어. 아마 몰리나리한테 서류를 건네기만 하는 역할이었을지도 모르지만……. 확실하게 아는 사람은 아무도 없어. 하지만 일상적인 업무를 수행하던 중에 만난 건 확실해."

"그 여자한테 몰리나리의 병 얘기를 해도 됩니까?"

"물론일세. 페노바르비탈*이나 우리가 한때 써본 파타바메이트**를 몰리나리에게 먹일 수 있는 사람은 지금으로서는 메리가 유일해. 페노바르비탈을 먹으면 졸리고, 파타바메이트는 입이 바싹 말라서 싫다고 하거든. 그런 고로 쓰레기 투입구에 넣어버리고 먹으려 하지 않더군. 하지만 메리는 그것들을 다시 먹으라고 설득했지. 이탈리아 계야. 몰리나리와 마찬가지로. 그래서 몰리나리를 사정없이 쪼는데, 아마 소싯적에 엄마나 여동생이나 고모한테 야단맞은 것과 똑같은 방식이라서 옛날 생각이 새록새록 나는가 보더군. 그치들은 지금도 몰리나리를 그렇게 쪼고, 당사자도 그걸 묵인하고는 있지만, 결코 귀를 기울이려고 하지 않아. 메리가 그럴 때만 빼고 말이야. 지금은 샤이

---

* phenobarbital. 수면 진정제의 일종.
** pathabamate. 위경련 치료제.

엔에 있는 안가에서 비밀 경호원들에게 겹겹이 둘러싸여 살고 있다네—릴리스타인들 때문이지. 몰리나리는 걱정하고 있어. 언젠가 그자들이—" 티가든은 말꼬리를 흐렸다.

"그자들이 뭘 한다는 겁니까?"

"메리를 죽이거나, 불구로 만들지는 않을까 하고. 혹은 메리의 사고 능력을 반쯤 제거해서 정신박약 식물인간으로 만들어버리지는 않을까 하고 말이야. 릴리스타인들에게는 그럴 수 있는 기술이 얼마든지 있지. 설마 최상층부에서도 동맹국과의 관계가 이토록 거칠어져있다고는 생각 못 했지?" 티가든은 미소지었다. "이건 거친 전쟁이니까 말이야. 우리를 대하는 릴리스타인들의 방식도 바로 그렇다네. 동맹이라고는 해도 그쪽의 힘이 워낙 압도적이고, 거기 비하면 우린 벼룩이나 마찬가지야. 그러니까 만약 우리 측 방어선이 무너져서 적군인 리그인들이 쏟아져 들어오는 데 성공한다면, 우리가 어떤 대접을 받을지 상상해보게나."

그들은 잠시 침묵했다. 아무도 입을 열려고 하지 않았다.

마침내 에릭이 말했다. "만약 몰리나리가 무대에서 퇴장한다면, 어떤 일이 일어날 거라고 생각합니까?"

"흐음, 그럴 경우 두 가지 가능성을 생각해볼 수 있겠지. 좀 더 친親릴리스타적인 누군가가 뒤를 잇거나, 아무도 잇지 않거나. 달리 무슨 선택의 여지가 있겠나? 그건 우문이야. 우리 환자를 잃게 될 거라고 믿고 있는 건가? 정말로 그렇게 된다면 우리는 직장뿐만 아니라 목숨까지 잃을 수도 있어. 엄청난 대가

족에 열여덟 살짜리 애인까지 딸린 상태로 와이오밍 주 샤이엔에 거주하는 과체중의 이탈리아인을, 위가 아프다고 하면서 야식으로 겨자하고 홀스래디시를 바른 큰 새우튀김을 즐겨 먹는 사내를 계속 팔팔하게 살려두지 않는다면, 자네, 그리고 나의 존재 이유는 사라지게 돼. 자네가 여기 올 때 무슨 얘기를 들었든, 무슨 계약을 했든 난 관심 없네. 자네가 버질 애커먼에게 인공장기를 이식할 기회는 오랫동안 오지 않을 걸세. 그럴 여유가 없으니까. 지노 몰리나리를 살려두는 일만 해도 버거울 테니." 티가든은 신경이 곤두서고 동요한 기색이었다. 어둑어둑한 헬기 안에서 들려오는 그의 목소리는 떨리고 있었다. "나도 이젠 지쳤어, 스위트센트. 자네 인생은 몰리나리 한 사람에게 완전히 저당잡히게 될 거야. 귀를 떼어버리고 싶은 생각이 들 정도로 온갖 잡설을 주절거릴 거고, 지구상의 온갖 화제에 관해 장광설을 늘어놓고, 피임에 버섯 요리법에 신의 존재까지 망라하는 오만 가지 일에 관해서 자네 의견을 물을 걸세. 독재자—우린 그런 단어를 쓰고 싶어하지 않지만, 자네도 몰리나리가 실질적으로 독재자라는 사실은 물론 알지—하여튼 독재자치고는 정말 이례적인 인물이야. 우선 몰리나리가 현존하는 가장 위대한 정략가라는 점은 거의 확실하네. 안 그랬더라면 어떻게 UN 사무총장 자리에 오를 수 있었겠나? 20여 년을 들여서 그 자리를 쟁취했던 거야. 그 과정에서 맞부딪친 지구 각국의 정적들을 모조리 제거하는 방식으로 말이야. 그 뒤에 릴리스타하고 이상하게 엮였던 거지. 그런 걸 외교 정책이라고 하는데, 바로 이 외교 정책에서 지구 최고의 정략가는 발을 헛디 뎠어. 그 시점에서 그의 마음속에서 기묘한 장벽이 생겨났다고 나 할까. 그걸 뭐라고 부르는지 아나? 무지라고 한다네. 몰리나 리는 줄곧 타인의 사타구니를 걸어차면서 일생을 살아왔지만, 프레넥시에겐 통하지 않았네. 몰리나리 본인도 프레넥시를 어 떻게 다뤄야 할지를 몰랐어. 자네와 나만큼이나— 아니, 우리 보다 더 준비가 되어있지 않았어."

"그렇군요." 에릭은 말했다.

"하지만 몰리나리는 무작정 교섭에 들어갔어. 허세를 부리면 서 평화 조약을 체결했고, 그 결과 지구는 전쟁에 휘말렸지. 그 뒤에 몰리나리가 취한 행동이야말로 뚱뚱하고 엄포 놓기나 좋 아하는 오만한 독재자들과 차별화되는 부분이라네. 자기가 저 지른 잘못의 중하重荷를 앞장서서 몸소 떠맡았거든. 외무장관 의 목을 자른다거나 이곳 와이오밍 출신의 정책 고문을 총살형 에 처하거나 하지는 않았어. 자기가 오판했다는 사실을 자각하 고 있기 때문이지. 그리고 바로 그런 자각이 서서히, 밤낮을 가 리지 않고, 그를 죽이고 있는 거야. 내장이 가장 먼저 영향을 받았어. 몰리나리는 지구를 사랑한다네. 동포인 지구인들을 사 랑해. 부자든 가난뱅이든 가리지 않고 말이야. 사시사철 진드 기처럼 붙어있는 밥버러지 친척들도 사랑하고. 사람들을 총살 형에 처하고, 체포하기는 하지만, 좋아서 그러는 건 아냐. 몰리 나리는 실로 복잡한 인물이라네. 얼마나 복잡한가 하면—"

도르프가 무뚝뚝하게 끼어들었다. "링컨과 무솔리니를 합친 것 같다고나 할까요."

"만나는 사람에 따라 성격이 바뀌지." 티가든은 말을 이었다. "염병할, 지금까지 몰리나리가 저지른 일들은 너무나도 비열하고, 너무나도 사악해서 머리털이 곤두설 정도라고. 하지만 몰리나리는 그러는 수밖에 없었어. 몰리나리가 저지른 악행의 일부는 정적들조차도 결코 공표하려고 하지 않을걸. 그리고 몰리나리는 그런 짓을 저질렀다는 사실에 괴로워하고 있어. 책임, 죄책감, 비난을 자발적으로 한몸에 받아들인 사람을 지금까지 만나본 적이 있나? 자네는 그럴 용기가 있나? 자네 아내는 어때?"

"아마 없겠죠." 에릭은 시인했다.

"나든 자네든, 지금까지 살아오면서 저지른 행위에 대한 윤리적인 책임을 정말로 받아들였다면― 죽거나 미쳐버렸을 거야. 살아있는 생물은 자기가 하는 행위를 이해하지 못하는 법이지. 운전하다가 치여죽인 동물이나, 우리가 식용으로 삼는 동물들에 관해 생각해보게. 어렸을 적에 나는 매달 집 밖의 쥐들을 쥐약으로 퇴치하는 일을 맡고 있었어. 독을 먹은 동물이 죽는 광경을 한 번이라도 본 적이 있나? 한 마리도 아니고, 몇십 마리씩 그러는 걸 매달 본 적이 있느냐고. 난 아무 감정도 느끼지 못했어. 죄책감도, 울적함도. 천만다행히도 신경이 쓰이지 않더군― 그건 당연해. 신경이 쓰인다면 결코 살아갈 수가 없으니까. 인류 전체가 그런 식으로 살아가고 있는 거야. 오직 몰리나리만 제외하고 말이야. 아까 들었듯이 그는," 티가든

117

은 생각난 듯이 덧붙였다. "'링컨하고 무솔리니를 합친' 인물이기 때문이지. 나 자신은 2000년쯤 전에 살았던 어떤 위인偉人이 떠오르지만."

"지노 몰리나리를 그리스도에 비교하는 건 처음 들어봅니다." 에릭은 말했다. "어용 신문들조차도 그 정도는 아니던데."

"그건 자네가 나처럼 24시간 내내 몰리나리와 붙어 사는 사람을 만나본 적이 없기 때문이겠지."

"메리 라이네케 앞에서 그런 얘기는 안 하는 게 나을 겁니다." 도르프가 말했다. "그 여자에 의하면 몰리나리는 개자식입니다. 침대나 테이블 매너는 돼지 뺨치고, 여자만 보면 사족을 못 쓰는 징그러운 중년남이고, 교도소에 처넣어야 마땅한 인물이죠. 그런 인간을 견딜 수 있는 건…… 자기가 관대하기 때문이라나." 도르프는 높다란 웃음소리를 냈다.

"아냐." 티가든은 말했다. "메리는 그런 소리를 하지는 않아……. 기분이 나쁠 때를 제외하면 말이야. 보통 하루의 4분의 1은 기분이 나쁘지만. 메리가 자네에게 뭐라고 할지는 확실히 모르겠어. 아예 말을 안 하려 들지도 모르겠군. 그 여잔 몰리나리를 있는 그대로 받아들이고 있거든. 회복시키려고 노력하고 있어. 설령 몰리나리가 회복되지 않는다고 해도—사실 회복되지 않을 테지만—어차피 사랑하니까 상관없다는 식이야. 자네는 그런 특이한 타입의 여자를 알고 지낸 적이 있나? 자네에게서 어떤 가능성을 본? 만약 그런 여자에게서 적절한 도움을 받을 수만 있다면—"

118

"있습니다." 에릭은 말했다. 화제를 바꾸고 싶었다. 자꾸 캐시 생각이 났기 때문이다. 그러고 싶지 않은데도.

헬기는 단조롭게 웅웅거리며 샤이엔을 향해 날아갔다.

캐시는 침대에 혼자 누워 선잠에 빠져있었다. 침실의 다채로운 색조가 아침 햇살을 받고 반짝인다. 에릭과 살고 있었을 때는 싫증이 나도록 보아왔던 색깔들이, 햇살이 스며들어오면서 하나하나씩 뚜렷하게 부각된다. 캐시는 집에 있을 때 주로 있는 이 방에다 각양각색의 시대 조합 속에 갇힌 과거의 강력한 정령들을 직접 배치해놓았다. 초기 뉴잉글랜드 양식의 램프, 새눈무늬가 있는 진짜 단풍나무로 만든 서랍장, 헤플화이트* 장식장…… 반쯤 눈을 뜬 채로 누워있었지만, 각각의 물건들을 인식하고, 그것들의 입수로 이어진 인간관계의 끈을 자각하고 있었다. 가구 하나하나가 라이벌에 대한 승리를 의미했다. 바꿔 말해서, 같은 물건을 두고 경쟁한 수집가가 그녀에게 졌다는 뜻이다. 따라서 이 컬렉션은 무덤이며, 근처에서 패자의 망령들이 얼쩡거리고 있다고 해도 크게 틀린 말은 아니라는 생각이 들었다. 가정생활에 그런 것들이 끼어드는 것에는 크게 개의치 않는다. 결국 캐시는 그들보다 강했으니까.

"에릭." 캐시는 졸린 목소리로 말했다. "제발 부탁이니 일어나서 커피 좀 끓여줘. 침대에서 나가고 싶으니까 그것도 좀 도

---

* Hepplewhite. 18세기의 가구 장인 헤플화이트의 디자인에 뿌리를 둔 우아하고 실용적인 신고전주의 가구의 총칭.

와주고. 밀쳐내든지, 말을 걸든지." 그를 향해 몸을 돌렸지만 그곳에는 아무도 없었다. 그녀는 바로 벌떡 일어났다. 그런 다음 침대에서 빠져나와 가운을 가지러 붙박이장으로 갔다. 맨발이었다. 몸이 떨렸다.

밝은 회색 스웨터를 머리부터 뒤집어쓰고, 억지로 잡아당겨서 겨우 입었을 때 어떤 사내가 자신을 바라보고 있다는 사실을 깨달았다. 자기가 와있다는 사실을 알리지도 않고 문간에 서서 그녀가 옷을 입는 광경을 즐기고 있었던 것이다. 그녀가 알아차린 뒤에야 사내는 몸을 뒤척이며 등을 곧추세우고는 말했다. "스위트센트 부인?" 서른 살쯤 되어 보였다. 입가도 눈도 거무스름하고 조야粗野한 탓에 인상이 안 좋다. 게다가 우중충한 잿빛 제복을 입고 있는 탓에 캐시는 그 사내의 정체를 단박에 깨달았다. 지구에서 활동하는 릴리스타의 비밀경찰의 일원이다. 실물과 마주친 것은 이번이 처음이지만 말이다.

"맞아요." 그녀는 거의 들리지 않을 정도로 작은 목소리로 대답했다. 계속 옷을 입었지만, 침대에 앉아서 신발을 신을 때도 상대에게서 눈을 떼지 않았다. "난 에릭 스위트센트 의사의 아내인 캐시 스위트센트예요. 혹시 모르고 있었다면―"

"당신 남편은 샤이엔에 있습니다."

"그래요?" 캐시는 일어섰다. "아침식사를 준비해야 하니까 비켜줄래요? 그리고 가택 수색 영장을 보여줘요." 그녀는 손을 내밀고 기다렸다.

"영장은 법으로 금지된 JJ-180이라는 마약이 이 복합아파트

120

에 없는지 확인하기 위한 겁니다. 프로헤다드린이라고 불리는 약물이죠. 만약 그걸 소지하고 있다면 이리 내놓고, 당장 산타모니카 경찰서로 출두해야 합니다." 그는 손에 든 수첩을 보았다. "어젯밤 티화나의 아빌라 가街 45번지에서 당신은 그 마약을 경구복용했고, 그때 함께 있었던 사람들은—"

"변호사를 불러도 될까요?"

"안 됩니다."

"내겐 법률상의 권리가 전혀 없다는 얘긴가요?"

"전시니까요."

캐시는 두려움에 사로잡혔다. 그래도 가까스로 냉정하게 말했다. "그럼 회사에 전화를 해서 출근 못 할 거라고 전해도 될까요?"

잿빛 경찰관은 고개를 끄덕였다. 그래서 그녀는 영상전화기 앞으로 가서 샌 페르난도에 있는 버질 애커먼의 자택을 불러냈다. 이윽고 비쩍 마른 새를 연상시키는 주름투성이의 얼굴이 화면에 나타났다. 잠이 덜 깬 듯이 눈을 껌벅이고 있다. "아, 캐시로군. 시계가 어디 있더라?" 버질은 주위를 둘러보았다.

캐시가 말했다. "도와주세요, 사장님. 릴리스타인들이—" 캐시는 입을 다물었다. 잿빛 사내가 재빨리 손을 뻗쳐 접속을 끊었기 때문이다. 캐시는 어깨를 움츠리며 수화기를 내려놓았다.

"스위트센트 부인." 잿빛 사내가 말했다. "이분은 로저 코닝 씨입니다." 그는 몸짓으로 아파트 안쪽을 가리켰다. 평범한 신사복을 입고 옆구리에 가죽제 서류가방을 낀 사내가 복도에 나타났다. "코닝 씨, 이분은 스위트센트 의사의 아내인 캐시 스위트센트입니다."

"당신은 누구?" 캐시는 말했다.

"당신을 궁지에서 꺼내줄 수 있는 사람이지." 코닝은 상냥하게 말했다. "일단 거실에 앉아서 그걸 의논하면 어떨까?"

캐시는 주방으로 들어가서 노브를 돌려 반숙 달걀, 토스트, 크림을 넣지 않은 커피를 주문했다. "이 아파트에 JJ-180 따위는 없어. 밤사이에 당신들이 몰래 숨겨놓았다면 또 모를까." 음식이 나왔다. 캐시는 일회용 쟁반에 올려놓은 그것들을 가지고 식탁으로 가서 앉았다. 커피 향기가 여지껏 남아있던 두려움과 곤혹스러움의 잔재를 쫓아주었다. 캐시는 다시 기운이 나는 것을 자각했다. 아까만큼 무섭지는 않았다.

코닝이 말했다. "그날 저녁 아빌라 가 45번지에 갔던 당신의 일거수일투족을 찍은 사진 기록이 있어. 브루스 히멀을 따라 층계를 올라가서 안으로 들어가는 순간부터 말이야. 당신이 처음 한 말은 '잘 있었어, 브루스? 오늘 밤은 어째 TF&D사의 사원 모임이 되어버린 것 같네'였지."

"좀 다르네요." 캐시는 말했다. "난 그 사람을 언제나 브루시라고 부르니까. 언제나 파과병破瓜病* 환자처럼 멍하거든요." 캐시는 커피를 홀짝였다. 일회용 컵을 든 그녀의 손은 떨리지 않았다. "당신의 그 사진 기록으로 내가 먹은 캡슐의 내용물까

---

* hebephrenia. 정신분열증의 한 유형. 사춘기부터 20세 전후까지 발생하는 빈도가 높다.

지 증명할 수 있나요, 고닝 씨?"

"코닝이야." 그는 온화하게 정정했다. "아니, 캐서린, 증명할수는 없지. 하지만 참가자 두 명의 증언으로 이미 증명됐어. 더 정확하게 말해서 이 두 사람의 증언은 군사재판에서 선서한 뒤에 증거로 채택되겠지." 그는 설명했다. "이번 일은 당신들의 민사 법정의 권한 밖에 있어. 우리가 직접 기소 절차를 진행하게 될 거야."

"그건 왜?" 캐시는 물었다.

"JJ-180은 오직 적에게서만 입수할 수 있으니까. 따라서 당신이 그걸 썼다는 사실은 적 내통죄에 해당해. 우린 그걸 군사재판에서 입증할 수 있고, 지금은 전시니까 법정은 당연히 사형을 구형할 거야." 코닝은 잿빛 제복을 입은 경찰관에게 말했다. "플루트 씨의 선서 증언을 가지고 있나?"

"헬기 안에 있습니다." 잿빛 사내는 현관 쪽으로 걸어갔다.

"크리스 플루트에게는 어딘가 저열한 데가 있다고 생각했어." 캐시는 말했다. "다른 사람들도 떠올려보고 있는데……. 어젯밤에 모인 사람들 중에 그런 저열한 품성을 가진 사람이 누가 있었을까? 헤이스팅스? 아니겠고. 사이먼 일드? 아니, 그 사람도—"

"원한다면 이 모든 일을 피할 수도 있어." 코닝이 말했다.

"아니, 난 피하고 싶지 않아. 애커먼 사장님이 영상전화에서 내가 하는 소리를 들었으니까, TF&D사의 변호사를 파견해줄 거야. 애커먼 사장님은 몰리나리 사무총장하고는 막역한 사이니까, 당신들이 나를 어떻게 하려고 해도—"

"밤이 되기 전에 당신을 사형에 처할 수도 있어, 캐시." 코닝은 말했다. "오늘 아침 군사재판을 열면 그만이야. 준비는 모두 끝나있어."

잠시 후—아침식사는 이미 논외였다—캐시가 말했다. "왜? 내가 그렇게 중요 인물이야? JJ-180에 도대체 뭐가 들었길래? 난—" 캐시는 말꼬리를 흐렸다. "어젯밤 내가 먹은 건 별 효과가 없었어." 그러자 갑자기 에릭이 떠나버렸다는 사실이 너무나도 후회됐다. 그이가 여기 있었다면 이런 일은 일어나지 않았을 거야. 이렇게 맘대로 쳐들어오지도 못했을 텐데.

캐시는 조용히 울기 시작했다. 접시 위에서 몸을 숙이고. 눈물이 뺨을 따라 뚝뚝 떨어지며 사라진다. 그녀는 얼굴을 감싸려고도 하지 않았다. 한쪽 손을 뺨에 대고, 팔에 얼굴을 기댄채로 아무 말도 하지 않았다. 빌어먹을.

코닝이 말했다. "당신 상황은 심각하지만 절망적인 건 아냐. 희망이 전혀 없는 건 아니지. 그러니까 뭔가 타협을 할 수 있을지도 몰라……. 그래서 내가 여기 온 거야. 울지 말고, 고개를 들고 내가 하는 말을 들어. 설명해줄게." 그는 가방의 지퍼를 열었다.

"당신이 뭘 원하는지 알아. 맘 헤이스팅스를 염탐하라는 거겠지. 헤이스팅스가 텔레비전에 출연해서 지구는 리그인들과 단독 강화조약을 맺어야 한다고 주장했기 때문에 뒤를 캐고 있는 거야. 하느님 맙소사. 당신들은 지구 전체에 침투해있었군.

안전한 사람은 아무도 없어." 캐시는 의자에서 일어나며 절망에 찬 신음을 흘렸고, 계속 훌쩍거리며 침실로 손수건을 가지러 갔다.

"헤이스팅스를 감시해주겠어?" 다시 식탁으로 돌아온 그녀에게 코닝이 말했다.

"싫어." 캐시는 고개를 가로저었다. 차라리 죽는 게 나아.

"실은 헤이스팅스가 아닙니다." 제복을 입은 릴리스타인 경찰관이 말했다.

코닝이 말했다. "당신 남편을 감시해줘. 샤이엔까지 따라가라는 얘기야. 지구에서 쓰는 표현으로는 '재결합'이라고 하는 거지. 가급적이면 당장 그래야 해."

캐시는 코닝을 응시했다. "그럴 수가 없어."

"왜 그럴 수 없다는 거지?"

"헤어졌으니까. 날 두고 나갔어." 캐시는 상대방의 이런 반응을 이해할 수 없었다. 다른 일들은 모두 알면서, 그걸 모르고 있었다니.

"기혼자들이 내리는 그런 종류의 결단은" 코닝은 마치 살 만큼 살아서 달관의 경지에 도달한 듯한 얼굴로 말했다. "언제나 일시적인 오해 탓으로 치부할 수 있기 마련이야. 지구에는 우리의 우수한 심리학자들이 몇 명 와있는데, 그중 하나와 만나게 해주지—그 친구가 에릭하고 당신 사이의 균열을 메울 테크닉을 전수해줄 거야. 걱정하지 마, 캐시. 어젯밤 여기서 무슨 일이 일어났는지도 우린 다 알고 있어. 실제로는 상황은 우리

쪽에게 더 유리해졌다고 할 수도 있지. 이렇게 당신하고만 따로 얘기를 나눌 수 있으니."

"싫어." 캐시는 고개를 가로저었다. "재결합하는 일은 결코 없을 거야. 에릭과 있고 싶지도 않아. 그 어떤 심리학자도, 당신들의 심리학자조차도 그 사실을 바꿀 수는 없어. 난 에릭이 역겹고, 당신들이 만들어낸 이 한심한 상황도 역겨워. 당신 같은 릴리스타인들이 역겨워. 지구인들도 모두 같은 생각을 하고 있어— 당장 지구를 떠나줬으면 좋겠어. 애당초 이런 전쟁에 휘말리지 말았어야 하는 건데." 캐시는 무력감에 시달리며 사납게 코닝을 노려보았다.

"진정해, 캐시." 코닝은 냉정한 태도를 유지했다.

"하느님, 버질이 여기 있었으면 좋을 텐데. 버질은 결코 당신들을 두려워하지 않아—지구에는 몇 없는 인물—"

"지구에서 그럴 수 있을 정도의 위치에 있는 사람은 아무도 없어." 코닝은 무심한 어조로 말했다. "이젠 현실을 직시하면 어때. 우린 당신을 사형에 처하는 대신에 릴리스타로 데려갈 수도 있어……. 그런 생각을 해봤어, 캐시?"

"오, 하느님." 캐시는 부르르 떨었다. 제발 릴리스타로 잡혀가게 하지는 말아주세요. 그녀는 말없이 빌었다. 적어도 내가 아는 사람들과 함께 이곳 지구에 머물게 해주세요. 에릭에게 돌아가자. 다시 한 번 같이 살자고 간원하는 것이다. "이봐." 그녀는 큰 소리로 말했다. "난 에릭 걱정을 하고 있는 게 아냐. 당신들이 에릭한테 무슨 짓을 할지가 두려운 게 아니라고." 나한테 무슨 일이 일어날까 두려워. 그녀는 생각했다.

"우리도 알아, 캐시." 코닝은 머리를 끄덕이며 말했다. "그러니까 감정에 휩쓸리지 말라고. 냉정하게 생각해보면 당신에게도 나쁜 일이 아니잖아. 그건 그렇고……." 코닝은 서류가방에 손을 넣어 캡슐 한 움큼을 꺼냈다. 식탁 위에 그것들을 내려놓자 캡슐 한 개가 굴러 바닥에 떨어졌다. "캐시, 당신 기분을 상하게 할 생각은 없지만—" 코닝은 어깨를 으쓱했다. "이건 중독성이 있어. 어젯밤 아빌라 가 45번지에서 당신은 이걸 한 개 먹었을 뿐이지만, 그것만으로도 이미 중독됐어. 그리고 크리스 플루트한테서는 이걸 더 입수할 수 없어." 코닝은 주방 바닥에 떨어진 JJ-180 캡슐을 집어 올려 캐시에게 내밀었다.

"그럴 리가 없어." 캐시는 힘없는 말투로 거절했다. "단 한 번 시험해본 것만으로 그럴 리가. 난 지금까지 열 종류는 되는 마약을 시험해봤지만, 한 번도—" 그녀는 코닝을 응시했다. "나쁜 자식들. 난 안 믿어. 설령 그게 사실이라고 해도, 난 중독에서 벗어날 수 있어—전문 진료소로 가면 돼."

"JJ-180에는 해당 안 돼." 캡슐을 가방에 다시 집어넣으며 코닝은 무감동하게 대꾸했다. "중독에서 벗어나려면 지구의 진료소가 아니라 우리 항성계까지 와야 하니까……. 나중에 그런 조처를 취할 수 있을지도 모르겠군. 중독된 채로 여생을 보내며 계속 우리한테 약을 받는 쪽을 선택할 수도 있고. 그리 오래 살지는 못하겠지만."

"설령 마약중독에서 빠져나오기 위해서라도, 난 릴리스타에

갈 생각은 없어." 캐시는 말했다. "차라리 리그인들한테 가겠어. 이 마약을 제조한 건 리그인들이니까—당신 입으로 그렇게 말했잖아. 그자들이 발명한 마약이라면, 당신들보다 더 잘 알고 있을 게 틀림없어." 캐시는 코닝에게 등을 돌리고 거실 붙박이장으로 코트를 가지러 갔다. "난 출근해야 하니까 그럼 이만." 그러고는 복도로 나가기 위해 문을 열었지만 릴리스타인들은 그런 그녀를 막으려고 하지 않았다.

역시 그건 사실이었어. 캐시는 생각했다. JJ-180은 저자들이 말하듯이 습관성이 있는 마약인 것이 틀림없어. 빠져나갈 방법은 없어. 저자들은 그것을 알고, 나도 알아. 저자들과 협력하든가, 우주를 가로질러 이 마약의 원산지인 리그 성星의 리그군 전선까지 도망치는 수밖에 없는 거야. 그런다고 해도 중독이 낫는 것도 아냐. 결국 아무것도 얻지 못하게 될 거야. 리그인들도 아마 나를 죽일 거고.

코닝이 말했다. "내 명함을 가져가, 캐시." 코닝은 그녀에게 다가와서 정사각형의 작고 하얀 명함을 건넸다. "약이 필요하다고 느끼면, 무슨 대가를 치르더라도 손에 넣어야겠다는 생각이 들 때는—" 코닝은 그녀가 입은 코트의 가슴 주머니에 명함을 집어넣었다. "나를 보러 오라고. 기다리고 있을게. 약을 손에 넣을 수 있다는 건 보장하지." 그러고는 문득 생각난 듯이 이렇게 덧붙였다. "물론 JJ-180은 중독성 마약이야, 캐시. 그래서 우린 당신이 그걸 먹게 한 거야." 코닝은 그녀를 보며 미소 지었다.

캐시는 현관문을 닫고 무작정 엘리베이터 쪽으로 걸어갔다. 두려움조차도 느끼지 않을 정도로 무감각해진 상태였다. 마음속에는 단지 막연한 허무감만이 존재할 뿐이었다. 희망이 사라지고, 도망칠 가능성을 생각할 기력조차도 사라진 탓이다.

하지만 버질 애커먼이라면 나를 도와줄 수 있어. 캐시는 엘리베이터로 들어가서 버튼을 누르며 소리 없이 되뇌었다. 그래, 버질을 만나러 가자. 버질이라면 내가 무슨 일을 해야 할지 가르쳐줄 거야. 중독됐든 안 됐든 난 릴리스타인들에게 협력할 생각은 없어. 에릭에 관해서도 협력하지 않을 거야.

그러나 머지않아 결국 그럴 것이라는 사실을 그녀는 알고 있었다.

06

캐시 스위트센트가 최초의 금단 증상을 자각한 것은 이른 오후, TF&D사의 자기 방에서 앤드류스 시스터즈가 부른 〈바이 미어 비스트 두 쉔〉*이 수록된, 제법 상태가 좋은 데카 사社의 레코드를 매입할 준비를 하고 있었을 때의 일이었다.

두 손이 묘하게 무거워졌다.

최대한 조심해서, 깨지기 쉬운 레코드판을 내려놓았다. 주위에 있는 물체의 양상이 변해있었다. 아빌라 가 45번지에서 JJ-180을 투약했을 때는 세계가 가볍고 상냥하며 뚫고 지나갈 수 있는 마치 거품 같은 물체들로 이루어져있는 듯한 체험을 했다. 어느새 자신이 그 물체들을 통과하고 있다는 경험—적어도

---

* Bei Mir Bist Du Schön. 이디시 말로 된 원곡 제목인 〈Bei Mir Bistu Shein〉(1937)을 독일어화한 것으로, '내게 당신은 아름다워'라는 뜻이다.

환각 속에서는—을 했던 것이다. 그런데 낯익은 사무실 안에 와있는 지금은 현실이 서서히 불길한 방향으로 변하고 있다는 느낌을 받고 있었다. 어디를 둘러보아도, 흔해빠진 물체들의 밀도가 점점 높아지고 있는 것처럼 보였다. 그 물체들을 어떤 식으로 움직이거나, 변화시키거나, 사용하려고 해도, 물체 쪽에서 그녀를 받아들이지 않는 듯한 느낌이었다.

다른 관점에서는 캐시 본인도 몸 안에서 답답한 변화가 일어나는 것을 동시에 자각하고 있었다. 어느 쪽이든 간에 그녀 자신과, 그녀의 육체적 힘과, 외부 세계 사이의 비율이 안 좋은 방향으로 변해버린 듯하다. 캐시는 자신이 글자 그대로 육체적인 의미에서 점점 무력해지는 것을 느꼈다— 그녀가 할 수 있는 일이 시시각각 줄어들고 있다. 예를 들어 10인치 데카 레코드판은 손이 닿는 곳에 있었지만, 그것을 향해 손을 뻗치면 어떻게 될까? 레코드판 쪽에서 그녀를 피할 것이다. 내부 밀도의 증가에 의해 부자연스럽게 묵직해지고 제대로 말을 듣지 않는 손으로 잡으려고 한다면 레코드판은 짜부라지거나 깨질 것이 뻔하다. 레코드판을 상대로 복잡하고 능숙한 움직임을 보이는 것은 이제 논외였다. 정교한 동작은 더 이상 그녀 능력의 일부가 아니었다. 지금 존재하는 것은 볼썽사납게 엎어진 고깃덩어리에 지나지 않는다.

총명한 캐시는 이 경험으로 인해 JJ-180의 어떤 성질을 간파했다. 이 마약은 시상視床 흥분제의 일종이다. 그리고 금단 증상 속에서 그녀는 시상 에너지의 감퇴에 시달리고 있었다. 그녀가 경험하고 있는 변화는 외부 세계와 자기 육체 양쪽에서 일어나고 있다는 인상을 주지만 실제로는 뇌물질대사腦物質代 謝上의 극히 미묘한 변화에 지나지 않는다. 하지만—

이런 생각을 해봤자 아무 도움도 되지 않는다. 왜냐하면 캐시 내부와 그녀 주위의 세계에서 일어난 변화는 착각이 아니기 때문이다. 정상적인 감각기관을 통해 감지되고, 그녀의 의지와는 무관하게 의식까지 전달된 진짜 경험이자 피할 수 없는 자극이다. 그리고— 이런 세계 양상의 변화는 계속되고 있었다. 끝날 기색이 없다. 캐시는 공황 상태에 빠져 자문했다. 이런 변화는 어디까지 계속되는 것일까? 어느 정도까지 악화될까? 지금보다 훨씬 더 악화될 것 같지는 않지만……. 이제는 주위 물체들의 불가입성不可入性은 가장 작은 것들의 경우조차도 거의 무한대에 달한 것처럼 느껴졌다. 캐시는 경직된 상태로 앉아있었다. 전혀 움직일 수가 없고, 그녀의 매력적인 육체를 쓰더라도 주위를 에워싼 채 점점 더 그녀를 압박해오는 엄청나게 무거운 물체들과는 그 어떤 새로운 관계도 맺을 수가 없었다.

사무실 안의 물체들은 무섭게 그녀를 압박해오는 한편, 다른 차원에서는 한층 더 멀어지고 있었다. 그것들은 의미심장하게, 소름 끼치는 방식으로 후퇴했다. 물체들이 생명력을, 그것들의 존재를 가능케 했던 이른바 이기理氣를 잃어가고 있다는 사실을 그녀는 깨달았다. 물체들 안에 깃들어있던 아니마(精靈)는 캐시의 심리적 투사 능력이 약화됨에 따라 떠나가고 있었다. 물체들은 오랜 세월에 걸쳐 쌓아온 친숙함을 잃어버렸다. 그러면서 단계적으로 차갑고, 멀고— 적대적으로 변해간다. 물체에 대한 그녀의 관계가 쇠퇴하면서 발생한 진공 속으로 그녀 주위의 물체들이 빨려 들어갔고, 평소 인간의 마음에서 발산되는 순치력馴致力을 뿌리치고 원초의 고립 상태를 되찾았다. 그것들은 거칠고 가파르게 변했고, 톱날처럼 삐죽삐죽한 가장자리로 사람을 자르고 베어냄으로써 치명상을 입힐 수 있는 능력을 획득했다. 그녀는 꼼짝도 하지 않았다. 죽음이 모든 물체 안에 잠재적으로 내재해있다. 책상 위에 놓인 수제 놋쇠 재떨이조차도 일그러져있었다. 재떨이는 좌우 대칭을 상실한 대신 표면 여기저기가 돌출했고, 돌출한 표면은 마치 가시 같아서 그녀가 어리석게도 다가가기라도 하면 그녀를 갈가리 찢어발길 듯한 인상을 주었다.

책상 위의 통화 박스가 울렸다. 버질 애커먼의 비서인 루실 샤프가 말했다. "미시즈 스위트센트, 애커먼 사장님께서 사장실에서 보자고 하십니다. 제가 보기엔 오늘 구입하신 〈바이 미어 비스트 두 쉔〉 레코드를 가지고 오시는 편이 낫겠네요. 사장님께서 흥미가 있으신 것 같으니까요."

"알았어요." 이런 말을 하는 것만으로도 거의 기력을 소진해버렸다. 캐시는 숨 쉬는 것을 멈췄다. 흉곽의 움직임이 거의 사라졌고, 기본적인 생리 과정이 압력에 이기지 못하고 느려지면서 서서히 죽어갔다. 그러나 그때, 가까스로 한 번 숨을 들이쉴 수가 있었다. 그녀는 폐 가득히 공기를 들이마시고, 소리 내어 헐떡이면서 내뱉었다. 일단 죽음의 위기는 벗어났다. 그러나 증상은 여전히 점점 악화되고 있었다. 이 다음에는 무슨 일이 일어날까? 캐시는 몸을 일으켰고, 똑바로 섰다. JJ-180의 포로가 된다는 건 이런 느낌이었군, 하고 그녀는 생각했다. 가까스로 데카 레코드를 집어 들었다. 사무실을 가로질러 문까지 가는 동안 손에 쥔 레코드의 검은 가장자리가 마치 칼날처럼 캐시의 손을 파고들었다. 캐시를 향한 레코드의 적의가, 생명이 없는 무기물이 발산하는 흉포한 파괴욕이 그녀를 압도했다. 레코드의 감촉에 캐시는 움찔했다.

견디지 못하고 레코드를 떨어뜨렸다.

레코드는 두꺼운 융단 위에 떨어져있었다. 깨진 기색은 없다. 하지만 어떻게 해야 이것을 다시 집어 올릴 수 있을까? 어떻게 하면 레코드를 둘러싸고 있는 배경막으로부터 떼어낼 수 있단 말인가? 레코드는 더 이상 독립한 물체가 아니라 주위에 녹아든 것처럼 보였다. 융단, 바닥, 벽, 그리고 이제 사무실 안의 모든 물체가 레코드와 분리할 수 없는, 연속적인 하나의 면이 되어있었다. 이 입방체 같은 공간에 출입하는 것은 불가능하다. 모든 공간이 이미 포화상태였고, 완전무결했다— 모든 것이 이미 자기 자리를 점유하고 있기 때문에 변화가 아예 불가능한 상태에 도달한 것이다.

하느님 맙소사. 캐시는 우뚝 서서 발치의 레코드를 응시하며 생각했다. 여기서 벗어날 힘이 없어. 난 여기 줄곧 이렇게 머물러있을 거야. 다른 사람들은 나의 이런 모습을 보고 뭔가 끔찍한 일이 일어났다는 걸 알게 되겠지. 이건 강직증强直症이야!

사무실 문이 열리고 매끄럽고 젊은 얼굴에 쾌활한 표정을 떠올린 조나스 애커먼이 성큼성큼 들어왔을 때도 그녀는 여전히 그 자리에 우뚝 서있었다. 캐시 앞으로 걸어온 조나스는 레코드를 보자마자 자연스럽게 허리를 굽혀 그것을 슬쩍 들어 올렸고, 앞으로 내민 그녀의 양손 위에 올려놓았다.

"조나스." 캐시는 불분명한 목소리로 느리게 말했다. "난― 의사 도움이 필요해. 몸이 안 좋아."

"어디가 안 좋다는 겁니까?" 조나스는 걱정스러운 눈으로 캐시를 쳐다보았다. 얼굴 근육이 일그러지고, 꿈틀거리는 모습이 마치 똬리를 튼 뱀 같아, 하고 캐시는 생각했고, 조나스가 발산하는 감정에 압도되었다. 악취를 풍기고, 구역질이 날 정도로 강렬하다. "맙소사." 조나스가 말했다. "하필 이럴 때를 골라서― 에릭은 오늘 여기 없고, 샤이엔에 가있습니다. 게다가 에릭을 대신할 새 의사는 아직 찾지도 못했습니다. 하지만 내 차로 티화나 보건소로 데려가줄 수 있습니다. 어디가 안 좋은 겁니까?" 조나스는 캐시의 팔을 움켜잡고 살을 쥐어틀었다. "에릭이 떠나버려서 그냥 우울해진 건 아닌가요."

"위층으로 데려가줘." 그녀는 가까스로 말했다. "버질한테."

"헛, 목소리가 정말 말이 아니군요. 예, 기꺼이 데려다드리죠. 버질 옹이라면 뭘 해야 할지 알지도 모르니까." 조나스는 캐시를 부축하고 사무실 문으로 갔다. "레코드는 내가 들고 가는 편이 낫겠군요. 아무래도 또 떨어뜨릴 것 같으니."

버질 애커먼이 있는 사장실까지는 이 분도 채 걸리지 않았지만, 캐시에게는 길고 긴 고행의 역정歷程이었다. 마침내 버질을 마주 보았을 때 그녀는 완전히 녹초가 되어있었다. 숨이 가쁜 나머지 말이 나오지 않았다. 도저히 말을 할 수 있는 상태가 아니었다.

버질은 처음에는 호기심을 느낀 듯했지만, 이내 걱정스러운 표정으로 그녀를 훑어보며 가늘지만 잘 울리는 목소리로 말했다. "캐시, 오늘은 조퇴하는 편이 낫겠어. 여성잡지 한 아름에 뜨거운 음료를 한 잔 가지고, 침대에 누워 푹—"

"날 내버려둬요." 캐시는 자기도 모르게 말했다. "맙소사." 절망적인 어조였다. "아니, 내버려두지 마세요, 사장님. 제발!"

"흠, 어느 쪽을 원하는지 마음을 정하게나." 버질은 여전히 그녀를 찬찬히 훑어보며 말했다. "아무래도 에릭이 여길 떠나서 샤이엔으로 간 건—"

"아녜요. 이젠 괜찮습니다." 조금 나아진 듯한 기분이 들었다. 마치 눈 앞의 노인으로부터 약간의 힘을 흡수한 듯한 느낌이었다. 아마도 버질은 힘이 넘쳐나기 때문인지도 모르겠다. "워싱턴-35에 어울리는 멋진 물건을 하나 가져왔어요." 캐시는 조나스 쪽을 돌아보며 손을 내밀었다. "당시 가장 인기가 있던 노래 중 하나입니다. 이것하고 〈음악은 돌고 돌아〉였죠." 캐시는 레코드를 받아 버질 앞의 커다란 책상 위에 놓았다. 난 죽지 않아, 하고 그녀는 생각했다. 난 이걸 어떻게든 극복하고 다시 건강을 회복할 거야. "이것 말고 또 어떤 것들을 고려하고 있는지를 말씀드리죠, 사장님." 그녀는 남아있는 기력을 조금이라도 보존하기 위해 책상 옆의 의자에 앉았다. "알렉산더 울 콧의 〈타운 크라이어〉라는 프로그램을 당시 누군가가 개인적으 로 녹음한 것이 있답니다. 그래서 다음에 워싱턴-35에 가시면 월콧의 진짜 목소리를 들으실 수가 있습니다. 지금 틀고 있는 성대 모사가 아니라."

"〈타운 크라이어〉라니!" 버질은 어린애처럼 기뻐하며 외쳤 다. "내가 제일 좋아하는 프로그램이잖아!"

"입수하는 데는 큰 어려움이 없을 거라고 생각합니다." 캐시 는 말했다. "물론 실제로 지불을 마치기 전에 틀어질 가능성도 있지만요. 교섭을 완전히 성사시키려면 일단 실물이 있는 보스 턴으로 날아가야 합니다. 소유주는 이디스 B. 스크러그스라는 이름의 상당히 약삭빠른 데가 있는 노처녀인데, 편지에서 밝힌 바로는 패커드벨의 포노코드에 녹음한 거라고 합니다."

"캐시." 버질 애커먼이 말했다. "만약 알렉산더 울콧의 진짜 육성 녹음을 입수하는 데 성공한다면— 봉급을 올려주겠네. 맹 세코. 스위트센트 부인, 난 나를 위해서 이런 일들을 해주는 자 네와 사랑에 빠진 것 같아. 울콧의 라디오 프로그램이 WMAL 인지, 아니면 WJSV였는지 조사해주겠나? 1935년에 발간된 《워싱턴 포스트》를 뒤져보라고. 아참, 그것 때문에 생각이 났는 데, 사르가소 해海에 관한 기사가 실린 《아메리칸 위클리》지는 워싱턴-35에서는 배제하기로 마음을 정했네. 왜냐하면 당시 나는 아직 어렸고 부모님은 허스트 계열의 신문은 구독 안 했 거든. 내가 그걸 처음으로 본 건—"

"잠깐만요, 사장님." 캐시는 손을 들어 올리며 말했다.

버질은 묻는 듯한 표정으로 고개를 갸우뚱했다. "뭔데, 캐시?"

"저도 에릭을 따라서 샤이엔으로 가면 안 될까요?"

"하지만—" 버질은 과장된 몸짓을 하며 푸념했다. "자넨 나를 위해 여기 있어줘야 해!"

"당분간만요." 캐시는 말했다. 아마 그걸로 충분할지도 몰라. 그러면 더 이상은 나를 붙잡아두려고 하지 않을지도. "사장님의 목숨 끈을 쥔 에릭은 가게 내버려두셨으면서. 저는 그이보다 훨씬 덜 중요하잖아요."

"그야 그렇지만 몰리나리한테는 에릭이 필요해. 자네는 필요하지 않고. 베이비랜드를 짓고 있는 것도 아니니까 말이야. 그 친구는 과거에는 전혀 관심이 없다고— 마치 10대처럼 미래에만 집착하지." 버질의 얼굴에는 고뇌의 표정이 떠올라있었다. "자네를 보낼 수는 없어, 캐시. 에릭을 보낸 것도 큰 타격이지만 나한테 문제가 생기면 언제나 불러들일 수 있다는 조건이 딸려있었지. 그래서 부득이 보냈던 거야. 사실 그 친구가 가버린 뒤로는 불안해 미칠 지경이라네. 그런 마당에 자네까지 보낼 수는 없어." 한탄하는 듯한 어조였다. "안 돼. 그건 무리야. 워싱턴-35에 가있었을 때, 에릭은 자네가 함께 가고 싶어하지는 않을 거라고 장담했어." 버질은 조나스를 흘끗 보며 무언의 탄원을 보냈다. "캐시더러 여기 머물도록 설득해줘, 조나스."

조나스는 생각에 잠긴 표정으로 턱을 쓰다듬으며 캐시에게 말했다. "에릭을 사랑하는 것도 아니지 않습니까, 캐시. 난 당신하고 얘기를 해봤고, 에릭하고도 대화를 나눴습니다. 내가 들은 거라고는 부부간의 불화에 관한 얘기뿐이었죠. 당신들의 마음은 서로에게서 한없이 멀어져있습니다. 조금만 더 내버려둔다면 무슨 불상사가 일어나도 신기하지 않을 정도로……. 그런데도 왜 이러는지 이해하기 힘들군요."

"나도 그이가 있었을 때는 그렇게 확신하고 있었어." 캐시는 대꾸했다. "하지만 난 나 자신을 속이고 있었던 거야. 이제야 내 마음을 알았고, 지금은 그이도 마찬가지일 거야."

"정말로 확신합니까?" 조나스는 날카롭게 반문했다. "그럼 저걸 써서 당장 불러내면 어떻습니까." 그는 버질의 책상 위에 있는 영상전화기를 가리키며 말했다. "그래서 무슨 대답이 돌아오는지 들어보란 말입니다. 솔직히 말해서 당신들은 서로를 위해서도 별거하는 편이 낫다고 생각합니다. 에릭도 틀림없이 같은 의견일 겁니다."

캐시는 말했다. "이제 가도 될까? 다시 내 사무실로 내려가고 싶거든." 속에서 구토감이 치밀어 오르며 쑤시는 듯한 두려움이 몰려왔다. 마약 중독으로 손상을 입은 그녀의 육체는 고통이 완화되기를 원했고, 몸부림치면서 결국 그녀의 행동을 결정해버렸다. 그녀의 몸은 에릭을 쫓아 샤이엔으로 가라고 요구하고 있었다. 조나스와 버질 애커먼의 의향과는 무관하게 캐시는 포기할 수가 없었다. 이런 혼란된 머리로도 미래를 읽을 수는 있다. 그녀는 JJ-180이란 마약에서 결코 도망칠 수가 없을 것이다— 릴리스타인의 말이 옳았다. 코닝이 준 명함에 있는 주소로, 그자들에게 돌아가야 한다. 하느님. 그녀는 생각했다. 버질에게 털어놓을 수만 있다면. 누군가에게 이 사실을 털어놓을 수만 있다면.

그러자 이런 생각이 떠올랐다. 에릭한테 얘기하면 돼. 의사잖아. 그이라면 나를 도와줄 수 있을 거야. 그자들을 위해서가 아니라, 나를 위해 샤이엔으로 가는 거야.

"한 가지 부탁해도 될까요?" 조나스 애커먼이 말하고 있었다. "제발 부탁이니 내 말을 들어주십쇼, 캐시." 그는 또다시 그녀의 팔을 꽉 잡았다.

"듣고 있어." 캐시는 짜증스럽게 대꾸했다. "그러니까 놔." 그녀는 조나스의 팔을 뿌리치고 한 걸음 뒤로 물러났다. 분노가 치밀었다. "나한테 이런 식으로 굴지 마. 견디기 힘드니까." 캐시는 조나스를 쏘아보았다.

조나스는 신중하게, 애써 침착한 목소리로 말했다. "샤이엔으로 에릭을 따라가도 좋습니다, 캐시. 24시간만 더 기다리겠다고 약속해준다면 말입니다."

"그건 왜?" 이해할 수가 없었다.

"남편이 떠나버리고 받은 충격에서 회복하기 위해서요. 24시간쯤 흐르면 냉정을 되찾고 생각을 바꿀 걸 기대하고 있습니다. 그때까지는—" 조나스는 버질을 흘끗 보았다. 노인도 동의한다는 듯이 고개를 끄덕였다. "내가 함께 있어드리죠. 필요하다면 밤낮으로."

캐시는 진저리치며 말했다. "씨알도 안 먹히는 소리 하지 마. 난 그럴 생각이—"

"어딘가 이상이 있다는 걸 압니다." 조나스는 나직하게 말했다. "그건 누가 봐도 명백하니까요. 혼자 놓아두면 안 된다고 생각합니다. 당신한테 그 어떤 불상사도 일어나지 않도록 책임을 지겠다는 겁니다." 그러고는 나직한 목소리로 이렇게 덧붙였다. "뭔가 돌이킬 수 없는 일을 저지르도록 놓아두기에는, 너무 귀중한 인재니까요." 그러고는 이번에는 거칠고 단호하게 또 그녀의 팔을 잡았다. "자, 오십쇼. 아래층 사무실로 내려갑시다—자기 일에 몰두한다면 기분도 좀 나아질 겁니다. 나는 그냥 곁에 조용히 앉아있겠습니다. 아무 간섭도 않고. 오늘 밤 퇴근한 뒤에는 L.A.로 날아가서 '스핑글러'에서 저녁을 사겠습니다. 해산물 요리를 좋아하잖습니까." 조나스는 그녀를 사장실 문으로 이끌었다.

도망칠 거야. 캐시는 생각했다. 넌 그걸 막을 정도로 똑똑하지는 않아, 조나스. 오늘, 아마 오늘 밤 기회를 봐서 널 따돌리고 샤이엔으로 갈 거야. 혹은—조금 전의 구토감과 공포가 치밀어 오르는 것을 느끼며 그녀는 생각했다—미로와도 같은 티화나의 밤거리에서 너를 따돌리고, 내버려두고, 슬쩍 도망치는 편이 나을지도 모르겠군. 끔찍한 일, 멋지고 아름답기 그지없는 일, 기타 모든 일들이 일어나는 그 도시에서. 티화나는 네겐 너무 자극이 강할걸. 나도 감당하기 힘들 때가 있을 정도니. 게다가 난 거길 잘 알아. 살아오면서 너무나도 많은 시간을, 인생

141

대부분을 밤의 티화나에서 보냈으니까 말이야.

그 결과 어떤 일이 일어났는지 생각해봐. 캐시는 쓰디쓴 기분으로 생각했다. 난 뭔가 순수하고 신비적인 것을 인생에서 찾고 싶었는데, 결국은 우리를 증오하고 우리 종족을 지배하는 자들과 엮여버렸어. 우리와 동맹을 맺었지만, 정말은 우리가 맞서 싸워야 할 상대. 이젠 똑똑히 알아. 만에 하나 샤이엔에서 몰리나리와 독대할 기회가 있다면―정말로 그렇게 될지도 모르겠군―이 얘기를 꼭 해줄 거야. 우리가 적과 아군을 착각하고 있다고.

"애커먼 사장님." 캐시는 다급히 버질을 돌아보며 말했다. "샤이엔으로 가서 사무총장님에게 반드시 전해야 할 얘기가 있어요. 우리 모두에게 영향이 있는 일입니다. 전쟁 수행과 관련이 있어요."

버질 애커먼은 메마른 어조로 대꾸했다. "나한테 얘기하면 전해줄게. 그쪽이 더 가능성이 높아. 자넨 결코 그 친구를 만날 수 없을 걸세⋯⋯. 그 친구의 자식이거나 친척이 아닌 이상."

"그래요. 난 그분의 자식이에요." 그녀 입장에서는 완벽하게 사실이었다. 지구에 사는 모든 인간은 UN 사무총장의 자식이기 때문이다. 그리고 자식들은 아버지가 그들을 안전한 곳으로 이끌어주기를 기대했다. 그는 어떤 이유에서인가 실패했지만 말이다.

캐시는 순순히 조나스 애커먼 뒤를 따라갔다. "난 당신이 뭘 하고 싶어하는지 알아." 그녀는 조나스에게 말했다. "에릭이 떠나버리고 내가 이런 끔찍한 상태에 빠진 걸 기회 삼아서 나를 어떻게 해보겠다는 거지."

조나스는 웃음을 터뜨렸다. "글쎄요. 두고 보죠." 뒤가 켕기는 듯한 기색은 없었고, 오히려 자신감에 찬 웃음소리였다.

"맞아." 이렇게 동의하며 캐시는 릴리스타의 비밀경찰 코닝 생각을 하고 있었다. "얼마나 잘 그럴 수 있을지 두고 보자고. 개인적으로는 실패하는 쪽에 걸겠어." 캐시는 조나스의 커다랗고 단호한 손을 어깨에서 떼어내려는 노력을 포기했다. 뿌리쳐도 어차피 또 붙잡을 것이 뻔하다.

조나스가 말했다. "솔직히 말해서, 내가 자초지종을 몰랐다면 당신이 우리가 JJ-180이라고 이름 붙인 약물을 복용하고 있다고 판단했을 겁니다." 그러고는 이렇게 덧붙였다. "하지만 그럴 가능성이 없다는 걸 압니다. 당신이 그걸 입수하는 건 절대 불가능하니까."

캐시는 조나스를 빤히 바라보며 말했다. "지금 뭐라고—" 더 이상 말이 나오지 않았다.

"마약입니다. 우리 자회사 중 하나에서 개발된."

"리그인들이 개발한 게 아니고?"

"프로헤다드린, 또는 JJ-180이라고 불리는 약물은 TF&D사가 경영권을 쥐고 있는 디트로이트의 해즐틴 사에서 작년에 개발한 겁니다. 이번 전쟁의 유력한 무기입니다— 금년 말에 양산이 시작된 뒤의 얘기지만."

"습관성이 강해서?" 캐시는 힘없는 목소리로 물었다.

"그 때문은 물론 아닙니다. 아편을 원료로 한 마약을 위시해서 많은 약물에는 강한 습관성이 있습니다. 전쟁에 유용한 건 그것이 사용자에게 보여주는 환각의 성질 때문이죠. LSD와 유사한 환각제입니다."

캐시는 말했다. "어떤 환각을 보는지 가르쳐줘."

"그럴 수는 없습니다. 군사 기밀이라서요."

캐시는 날카로운 웃음을 발했다. "하느님 맙소사─궁금하면 직접 먹어보는 수밖에 없다는 얘기네."

"어떻게? 지금은 아예 입수할 수가 없고, 설령 양산된다고 해도 우리 지구인들이 그걸 쓰는 일은 그 어떤 상황에서도 허용되지 않을 겁니다─독성이 얼마나 강한데요!" 조나스는 캐시를 노려보았다. "먹어본다 어쩌고 하는 얘기조차도 입에 올리면 안 됩니다. 그걸 투여한 실험 동물들은 한 마리도 빠짐없이 죽었습니다. 내가 방금 한 얘기도 모두 잊어버리십쇼. 에릭한테 들어서 이미 알고 있을 거라고 지레짐작했던 겁니다. 아예 화제에 올리지도 말았어야 하지만, 당신이 너무 이상하게 행동하는 통에 JJ-180을 떠올리고 철렁했던 거죠. 누군가가, 우리 같은 지구인이, 어떤 식으로든 국내시장에서 그걸 손에 넣지는 않을까 나를 포함한 관계자 모두가 전전긍긍하고 있습니다."

캐시는 말했다. "그런 일은 일어나지 않을 거라고 믿는 수밖에." 이런 와중에도 웃고 싶은 심정이었다. 완전히 미친 상황이다. 릴리스타인들은 지구에서 그것을 입수해놓고 리그인들에게서 빼돌린 척하고 있다. 불쌍한 우리 지구. 캐시는 생각했다. 정신을 파괴한다는 이 치명적인 유해 약물을 ― 조나스의 말을 빌리자면 전쟁의 유력한 무기를 개발했다는 사실조차도 인정받지 못하다니. 이 약물을 쓰고 있는 쪽은 누구인가? 바로 우리의 동맹국이다. 누구를 상대로? 바로 우리를 상대로. 완벽한 아이러니라고 할 수 있었다. 한 바퀴 돌아서 제자리로 돌아온 것이다. 지구인이 최초의 중독자가 되었다는 사실은 필시 우주적인 정의에도 부합하는 일이리라.

조나스는 찌푸린 얼굴로 말했다. "아까 우리의 적이 JJ-180을 개발하지 않았는지 물었죠. 그렇다면 이름은 들어봤다는 얘기로군요. 역시 에릭한테 들은 겁니까. 상관없습니다. 기밀 유지의 대상이 되는 건 성분에 관한 정보이지 그게 존재한다는 사실은 아니니까요. 리그인들도 우리가 20세기 이래 몇 십 년 동안이나 약물을 무기화하기 위해 실험을 계속해왔다는 사실을 알고 있습니다. 우리 지구의 전문 분야 중 하나죠." 조나스는 쿡쿡거리며 웃었다.

"결국 우리가 이길지도 몰라." 캐시는 말했다. "그걸 안다면 지노 몰리나리도 기운을 차리겠지. 기적의 신병기 몇 개의 힘을 빌린다면 권좌에 계속 머물 수 있을지도 모르고. 혹시 그걸 기대하고 있는 거야? 몰리나리도 알고 있어?"

"물론 알고 있습니다. 해즐틴 사는 개발 상황을 일일이 몰리나리에게 보고했으니까요. 하지만 제발 밖에 나가서 그런 얘기를―"

"그런 걱정일랑 안 해도 돼." 캐시는 말했다. 널 JJ-180에 중독시킬 거야. 그녀는 마음속으로 중얼거렸다. 넌 그런 일을 당해도 싼 작자니까. 너뿐만 아니라 그걸 개발하는 걸 돕고, 그것에 관해 알고 있는 자들 모두를 중독시키고야 말겠어. 앞으로 24시간 내내 밤낮을 가리지 말고 내게 붙어있으라고. 함께 식사를 하고, 함께 자는 거야. 그리고 하루가 지날 무렵에는 넌 나와 마찬가지로 죽음의 각인이 찍힐 운명이야. 그런 다음에는 아마 에릭을 중독시켜야겠지. 에릭이 가장 중요해.

JJ-180을 샤이엔으로 가지고 가자. 캐시는 결심했다. 거기 있는 사람들 모두를 중독자로 만들어버리겠어. 몰리나리하고 그 측근들까지. 충분히 그럴 만한 이유가 있어.

그러면 다들 중독을 고칠 방법을 찾기 위해 혈안이 될 거 아냐. 나뿐만 아니라 자기 목숨이 달린 일이니까. 나 혼자만 중독됐다면 해결책을 찾으려 하지도 않을 거야. 에릭마저도 그럴 가능성은 없고, 코닝 일당으로 말하자면 아예 개의치도 않잖아— 내 걱정을 해주는 사람은 없어. 진심으로는.

아마 코닝과 그 상층부가 나를 샤이엔으로 보내는 목적과는 완전히 상반되는 상황이 전개되겠지. 하지만 어쩌겠어, 난 그럴 작정인데.

"적의 급수給水 설비에 투입할 겁니다." 조나스가 설명했다. "리그인들은 우리가 화성에서 옛날 그랬던 것과 마찬가지로 거대한 중앙 급수 시설을 유지하고 있습니다. JJ-180을 상수도에 투입하면 행성 전체에 퍼질 겁니다. 궁지에 몰린 나머지 내

146

놓은 교육지책처럼 들린다는 건 나도 압니다. 그렇지만 실제로는 매우 합리적이고 타당한 방법입니다."

"그걸 비판하거나 그럴 생각은 없어." 캐시는 말했다. "사실, 정말 뛰어난 술책이라는 생각이 들 정도니까."

엘리베이터가 도착했다. 그들은 안으로 들어가서, 아래층으로 내려갔다.

"지구의 일반시민은 아무것도 모르는 거로군." 캐시가 말했다. "즐겁게 하루하루를 살아가고⋯⋯ 자기 정부가 어떤 마약을 제조했고, 그걸 한 번이라도 섭취하면 단박에— 그걸 뭐라고 불러야 할까, 조나스? 로번트보다도 열등한 존재? 적어도 인간 이하의 존재가 된다는 것만은 확실해. 진화 단계에서는 어디쯤에 해당할지 궁금하네."

"JJ-180을 한 번만 섭취해도 중독된다는 얘길 한 기억은 없습니다만. 에릭한테 들었나보군요."

"쥐라기의 거대 파충류야." 캐시는 단정적으로 말했다. "조그만 뇌에 엄청나게 큰 꼬리를 가진. 지능 따위는 거의 없는, 반사작용만으로 이루어진 기계. 겉으로는 살아있는 것처럼 보이지만, 실제로는 자기가 뭘 하는지도 모르는 존재. 안 그래?"

"글쎄요." 조나스는 대꾸했다. "그 마약을 먹는 건 리그인들입니다. 리그인들을 위해 눈물을 흘릴 생각은 없습니다."

"난 뭘 위해서든 눈물을 흘려줄 용의가 있어." 캐시는 말했다. "JJ-180에 중독되었다면 말이야. 정말이지 끔찍해. 차라리—" 그녀는 말꼬리를 흐렸다. "됐어. 신경 쓰지 마. 난 에릭이 떠나서 동요하고 있을 뿐이야. 이젠 괜찮아질 거야." 그러나 속으로는 언제 코닝을 찾으러 갈 기회가 생길까 생각하고 있었다. 마약 캡슐을 더 입수해야 한다. 그녀가 중독자라는 점은 이제 명백했다. 이제는 현실을 직시하는 수밖에 없다.

체념의 경지였다.

정오였다. 샤이엔 정부 상층부의 배려로 제공받은 깔끔하고 현대적이지만 극도로 비좁은 복합아파트에서, 에릭 스위트센트는 새로 담당하게 된 환자의 진료 기록을 끝까지 읽었다. 두꺼운 서류에서 그 환자는 단지 '브라운 씨'라고 불렸다. 브라운 씨는—에릭은 강화 플라스틱 상자에 서류를 다시 집어넣고 자물쇠를 잠그면서 생각했다—병자다. 그러나 그가 걸린 병은 단순히 진단을 내릴 수 있는 성질의 것이 아니었다. 적어도 통상적인 방법으로는 말이다. 환자는 몇 년 동안이나 묘하게도—티가든은 미리 귀띔해주지 않았다—중증의 장기 질환 증세를 보였지, 중증의 심신증心身症 관련 증세를 보이지는 않았기 때문이다. 한 번은 간에 악성종양이 발생해서 다른 부분으로 전이되었음에도 불구하고— 브라운 씨는 죽지 않았다. 게다가 악성종양도 사라졌다. 하여튼 지금은 거기 없었다. 과거 2년 동안 시행한 검사가 그것을 입증하고 있었다. 급기야는 확인을 위한 진단수술까지 해보았지만, 브라운 씨의 간은 환자의 연령대에서는 당연히 예상되는 변성變性조차도 보이지 않았다.

열아홉 내지 스무 살 젊은이의 간이었다.

다른 장기에 대해서도 정밀 검사를 해본 결과 동일한 현상이 발견되었다. 그러나 브라운 씨의 총합적인 체력은 저하하고 있었다. 쇠약해지고 있다는 점은 명백했다. 실제 연령보다 훨씬 더 나이 들어 보였고, 그가 풍기는 분위기는 병인病人의 그것이었다. 마치 순수하게 생리적인 차원에서는 육체가 점점 더 젊어지는 동시에, 그의 에센스 내지 총체적인 심리적 게슈탈트는 보통 사람처럼 노화하는 듯했다— 터놓고 말하자면, 현저하게 쇠약해지고 있다는 쪽이 더 정확하다.

브라운 씨를 기질적으로 유지하고 있는 생리적인 힘이 무엇이든 간에, 브라운 씨는 그 힘으로부터 아무런 혜택도 받고 있지 않았다. 물론 그 덕택에 간에 생긴 악성종양이나 그보다 먼저 발견된 비장脾臟의 종양, 또는 30대에 발견되지 않은 채로 진행되었던 전립선 암에서 죽지 않고 살아남았다고 할 수 있겠지만 말이다.

브라운 씨는 살아있긴 하지만— 벼랑 끝에서 아슬아슬하게 살아있는 상태였다. 몸 어디를 보아도 혹사당하고 노화 일로를 걷고 있다. 순환기 계통을 예로 들자면, 혈압은 혈관확장제를 경구 복용해도 220에 달했고, 이미 시력에도 상당히 악영향이 나타나고 있었다. 그럼에도 불구하고, 브라운 씨는 지금까지 걸린 모든 병을 극복해온 것처럼 이 병 또한 극복할 것이다. 어느 날 보니 사라져버렸다는 식으로. 식이 요법을 거부하고, 혈압 강하제를 투여해도 전혀 차도가 없음에도 불구하고 말이다.

한 가지 명백한 것은 브라운 씨가 과거에 한 번씩은 폐경색에서 간염을 망라하는 거의 모든 중병에 걸린 적이 있다는 사실이다. 가히 걸어 다니는 질병의 박물관이라고 할 만했고, 건강했거나 정상적으로 몸이 기능하고 있었던 적은 단 한 번도 없었다. 언제나 몸의 중요한 부분 어딘가가 고장 나있었다. 그런 상태에서······.

어떤 알 수 없는 이유로 건강을 회복했다. 인공장기 이식을 받지도 않고. 마치 주치의들 몰래 민간에 전해오는 동종同種요법 내지는 수상한 약초 요법 따위를 받고 기적적으로 효험을 본 것 아닌가 하는 생각이 들 정도이다. 애당초 그런 얘기를 의사에게 털어놓으려고 하지는 않았겠지만.

브라운 씨는 병에 걸릴 필요가 있었다. 그의 심기증心氣症은 진짜였다. 심인성의 단순한 히스테리 증세가 아니라, 보통 환자라면 죽음에 이르는 진짜 중병들이다. 만약 이것들이 순수한 히스테리에서 비롯되었다고 한다면, 에릭 입장에서는 난생 처음 조우하는 사례라고 하는 수밖에 없었다. 그럼에도 불구하고 에릭은 이 병들의 이면에 어떤 이유가 존재한다는 것을 직감했다. 이것들 모두가 브라운 씨의 미궁과도 같은, 결코 들여다볼 수 없는 정신의 심연에서 발생한 것이다.

브라운 씨는 지금까지 살아오면서 세 번씩이나 자발적으로 암에 걸렸다. 하지만 어떻게? 그리고— 왜?

아마 죽고 싶어하는 욕구에 기인한 것인지도 모른다. 그리고 브라운 씨는 매번 죽음의 벼랑 끝에서 멈춰 서서 다시 사는 쪽을 택했다. 병에 걸릴 필요는 있지만, 죽을 필요는 없다는 얘기일까. 그렇다면 자살 충동은 가짜라는 얘기가 된다.

그 점을 확인하는 것이 중요하다. 그게 사실이라면, 브라운 씨는 살아남기 위해 싸울 것이고— 에릭을 고용한 목적 자체에 저항할 것이기 때문이다.

따라서 브라운 씨는 다루기가 극히 힘든 환자가 될 것이다. 아무리 줄잡아 말하더라도 말이다. 이런 일은 모두—의심의 여지 없이—무의식 차원에서 이루어지고 있다. 브라운 씨 본인이 자기 자신의 이율배반적인 충동들을 자각하고 있지 않은 것은 확실하다.

아파트 초인종이 울렸다. 현관문을 열자— 신사복을 말쑥하게 차려입은 공무원풍의 사내가 서있었다. 사내는 신분증을 꺼내서 보여주며 설명했다. "비밀 경호대에서 나왔습니다, 스위트센트 선생님. 몰리나리 사무총장께서 부르십니다. 통증이 상당히 심하다니까 서두르셔야 합니다."

"당장 가겠네." 에릭은 웃웃을 가지러 붙박이장으로 달려갔다. 곧 그와 비밀 경호대 직원은 주차해놓은 차를 향해 잰걸음으로 가고 있었다. "또 복부의 통증인가?" 에릭이 물었다.

"지금은 왼쪽 옆구리 쪽이 아픈 것 같습니다." 비밀 경호원은 도로로 차를 진입시키며 말했다. "심장 근처라는군요."

"혹시 엄청나게 큰 손이 자기를 짓누르는 듯한 느낌이라고 하지는 않던가?"

"아니, 단지 누운 채로 신음하고 있을 뿐입니다. 빨리 선생님을 부르라고 하면서요." 비밀 경호원은 사무적인 어조로 말했다. 그의 입장에서는 익숙하고 흔한 일인 듯했다. 사실 사무총장은 일년 내내 병에 시달리고 있으니 이상할 것도 없었다.

이윽고 그들은 UN 화이트 하우스에 도착했다. 에릭은 진입로를 타고 아래로 내려가며 생각했다. 인공장기를 이식할 수만 있다면 모든 게 해결될 텐데.

그러나 진료 기록을 읽어본 지금 몰리나리가 완고하게 인공장기 이식을 거부하는 이유는 명백했다. 이식을 받는다면 회복될 것이고, 병과 건강함 사이를 부유하고 있는 듯한 그의 모호한 상태는 소멸해버린다. 몰리나리의 상충되는 두 가지 충동은 결국 건강을 되찾는 것으로 귀결된다는 얘기다. 그런다면 몰리나리를 지탱해주던 미묘한 정신적 힘의 균형이 깨지고, 그의 내면에서 주도권을 두고 각축을 벌이던 두 가지 힘 중 하나에게 사로잡히게 된다. 그리고 이것은 몰리나리의 입장에서는 절대로 받아들일 수 없는 일이었다.

"이쪽입니다, 선생님." 비밀 경호원은 복도를 지나 몇몇 제복 경찰관들이 지키고 서있는 문 앞으로 그를 안내했다. 경찰관들은 에릭이 다가가자 옆으로 비켜섰다.

몰리나리는 방 한복판에 자리 잡은 흐트러지고 터무니없이 큰 침대에 누워서 천장에 부착된 텔레비전을 보고 있었다. "난 죽을 것 같아, 선생." 몰리나리는 에릭 쪽으로 고개를 돌리며 말했다. "이 통증은 심장에서 오는 것 같아. 알고 보면 모두 심장 때문이었는지도 모르겠군." 통통 붓고 붉게 물든 얼굴이 땀으로 번들거린다.

에릭은 말했다. "심전도 검사를 해보겠습니다."

"아냐. 그건 이미 십 분 전에 해보았다네. 아무것도 나오지 않았어. 내 병이 너무 미묘해서 자네들 기계로는 발견하지 못하는 것 같아. 그렇다고 해서 병이 없다는 얘기는 아니지만 말이야. 중증의 관상동맥 혈전증에 걸렸지만 심전도에는 아무것도 나타나지 않는 경우가 있다는 얘기를 들은 적이 있는데, 실제로 그런 환자들이 있지 않나? 어이, 선생, 난 자네가 모르는걸 알고 있다네. 내가 왜 이런 통증을 느끼는지 이상하지. 우리의 동맹국—이 전쟁의 파트너 말인데, 실은 티화나 모피 염료사의 강제 접수를 포함한 계획의 청사진을 가지고 있다네. 나한테도 그 서류를 보여주더군— 그만큼 자신만만하다는 뜻이야. 이미 그 회사에 스파이를 하나 심어놓았다나. 내가 자네한테 이런 얘기를 하는 건 내가 이 병으로 갑자기 죽을 경우에 대비해서야. 언제 죽을지 모르니까 말이야."

"버질 애커먼에게는 통보했습니까?" 에릭은 물었다.

"그러려고 했지만— 빌어먹을, 그런 노인 상대로 어떻게 그런 얘길 꺼내란 말인가? 전면전쟁에서 어떤 종류의 일들이 일어나는지 그 친구는 몰라. 지구의 대기업을 접수하는 계획 따위는 아무것도 아니라네. 그건 아마 시작에 불과해."

"이젠 얘기를 들어버렸으니, 제겐 버질에게 알려야 할 의무가 있다고 생각합니다만." 에릭은 말했다.

"알았네. 알리라고." 몰리나리는 쥐어짜는 듯한 목소리로 말했다. "자네라면 뭔가 빠져나갈 구멍을 찾아낼지도 모르니. 위싱턴-35에 가있었을 때 얘기하려고 했지만—" 그는 고통에 못 이겨 몸을 뒤집었다. "뭔가 조치를 취해줘, 선생. 이러다가 정말 죽겠어!"

에릭이 모르프로카인을 정맥에 주사하자 UN 사무총장은 조용해졌다.

"자넨 모를 거야." 몰리나리는 한결 누그러지고 편해진 목소리로 말했다. "내가 릴리스타인들을 상대로 얼마나 고생을 하고 있는지 말이야. 난 놈들의 간섭을 막기 위해 최선을 다했다네, 선생." 그러고는 이렇게 덧붙였다. "이젠 아프지 않아. 방금 맞은 주사가 효과를 본 것 같군."

에릭은 물었다. "그자들은 언제 TF&D 접수에 나설 예정입니까? 곧 그럴 것 같습니까?"

"며칠 뒤가 될지도 모르고, 일주일 후가 될지도 몰라. 엄밀한 스케줄을 따르는 것 같지는 않더군. 놈들은 TF&D가 제조하는 어떤 약물에 관심을 보이고 있는데……. 아마 자넨 들어본 적이 없을 거야. 나도 모르네. 실은 난 아무것도 몰라. 그게 내가 직면한 상황의 진상이야. 그 누구도 내게 사실을 알려주려고 하지 않아. 자네조차도. 이를테면 내 몸 어디가 잘못된 건지 결코 얘기해줄 생각이 없지 않나."

곁에서 대기하고 있는 비밀 경호원 한 사람에게 에릭은 말했다. "영상전화 부스는 어디 가면 있나?"

"가지 말게." 몰리나리가 침대에서 반쯤 몸을 일으키며 말했다. "보나마나 또 아파올 게 뻔하니까 말이야. 그러니까 우선 메리 라이네케를 여기 데려오게. 좀 기분이 나아졌으니 얘기를 나눠야겠어. 실은 메리에겐 내가 얼마나 아픈지 얘기하지 않았거든. 자네도 발설하면 안 돼. 메리는 마음속에 언제나 나의 이상적인 이미지를 유지해야 하니까 말이야. 여자들은 다 똑같아. 사내를 사랑하려면 그 사내를 존경하고, 미화해야 하지. 안 그런가?"

"하지만 침대에 누워있는 총장님을 보면 응당—"

"아, 내가 아프다는 건 메리도 알아. 단지 그게 얼마나 치명적인 병인지를 모를 뿐이라네. 무슨 얘긴지 알지?"

에릭은 말했다. "치명적인 병이라는 얘기는 절대 안 하겠다고 약속드리죠."

"정말로 치명적인가?" 몰리나리는 놀란 표정으로 눈을 치켜떴다.

"제가 보는 한은 아닙니다." 에릭은 이렇게 말하고, 신중한 어조로 이렇게 덧붙였다. "하여튼, 진료 기록을 보고 사무총장님이 몇 번이나 치명적인 중병에 걸렸다가 회복했다는 사실을 알고 있습니다. 이를테면 간에 생긴—"

"그 얘긴 하고 싶지 않네. 얼마나 자주 암에 걸렸는지 들으면 기분이 가라앉아서."

"제가 보기에는—"

"내가 결국 회복됐다는 사실을 떠올리면 기분이 고양될 거라고? 아냐. 다음번에는 회복하지 못 할 가능성도 있잖나. 그러니까, 늦든 빠르든 간에 난 죽어. 하던 일을 완수하지 못하고 말이야. 그럼 지구는 어떻게 되겠나? 생각해보게. 자네의 경험에 근거해서 추측해보라고."

"제가 직접 가서 미스 라이네케를 불러오겠습니다." 에릭은 이렇게 말하고 방문을 향해 갔다. 비밀 경호원 하나가 함께 나와서 영상전화기가 있는 곳으로 안내해주었다.

복도로 나갔을 때 비밀 경호원은 낮은 목소리로 말했다. "선생님, 레벨 3에서 환자 한 명이 발생했습니다. 한 시간쯤 전에 화이트 하우스의 요리사 한 명이 기절했다는군요. 티가든 선생님이 가있는데, 스위트센트 선생님과 의논할 게 있다고 하십니다."

"알았네." 에릭은 말했다. "전화를 걸기 전에 들르지." 에릭은 비밀 경호원 뒤를 따라 엘리베이터로 갔다.

티가든은 화이트 하우스 의무실에 있었다. "자네 도움이 필요하네." 티가든은 에릭을 보자마자 말했다. "자넨 장기이식 수술 전문가니까 말이야. 환자는 명백히 협심증이네. 그래서 당장 심장을 이식할 필요가 있어. 적어도 심장 한 개는 가지고 왔겠지?"

"예." 에릭은 중얼거리듯이 말했다. "이 환자는 과거에도 심장 질환을 앓은 적이 있습니까?"

"2주 전에 발작을 일으킬 때까지만 해도 멀쩡했어. 비교적 가벼운 발작이었지. 그때는 물론 도르미닐을 하루 두 번 투여했네. 그래서 회복하는 것처럼 보였는데, 오늘 와서—"

"환자의 협심증하고 사무총장의 통증과는 무슨 관계가 있습니까?"

"관계라니? 그런 게 있었어?"

"묘하다는 생각은 안 드십니까? 두 사람 모두 같은 시기에 심한 복부 통증을 느꼈다는 사실이 말입니다."

"하지만 여기 이 맥닐에겐 명백한 진단이 나왔어." 티가든은 에릭을 병실 침대 쪽으로 데려가며 말했다. "반면에 몰리나리 사무총장의 경우는 협심증 진단 같은 걸 내릴 수가 없어. 그런 증세가 없었으니까. 그러니까 무슨 관계가 있다고는 생각되지 않는군." 그러고는 이렇게 덧붙였다. "여긴 사람 신경을 정말로 닳게 만드는 직장이라네, 선생. 정기적으로 환자가 발생해."

"그래도—"

"진상이 어떻든 간에, 이 문제는 기술적인 것에 불과해. 새로운 심장을 이식하면 그걸로 끝이잖나."

"위층 환자한테는 그러지 못하는 게 유감입니다." 에릭은 환자 맥닐이 누워있는 간이 침대 위로 몸을 구부리며 말했다. 그럼 이 친구가 몰리나리가 상상하던 병에 실제로 걸린 사내란 말이군. 어느 쪽이 먼저였을까? 먼저 아팠던 사람은 맥닐일까, 아니면 지노 몰리나리일까? 어느 쪽이 원인이고, 어느 쪽이 결과일까. 물론 그런 관계가 존재한다고 가정했을 때의 얘기지만 말이다. 게다가 이것은 티가든이 방금 지적했듯이 근거 자체가 빈약하기 이를 데 없는 가정이다.

그러나 지노가 예를 들어 전립선이나 기타 부위의 암이라든지, 경색증, 간염, 기타 등등의 병에 걸렸을 때, 같은 병에 걸린 사람이 근처에 있었는지 여부를 알 수 있다면 흥미로울 터이다.

화이트 하우스에 근무하는 전 직원의 의료 기록을 조사해볼 만한 가치가 있을지도 모르겠군. 에릭은 생각했다.

"이식 수술에 내 도움이 필요한가?" 티가든이 물었다. "필요 없다면 위층으로 가서 사무총장을 돌보겠네. 화이트 하우스의 간호사가 자네를 도와줄 거야. 조금 전까지만 해도 여기 있었는데."

"안 도와주셔도 됩니다. 대신 사무총장 주위에 있는 모든 사람들이 현재 앓고 있는 질병의 목록을 찾아주시겠습니까. 매일 몰리나리와 물리적으로 접촉하는 사람들의 기록 말입니다. 이 곳의 직원이든, 공무로 자주 방문하던 사람이든, 이상 증세를 보였다면 지위고하를 막론하고 알고 싶군요. 가능할까요?"

"직원이라면 가능하겠지. 하지만 방문자들은 무리야. 당연한 얘기지만, 의료 기록이 없으니까 말이야." 티가든은 에릭을 훑어보았다.

"제 직감에 의하면, 여기 있는 맥닐한테 새 심장을 이식하는 순간 사무총장의 통증도 사라질 겁니다. 훗날 기록에는 사무총장이 급성 협심증에서 회복했다고 나오게 되겠죠."

티가든의 표정이 어두워지고, 모호해졌다. "흐음." 그는 이렇게 말하고 어깨를 으쓱했다. "형이상학과 외과수술의 결합인가. 우리 의사단에 기인 하나가 합류했군."

"몰리나리가 자기 주위에 있는 모든 사람들과 똑같은 병에 걸릴 정도로 강한 공감능력을 갖고 있다고 생각하십니까? 단순한 히스테리 증상만을 얘기하는 게 아닙니다. 실제로 그것들을 경험한다는 뜻입니다. 정말로 그것에 걸리는 식으로."

"그런 공감기능이 존재한다는 얘긴 금시초문이군." 티가든이 말했다. "애당초 그런 걸 기능이라고 미화할 수 있다면 얘기지만."

"하지만 진료 기록을 보시지 않았습니까." 에릭은 조용한 어조로 지적했고, 수술도구가 든 케이스를 열고 인공심장 이식 수술에 쓸 자동 유도식 로봇 기구를 조립하기 시작했다.

07

불과 삼십 분 만에 짧은 수술을 끝낸 에릭 스위트센트는 비밀 경호원 둘을 대동하고 메리 라이네케의 아파트를 향해 출발했다.

"정말 멍청한 여잡니다." 왼쪽에 있던 경호원이 뜬금없이 말했다.

더 나이를 먹고 머리가 희끗희끗한 다른 한 명의 경호원이 대꾸했다. "멍청하다고? 몰리나리를 일하게 하는 방법을 알고 있는 여자야. 그런 요령을 알아낸 사람은 그 여자 말고는 아무도 없잖아."

"요령 따위." 젊은 쪽 경호원이 말했다. "멍청이 둘을 합쳐봤자 원래 멍청한 게 어디 간답니까."

"그래, 실로 멍청한 작자지. UN 사무총장으로 출세할 정도

160

로 말이야. 자네나, 자네가 아는 사람들 중에 그럴 수 있는 사람이 있기나 해? 아, 여기가 그 아파트입니다." 나이 든 쪽 비밀 경호원은 멈춰 서서 문 하나를 가리켰다. "처음 봤을 때 놀란 내색을 하지 마십시오." 그는 에릭에게 말했다. "뭐랄까, 정말 어려서요."

"그 얘긴 들었네." 에릭은 이렇게 말하고 초인종을 울렸다. "사정은 모두 알고 있어."

"사정을 모두 알고 계신다, 이겁니까." 왼쪽에 서있던 비밀 경호원이 조롱하듯이 말했다. "정말 대단하시군요— 만나보지도 않고 상황을 파악하시다니. 몰리나리가 마침내 세상을 뜬 뒤에는 선생님이 차기 UN 사무총장 자리를 꿰어차는 걸 보게 될지도 모르겠습니다."

현관문이 열렸다. 깜짝 놀랄 정도로 작고, 가무잡잡하고, 예쁜 여자가 서있었다. 남자용 빨간 실크 와이셔츠에, 발목이 좁은 꼭 끼는 바지 차림이었다. 큐티클용 가위를 들고 있는 것을 보니 손톱을 손질하던 중인 듯하다. 손을 보니 길고 반짝거리는 손톱을 하고 있었다.

"저는 의사인 스위트센트입니다. 이번에 지노 몰리나리 사무총장의 스태프에 합류했습니다." 에릭은 자칫 네 아버지의 스태프라고 말할 뻔했다가 아슬아슬하게 정정했다.

"알아요." 메리 라이네케가 말했다. "나더러 도우러 오라는 거군요. 상태가 안 좋아서. 잠깐만 기다려줘요." 그녀는 웃옷을 가지러 안으로 들어갔다.

"아직 고등학생이라니." 에릭 왼쪽에 있는 비밀 경호원이 말하며 고개를 설레설레 흔들었다. "보통 사람이었다면 중죄重罪가 되고 남았을 텐데."

"입 닥치고 있어." 그의 동료가 이렇게 내뱉었을 때, 커다란 단추가 달린 두껍고 검푸른 해군풍 재킷을 입은 메리 라이네케가 현관으로 돌아왔다.

"잘난 체하는 경호원 아저씨들은 먼저 내려가있으시죠." 메리는 비밀 경호원들에게 말했다. "난 스위트센트 선생님하고만 얘기를 해야겠어요. 경호원 아저씨들이 귀를 쫑긋 세우고 엿듣는 걸 원하지 않아요."

"알았어, 메리." 경호원들은 히죽거리며 자리를 떴다. 아파트 복도에는 에릭과, 바지와 실내화에 두꺼운 웃옷 차림의 어린 여자만 남았다.

두 사람은 잠시 말없이 걸었다. 이윽고 메리가 입을 열었다. "그이 상태는 어때요?"

에릭은 신중하게 단어를 골라가며 말했다. "많은 면에서 지극히 건강합니다. 거의 믿기 힘들 정도로. 하지만―"

"하지만 죽어가고 있다는 거로군요. 일년 내내. 아프기는 하지만, 전혀 차도가 없기만 하고―차라리 끝났으면 좋겠다는 생각이 들어요. 차라리―"메리는 생각에 잠긴 얼굴로 말을 멈췄다. "아니, 그건 싫어요. 지노가 죽으면 난 쫓겨날 테니까. 사촌이나 먼 친척 아저씨나 아이들과 함께. 이곳에 들끓고 있는 밥벌레들은 일소될 거예요." 예상치 못한 신랄하고 격한 말투였다. 에릭은 깜짝 놀라며 그녀를 흘끗 쳐다보았다. "당신은 지노를 고쳐주려고 온 건가요?" 메리가 물었다.

"흐음, 그걸 시도할 수는 있습니다. 적어도—"

"아니면 여기 온 건……. 뭐라고 하더라, 최후의 일격을 가하기 위해서인가요? 있잖아요, 쿠 뭐라고 하는 거."

"쿠드그라스."* 에릭은 말했다.

"그거요." 메리 라이네케는 고개를 끄덕였다. "그래서요? 어느 쪽을 위해 온 건가요? 혹시 당신도 모른다든지? 지노만큼이나 마음을 못 정하고 갈팡질팡하고 있는 거죠, 안 그래요?"

"갈팡질팡하고 있지는 않습니다." 에릭은 잠시 후 대답했다.

"그럼 뭘 해야 하는지 알고 있는 거군요. 당신은 인공장기 전문가죠. 안 그래요? 최고의 장기이식 전문의……. 《타임》지에서 당신 얘기를 읽은 것 같아요. 《타임》 말인데, 정말이지 모든 분야에서 아주 도움이 되는 기사가 잔뜩 실려있다고 생각하지 않아요? 난 매주 그걸 처음부터 끝까지 꼼꼼하게 읽죠. 특히 의료하고 과학란을."

에릭은 말했다. "저— 학교에는 가십니까?"

"졸업했어요. 대학이 아니라 고등학교를. 이른바 '고등교육'에는 관심이 없어서."

"뭐가 되고 싶었습니까?"

"그게 무슨 뜻이죠?" 메리는 미심쩍어하는 눈으로 그를 훑어보았다.

---

* coup de grâce. 불어로 '온정의 일격'을 의미하는 관용어.

"그러니까, 어떤 직업에 종사하고 싶었습니까?"

"난 직업 따윈 필요 없어요."

"하지만 처음부터 그걸 알고 있었던 건 아니지 않습니까. 어디 취직하게 될지 미리 알 수는 없었을 테니까." 그는 몸짓을 해 보였다. "이곳 화이트 하우스로 오게 되리라는 걸."

"알고 있었어요. 살아오면서 줄곧. 세 살 때부터."

"어떻게?"

"난 예지 능력자였으니까. 지금도 그렇고. 그래서 미래를 알 수 있었던 거예요." 침착한 말투였다.

"지금도 그럴 수 있다는 얘깁니까?"

"물론."

"그럼 내가 왜 여기 왔는지를 물을 필요는 없지 않습니까. 미래를 투시하고 내가 뭘 할지 보면 그만이니."

"당신이 하는 일은 그리 중요하지가 않아요. 뚜렷하게 나오지 않는 걸 보니." 그녀는 이렇게 말하고 미소 지었다. 그러자 희고 고른 아름다운 이가 드러났다.

"그건 믿기 힘들군요." 에릭은 발끈하며 말했다.

"그럼 당신도 예지 능력자라는 얘기네요. 내 대답을 믿기 힘들다면, 혹은 그걸 받아들이지 못하겠다면, 내가 뭘 아는지 물어보지는 마요. 이곳 화이트 하우스는 눈 뜨고 코 베이는 곳이라고요. 하루 24시간 내내 백 명이나 되는 사람들이 지노의 주의를 끌어보려고 아등바등하고 있어요. 당신도 그런 작자들을 헤치고 나아가서 자기 할 일을 찾지 않으면 안 돼요. 그래서 지노는 아픈 거예요— 아니면 아픈 척하는 거겠죠."

"아픈 척이라." 에릭은 말했다.

"지노는 히스테리 환자예요. 알잖아요, 병에 걸렸다고 생각하지만 실제로는 병이 아닌 거. 그게 귀찮은 작자들을 떨어내는 지노의 방식인 거예요. 너무 병세가 위중해서 일일이 상대할 틈이 없다, 이런 식이죠." 그녀는 쾌활하게 웃었다. "당신은 그걸 알아요— 진찰을 해봤을 테니까. 실제로는 아픈 데가 전혀 없어요."

"진단서를 읽어본 겁니까?"

"물론 읽었어요."

"그럼 지노 몰리나리가 지금까지 세 번 암에 걸렸던 걸 알지 않습니까."

"그래서요?" 그녀는 몸짓을 해 보였다. "히스테리성 암이었겠죠."

"의학상 그런 병은 존재하지—"

"당신은 어느 쪽을 믿어요? 의학 교과서, 아니면 당신 눈으로 직접 본 거?" 메리는 뚫어지게 그를 쳐다보았다. "여기서 살아남을 작정이라면 현실주의자가 되는 편이 나을걸요. 사실과 대면하면 그걸 직시하는 법을 터득하는 편이 나아요. 당신이 여기 온 걸 티가든이 반기고 있다고 생각해요? 당신은 그 작자의 지위를 위협하는 존재라고요. 이미 당신의 평판을 떨어뜨릴 방법을 모색하기 시작했어요. 혹시 그걸 아직도 눈치 못 챘다든지?"

165

"맞습니다. 눈치 못 챘습니다."

"그렇다면 살아남을 가능성은 없군요. 티가든은 눈 깜짝할 새에 당신을 여기서 쫓아낼 거예요." 메리는 갑자기 말을 멈췄다. 앞쪽에 병에 걸린 사내가 누워있는 방의 문과 문간에 두 줄로 도열한 비밀 경호원들의 모습이 보였기 때문이다. "왜 지노가 진짜 아픔을 느끼는지 알아요? 어리광을 부리고 싶어서예요. 다른 사람들에게 갓난애 대접을 받고 싶은 거죠. 다시 갓난애가 되면 어른이 져야 하는 책임을 지지 않아도 되니까. 이해돼요?"

"그런 식의 이론은 완벽하게 들리는 법입니다. 너무나도 그럴듯한 데다가 말하기도 쉽지만—"

"하지만 사실이거든요." 메리는 말했다. "이 경우엔." 그녀는 비밀 경호원들 사이를 헤치고 지나가서 문을 연 다음 안으로 들어갔다. 몰리나리가 누워있는 침대로 가서는 그를 내려다보며 말했다. "당장 일어나, 이 덩치만 큰 게으름뱅이야."

몰리나리는 눈을 뜨고 무기력하게 몸을 뒤척였다. "아, 당신이었군. 미안해. 하지만—"

"미안은 무슨." 메리는 날카로운 목소리로 말했다. "당신은 아픈 게 아냐. 일어나라고! 정말이지 창피해 죽겠어. 모두들 당신을 창피해하고 있다는 걸 몰라? 당신은 두려운 나머지 갓난애처럼 행동하고 있을 뿐이야— 이런 식으로 행동하면서 존경해달라는 소리가 내 앞에서 나와?"

잠시 후 몰리나리는 말했다. "아마 존경을 받고 싶지 않은지도 모르겠군." 그는 메리의 독설에 완전히 의기소침해진 것처럼 보였고, 그제야 에릭이 와있다는 사실을 깨달은 듯했다. "방금 이 여자가 하는 소리를 들었나, 선생?" 몰리나리는 음울한 어조로 말했다. "아무도 이 여자를 막지를 못해. 내가 다 죽어가는데도 거침없이 쳐들어와서 이런 식으로 막말을 해대니— 내가 다 죽어가는 건 바로 그 때문인지도 몰라." 그는 자기 배를 조심스레 쓰다듬었다. "이제는 아프지 않은데, 아까 자네가 놓아준 주사 덕인가. 무슨 약이 들어있었나?"

주사 때문이 아냐, 하고 에릭은 생각했다. 아래층에서 맥닐이 수술을 받은 덕택이야. 화이트 하우스에서 일하는 주방 보조가 인공심장을 이식받은 덕에 당신 통증이 사라진 거라고. 내 생각이 옳았어.

"이제 나았으면—" 메리가 운을 뗐다.

"알았어." 몰리나리는 한숨을 내쉬었다. "일어날게. 부탁이니 잠시만이라도 혼자 있도록 놓아둘 수 없어?" 몰리나리는 몸을 뒤척이며 침대에서 억지로 몸을 일으키려고 했다. "됐지— 일어날게. 이러면 만족하는 거지?" 화가 뻗쳤는지 외치는 듯한 목소리였다.

메리 라이네케는 에릭을 돌아보며 말했다. "봤죠? 난 이 사람을 침대에서 끌어낼 수 있어요. 사내답게 두 다리로 서게 할 수 있다고요."

"축하해야 할 일이로군." 몰리나리는 비틀비틀 일어서면서 뚱하게 중얼거렸다. "의료진 따위는 필요 없어. 내게 필요한 건

너뿐인 것 같군. 하지만 통증을 없애준 건 여기 있는 스위트센트 선생이지, 네가 아니라는 걸 알아. 그렇게 악다구니를 쓰는 걸 제외하면 나를 위해 네가 해준 게 뭐가 있어? 내가 회복했다면 그건 여기 선생 덕이야." 몰리나리는 그녀 곁을 지나 가운을 가지러 벽장으로 갔다.

"지노는 내가 이런다고 분개하지만" 메리는 에릭에게 말했다. "마음속으로는 내 말이 옳다는 걸 알아요." 메리는 태연자약하고 자신감에 찬 어조로 말했다. 팔짱을 끼고 서서, 파란 가운의 띠를 조이고 사슴가죽으로 만든 실내화를 신는 사무총장의 모습을 바라보고 있다.

"거물 중의 거물이지." 몰리나리는 턱으로 메리를 가리키며 에릭에게 중얼거렸다. "자기가 아니면 일이 안 된다는군."

"꼭 하라는 대로 해야 합니까?" 에릭은 물었다.

몰리나리는 웃음을 터뜨렸다. "물론이지. 지금 그러고 있지 않나?"

"하라는 대로 안 하면 어떻게 됩니까? 하늘이 무너지기라도 한 것 같은 소동이 일어나는 겁니까?"

"응. 난리도 그런 난리가 없지." 몰리나리는 고개를 끄덕였다. "저 여자한테는 초능력이 있거든……. 여자라는 이름의 초능력. 자네 처인 캐시처럼 말이야. 그래도 메리가 있어줘서 난 기쁘다네. 좋아하니까. 악다구니를 쓰든 말든 난 상관 안 해─사실, 내가 침대에서 나온 건 사실이고, 보시다시피 난 아무렇지도 않아. 메리 말이 옳았어."

"꾀병을 부리면 금세 안다고요." 메리가 말했다.

"함께 와주겠나, 선생." 몰리나리는 에릭에게 말했다. "나한 테 뭔가 보여줄 게 있다고들 하더군. 자네도 함께 봤으면 좋겠네."

그들은 비밀 경호원들을 대동하고 복도를 가로질러 경비가 엄중하고 잠겨있는 방으로 들어갔다. 에릭은 그곳이 영사실임을 깨달았다. 반대편 벽 전체가 거대한 크기의 고정식 대형 스크린으로 이루어져있었다.

"내가 연설을 하는 영상일세." 몰리나리는 자리에 앉으며 에릭에게 설명했다. 그가 몸짓으로 신호를 보내자 비디오테이프가 돌아가면서 거대한 스크린에 영상이 떠올랐다. "내일 밤에 모든 텔레비전 네트워크에서 방영될 예정이라네. 혹시 변경할 부분은 없는지 자네 의견을 미리 들어보고 싶어서 말이야." 그러고는 의미심장한 눈으로 에릭을 흘끗 보았다. 뭔가 숨기고 있는 눈치였다.

왜 내 의견이 필요하다는 것일까? 에릭은 화면을 가득 채운 UN 사무총장의 모습을 바라보며 생각했다. 몰리나리는 지구군 총사령관의 군복으로 성장盛裝하고 있었다. 훈장과 완장과 약장略章뿐만 아니라 뻣뻣한 원수용 군모까지 깊게 눌러쓴 모습이다. 군모 챙이 통통한 볼을 가진 둥근 얼굴을 부분적으로 감추고 있는 탓에, 얼굴 아랫부분의 구지레한 턱과 당혹스러울 정도로 험악한 표정만 눈에 띄었다.

게다가 볼살은 어떤 이유에서인지 축 늘어져있지 않았다. 도대체 언제 저렇게 탄력적으로 바뀌고 결연한 느낌을 되찾은 것일까. 에릭은 영문을 알 수가 없었다. 화면에 떠오른 얼굴은 바위처럼 엄격했고, 내면의 확신이 뒷받침된 가혹하고 강인한 인상을 풍겼다. 에릭은 몰리나리가 이런 얼굴을 한 것을 일찍이 본 적이 없었다…… 아니, 보았을까?

그래, 본 적이 있다. 하지만 그건 몰리나리가 사무총장직에 처음으로 취임했을 무렵의 일이다. 그때는 몰리나리도 젊었고 책임의 중하重荷에 괴로워하고 있지도 않았다. 그러자 화면에서 몰리나리가 말하기 시작했다. 그 목소리 또한 과거로부터 들려온, 옛날 그대로의 목소리였다. 10년 전, 이 가망 없고 끔찍한 전쟁이 시작되기 전의.

에릭 옆에서 발포 고무제의 안락의자에 깊숙이 앉아있던 몰리나리가 쿡쿡거리며 웃었다. "기운차 보이지. 안 그런가?"

"예, 그래 보입니다." 화면 속 몰리나리는 낭랑한 목소리로, 이따금 위압적이고 장엄한 느낌조차 풍기면서 연설을 계속했다. 몰리나리가 상실한 것은 바로 그런 부분이다. 지금은 보기에도 비참한 존재가 되어버렸지만, 화면 속에서는 군복을 입은 성숙하고 위엄 있는 사내가 자신의 의견을 한 치의 주저함도 없이 시원시원한 어조로 명확하게 표명하고 있었다. 영상 속의 UN 사무총장은 요구할 것은 당당하게 요구하고, 밝힐 것은 밝혔지만 결코 간원을 한다거나 지구의 유권자들에게 도움을 청하지는 않았다…… 그러는 대신 이 위태로운 시기에 그들이 무엇을 해야 할지를 얘기했을 뿐이었다. 생각해보면 당연한 행동이다. 하지만 어떻게 그런 일이 가능하단 말인가? 이 심약하고, 입만 열면 아파 죽겠다는 소리밖에는 안 하는 심기증 환자가 부활해서 저런 연설을 하다니, 도대체 어떤 방법을 쓴 것일까. 에릭은 영문을 알 수가 없었다.

곁에 있던 몰리나리가 말했다. "저건 가짜야. 내가 아냐." 에릭이 자신의 얼굴과 화면 속의 영상을 번갈아 응시하는 광경을 보고 몰리나리는 기쁜 듯이 히죽거렸다.

"그럼 저건 누구입니까?"

"그 누구도 아냐. 저건 로번트라네. 제너럴 로번트 서번트 엔터프라이즈에서 나를 위해 제작해준 거지— 저 연설이 첫무대야. 상당히 괜찮지 않나. 옛날 나하고 똑같아서, 보기만 해도 젊어지는 듯한 기분이 드는군그래." 그 말대로 UN 사무총장은 예전의 그와 많이 가까워진 것처럼 보였다. 의자에 앉아 영상속의 시뮬라크럼을 바라보는 그의 얼굴에 정말로 화색이 도는 것을 보면 말이다. 몰리나리는 이 가짜 스펙터클에 완전히 매료되어버린 것이다. 자기 연설에 심취한 나머지 첫 번째 추종자가 되어버렸다고나 할까. "실물을 보고 싶나? 최고 기밀이라서 이걸 알고 있는 사람은 최측근 서너 명밖에는 없어. 물론 제작사인 GRS 엔터프라이즈의 도슨 커터도 알지만 말이야. 하지만 그쪽에서 비밀이 샐 염려는 없네. 군납 계약을 자주 맺기 때문에 기밀 정보 취급에는 익숙하거든." 몰리나리는 에릭의 등을 툭 쳤다. "자넨 지금 국가 기밀을 하나 알게 됐어—기분이 어떤가? 현대 국가는 이런 식으로 운영되고 있다네. 유권자들

171

은 결코 모르는 일들이 있고, 또 모르는 쪽이 유권자들을 위해서도 좋아. 모든 정부가 다 이런 식으로 기능하지. 우리 정부만 그런 게 아냐. 우리만 그런 줄 알았나? 정말로 그렇게 생각했다면 자넨 앞으로 많은 걸 배워야 할 걸세. 내가 지금 로버트한테 연설을 대신하게 하는 건—"그는 몸짓을 해 보였다. "분장사들이 아무리 노력해도 텔레비전에서 보여줄 만한 모습이 나오지 않기 때문이라네. 분장 정도로는 도저히 어떻게 할 수가 없으니." 농담 섞인 어조는 사라지고 침울한 표정이 되어있었다. "그래서 포기했어. 현실을 받아들인 거지." 몰리나리는 시무룩한 얼굴로 고쳐 앉았다.

"연설 원고는 누가 썼습니까?"

"내가. 제대로 된 정치 성명을 쓸 기력은 아직 남아있어. 현 상황을 묘사하고, 우리가 지금 어떤 입장에 있고, 앞으로 상황이 어떻게 굴러갈 것이며 우리가 뭘 해야 하는지를 전달하는 거지. 내 두뇌는 아직 녹슬지 않았다네." 몰리나리는 앞으로 튀어나온 커다란 이마를 자기 손으로 툭 쳤다. "물론 조언자가 있긴 하지만."

"조언자?" 에릭은 되물었다.

"그 친구와 만나보게— 젊고 아주 똑똑한 변호사인데, 나를 개인적으로 보좌해주고 있지. 무보수로 말이야. 돈 페스텐버그라고 하는데, 천재야. 만나보면 자네도 나만큼이나 깊은 감명을 받을 걸세. 어떤 사항의 내용을 재구성하고, 요약하고, 추출해서, 그 본질을 주옥 같은 몇 문장만으로 표현하는 요령을 알고 있어……. 다들 알다시피 나는 장황하게 연설을 하는 경향이 있는데, 이제는 아냐. 페스텐버그가 도와준 덕택이지. 저 시뮬라크럼을 프로그래밍한 사람도 페스텐버그야— 내 생명의 은인이라고나 할까."

화면에서는 몰리나리의 합성된 이미지가 명령조로 연설을 계속하고 있었다. "—그리고 몇몇 국가의 적극적인 찬동을 바탕으로 단결한다면, 우리 지구인들은 강력한 연합체를 구성할 수 있고, 한 행성 단위를 넘어선 힘을 발휘할 수 있다. 물론 현 단계에서는 릴리스타 성간星間 제국급에는 도달하지 못했다는 점은 인정해야 하겠지만……. 그러나 언젠가는—"

"저는— 시뮬라크럼과 직접 만나보고 싶은 생각은 별로 나지 않는군요." 에릭은 속내를 털어놓았다.

몰리나리는 어깨를 으쓱했다. "좋은 기회인데 아쉽군. 하지만 흥미가 없거나 그걸 보는 게 괴롭다면야 어쩔 수 없는 일이지." 그는 에릭을 훑어보았다. "자넨 여전히 나의 이상적인 이미지를 유지하는 쪽을 택하겠다는 거로군. 저 화면에서 일장 연설을 하고 있는 존재가 진짜 나라고 상상하는 편이 낫다 이건가." 몰리나리는 웃음을 터뜨렸다. "의사란 변호사나 사제처럼 삶을 있는 그대로 보았을 때의 충격에도 견딜 수 있는 존재라고 생각했는데. 의사에겐 진실이 곧 밥줄 아니었나." 몰리나리는 에릭을 향해 열성적인 태도로 몸을 내밀었다. 그가 앉아 있는 의자가 너무 무겁다는 듯이 삐걱거리며 항의했다. "난 너무 늙었어. 더 이상 멋들어진 연설을 하는 건 불가능해. 그리고 싶은 생각이야 굴뚝 같지만 말이야. 하지만 저건 하나의 해결 책이라네. 그냥 포기하는 게 낫다고 생각하나?"

"그건 아니겠죠." 에릭은 시인했다. 그런다고 산적한 문제가 해결되는 것은 아니다.

"그래서 저렇게 돈 페스텐버그가 프로그래밍한 말을 늘어놓는 로번트 대역을 쓰고 있는 걸세. 중요한 건 그렇게 해서 우리가 살아남을 수 있다는 점이야. 중요한 건 바로 그걸세. 그러니까 자네도 현실을 받아들이게, 선생. 어른이 되란 말이야." 차갑고 단호한 표정이었다.

"알겠습니다." 에릭은 조금 있다가 말했다.

몰리나리는 에릭의 어깨를 툭 치고 나직하게 말했다. "릴리스타인들은 저 시뮬라크럼이나 돈 페스텐버그의 일에 관해서는 모른다네. 난 그자들이 그걸 알아차리는 걸 원하지 않아. 내 연설로 릴리스타인들에게도 감명을 주고 싶으니 말이야. 이해하겠나? 실은 이 비디오테이프의 카피를 릴리스타로 보내라고 했다네. 이미 가고 있는 중이지. 진실이 뭔지 알고 싶나, 의사 선생? 솔직히 말해서 난 동포들보다 그치들에게 더 깊은 인상을 남기고 싶다네. 이런 얘기를 들으니 어떤 기분인가? 정직하게 말해줘."

"제가 보기엔 우리가 처한 곤경을 예리하게 지적하셨습니다."

몰리나리는 침울한 표정으로 에릭을 응시했다. "그럴지도 모르지. 하지만 이런 일은 정말 아무것도 아니라는 걸 자넨 몰라. 진짜 실상을 안다면—"

"그 이상은 말하지 말아주십시오. 적어도 지금은."

화면에서는 지노 몰리나리의 모조품이 눈에 보이지 않는 시청자들을 향해 몸짓을 섞어가며 우렁우렁한 목소리로 훈계를 내리고 있었다.

"알았네, 알았어." 몰리나리는 좀 누그러진 투로 말했다. "미안하이. 애당초 내 고민을 이런 식으로 털어놓지는 말았어야 했어." 풀이 죽은 몰리나리의 얼굴 주름이 더 깊어지고, 피로로 물들었다. 그는 다시 스크린으로 눈을 돌려, 건강하고 정력적이고 완전히 합성된 과거의 자기 모습을 바라보았다.

캐시 스위트센트는 자택 주방에서 가까스로 조그만 과도를 들어 올려 보라색 양파를 썰려고 했다. 그러나 어느새 자기 손가락을 베어버렸다는 사실을 알아차리고 아연실색했다. 과도를 든 채로 서서, 손가락에서 새빨간 핏방울이 뚝뚝 떨어지며 손목 위에 튄 물과 섞이는 광경을 말없이 바라본다. 이제는 흔해빠진 물체조차도 제대로 다룰 수가 없었다. 그 빌어먹을 마약 때문이야! 그런 생각을 하니 쓰디쓴 분노가 치밀어 올랐다. 마약 탓에 시시각각 힘이 빠지고 있다. 이제는 아무 일도 할 수 없다. 이런 상황에서 어떻게 저녁식사 준비 따위를 할 수 있단 말인가?

등 뒤에서 조나스 애커먼이 걱정스러운 어조로 말했다. "뭔가 수단을 강구할 필요가 있어 보입니다, 캐시." 그는 일회용 반창고를 가지러 화장실로 가는 캐시를 바라보았다. "반창고를

다 떨어뜨려버렸군요. 그것조차도 제대로 들지 못한다니." 그는 불평하듯이 말했다. "도대체 원인이 뭔지 가르쳐준다면—"

"일단 반창고부터 붙여주겠어?" 조나스가 베인 손가락에 반창고를 감아주는 동안 캐시는 말없이 서 있었다. "JJ-180 탓이야." 그녀는 느닷없이 실토했다. "난 거기 중독됐어, 조나스. 릴리스타인들이 저지른 짓이야. 제발 날 도와줘. 중독에서 벗어나게 해줘. 부탁이야."

조나스는 동요한 표정으로 말했다. "하지만— 정확하게 뭘 하면 될지 모르겠습니다. 나온 지 얼마 되지도 않은 신약이 아닙니까. 물론 그걸 제조한 자회사와 당장 연락을 취하겠습니다. 버질을 포함해서 회사 전체에서 당신을 지원할 겁니다."

"그럼 당장 가서 버질한테 얘기해줘."

"지금 당장? 시간 감각이 이상해졌군요, 캐시. 그렇게 조급해하는 건 그 약 때문입니다. 내일 얘기해도 늦지 않습니다."

"빌어먹을, 난 이 마약 때문에 죽을 생각은 없어. 그러니까 오늘 밤에 만나서 얘기해줘, 조나스. 무슨 얘긴지 알겠어?"

잠시 후 조나스는 말했다. "전화를 걸죠."

"영상전화는 안 돼. 릴리스타인들이 도청하고 있을 거야."

"그건 망상입니다. 마약 탓입니다."

"난 그자들이 두려워." 캐시는 몸을 떨었다. "그자들은 뭐든지 할 수 있어. 그러니까 직접 버질하고 얼굴을 맞대고 얘기해줘, 조나스. 전화만으로는 안 돼. 혹시 나한테 무슨 일이 일어나도 상관 안 한다는 거야?"

"터무니없는 소리! 알았습니다. 당장 가서 사장한테 얘기해 보죠. 하지만 혼자 있어도 괜찮겠습니까?"

"괜찮아." 캐시는 말했다. "그냥 거실에 앉은 채로 아무 일도 하지 않을게. 뭔가 도움이 될 만한 걸 가지고 돌아올 때까지 여기서 기다리면 되잖아. 그냥 가만히 앉아서 아무 일도 하지 않는다면 무슨 일이 일어날 리 없잖아?"

"병적인 흥분 상태에 사로잡힐지도 모릅니다. 공황 상태에 빠져서…… 무작정 도망치려고 할 수도 있죠. JJ-180을 먹은 게 정말이라면—"

"정말이라니까!" 캐시는 큰 소리로 말했다. "내가 농담한다고 생각해?"

"알았습니다." 조나스는 체념한 듯이 말하고 캐시를 거실로 데려가서 소파에 앉혔다. "정말 아무 일도 안 일어나야 할 텐데. 이게 실수가 아니길 바랄 따름입니다." 조나스는 얼굴이 창백해지고 식은땀을 흘리고 있었다. 어둡고 걱정스러운 표정이었다. "반 시간쯤 뒤에 돌아오겠습니다, 캐시. 염병할, 뭔가 잘못되기라도 하면 에릭은 결코 나를 용서하지 않을 겁니다. 에릭 입장에선 그러는 게 당연하고." 아파트 현관문이 그의 등 뒤에서 닫혔다. 인사조차도 하지 않고 나갔다.

이제 캐시는 혼자였다.

즉시 영상전화기 앞으로 가서 다이얼을 돌렸다. "택시." 주소를 말하고 전화를 끊었다.

다음 순간 그녀는 코트를 어깨에 걸치고 서둘러 아파트 건물

177

에서 나와 밤의 어둠에 감싸인 보도로 나갔다.

자율제어식 택시가 도착하자 코닝이 준 카드의 주소로 가라고 지시했다.

약을 더 손에 넣는다면, 마음도 더 맑아지고 무슨 일을 해야 할지 판단할 수 있을 거야. 지금 상태에서는 아무 생각도 할 수 없어. 이런 상태에서는 무슨 결정을 내려도 무의미해. 일단 나 자신이 정상적으로 기능할 수가 있어야— 아니, 정확하게는 내가 원하는 대로 기능할 수가 있어야 해. 그러지 못한다면 계획을 세울 수도 없고, 살아남지도 못하고, 결국 죽는 수밖에 없어. 나도 알아, 지금 내게 가능한 유일한 해결책은 자살밖에는 없다는 걸. 시간 여유는 기껏해야 몇 시간밖에는 없어. 그리고 조나스는 그렇게 짧은 시간 내에 나를 구해줄 수 없어.

조나스를 따돌리려면 이 방법밖에는 없었어. 내가 그 약에 중독되었다는 사실을 털어놓는 수밖에 없었던 거야. 안 그랬더라면 언제까지나 내 주위에서 얼쩡거렸을 거고, 난 결코 약을 더 얻기 위해서 코닝한테 갈 수도 없었을 거야. 그럴 기회를 손에 넣을 수 있어서 다행이지만, 이제 애커먼 일족은 내 문제가 뭔지를 알았으니 내가 샤이엔에 있는 에릭에게 가는 걸 한층 더 극렬하게 막으려고 들겠지. 그럼 아예 아파트로 돌아가지 않고 오늘 밤 직접 샤이엔으로 가는 게 나을지도 몰라. 캡슐을 손에 넣는 즉시 출발하는 거야. 내가 가진 모든 것들을 내팽개치고.

난 어느 정도까지 미쳐버리는 걸까? 그녀는 자문했다. JJ-180

178

을 단 한 번 먹는 것만으로도 이런 꼴이 됐는데, 그걸 계속해서 먹는다면— 아니, 단 한 번이라도 더 먹는다면 어떤 꼴이 될 것인가.

불행 중 다행인 것은 미래가 보이지 않는다는 사실이었다. 솔직히 말해서 전혀 감이 오지 않았다.

"목적지에 도착했습니다, 손님." 택시는 건물 옥상의 발착장에 내려앉았다. "요금은 US달러로 1달러 20센트이고, 팁은 25퍼센트입니다."

"팁 따위는 받을 생각 하지 마." 캐시는 핸드백을 열며 내뱉었다. 부들부들 떨리는 손으로 겨우 돈을 꺼냈다.

"예, 손님." 자율제어식 택시는 순종적으로 대답했다.

택시 요금을 내고 밖으로 나왔다. 흐릿한 안내등이 밑으로 내려가는 길을 비추고 있었다. 릴리스타인들이 사는 것치고는 너무나도 허름한 건물이다. 평소의 그들에게 어울리지 않는 것은 확실하다. 보나마나 지구인으로 가장하고 있는 것이리라. 그나마 위안인 것은 지구와 마찬가지로 릴리스타인들도 이 전쟁에서 밀리고 있고, 궁극적으로는 패배할 거라는 점이다. 그런 생각을 머릿속에서 굴리면서, 캐시는 발걸음을 재촉했다. 그녀가 단순히 릴리스타인들을 증오하는 것이 아니라, 혐오하고 있다는 데 생각이 미치면서 자신감이 좀 생겨났다.

여기서 어느 정도 힘을 얻은 그녀는 릴리스타인들이 점유하고 있는 아파트로 가서 현관벨을 울린 다음, 기다렸다.

코닝 본인이 문을 열어주었다. 그의 뒤에 다른 릴리스타인들이 보였다. 회의를 하고 있던 듯했다. 비밀 회의를 방해했나보군. 그거 참 유감이네. 하지만 오라고 한 너희가 나빠.

"스위트센트 부인." 코닝은 배후의 동료들을 돌아보았다. "실로 멋진 이름이라고 생각하지 않아? 들어와, 캐시." 그는 문을 활짝 열어주었다.

"여기서 줘." 캐시는 복도에서 움직이지 않았다. "난 샤이엔으로 가는 중이야. 그 얘길 들으니 기쁘지 않아? 그러니까 시간 낭비하지 마." 그녀는 손을 내밀었다.

놀랍게도 코닝의 얼굴에 연민의 표정이 스쳐갔다. 그러나 그 즉시 그는 자기 감정을 능숙하게 억눌렀다. 캐시는 그 사실을 놓치지 않았다. 코닝이 그녀에게 연민의 정을 느꼈다는 사실은 지금까지 일어났던 그 어떤 일들보다―마약에 중독되었다는 사실이나, 약효가 떨어졌을 때 겪었던 고통 자체보다―더 충격적이었다. 릴리스타인들의 마음조차도 움직일 수 있다면……. 캐시는 전율했다. 하느님. 난 정말로 위험한 상태인 게 틀림없어. 죽어가고 있는 거야.

"이봐." 캐시는 분별 있는 어조로 말했다. "내 중독이 영영 낫지 않거나 하지는 않을 거야. 당신이 나한테 거짓말을 했다는 걸 알았거든. 그 약은 적국이 아니라 지구에서 제조된 거라며. 그러니까 늦든 빠르든 우리 자회사는 나를 마약에서 해방시켜줄 거야. 그래서 난 안 두려워." 캐시는 코닝이 마약을 가지러 간 동안―적어도 그녀는 그렇게 생각하고 있었다―문간에서 기다렸다. 그가 어딘가로 모습을 감춘 것만은 확실했다.

180

그녀를 느긋하게 관찰하고 있던 릴리스타인들 중 하나가 말했다. "릴리스타에서라면 10년 동안 그 마약이 떠돌아다니더라도 중독자는 안 생길걸. 그걸 쓰려고 할 정도로 정신이 불안정한 작자는 없으니까."

"맞는 얘기야." 캐시는 동의했다. "그게 당신들과 우리의 차이지. 겉모습은 똑같지만 당신들의 내면은 강하고, 우리는 약해. 맙소사. 당신들이 정말 부러워졌어. 코닝 씨는 도대체 언제 돌아오는 거지?"

"곧 돌아올 거야." 릴리스타인은 이렇게 대꾸하고, 곁에 있던 동료에게 말했다. "이 여자 예쁘군."

"그래. 동물처럼 예쁘군." 동료가 맞장구쳤다. "그럼 자넨 예쁜 동물을 좋아하나보군? 그래서 이번 임무에 배치된 거야?"

코닝이 돌아왔다. "캐시, 캡슐 세 개를 줄게. 한 번에 한 개 이상은 먹으면 안 돼. 한 개 이상 먹으면 약의 독성 때문에 심장이 멎을 수도 있어."

"알았어." 캐시는 캡슐을 건네받았다. "지금 먹고 싶은데 물 한 잔 줄 수 있어?"

코닝은 물잔을 캐시에게 건넸고, 캡슐을 삼키는 그녀의 모습을 동정적인 눈으로 바라보고 있었다. "내가 이러는 건" 캐시는 변명하듯이 말했다. "마음을 맑게 해서 제대로 계획을 세우기 위해서야. 친구들이 날 도와줄 테지만, 샤이엔에는 가겠어. 약속은 약속이니까. 설령 당신들과 한 약속이라도 말이야. 샤이엔에 있는 그쪽 연락원 이름을 알려줘— 내가 약을 더 필요로 하면 제공해줄 사람 이름을. 필요해진다면 얘기지만."

"샤이엔에는 당신을 도와줄 수 있는 사람은 없어. 유감이지만 그 캡슐들을 다 먹은 뒤에는 다시 여기로 돌아오는 수밖에 없어."

"그럼 샤이엔에는 제대로 침투하지 못했다는 뜻이네."

"그렇다고 할 수 있겠지." 그러나 코닝은 별로 동요한 기색이 아니었다.

"그럼 갈게." 캐시는 문간을 떠나며 말했다. "당신들 말이지." 그녀는 아파트 안에 있는 릴리스타인들을 향해 말했다. "정말이지 혐오스러워. 자신만만하지만, 도대체 승리가 뭐길래─" 그녀는 입을 다물었다. 이런 말을 해보았자 아무 소용도 없다. "버질 애커먼은 내가 이렇게 된 걸 알아. 틀림없이 뭔가 수단을 강구해줄 거야. 버질은 당신들을 무서워하지 않아. 워낙 거물이거든."

"알았어." 코닝은 고개를 끄덕이며 말했다. "위안이 된다면 그런 망상에 잠기는 것도 나쁘지 않지. 그렇지만 누구에게도 이 일을 발설하면 안 돼. 그런다면 더 이상 캡슐을 줄 수 없으니까. 애커먼 일족에게도 얘기하지 않았어야 하지만 이번엔 그냥 넘어가주겠어. 약발이 떨어졌을 때 당신은 몽롱한 상태였으니까 말이야─그건 이미 계산에 들어있었어. 패닉 상태에 빠져서 그런 거니까 어쩔 수 없지. 행운을 빌어, 캐시. 가까운 시일 내에 연락이 오기를 기대하지."

"저 여자에게 지시해둘 것이 더 있지 않습니까?" 코닝 뒤에서 졸린 눈을 한 두꺼비 같은 외모의 릴리스타인이 느린 말투로 질문했다.

"해봤자 제대로 기억하지도 못해." 코닝은 대꾸했다. "이미 많은 걸 요구했어. 자네 눈으로 보고도 한계에 달했다는 걸 모르겠나?"

"작별 키스를 하면 어떻습니까." 등 뒤의 릴리스타인이 제안하고 어슬렁어슬렁 앞으로 걸어 나왔다. "그걸로도 이 여자의 기분이 나아지지 않는다면—"

아파트 문이 캐시의 눈앞에서 탁 닫혔다.

캐시는 잠시 서있다가 복도 쪽으로 몸을 돌리고 옥상으로 통하는 경사로를 향해 걸어갔다. 어지러워. 그녀는 생각했다. 방향감각이 사라지기 시작했어—택시 탈 때까지 견뎌야 하는데. 일단 택시를 타면 괜찮아질 거야. 하느님 맙소사. 나한테 이런 지독한 짓을 하다니. 결코 묵과할 수 없는 일이지만 이젠 뭐래도 좋은 기분이야. JJ-180 캡슐이 두 개 남아있는 한은. 앞으로 더 얻을 수 있는 한은.

이 캡슐들은 생명 그 자체를 축약한 것인 동시에, 완전한 망상에서 빚어진 것들만을 포함하고 있다. 모든 게 엉망진창이다. 캐시는 침울한 기분으로 이런 생각을 하며 옥상 발착장으로 올라갔고, 자율제어식 택시의 빨간 점멸등을 찾아 주위를 둘러보았다. 모든 게— 엉망진창이야.

빈 택시를 잡아타고 샤이엔을 향해 출발했을 때, 약이 효과를 발휘하기 시작하는 것을 자각했다.

처음 경험한 효과는 불가해한 것이었다. 혹시 이것을 실마리 삼아 JJ-180의 진짜 효과를 추측할 수 있을까 하는 생각이 들었다. 지극히 중요하다는 생각이 들었기 때문에 남아있는 정신력을 모두 쥐어짜서 이해하려고 노력해보았다. 단순하면서도, 실로 의미심장한 사건이었다.

손의 베인 상처가 사라져있었다.

좌석에 앉아 상처가 있던 부분을 자세히 들여다보고, 매끄럽고 아무 흠도 없는 살갗을 만져보았다. 찢어진 곳도, 흉터도 남아있지 않다. 예전 그대로의 내 손가락이다……. 마치 시간이 역행하기라도 한 것처럼. 일회용 반창고도 사라져있었다. 이것이 결정적이었다. 모든 것을 이해할 수 있을 것 같은 기분이다. 신체 기능이 빠르게 악화되고 있는 이 와중에도.

"내 손을 봐." 그녀는 손을 들어 올리며 택시에게 명령했다. "조금이라도 다친 흔적이 있어? 불과 반 시간 전에 심하게 베인 손처럼 보여?"

"그렇게 안 보입니다, 손님." 애리조나의 편평한 사막 상공을 가로질러 북쪽에 있는 유타 주로 가고 있던 택시가 말했다. "다치신 곳은 없는 것 같은데요."

이제 이 마약의 효과를 이해할 수 있을 것 같아. 캐시는 생각했다. 어떻게 물체와 사람의 실체를 희박하게 만드는지를. 이건 마법도 아니고, 단순한 환각도 아냐. 손가락의 베인 상처는 정말로 사라져버렸고—이건 절대로 환각이 아냐. 나중에도 이 일을 기억할 수 있을까? 혹시 마약 때문에 잊어버리지는 않을까. 베인 상처 따위는 처음부터 존재하지도 않았던 게 될지도 몰라. 조금 더 시간이 흘러서 마약의 작용이 확산하고, 내 몸 전체를 완전히 감싸게 되면.

"연필 있어?" 캐시는 택시에게 물었다.

"여기 있습니다." 앞좌석 등받이 뒤쪽에 있는 슬롯에 메모장과 첨필이 나타났다.

캐시는 주의 깊게 종이에 썼다. 'JJ-180의 작용으로 인해 나는 손가락을 심하게 베기 전의 시점으로 돌아갔다.' "오늘 날짜가 어떻게 돼?" 그녀는 택시에게 물었다.

"5월 18일입니다, 손님."

정말로 그런지 떠올려보려고 했지만 머리가 혼탁해진 느낌이었다. 며칠인지도 벌써 생각 안 난다는 거야? 메모해뒀기에 다행이다. 아니, 메모해뒀던가? 무릎 위에 메모장과 첨필이 놓여있다.

메모에는 'JJ-180의 작용으로 인해' 라고 쓰여있었다.

그게 전부였다. 나머지는 힘겹게 끼적거리다가 만 듯한 무의미한 기호일 뿐이었다.

그러나 내용이 무엇이었든 간에 문장 하나를 완성시킨 것을 안다. 그건 기억하고 있다. 퍼뜩 반사적으로 손을 보았다. 하지만 손이 이것과 무슨 상관이었지? "택시." 그녀는 인격의 균형이 스러져가는 것을 자각하기라도 한 듯이 황급히 말했다. "방금 내가 너한테 뭐라고 물었더라?"

"날짜를 물어보셨습니다."

"그 전에는?"

"필기도구하고 종이를 달라고 하셨습니다, 손님."

"그 전에 또 무슨 질문을 하지는 않았고?"

택시는 주저하는 듯한 기색이었다. 그러나 이것은 그녀의 착각에 불과한지도 모른다. "아닙니다, 손님, 그 전에는 아무 질문도 하지 않으셨습니다."

"내 손이 뭐라고 묻지는 않았어?"

이번에는 의심의 여지가 없었다. 택시의 회로가 망설이고 있었다. 이윽고 택시는 삐걱거리는 소리로 말했다. "묻지 않으셨습니다, 손님."

"고마워." 캐시는 좌석 등받이에 등을 기댔고, 이마를 문지르며 생각에 잠겼다. 그렇다면 택시도 혼란을 겪고 있는 거야. 그렇다면 이건 단순한 주관적 체험이 아냐. 나 자신과 나를 둘러싼 환경 양쪽의 시간이 정말로 일그러졌다는 뜻이야.

택시는 마치 도와주지 못해서 미안하다는 듯이 말했다. "도착할 때까지 몇 시간은 걸릴 예정이니까 텔레비전이라도 시청하시겠습니까? 발치의 페달만 밟으시면, 바로 앞에 달려있는 화면에 나옵니다."

반사적으로 발끝을 써서 스위치를 넣었다. 그러자마자 화면이 밝아지며 캐시는 낯이 익은 인물의 영상과 대면했다. 그들의 지도자인 지노 몰리나리가 연설을 하는 중이었다.

"채널 선택이 마음에 안 드십니까?" 택시는 여전히 미안한 투로 물었다.

"아, 괜찮아." 캐시는 대꾸했다. "어차피 저렇게 각 잡고 연설을 할 때는 모든 채널에서 중계를 해야 하잖아." 법률로 그렇게 정해져있다.

그러나 이 낯익은 광경엔 어딘가 기묘한 데가 있었고, 그것이 캐시의 흥미를 끌었다. 화면을 들여다보며 그녀는 생각했다. 더 젊어 보여. 내가 어릴 적에 보았던 모습 그대로야. 원기왕성하고 활기찬 어조로 외치듯이 연설하고 있는 몰리나리의 눈은 예전 그대로의 격정으로 반짝이고 있었다. 이미 오래전에 사라지기는 했지만, 누구나 기억하는 원래 모습의 몰리나리다. 그러나 오래전에 사라지지 않은 것은 명백했다. 지금 두 눈으로 똑똑하게 보고 있지 않은가. 그녀는 한층 더 혼란이 가중되는 것을 느꼈다.

JJ-180의 작용일까? 그녀는 자문했지만, 대답을 찾을 수는 없었다.

"몰리나리 씨의 연설 보기를 좋아하십니까?" 택시가 물었다.

"응. 좋아해."

"입후보한 UN 사무총장의 자리에 선출될 수 있을 거라고 생각하십니까?"

"이런 멍청한 고철 로번트 같으니라고." 캐시는 고압적으로 말했다. "사무총장에 취임한 지 벌써 몇 년이나 지났는데 그게 무슨 소리야." 입후보하다니? 그녀는 생각했다. 맞아, 그리고 보니 몇 십 년 전 선거운동을 하던 시절의 몰리나리하고 똑같네…… 그래서 택시의 회로가 혼란을 겪은 건지도 몰라. "미

187

안해. 말이 심했어. 하지만 넌 도대체 어디 있다 온 거지? 22년 동안 줄곧 자동 수리 공장에 틀어박혔다가 오기라도 한 거야?"

"아닙니다, 손님. 저는 현역입니다. 실례지만 손님 머리도 좀 혼란되어있으신 것 같군요. 혹시 의료상의 도움이 필요하십니까? 현재 사막 위를 날고 있지만 곧 유타 주 세인트조지를 통과할 겁니다."

격렬한 짜증이 솟아올랐다. "의료상의 도움 따위는 필요하지 않아. 난 건강해." 하지만 택시 말이 옳다. 마약은 이제 완전히 효력을 발휘하고 있었다. 구토감이 치밀어 올랐다. 캐시는 눈을 질끈 감고 손가락으로 이마를 눌렀다. 마치 확산하기 시작한 그녀의 심리적 현실을, 그녀의 사적이고 주관적인 자아의 영역을 원래 있던 곳에 억지로 되돌려놓으려는 듯이. 난 두려워하고 있어. 그녀는 깨달았다. 마치 자궁이 아래로 떨어져나갈 것 같은 느낌이야. 이번에는 전보다 훨씬 더 세게 작용하는 것 같아. 전번과는 달라. 아마 집단적으로 함께 경험하는 게 아니라 혼자 있기 때문일지도 모르겠군. 하지만 참는 수밖에 없어. 그런 일이 가능하다면 얘기지만.

"손님." 택시가 갑자기 말했다. "목적지를 다시 말씀해주시겠습니까? 어디였는지 잊어버렸습니다." 기계적인 고장이라도 일으킨 것처럼 회로가 조급하게 찰칵거렸다. "도와주십시오."

"난 네가 어디로 가고 있는지 몰라." 캐시는 대꾸했다. "그건 네가 알아서 할 일이잖아. 그러니까 네가 알아서 해. 기억이 안 난다면 그냥 여기저기를 날아다녀." 택시가 어디로 가든 내가 알 바가 아니지 않는가? 나하고 그게 무슨 관계가 있는데?

"C로 시작하는 지명이었습니다만." 택시는 기대를 품듯이 말했다.

"시카고."

"그건 아니라고 생각합니다. 하지만 그렇게 확신하고 계신다면—" 택시가 침로를 변경하자 기계가 진동했다.

너도 나와 같은 배에 탔군. 캐시는 깨달았다. 이 마약에 의한 둔주遁走*라는 배에. 당신 잘못이야, 코닝 씨. 별다른 감시도 붙이지 않고 내게 이 마약을 주다니. 코닝? 코닝이 누구였더라?

"우리가 어디로 가고 있었는지 생각났어." 캐시는 큰 소리로 말했다. "코닝이야."

"그런 장소는 존재하지 않습니다." 택시는 단언했다.

"틀림없이 존재해." 공황이 몰려왔다. "다시 데이터를 확인해봐."

"정말로 그런 곳은 없습니다!"

"그럼 우린 길을 잃은 거네." 캐시는 말했다. 체념한 기분이었다. "하느님, 정말 끔찍해. 난 오늘 밤 코닝까지 가야 하는데 그런 장소는 존재하지 않는다니. 이제 어떻게 해야 하지? 뭔가 제안해봐. 난 너를 믿겠어. 이런 식으로 날 버둥거리게 내버려 두지 마—나 미쳐버릴 것 같아."

"관리자에게 조력을 요청하겠습니다." 택시가 말했다. "뉴욕

---

* fugue. 遁走. 해리성 장애의 일종. 일반적으로는 극심한 스트레스를 경험한 뒤 발생하는 총체적인 정체감 상실 및 기억 상실 등을 가리킨다.

에 있는 최상위 운항 관리소에. 조금만 기다려주십시오." 택시는 잠시 침묵했다.

"손님, 뉴욕에는 최상위 운항 관리소가 없습니다. 있다고 해도 불러낼 수가 없습니다."

"뉴욕에는 그것 말고 또 뭐 없어?"

"라디오 방송국이 잔뜩 있습니다. 하지만 TV파나 FM파나 극초단파 방송은 없습니다. 우리가 쓰는 대역에는 아무것도 없습니다. 지금은 〈메리 마를린〉이라는 제목의 라디오 프로그램을 수신 중입니다. 드뷔시의 피아노곡을 테마곡으로 쓰고 있군요."

캐시는 역사에 관해서는 박식했다. 따지고 보면 그녀는 골동품 수집가이고, 역사는 전문 분야가 아니던가. "내가 들을 수 있게 오디오 시스템을 켜봐." 그녀는 택시에게 명령했다.

다음 순간 여성의 목소리가 들려왔다. 다른 여성을 상대로 고난으로 점철된 비참한 이야기를 하고 있다. 삭막하기 그지없는 내용이었지만, 캐시는 흥분이 몰려오는 것을 자각했다.

그자들 말은 틀렸어. 내 머리는 최고의 상태로 회전하고 있잖아. 마약 따위로 파멸하거나 하지는 않아. 그자들은 이 시대가 내 전문 분야라는 걸 깜박했던 거야— 난 현재 못지않게 이 시대를 잘 알아. 내게 이런 체험은 전혀 위협적이지도 않고, 혼란을 일으키지도 않아. 오히려 기회라고 할 수 있지.

"라디오를 계속 켜놓아. 그리고 계속 날아." 택시가 비행을 계속하는 동안 캐시는 주의 깊게 라디오에서 흘러나오는 소프 오페라에 귀를 기울였다.

190

08

어느새—자연과 이성에 반하는 일이기는 하지만—낮이 되어있었다. 그리고 자율제어식 택시도 이것이 얼마나 말도 안되는 일인지를 알고 있는 듯했다. 캐시를 향해 고통스러운 쇳소리로 이렇게 외쳤기 때문이다. "아래의 고속도로를 보십쇼, 손님! 지금 존재할 리가 없는 고대의 차량이 보입니다!" 택시는 고도를 낮췄다. "손님 눈으로 확인해보십쇼! 자!"

아래를 내려다보며 캐시는 동의했다. "응. ·1932년식 포드 A형이네. 네 말이 맞아. 저건 생산이 중지된 지 벌써 백 년도 넘은 차야." 그녀는 정확하고 재빠르게 머리를 굴린 다음 이렇게 말했다. "착륙해."

"어디에 착륙하란 말입니까?" 자율제어식 택시는 내키지 않는 기색이 역력했다.

"앞에 보이는 저 마을에. 저 건물 옥상에 착륙해." 침착한 기분이었다. 그러나 머릿속으로는 단 한 가지 사실만을 실감하고 있었다. 그 마약 탓이다. 오로지 그 마약의 효과인 것이다. 이 현실은 그 마약이 그녀의 뇌대사腦代謝 주기 안에서 효력을 발휘하는 동안만 존재한다. JJ-180은 아무런 경고도 없이 그녀를 이 시대로 데려왔지만, 언젠가는 반드시 그녀 자신의 시대로 되돌려보낼 것이다— 역시 아무런 경고도 없이. "은행을 찾아봐야겠어." 캐시는 머릿속 생각을 그대로 입 밖에 냈다. "거기다가 예금 계좌를 개설하는 거야. 그런다면—" 그제야 이 시대에서 통용하는 돈을 가지고 있지 않다는 사실을 깨달았다. 따라서 금전 거래는 불가능하다. 그럼 무슨 일을 할 수 있을까? 아무것도 못 할까? 루스벨트 대통령에게 전화를 걸어서 진주만을 조심하라고 해야겠군. 그녀는 반쯤 포기한 기분으로 결심했다. 역사를 바꾸는 거야. 십여 년 뒤에 원자폭탄을 개발하지 말라고 해야겠어.

무력감이 몰려왔지만— 자기 자신이 갖춘 잠재적 능력에 압도당한 느낌이다. 이 두 가지 기분을 동시에 느낀다는 것은 지극히 불쾌한 경험이었다. 워싱턴-35를 위한 선물로 골동품을 몇 개 가지고 돌아갈까? 아니면 불확실한 사건 따위의 내막을 확인해서, 역사학적인 논쟁에 종지부를 찍을까? 진짜 베이브 루스를 납치해서 우리 화성 유원지에서 살게 할까? 그런다면 베이비랜드가 진짜에 더 가까워지리라는 점은 확실하다.

"버질 애커먼은 이 시대에도 살고 있어." 그녀는 느리게 말했다. "어린 소년으로 말이야. 이게 뭘 의미하는지 알아?"

"모르겠습니다." 택시가 말했다.

"그건 내가 버질에게 절대적인 힘을 행사할 수 있다는 걸 의미해." 캐시는 핸드백을 열었다. "뭔가를 주고 가야겠어. 여기 있는 동전, 지폐를." 미합중국이 전쟁에 돌입하는 날짜를 몰래 가르쳐주는 거야, 하고 그녀는 생각했다. 그런다면 나중에 어떤 식으로든 그 지식을 활용할 기회가 있을 것이다……. 버질이라면 가능하다. 언제나 머리가 좋았으니까. 나보다 훨씬 더. 하느님 맙소사. 그녀는 생각했다. 지금 확실한 방법이 떠오르면 얼마나 좋을까! 어디다 투자하라고 할까? 제너럴 다이내믹스? 시합 때마다 조 루이스*한테 무조건 돈을 걸라고 할까? 로스앤젤레스에 부동산을 사둬라? 향후 120년 동안에 관해 정확하고 완전한 지식을 가진 사람이, 여덟 살 또는 아홉 살 소년한테 알려줄 수 있는 일은 뭘까?

"손님." 택시가 구슬프게 말했다. "너무 오래 비행을 한 탓에 연료가 거의 떨어졌습니다."

캐시는 오싹한 표정으로 말했다. "하지만 열다섯 시간은 날아갈 수 있잖아."

"실은 처음부터 연료가 모자랐습니다." 택시는 마지못한 어조로 시인했다. "제 잘못입니다. 죄송합니다. 손님이 호출하셨을 때 저는 연료 보급소로 가는 도중이었습니다."

"멍청한 기계 같으니라고." 캐시는 벌컥 화를 냈다. 하지만

---

*Joe Louis. 1914~1981. 미국의 권투선수. 헤비급 세계 챔피언.

이미 엎질러진 물이다. 워싱턴 D.C.까지 갈 수는 없다. 1000마일은 족히 떨어져있기 때문이다. 물론 이 시대에는 택시가 사용하는 고등급 고순도의 프로토넥스 연료 따위는 존재하지 않는다. 그러자마자 무슨 일을 해야 할지를 깨달았다. 우연찮게도 택시가 한 말에서 아이디어를 얻었다. 프로토넥스는 지금까지 개발된 최상의 연료이며— 그 원료는 바닷물이다. 따라서 버질 애커먼의 아버지에게 프로토넥스가 든 용기를 우송하고, 그걸 분석해서 특허를 따라고 하면 그만이다.

그러나 우표를 살 돈이 없으므로 무엇인가를 우송하는 것은 불가능하다. 핸드백 안에는 구겨진 우표들이 들어있었지만, 이것들은 물론 그녀 자신의 시대인 2055년에서 온 것들이다. 머리가 핑핑 돌 것 같았다. 바로 눈앞에 해결책이 떡하니 놓여있는데— 실행할 수가 없다니.

"이 시대의 우표를 쓰지 않고 편지를 보내려면 어떻게 하면 돼? 가르쳐줘."

"우표를 붙이지 않고 보내면 됩니다, 손님. 보낸 사람 주소를 쓰지 않고요. 그렇게 하면 우체국 쪽에서 추가 요금 우표를 붙여서 수취인 부담으로 배달해줄 겁니다."

"맞아. 그랬었지." 하지만 제1종 우편봉투에 프로토넥스를 넣어 보낼 수는 없다. 소포에 넣어 보내야 하고, 소포는 무료 송달 대상이 아니기 때문에 배달이 안 될 것이다. "있잖아, 혹시 네 회로에는 트랜지스터가 들어있어?"

"몇 개 포함되어 있습니다. 하지만 트랜지스터는 이미 구식

이 된 지 오래—"

"그럼 하나 줘. 너한테 어떤 영향이 생기든 상관없어. 그냥 하나만 떼어내서 줘. 작으면 작을수록 좋아."

잠시 후 그녀의 앞좌석 등받이 뒤에 달린 작은 슬롯에서 트랜지스터 하나가 굴러나왔다. 캐시는 그것을 받았다.

"그것을 뺀 탓에 제 무선 송수신기 기능을 정지했습니다." 택시가 불평했다. "대금을 청구해야 합니다. 비싸게 먹힐 겁니다. 왜냐하면—"

"입 닥치고 저기 보이는 마을에 착륙해." 캐시는 말했다. "최대한 빨리." 그녀는 서둘러 편지지 위에 글을 휘갈겼다. '버질 애커먼. 이것은 미래의 무전기 부품입니다. 1940년초가 될 때까지는 아무한테도 보여주지 말고 가지고 있다가, 웨스팅하우스 사나 제너럴 일렉트릭 사, 또는 그밖의 전자공학 (무전기) 회사로 가져가십시오. 그럼 부자가 될 겁니다. 내 이름은 캐서린 스위트센트입니다. 훗날에도 내가 이것을 당신에게 보냈다는 사실을 잊지 마시기를.'

택시는 작은 읍내 한복판에 있는 사무실용 건물 옥상에 조심스레 착륙했다. 아래쪽 보도에서는 고색창연한 복장을 한 소박해 보이는 통행인들이 아연실색한 표정으로 입을 벌리고 이쪽을 올려다보고 있었다.

"도로로 내려가." 캐시는 택시에게 지시했다. "이걸 우체통에 넣어야 하니까 말이야." 핸드백에서 편지봉투 하나를 찾아내서 서둘러 워싱턴-35에 있는 버질의 집 주소를 쓴 다음, 그

195

안에 트랜지스터와 편지를 넣고 봉했다. 구식 차들이 왕래하는 도로가 천천히 눈앞으로 다가왔다.

잠시 후 캐시는 우체통을 향해 전속력으로 달려가고 있었다. 편지를 우체통에 넣고는 우뚝 선 채로 숨을 헐떡였다.

드디어 해냈다. 버질의 경제적 미래를 보장했고, 그것을 통해 그녀 자신의 미래도 보장한 것이다. 이것으로 버질도, 나도 일생 동안 직업 걱정을 할 필요가 없어졌다.

에릭 스위트센트. 당신 따위는 이제 어떻게 되어도 상관없어. 캐시는 속으로 중얼거렸다. 이젠 당신과 결혼할 필요조차도 없어. 인연을 끊어버린 거야.

그러자마자 어떤 사실을 깨닫고 낙담했다. 에릭과 결혼을 해야 스위트센트라는 이름을 얻을 수가 있다. 그래야 버질이 미래가 된 뒤에, 그러니까, 내가 원래 시대로 돌아간 뒤에도 내가 누군지를 확인할 수 있지 않겠는가. 그렇다면 방금 그녀가 한 일은 결국 아무것도 아니었다는 얘기가 된다.

천천히 택시로 돌아갔다.

"손님." 택시가 말했다. "연료 보급소를 어디서 찾아야 하는지 알려주시겠습니까?"

"이곳에는 네게 넣어줄 연료가 없어." 캐시는 말했다. 택시가 현 상황을 이해하는 것을 완고하게 거부하고 있다는—또는 이해할 능력을 갖고 있지 않다는—사실에 분통이 치밀어 올랐다. "옥탄가가 60밖에는 안 되는 휘발유로도 달릴 수 있으면 또 모를까. 그럴 가능성은 거의 없어 보이지만."

밀짚모자를 쓴 중년 사내가 길을 가던 중 자율제어식 택시를 목격하고 얼어붙었고, 큰 소리로 캐시에게 말했다. "어이, 아가씨, 도대체 그건 뭐야? 미해병대가 비밀 병기로 훈련이라도 하고 있는 건가?"

"맞아요." 캐시는 대꾸했다. "게다가 장래에는 이걸로 나치를 무찌를 예정이죠." 캐시는 택시에 다시 올라타면서, 안전한 거리에서 조심스럽게 주위를 에워싸고 있는 구경꾼들을 향해 말했다. "1941년 12월 7일이라는 날짜를 기억해둬요. 실로 잊지 못할 날이 될 테니까." 그녀는 택시 문을 닫았다. "자, 출발해. 저 사람들한테 알려줄 수 있는 건 너무나도 많지만……. 그래봤자 별 소용 없을 것 같아. 중서부 시골뜨기들이잖아." 겉모습을 보건대 이 소읍小邑은 캔자스나 미주리 주에 있다고 그녀는 판단했다. 솔직히 말해서 혐오스럽다.

택시는 순순히 이륙했다.

릴리스타인들은 1935년의 캔자스로 와봐야 해. 캐시는 생각했다. 이걸 봤다면 지구를 정복할 생각 따위는 안 했을걸. 도저히 그럴 가치가 있어 보이지 않았을 테니까 말이야.

그녀는 택시를 향해 말했다. "목장을 찾아서 착륙해. 우리 시대로 돌아갈 때까지 거기서 얌전하게 기다리는 거야." 아마 그리 오래 기다릴 필요는 없을 것이다. 캐시는 지금 와있는 이 시대 전체를 삼켜버리고 비실체非實體로 만들어버릴 무엇인가가 다가오고 있다는 인상을 받았다. 택시 밖의 현실이 기체처럼 희박한 속성을 띠기 시작했다. 지난번에 마약을 먹었을 때와 마찬가지다.

"혹시 농담하시는 겁니까? 그럼 정말로 우리가—"

"문제는 우리 시대로 돌아가는 게 아냐." 캐시는 쏘아붙였다. "진짜 문제는, 뭔가 가치 있는 일을 할 때까지 약의 효력을 연장시킬 수 있는지의 여부야." 시간은 충분하지 않았다.

"약이라니, 그게 뭡니까 손님?"

"그건 네가 알 바 아냐. 자동기계 나부랭이가 뭘 그리 꼬치꼬치 캐묻고 참견하지 못해서 안달이야." 캐시는 담배에 불을 붙이고 등받이에 등을 기댔다. 피로가 몰려왔다. 힘든 하루였지만, 앞으로도 그런 일들이 더 일어나리라는 날카로운 예감이 들었다.

혈색이 안 좋은 그 청년은 나이에 걸맞지 않게 배가 툭 튀어나와있었다. 지구의 경제적·정치적 수도인 이곳 샤이엔에서 육체적인 쾌락에 탐닉하고 있는 것이 아닌가 하는 생각이 들 정도였다. 청년은 축축한 손으로 에릭 스위트센트와 악수를 나눈 후 말했다. "저는 돈 페스텐버그라고 합니다, 선생님. 이렇게 함께 일할 수 있게 되어서 기쁩니다. 올드패션드라도 한 잔 드시겠습니까?"

"아니, 됐네." 에릭은 대꾸했다. 페스텐버그에게는 어딘가 마음에 들지 않는 부분이 있었지만, 에릭은 그것이 무엇인지 정확히 꼬집어 말할 수가 없었다. 비만하고 혈색도 좋지 않았지만 상당히 붙임성이 있고, 확실히 유능해 보이기는 한다. 결국 가장 중요한 것은 후자가 아니던가. 그렇지만— 에릭은 페스텐 버그가 칵테일을 만드는 광경을 바라보며 곰곰히 생각했다. 저 친구가 마음에 들지 않는 것은, 그 누구도 사무총장의 대변인 노릇을 할 자격 따위는 없다는 생각이 머리에 박혀있기 때문일 거야. 나는 누가 그 역할을 맡든 반감을 느끼겠지.

"여긴 우리밖에 없으니까," 페스텐버그는 방 안을 둘러보며 말했다. "선생님이 좀더 제게 호의를 느낄 수 있는 얘기를 해 드리죠." 그는 다 안다는 듯이 씩 웃었다. "제게서 어떤 인상을 받았는지 다 압니다, 선생님. 저는 비만형이긴 하지만 예민하 니까요. 실은 복잡한 책략이 성공을 거뒀고, 선생님조차도 거 기에 깜박 속았다고 말씀드린다면 기분이 어떠십니까. 아까 만 난, UN 사무총장으로 아는 사람, 축 늘어지고 완전히 의기소침 한 심기증 환자 지노 몰리나리의 정체가—" 페스텐버그는 느 린 동작으로 칵테일을 저으며 에릭을 응시했다. "로번트 시뮬 라크럼이라고 한다면 말입니다. 진짜로 살아있는 몰리나리는 조금 전에 비디오테이프에서 본 강건하고 정력적인 인물입니 다. 물론 이 책략은 앞으로도 줄곧 계속되어야 합니다. 우리의 친애하는 동맹자인 릴리스타인들을 속여 넘기기 위해서 말입 니다."

"뭐라고?" 에릭은 놀란 나머지 멍하게 입을 벌렸다. "도대체 왜—"

"릴리스타인들은 우리를 무해하고 군사적으로도 맞대응할 가치가 없는 존재로 간주하고 있습니다. 우리의 지도자가 병약하고, 책임을 수행할 능력이 명백하게 없어 보이는 한은 말입니다— 바꿔 말해서, 어떤 의미에서도 라이벌이나 위협이 될 수 없는 존재로 있는 한은 그럴 겁니다."

잠시 후 에릭은 말했다. "믿기 힘들군."

"흠." 페스텐버그는 어깨를 으쓱했다. "상아탑 위에서 노니는 식의 지적인 관점에서 볼 경우, 실로 흥미로운 아이디어라는 생각이 안 드십니까?" 그는 술잔 속의 술을 빙빙 돌리며 에릭을 향해 걸어왔고, 바싹 다가서는 냄새나는 숨을 에릭 얼굴에 풍기며 말을 이었다. "있을 법한 얘깁니다. 실제로 지노의 몸을 철저하게 진찰해볼 때까지는 진상을 알 수 없습니다. 왜냐하면 선생님이 읽은 진단 파일의 내용은 모두 날조됐을 수도 있으니까요. 교묘하고 엄청난 사기극을 진짜처럼 위장하기 위해서 말입니다." 페스텐버그의 눈이 냉혹한 즐거움으로 반짝였다. "제 머리가 이상하다고 생각하십니까? 정신분열증 환자처럼 어떤 결과가 나올지도 생각 안 하고 재미 삼아 이런저런 아이디어를 가지고 놀고 있다고? 그럴지도 모르겠죠. 하지만 선생님에겐 제가 방금 말한 얘기가 거짓이라는 사실을 증명할 방법이 없습니다. 그리고 그런 상황이 계속되는 한은—" 그는 칵테일을 단숨에 들이켰고, 얼굴을 찌푸렸다. "앰펙스 비디오테이프에서 본 걸 자기 기준으로만 비판하면 안 됩니다. 아시겠습니까?"

"하지만 자네가 말했듯이, 몰리나리를 진찰할 기회만 주어지면 즉시 확인할 수 있는 일이잖나." 그리고 그럴 기회는 곧 올 거야, 하고 에릭은 생각했다. "그러니까 이런 대화는 이제 그만 했으면 좋겠군. 아직 아파트 정리도 제대로 못했고."

"아내 되시는 분은—캐시라고 했던가요?—안 오시는 거로 군요. 안 그렇습니까?" 돈 페스텐버그는 윙크했다. "자유를 만 끽할 수 있을 겁니다. 저도 그걸 도울 수 있는 입장에 있습니 다. 그게 제 전공이니까요. 금지된 행위, 야생적이고, 또— 쉽 게 말해서 색다른 일들 말입니다. 부자연스러운 것하고는 좀 다르죠. 티화나에서 오셨으니 제가 더 가르쳐드릴 일도 없을 것 같긴 하지만."

"비디오테이프를 비판하는 건 둘째치고 우선—" 에릭은 입 을 다물었다. 페스텐버그의 사생활은 남이 이러쿵저러쿵할 성 질의 것이 아니다.

"그걸 제작한 사람이 문제라는 거로군요." 페스텐버그가 대 신 말을 맺었다. "선생님, 중세 때 왕의 궁정에서는 병 속에 갇 혀 살던 사람들이 있다는 걸 아십니까. 일생을 쪼그라든 채로 그렇게 보냈던 거죠……. 물론 갓난애 때 병 속에 집어넣어서 자라게 한 겁니다—그 병 크기로만 말입니다. 그런 풍습은 이 제 사라졌지요. 하지만— 샤이엔은 현대의 왕이 사는 궁정이나 마찬가지입니다. 원하신다면 재밌는 걸 몇 가지 보여드릴 수도 있습니다. 아마 순수한 의학적 관점에서—일종의 직업적이고, 냉정한 흥미를 느끼실 수도—"

"자네가 뭘 보여주겠다는 건지는 모르겠지만, 그런다면 샤이 엔에 온 걸 후회하게 될 거라는 생각이 들어. 솔직히 말해서 내

201

겐 아무런 이득도 되지 않을 거야."

"잠깐." 페스텐버그는 손을 들어 올리며 말했다. "단 하나. 한 가지 아이템만 구경해주시면 됩니다. 완전 밀폐된 상태로 영구 보존액에 푹 잠겨있습니다—아, 선생님은 아마 방부액이라는 표현을 더 선호하시겠군요. 제가 거기로 안내해도 될까요? 우리 화이트 하우스 근무자들이 C-3이라고 부르는 방에 있습니다." 페스텐버그는 문으로 가서 문을 열고 에릭을 기다렸다.

잠시 후 에릭은 상대의 뒤를 따랐다.

다림질하지 않은 구겨진 바지 호주머니에 두 손을 꽂은 페스텐버그는 여러 복도를 잇달아 지나갔고, 마침내 지상에 가까운 층에 도달했다. 비밀 경호대의 상급 직원 두 사람이 금속으로 보강된 문을 등지고 보초를 서고 있었다. 문에는 **최고 기밀. 허가 없이 출입을 금함**이라고 쓰여있었다.

"전 허가를 받았습니다." 페스텐버그는 싹싹하게 말했다. "지노한테서 이 골방을 관리하라는 권한을 부여받았거든요. 지노는 저를 전폭적으로 신뢰하고 있고, 그 덕에 선생님은 천 년이 흘러도 볼 수 없는 국가 기밀을 보실 수 있는 겁니다." 그는 제복 차림의 비밀 경호원들 곁을 지나 문을 밀면서 이렇게 덧붙였다. "하지만 여기에도 실망스러운 측면이 하나 있습니다. 보여드리기는 하지만, 설명하지는 않을 겁니다. 저도 설명해드리고는 싶지만, 저 자신부터가 이해를 못 하니 방법이 없군요."

어둡고 추운 방 한복판에 관이 하나 놓여있었다. 페스텐버그가 말했듯이 밀폐되어있다. 관 속에 들어있는 것이 무엇이든 간에, 내부의 극저온을 유지하기 위한 냉동 펌프가 느리게 웅웅거리고 있었다.

"들여다보십시오." 페스텐버그가 날카로운 어조로 말했다.

에릭은 일부러 천천히 담배에 불을 붙인 다음 관 옆으로 걸어갔다.

관 속에는 지노 몰리나리가 반듯이 누워있었다. 고뇌로 일그러진 표정으로. 죽어있다. 목에 피가 말라붙은 자국이 남아있다. 제복은 찢기고 진흙투성이였다. 들어 올린 양손, 뒤틀린 손가락들은 지금 와서도 마치 자신을 살해한 무엇인지 정체 모를 것을 밀쳐내려고 하는 것처럼 보인다. 그래, 하고 에릭은 생각했다. 지금 내가 보고 있는 이것은 암살의 결과다. 이것은 매우 높은 총구 초속初速을 가진 총탄을 맞고 벌집이 된 우리 지도자의 시체인 것이다. 시체가 뒤틀리고 거의 갈가리 찢겨있다시피 한 것을 보면 얼마나 참혹한 공격이었는지 짐작이 된다. 그리고 그 공격은 성공했다.

"흠." 잠시 후 페스텐버그는 깊은 숨을 들이마시고 말했다. "제가 '샤이엔 서커스의 1번 전시품'이라고 즐겨 부르는 이 아이템의 존재를 설명할 방법은 몇 가지 있습니다. 우선 이게 로번트라고 가정해봅시다. 지노가 이걸 필요로 하는 순간까지 여기서 대기하고 있다고 보는 겁니다. 이걸 만든 사람은 GRS 엔터프라이즈의 천재 발명가 도슨 커터입니다. 선생님도 언젠가 만나게 될 친구죠."

"왜 몰리나리는 이런 걸 필요로 하는 거지?"

페스텐버그는 코를 긁으며 대답했다. "몇 가지 이유를 들 수 있습니다. 누군가가 암살을 기도하고, 그것이 실패로 끝났을 경우, 지노는 이걸 전시해놓고 위험이 사라질 때까지 은신하고 있을 수 있습니다. 또는 피에 굶주린 우리 동맹국에게 보여주기 위한 것일 가능성도 있습니다. 지노는 때가 오면 엄청나게 복잡하고 기괴한 책략을 실행에 옮길 필요가 생길 거라고 은밀하게 판단했을 수도 있습니다. 그자들의 압력에 못 이겨 사무총장직을 사직해야 할 때를 대비해서 말입니다."

"이게 정말로 로번트란 말이야?" 관 속의 물체는 아무리 보아도 진짜였다.

"로번트라고 생각하지는 않습니다. 애당초 알 방도가 없고." 페스텐버그는 이렇게 말하며 턱으로 문 쪽을 가리켰다. 에릭은 두 명의 비밀 경호원이 방 안에 들어와있다는 사실을 깨달았다. 시체를 직접 검사하는 일이 불가능하다는 점은 명백했다.

"이건 언제부터 여기 있었나?"

"그걸 아는 사람은 지노뿐이지만, 얘기하려고 하지 않더군요. 단지 짓궂은 미소를 지으면서 특유의 비밀스러운 어조로 '차차 알게 될 거야, 돈. 큰일에 쓸 물건이거든' 이라고 대답할 뿐입니다."

"만약 이게 로번트가 아니라면―"

"그렇다면 기관총 탄환에 갈가리 찢긴 채로 여기 누워있는 인물은 지노 몰리나리라는 얘기가 됩니다. 원시적이고 시대에

뒤떨어지긴 했지만, 인공장기 이식의 가능성조차도 사라질 정도로 확실하게 당사자를 죽일 수 있는 무기죠. 두개골에 난 구멍 보이시죠? 뇌도 당연히 파괴되었습니다. 만약 이게 지노라면, 도대체 어디서 온 걸까요? 미래에서? 실은 선생님이 근무하는 TF&D사에 관련된 가설이 하나 있습니다. 자회사 중 하나가 개발한 어떤 약물을 쓰면 자유롭게 시간을 오고갈 수 있다는군요. 그 얘기를 들어보신 적이 있습니까?" 그는 에릭을 뚫어지게 바라보았다.

"아니." 에릭은 솔직하게 대답했다. 처음 듣는 얘기였다.

"하여튼, 여기 시체가 하나 있습니다. 오늘도 내일도 이렇게 줄곧 누워있는 통에 저도 돌아버릴 지경입니다. 아마 이건 지노가 암살된 또 하나의 현재에서 온 것인지도 모릅니다. 릴리스타인들의 후원을 받은 지구의 정치 분파에 의해서 극단적인 방법으로 자리에서 쫓겨난 거겠죠. 하지만 또 하나의 현재가 존재할 수 있다면 그보다 더한 가능성도 존재하고, 저를 정말로 고민에 빠뜨린 건 오히려 그쪽입니다." 페스텐버그의 목소리는 침울했다. 더 이상 농담할 기분이 아닌 듯했다. "비디오에 찍힌 그 강건하고 정력적인 지노 몰리나리에 관한 겁니다. 그 지노는 로번트가 아닙니다. GRS 엔터프라이즈에서 그런 로번트를 만들지 않은 것은 그 인물 또한 또 다른 현실에서 온 진짜 지노 몰리나리이기 때문입니다. 전쟁이 일어나지 않았고, 지구가 릴리스타와 아예 동맹을 맺지도 않았던 현실이죠. 그렇다면 지노 몰리나리는 좀 더 안심할 수 있는 세계로 갔고, 거기 사는 건강한 자기 자신을 여기로 끌고 와서 도움을 받으려고 한 겁니다. 이 가설에 대해 어떻게 생각하십니까, 선생님? 정말로 그랬을 가능성이 있을까요?"

에릭은 당혹스러운 어조로 대답했다. "그 약물에 관해 뭐라도 아는 게 있다면 모를까ㅡ"

"알고 계실 거라고 생각했는데, 실망이로군요. 그 대답을 듣고 싶어서 여기로 안내한 건데. 하여튼 간에, 그밖에도 가능성이 하나 더 있습니다⋯⋯. 논리적으로 생각한다면 말입니다. 여기 있는 암살된 시체를 보고 떠오른 겁니다." 페스텐버그는 주저했다. "그걸 말하는 건 좀 내키지가 않는군요. 너무나도 황당무계한 탓에, 지금까지 제가 내놓은 다른 해석들의 신빙성에까지 악영향을 끼칠 수가 있어서요."

"얘기해보게." 에릭은 굳은 어조로 말했다.

"지노 몰리나리는 존재하지 않을지도 모릅니다."

에릭은 끙 하는 소리를 냈다. 하느님 맙소사.

"그들 모두가 로번트이기 때문입니다. 비디오테이프에 나오는 건강한 지노도, 선생님이 만난 아픈 지노도, 이 관 속에 누워있는 죽은 지노도 모두ㅡ 지구가 릴리스타인들에게 먹히는 것을 막기 위해서 누군가가, 아마 GRS 엔터프라이즈가 이 모든 걸 꾸민 겁니다. 지금까지는 아픈 버전을 써왔다는 얘기가 되겠죠." 페스텐버그는 몸짓을 해 보였다. "그리고 이제 건강한 버전을 끄집어내서 첫 번째 비디오를 찍었습니다. 지노의 로번트는 더 있을지도 모릅니다. 논리적으로도 이상할 것 없지 않습니까? 저는 그 외의 비밀이 있을 가능성에 관해 상상해보기까지 했습니다. 선생님 의견은 어떻습니까. 방금 말한 세 가지 가능성 말고도 또 뭔가 생각나는 게 있습니까?"

에릭은 말했다. "굳이 지적할 필요도 없겠지만, 평균 이상의 체력을 가진 로번트를 제작했을 가능성이 남아있겠지. 단순히 건강한 걸 넘어선 버전을 말이야." 이렇게 말하고는 몰리나리가 빈사지경에서 몇 번이나 회복했다는 사실을 머리에 떠올렸다. "하지만 그 로번트는 이미 존재할지도 몰라. 몰리나리의 진료 기록을 읽어본 적이 있나?"

"예." 페스텐버그는 고개를 끄덕였다. "매우 흥미로운 부분이 하나 있더군요. 현 의료진에 소속된 의사가 실시한 검사는 하나도 포함되어있지 않았습니다. 티가든이 직접 허가한 검사는 전무하다는 뜻입니다. 모든 검사는 티가든이 합류하기 이전에 이루어졌습니다. 제가 아는 한 티가든은 선생님과 마찬가지로 지노를 설득해서 신체 검사를 받게 한 적이 없습니다. 형식적인 검사조차도 말입니다. 앞으로도 그럴 것 같지는 않고, 선생님도 결코 성공하지 못할 겁니다. 설령 여기서 몇 년이나 머문다고 해도 말입니다."

"자네가 심히 활발하게 두뇌를 쓰고 있다는 사실만은 확실해 보여."

"일종의 선천적인 병이라고 생각하십니까?"

"그런 건 이번 일과는 무관해. 하지만 참 잘도 이런저런 추측을 내놓는군."

"모두 사실에 입각한 추측입니다." 페스텐버그는 지적했다. "지노가 뭘 하려는지 알고 싶으니까요. 저는 지노가 엄청나게 머리가 좋은 인물이라고 생각합니다. 언제든 릴리스타인들의 뒤통수를 칠 능력이 있다고 생각합니다. 릴리스타급의 경제력과 인구의 뒷받침을 받는다면, 운전석에 앉는 사람은 지노가 될 거라는 데는 의심의 여지가 없습니다. 하지만 현실에서는 조그만 행성 하나를 다스리고 있을 뿐이고, 상대는 열두 개의 행성과 여덟 개의 위성으로 이루어진 항성계 하나를 통째로 보유한 제국이니까 말입니다. 솔직히 말해서 이 정도의 업적이라도 일굴 수 있었던 건 기적에 가깝습니다. 아시다시피 선생님이 여기 와있는 건 지노의 병인이 뭔지를 알아내기 위해서가 아닙니까. 하지만 중요한 건 그게 아니라고 생각합니다. 뭣 때문에 아픈지는 명명백백하니까요. 이 빌어먹을 상황 전체가 지노를 그렇게 만든 겁니다. 여기서 진짜 해야 할 질문은 '도대체 그는 어떻게 살아있을 수 있는가?' 입니다. 이게 진짜 수수께끼죠. 그건 기적입니다."

"아마 자네 말이 옳겠지." 내키지는 않았지만, 개인적인 혐오감과는 별도로 페스텐버그가 머리가 좋고 독창적이라는 점은 인정하는 수밖에 없었다. 그의 지적은 정곡을 찔렀다. 몰리나리가 이 사내를 채용한 것도 하등 이상할 것이 없었다.

"그 말괄량이 여학생은 만나봤습니까?"

"메리 라이네케 말인가?" 에릭은 고개를 끄덕였다.

"정말이지 비극적이고도 골치 아픈 사태죠. 이 환자는 전 세계의 중압에 짓눌려 매일 사경을 헤매다시피 하면서 살아가고 있습니다. 전쟁에 지고 있는 걸 알고, 릴리스타인들이 기적적으로 우릴 집어삼키지 않는다면 리그인들이 대신 우리를 집어삼킬 거라는 사실에 고뇌하면서 말입니다— 게다가 메리라는 짐까지 지고 있으니. 결정적으로 메리는 말괄량이인 데다가 단순하고, 이기적이고, 요구하는 것밖에는 모르는 데다가 온갖 인격적 결함을 가지고 있는 여자이지만, 몰리나리는 그 덕에 기운을 차릴 수 있습니다. 실로 통렬하기 그지없는 아이러니라고 생각하지 않습니까? 선생님도 메리가 지노를 침대에서 끌어내서 제복을 입히고 다시 업무로 복귀시키는 걸 보셨죠. 선禪에 관해 아십니까, 선생님? 이건 선에서나 볼 수 있는 모순인 겁니다. 논리적 관점에서 보면 메리는 한계에 달한 지노를 무너뜨릴 최후의 일격으로 작용했어야 마땅하니까요. 이런 걸 보면 인간의 일생에서 역경逆境이 수행하는 역할에 대해 다시 생각하고 싶어질 정도입니다. 사실을 말씀드리자면 저는 메리를 혐오합니다. 물론 그쪽에서도 저를 혐오하고요. 그래도 서로 참는 것은 오로지 지노가 있기 때문입니다. 저도 그녀도 지노가 살아남기를 바라니까요."

"메리에게 건강한 몰리나리의 비디오테이프를 보여준 적은 없나?"

페스텐버그는 흘끗 에릭을 올려다보았다. "날카로운 지적이군요. 메리는 테이프를 보았는가? 봤을지도 모르고 안 봤을지도 모릅니다. 제가 아는 한은 안 봤을 겁니다. 하지만 제가 말한 대체 현실 이론이 사실이라면, 테이프에 나오는 인물이 로 번트가 아니라 인간, 그것도 카리스마와 불 같은 성격을 겸비한 불요불굴의 반신半神이라고 가정한다면, 그리고 메리가 그걸 잠깐이라도 보았다면—이런 추측을 할 수 있습니다. 다른 몰리나리들은 사라져버릴 기리고. 왜냐하면 선생님이 테이프에서 본 인물은 바로 메리 라이네케가 원하고, 그렇게 되라고 강요하는 지노의 모습이기 때문입니다."

실로 놀라운 생각이다. 지노는 현 상황의 그런 측면을 자각하고 있을까. 자각하고 있다면, 이런 전술을 채택할 때까지 왜 그토록 오래 뜸을 들였는지도 이해가 된다.

"글쎄." 에릭은 페스텐버그에게 말했다. "메리 라이네케라는 인물이 존재한다는 사실을 감안하면, 우리가 아는 아픈 지노가 어떻게 로번트일 수 있는지 궁금하군."

"궁금하다뇨? 왜 그럴 수 없다는 겁니까?"

"완곡하게 표현하자면……. 자기가 GRS 엔터프라이즈 제 제품의 애인이라는 사실을 알면 메리는 화를 내지 않을까?"

"저도 이젠 지쳤습니다, 선생님." 페스텐버그가 말했다. "이 토론은 이걸로 끝내기로 하지요— 샤이엔에서 성실하게 근무하는 대가로 제공받은 호화로운 새 아파트로 가서 짐 정리라도 하시면 어떻겠습니까." 페스텐버그는 문으로 갔다. 두 명의 상급 비밀 경호원들이 옆으로 비켰다.

에릭은 말했다. "내 의견을 한 가지 얘기해두지. 지노 몰리나리를 직접 만나본 경험으로 미루어볼 때, GRS가 그토록 인간적인 존재를 만들었다고는 믿기 힘들고—"

"하지만 비디오테이프에 찍힌 쪽은 만나본 적이 없지 않습니까." 페스텐버그는 조용한 어조로 말했다. "실로 흥미롭지 않습니까, 선생님? 뒤범벅이 된 시간대 속에 포함된 대체 버전 여러 개를 끌어냄으로써 동맹자에 대항할 수 있는 수의 자기 자신을 수집했는지도 모릅니다. 서너 명의 지노 몰리나리가 위원회를 결성한다면 실로 만만찮은 존재가 될 수 있겠죠……. 그렇게 생각하지 않으십니까? 각자의 독창성을 결합한다면, 각자가 힘을 합쳐 무모하기 그지없는 교묘하고 대담무쌍한 책략을 꾸민다면, 어떤 일이 가능해질지 상상해보십쇼." 페스텐버그는 문을 열며 이렇게 덧붙였다. "선생님은 아픈 지노를 만나봤고, 건강한 지노의 모습도 간접적으로나마 보았습니다— 감명을 받지는 않았습니까?"

"응, 받았지." 에릭은 시인했다.

"이제 지노를 권좌에서 내쫓고 싶어하는 사람들에게 찬성표를 던지고 싶은 생각이 사라지지 않았습니까? 하지만 지노가 실제로 한 일 중에서 뭐가 그렇게 대단한가 자문해보면—아무것도 없는 겁니다. 우리가 전쟁에 이기고 있다거나, 릴리스타 제국의 지구 진출을 저지했다고 한다면 얘긴 달라지지만…… 실제로는 그렇지 않았습니다. 그렇다면 선생님은 지노의 업적 중 도대체 무엇에서 그토록 큰 감명을 받았습니까? 가르쳐주십시오." 페스텐버그는 재촉하듯이 물었다.

"그건—정확하게 꼬집어 말하지는 못하겠지만—"

화이트 하우스의 직원 중 하나인 제복을 입은 로번트가 나타나서 에릭 스위트센트의 앞길을 가로막았다. "몰리나리 사무총장님께서 줄곧 선생님을 찾고 계십니다. 집무실에서 선생님이 오시기를 기다리고 계십니다. 제가 안내하겠습니다."

"엇." 페스텐버그는 겸연쩍게 말하고 갑자기 불안한 기색을 보였다. "선생님을 너무 오래 붙잡아둔 모양이군요."

에릭은 더 이상 말을 나누는 일 없이 로번트를 따라 복도를 지나 엘리베이터로 갔다. 이번에는 아마 중요한 용건임을 직감하고 있었다.

몰리나리는 집무실에서 무릎에 담요를 걸치고 휠체어에 앉아있었다. 창백하고 초췌한 얼굴이었다. "대체 어디 가있었나?" 그는 에릭 모습을 보자마자 대뜸 힐문했다. "아니, 그런 건 이제 됐어. 잘 듣게, 선생. 릴리스타인들이 회의를 소집했는데 내가 거기 참석할 때는 자네도 동행해줘. 만에 하나 내게 무슨 일이 일어날 경우에 대비해서 대기 태세를 유지하고 있으란 뜻이네. 몸 상태가 워낙 안 좋아서 이런 빌어먹을 회의 따위는 아예 때려치우든지 적어도 몇 주 연기하고 싶지만, 무조건 해야겠다고 고집을 부리니." 몰리나리는 휠체어를 움직여 집무실에서 나가기 시작했다. "빨리 오게. 회의는 이미 시작됐을 수도 있어."

"돈 페스텐버그를 만나고 왔습니다."

"재수 없긴 하지만 실로 머리가 좋은 녀석이라고 생각하지 않나? 최종적으로는 그 친구를 써서 성공을 거두리라는 사실을 난 의심치 않는다네. 뭘 보여주던가?"

당신 시체를 보고 왔다고 몰리나리에게 대답하는 것은 좀 심하다는 생각이 들었다. 게다가 방금 자기 입으로 몸 상태가 안 좋다고 하지 않았는가. 그래서 에릭은 단지 이렇게 말했을 뿐이었다. "관사 안을 구경시켜주더군요."

"페스텐버그에겐 이곳의 관리를 맡겨놓았네―난 그 친구를 신뢰하거든." 복도가 꺾이는 곳에서 속기사와 통역사와 국무성 관리들과 무장 경호원들의 무리가 몰리나리를 맞이했다. 그가 탄 휠체어는 인파에 묻혀 모습을 감췄다. 그러나 에릭은 여전히 앞으로 일어날 일에 관해 설명을 늘어놓는 몰리나리의 목소리를 들을 수 있었다. "프레넥시가 와있어. 그러니까 회의는 난항을 거듭할 거야. 그자들이 뭘 원하는지는 짐작이 가지만, 정확한 건 그때 가봐야 알겠지. 섣부른 예단은 금물일세. 되려 상대방에게 좋은 일을 하는 꼴이 되니까 말이야. 자승자박은 피해야 해."

프레넥시. 에릭은 두려움의 감각에 사로잡혔다. 릴리스타 제국의 수상이 몸소 지구까지 행차하셨다, 이건가.

몰리나리의 상태가 안 좋은 것도 하등 이상한 일이 아니다.

09

급거 소집된 회의에 출석한 지구 대표단은 이미 긴 참나무 탁자 한쪽에 착석하고 있었다. 곧 릴리스타 측 대표들이 회의실 옆 복도에서 나와 탁자 반대편에 앉기 시작했다. 전체적으로 볼 때 릴리스타인들의 인상은 별로 사악해 보이지 않았다. 오히려 지구인과 마찬가지로 긴 전쟁에서 비롯된 과로와 심로 心勞에 시달리고 있는 인상이다. 한시라도 낭비할 수 없다는 속내가 들여다보인다. 그들도 초인은 아니라는 점은 명백했다.

"통역은 기계가 아니라 인간이 하도록 하겠습니다." 릴리스타인 하나가 영어로 말했다. "기계를 쓰면 영구히 기록이 남고 그건 이 회의에 참석한 인사들의 의향에 반하기 때문입니다."

몰리나리는 끙 하는 소리를 내고는 고개를 끄덕였다.

그때 프레넥시가 회의실에 모습을 드러냈다. 릴리스타 대표단과 몇몇 지구인들이 경의를 나타내기 위해 의자에서 일어섰다. 릴리스타인들이 박수로 맞이하는 가운데, 호리호리한 체격에 묘하게 둥근 두개골을 가진 대머리 사내가 자기 대표단 중앙 좌석에 앉았고, 대뜸 서류가방을 열기 시작했다.

이 사내의 눈초리가 에릭의 흥미를 끌었다. 잠깐 고개를 들고 몰리나리를 향해 미소 지으며 목례하는 프레넥시의 눈은 의사로서의 경험에 비추어 볼 때 편집광偏執狂의 그것이었다. 일단 이 눈초리를 식별하는 법을 터득하면, 잘못 보는 일은 거의 없다. 통상적인 의구심을 나타내는 험악하고 침착하지 못한 눈초리와는 달리, 시선이 전혀 움직이지 않기 때문이다. 오감을 모조리 집약해서, 그 무엇에도 방해받지 않는 하나의 정신 운동으로 집중한 결과 저런 눈초리가 되는 것이다. 프레넥시는 의식적으로 그러고 있는 것도 아니었다. 자기 힘으로는 어쩔 수 없는 강박적인 현상이기 때문이다. 자기 편을 상대하든 적을 상대하든 간에, 타인을 부단히 막다른 곳으로 몰아대는 듯한 저 눈초리는 결코 바뀌지 않는다. 이런 식의 집중력이 공감 자체를 불가능하게 만든다. 프레넥시의 눈은 내면의 현실을 반영하는 대신, 그것을 보고 있는 상대를 고스란히 반사할 뿐이다. 그의 눈은 의사소통 자체를 완전히 차단해버린다. 무덤 바깥의 세상에서는 그 누구도 결코 돌파할 수 없는 장벽이라고 할까.

프레넥시는 관료주의자가 아니었고, 그런 지위에 자기 자신을 종속시키려고 들지도 않았다. 그러고 싶어도 그럴 수가 없

215

다는 쪽이 더 정확할 것이다. 프레넥시는 어디까지나 한 사람의 인간이었다— 나쁜 의미에서 말이다. 다양한 공무에 바쁘게 종사하는 와중에도 프레넥시는 순수하게 개인적인 존재로서의 본질을 유지했다. 마치 세상만사가 고의적으로 계획된 것이고, 추상적이거나 관념적인 문세로 귀결되기보다는 인간들 사이의 순수한 투쟁으로 환원된다는 듯이.

프레넥시 수상이 다른 모든 사람으로부터 그 지위의 존엄함을, 직함이 딸린 지위라는 안정된 현실을 송두리째 박탈하는 존재라는 사실을 에릭은 새삼 깨달았다. 프레넥시와 대면하면 누구든 갓 태어난 상태로 돌아가버린다. 자신이 대표하고 있어야 할 제도의 뒷받침을 전혀 받지 못하는, 고립된 개인이 되어버리는 것이다. 몰리나리를 예로 들어보자. 관례상 그는 UN 사무총장이다. 그리고 한 개인으로서의 몰리나리는 당연히 자기 직무에 몰입해있다. 그러나 프레넥시 수상과 대면하면, 벌거벗고 무력하며 고독한 한 사내가 다시금 모습을 드러내며— 언제 끝날지도 모르는 이런 불안한 상태로 프레넥시와 대결해야 한다. 정상적인 존재의 상대성이란 타자와의 관계에서 변동을 겪으면서도 적든 많든 적절한 안정을 유지하는 법이지만, 이 경우는 그런 상대성 자체가 소멸해버린 탓이다.

지노 몰리나리도 참 안됐군, 하고 에릭은 생각했다. 프레넥시와 대면하면 UN 사무총장 자리에 앉지 않은 것이나 다름없는 상태가 되어버리기 때문이다. 반면에 프레넥시 수상은 한층 더 냉담하고 활력 없는 존재가 된다. 파괴한다거나 지배하려는 욕망에 불타는 것도 아니고, 단지 상대가 소유한 것들을 박탈함으로써 글자 그대로 소유물도 지위도 없는 상태로 만들어버리는 존재가.

몰리나리가 잇달아 치명적인 병에 걸렸음에도 불구하고 결국은 살아남은 이유가 무엇인지는 이제 명명백백해졌다. 몰리나리의 중병은 단지 그를 압박하는 스트레스의 증상인 동시에 그 스트레스를 해소하는 방법이었던 것이다.

이런 중병이 프레넥시에 대한 대응책으로 기능하기 위해 어떤 식으로 생겨나고 사라졌는지는 아직 정확히 파악할 수 없다. 그러나 에릭은 자신이 그것을 곧 이해하게 되리라는 깊고 날카로운 직감에 사로잡혔다. 프레넥시와 몰리나리의 대결이 코앞에 닥쳐온 지금, 몰리나리는 자기가 가진 수를 모두 내보여야 하기 때문이다. 살아남을 작정이라면 말이다.

에릭 곁에 앉아있던 국무성 하급 직원이 중얼거렸다. "여기 좀 답답하지 않나? 창문을 열든지 환기 장치를 켜면 좋겠는데." 그러나 그 어떤 환기 장치를 써도 이 방의 공기를 환기할 수는 없다는 것이 에릭의 의견이었다. 왜냐하면 문제의 답답함은 우리 반대편에 앉아있는 자들로부터 발생하고 있고, 그들이 떠나기 전에는 결코 사라지지 않을 것이므로. 아니, 떠나더라도 별반 차이가 없을 수도 있다.

몰리나리가 에릭 쪽으로 몸을 기울이고 말했다. "여기 내 옆자리로 와서 앉게." 몰리나리는 의자를 뒤로 뺐다. "어이, 선생, 의료 도구가 든 가방은 가지고 왔나?"

"제 아파트에 두고 왔습니다만."

몰리나리는 즉시 로번트 전령을 에릭의 아파트로 보냈다. "의료 가방은 언제나 가지고 다니게." 몰리나리는 헛기침을 한 다음 몸을 돌려 탁자 반대편에 앉아있는 릴리스타 대표단을 마주 보았다. "프레넥시 수상. 나는 어, 성명문을 준비해왔습니다. 지금 읽으려고 하는데, 그건 지구가 현재 어떤 상황에 있는지를 요약한―"

"사무총장." 프레넥시가 느닷없이 영어로 말했다. "귀하가 성명문을 읽기 전에 A전선의 전황에 관해 설명하고 싶네." 프레넥시는 일어섰다. 그와 동시에 그의 부하 하나가 성도星圖를 꺼내 반대편 벽에 투사했다. 회의실은 어둠에 잠겼다.

몰리나리는 끙 소리를 내고 성명문을 제복 윗도리 안에 다시 집어넣었다. 그것을 읽을 기회는 결국 오지 않을 것이다. 노골적인 방법으로 기선을 제압당했기 때문이다. 정략가로서도 이것은 중대한 실책이었다. 몰리나리가 회의를 주도할 가능성― 애당초 그런 것이 존재했다면 말이지만―은 영영 사라져버렸으므로.

"우리 연합군은" 프레넥시는 말했다. "전략적인 의도에서 전선을 축소하고 있네. 리그군은 이 지역에 무차별적으로 병력과 물자를 투입하고 있어." 그는 성도의 한 영역을 가리켰다. 알파 항성계에 속한 두 행성의 중간 지점에 해당하는 곳이었다. "적이 그런 식의 공세를 오래 계속하지 못하리라는 건 명백하네. 지구 시간으로 지금으로부터 한 달 이내에 파탄이 나리라는 게 내 예상이지. 리그인들은 이번 전쟁이 장기전이 되리라는 걸 모르고 있어. 전쟁에 이기는 방법은 오직 속도전밖에는 없다는 게 리그군의 군사 교리니까 말이야." 프레넥시는 지시봉을 한껏 움직여 성도 전체를 가리켜 보였다. "우리는 이 전쟁의 총체적인 전략적 의미를 숙지하고 있고, 시간상으로만이 아니라 공간적으로도 그것이 얼마나 오래 지속될지를 알고 있어. 게다가 리그군은 너무 넓은 지역에 산개해있기 때문에 공격에 취약하지. 만약 여기서 대규모 전투가 일어난다면—" 프레넥시는 해당 장소를 가리켰다. "이미 투입해놓은 병력을 제대로 지원할 수가 없게 돼. 그뿐 아니라 우리는 지구 시간으로 금년말까지 20개의 일선 전투 사단을 투입할 예정이라네. 반드시 그러겠다고 약속하지, 사무총장. 지구에서는 여전히 축차적인 징병이 가능하지만, 리그인들은 인적 자원이 거의 소진된 상태야." 그는 말을 멈췄다.

몰리나리가 중얼거렸다. "가방은 도착했나, 선생?"

"아직 안 왔습니다." 에릭은 이렇게 대꾸하고 로벤트 전령을 찾아 주위를 둘러보았다. 아직 안 돌아왔는지 보이지 않는다.

몰리나리는 에릭에게 몸을 바싹 갖다 대고 속삭였다. "어이, 자네. 내가 요즘 무슨 증세를 겪고 있는지 아나? 머리가 어질어질하고, 바람 부는 소리가 나— 귓속에서 말이야. 휙, 쉬잇 하는 소리. 이걸 어떤 병의 징조로 봐야 할까?"

프레넥시 수상은 발언을 계속했다. "또한 우리에게는 제국 제4행성에서 발사되는 신병기가 있네. 사무총장, 자네도 그 병기가 실전 사용되는 걸 촬영한 비디오클립을 보면 정말로 놀랄 걸세. 명중률이 엄청나거든. 상세한 부분까지는 설명하지 않겠네. 녹화 테이프가 도착할 때까지는 기다리는 편이 나아. 내가 직접 설계와 제조를 감독했지."

몰리나리는 머리를 에릭의 머리에 거의 갖다 대다시피 하고 말했다. "게다가 고개를 좌우로 움직이면 목덜미에서 우드득 소리가 뚜렷하게 들린다고. 자네도 들리지?" 그는 고개를 좌우로 돌리며 느리고 경직된 동작으로 끄덕였다. "도대체 무슨 소리일까? 귓속에서는 지독하게 기분 나쁘게 울리던데."

에릭은 잠자코 있었다. 프레넥시를 바라보느라고 곁에서 계속 속삭이는 사내에는 거의 신경을 쓰지 않고 있었다.

"사무총장." 프레넥시는 잠시 말을 멈췄다. "우리의 공동 작전이 일궈낸 이런 측면을 고려해보게. 리그인들의 우주 구동장치의 생산은 아군 측 W폭탄이 거둔 성공 탓에 큰 타격을 받았어. MCI의 보고에 의하면 리그인들의 조립 라인에서 최근 생산된 것들은 신뢰도가 낮고, 심우주深宇宙에 있는 놈들의 공장 우주선상에서는 매우 파괴적인 오염 사고가 다발하고 있다는군."

그때 로번트 전령이 에릭의 의료 가방을 가지고 회의실로 들어왔다.

프레넥시는 그것을 무시하고 거칠고 집요한 목소리로 이야기를 계속했다. "사무총장, 한 가지 더 지적하자면 청색靑色 전선에서 지구군은 그리 좋은 전과를 내지 못했네. 물론 적절한 장비를 결여하고 있기 때문이겠지. 궁극적인 승리는 당연히 아군의 것이 되겠지만, 현시점에서는 최전선에서 리그군과 맞서고 있는 우리 군의 물자나 장비가 부족해지는 사태가 와서는 안 되네. 그런 상황에서 우리 병사들을 싸우게 하는 건 범죄행위나 마찬가지니까 말이야. 자네도 그렇게 생각하지 않나, 사무총장?" 프레넥시는 몰리나리의 대답을 기다리지 않고 말을 이었다. "따라서 지구에서의 전략 물자 및 각종 병기의 생산량을 증대시키는 일이 시급하다는 사실은 이해할 수 있겠지."

몰리나리는 에릭의 의료 가방을 보고 안도한 듯이 고개를 끄덕였다. "도착했군. 좋아. 만일의 경우에 대비해서 언제든 쓸 준비를 하고 있게. 방금 말한 소리의 원인이 뭐일 것 같나? 난 긴장 항진증이라고 생각해."

에릭은 신중하게 대답했다. "그럴 가능성도 있습니다."

프레넥시 수상의 연설은 끝나있었다. 무표정한 얼굴은 한층 더 가혹해졌고, 특유의 강렬한 공허함, 그의 주된 특성이라 할 수 있는 비非존재 속으로 한층 더 깊이 틀어박힌 듯한 느낌이었다. 몰리나리가 건성으로 듣고 있다는 사실에 심기가 불편해져서, 자기 자신의 반反존재의 우물에서 힘을 퍼내려는 것처럼 보인다. 회의실과 그 안에 있는 사람들 모두를 상대로 자기만의 방식을 밀어붙이고 있다. 마치 단계적으로 상호 고립을 강요당하는 듯한 기분이다.

"사무총장." 프레넥시가 말했다. "이것이야말로 현시점에서 가장 중대한 일이라네. 전선에 나가있는 우리 측 장군들이 보고한 바에 따르면, 리그군의 새로운 공격 병기가—"

"잠깐 기다려주게나." 몰리나리는 쉰 소리로 말했다. "여기 있는 내 동료와 잠시 얘기하고 싶은 일이 있어서 말이야." 그는 땀으로 축축해진 부드러운 뺨이 에릭의 목에 닿을 정도로 깊숙이 허리를 굽히고 속삭였다. "게다가 이건 또 뭘까? 눈이 이상해셨어. 마치 눈이 완전히 멀어버리기 직전인 것 같아. 그러니까 부탁하이, 선생. 당장 혈압을 재줘. 위험할 정도로 높아지지 않은 걸 확인하기 위해서 말이야. 솔직히 그럴 것 같지만."

에릭은 의료기구가 든 가방을 열었다.

벽에 투영된 성도 앞에서 프레넉시 수상이 말했다. "사무총장, 논의를 계속하기 전에 한 가지 결정적인 세부 항목에 주목해야 하네. 리그인들의 신형 자율식 폭탄에 대한 지구군의 대응은 그리 성공적이지 못했어. 그런 고로 나는 우리 공장 노동자 150만 명에게 동원령을 내려서 병력을 보충하고, 그 대신 같은 수의 지구인들을 릴리스타 제국의 공장에서 일하게 하고 싶네. 생각해보게, 사무총장. 지구인들이 전선에서 싸우거나 전사하는 대신 우리 제국 내의 공장에서 안전하게 일할 수 있다는 건 자네 입장에서도 나쁜 일이 아니잖나. 하지만 즉각 실행에 옮기지 않는다면 이 계획도 무의미해져." 그러고는 이렇게 덧붙였다. "그래서 이렇게 급작스럽게 최고위층 회담을 열자고 한 걸세."

에릭은 측정 디스크의 수치를 읽었다. 몰리나리의 혈압은 290에 달해있었다. 비정상적으로 높고 위험한 수치다.

"상태가 안 좋지?" 몰리나리는 팔 위에 머리를 얹은 채로 말했다. "티가든을 불러와." 그는 로번트에게 명령했다. "여기 와서 스위트센트 선생하고 의논해야 해. 이곳에서 즉시 진단을 내릴 수 있도록 준비를 갖추고 오라고 전해."

"사무총장." 프레넥시는 말했다. "지금 내가 하는 얘기를 자네가 들어주지 않는다면 더 이상 회의를 계속할 수 없네. 150만 명의 지구인 남녀를 제국의 공장에서 일하게 해달라는 나의 요청 말인데— 들었나? 이 중차대한 징용령을 당장 수용해줘야 하네. 필요 인력의 수송은 지구 시간으로 이번 주말까지는 개시되어야 해."

"흠." 몰리나리는 중얼거렸다. "그래, 수상. 자네 얘기는 들었네. 그래서 그 요청에 관해 숙고하는 중이야."

"숙고할 필요 따위는 없어." 프레넥시는 말했다. "리그군의 가장 강한 압박을 받고 있는 C전선을 유지하려면 실행에 옮기는 수밖에 없어. 전선이 돌파당하는 건 시간문제이고, 지구군 부대는—"

"이쪽 노동 비서와 의논해봐야겠군." 몰리나리는 긴 침묵 끝에 말했다. "그 친구의 승인을 얻어야 하니까 말이야."

"방금 150만 명의 지구인이 당장 필요하다고 하지 않았나!"

몰리나리는 웃옷 안으로 손을 집어넣어서는 접은 서류를 꺼냈다. "수상, 이 성명서는 내가—"

"다른 안건의 논의에 들어갈 수 있도록, 지금 언질을 줄 수 있나?" 프레넥시가 힐문하듯이 말했다.

"몸 상태가 안 좋아서." 몰리나리가 말했다.

침묵이 흘렀다.

이윽고 프레넥시가 생각에 잠긴 어조로 말했다. "사무총장, 나도 최근 몇 년 동안 자네의 건강이 안 좋다는 사실은 알고 있네. 그런 고로 실례가 되는 줄은 알지만 이 회의에 우리 제국의 의사를 한 명 데리고 왔네. 이쪽은 고르넬 선생일세." 탁자 반대편에 앉아있던 얼굴이 길쭉한 릴리스타인 하나가 몰리나리를 향해 고개를 까닥해 보였다. "이 친구한테 진료를 받아봤으면 좋겠네. 그럼 자네 건강 문제도 완전히 해결될 공산이 커."

"고맙네, 수상." 몰리나리는 대꾸했다. "여기까지 일부러 고르넬 선생을 데리고 와줘서 정말 고마우이. 하지만 내겐 스위트센트 선생이라는 주치의가 있어서 말이야. 곧 티가든 선생과 합동으로 내 고혈압 원인을 찾기 위한 진단에 착수할 걸세."

"지금?" 프레넥시는 그렇게 말하며 처음으로 진짜 감정을 겉으로 드러냈다. 놀라움과 노여움이 뒤섞인 표정이었다.

"내 혈압이 지금 위험할 정도로 높아서 말이야." 몰리나리는 설명했다. "이런 상태가 계속된다면 난 시력을 잃게 될 거야. 사실 지금도 이미 시력이 떨어지고 있어." 이렇게 말하고는 낮은 목소리로 에릭에게 말했다. "선생, 주위 사물이 모두 흐릿하게 보여. 이미 시력을 잃은 것 같아. 도대체 티가든은 어디 있는 거지?"

에릭은 말했다. "사무총장님, 고혈압증의 원인을 찾아보는 일은 저도 할 수 있습니다. 필요한 진단 기구를 지참하고 왔으니까요." 그는 다시 가방으로 손을 뻗쳤다. "우선 방사성 식염

수를 주사해서, 그게 혈관을 타고 흐르면—"

"나도 알아." 몰리나리는 말했다. "혈관이 수축한 곳에 모인다는 거겠지. 그러게나." 그는 소매를 걷고 털투성이의 팔을 내밀었다. 에릭은 주사관의 자정自淨식 말단을 팔꿈치 근처의 혈관에 대고 버튼을 눌렀다.

프레넥시 수상이 가혹한 어조로 말했다. "도대체 이게 무슨 상황인가, 사무총장? 회의를 계속할 수는 없나?"

"부디 계속하게." 몰리나리는 고개를 끄덕이며 말했다. "스위트센트 선생은 단지 내 몸을 진단해서—"

"의학적인 얘긴 넌더리가 나네." 프레넥시는 몰리나리의 말을 끊었다. "사무총장, 한 가지 더 제안하고 싶은 일이 있네. 첫째, 우선 우리 측 의사인 고르넬을 자네 의사단에 받아들여서 자네의 치료를 감독하게 해줬으면 하네. 둘째, 지구에서 활동 중인 우리 제국의 방첩 기관으로부터 지구의 전쟁 포기를 원하는 불평분자 그룹이 자네를 암살할 계획을 세우고 있다는 보고를 받았네. 고로 나는 자네의 안전을 위해서 릴리스타군 특공대 소속 무장 경호원들을 제공하고 싶네. 비할 데 없는 용기와 결단력과 실행력을 발휘해서 24시간 내내 자네를 경호해줄 거야. 도합 스물다섯 명인데, 워낙 능력이 빼어나기 때문에 그것만으로도 충분할 걸세."

"뭐라고?" 몰리나리는 이렇게 되묻고 몸을 부르르 떨었다. "무슨 결과가 나왔나, 선생?" 몰리나리는 혼란 상태에 빠진 나머지 에릭과 회의 진행 사항 양쪽에 주의를 기울일 능력을 상실한 것처럼 보였다. "잠깐 기다려줘, 수상." 그러고는 몰리나리는 에릭을 향해 중얼거렸다. "도대체 결과는 언제 나오나, 선생? 아니, 방금 얘기해줬던가? 미안하이." 그는 이마를 문질렀다. "눈이 안 보여!" 공황에 빠진 목소리였다. "뭔가 조처를 취해. 당장!"

에릭은 몰리나리의 순환계로 들어간 방사성 식염의 움직임을 추적하는 그래프를 보며 말했다. "오른쪽 신장을 지나는 신장 동맥에 협착이 생긴 것 같습니다. 환상環狀으로—"

"그건 알아." 몰리나리는 고개를 끄덕였다. "오른쪽 신장의 협착에 관해서는 알고 있어. 예전에도 생겼거든. 당장 수술을 개시해서 환상 협착을 절제하지 않으면 난 죽을 걸세." 이제는 머리를 들 기력조차도 없는지 축 늘어진 채로 얼굴을 감싸 쥐었다. "하느님, 정말 끔찍한 기분이야." 그는 혼잣말하듯 중얼거리더니 고개를 들고 프레넥시에게 말했다. "수상, 이 동맥 협착을 치료하기 위해서 난 지금 당장 교정 수술을 받아야 해. 따라서 이 회의는 연기하는 수밖에 없겠군." 그는 몸을 일으키고 휘청거렸고, 다시 쿵 쓰러졌다. 에릭과 국무성 관리 한 사람이 몰리나리를 부축해서 다시 의자에 앉혔다. 몰리나리의 몸은 믿기 힘들 정도로 무거웠고, 축 늘어져있었다. 다른 사람의 도움을 받아도 제대로 부축할 수 없을 정도였다.

프레넥시는 선언했다. "회의는 계속되어야 하네."

"알았어." 몰리나리는 헐떡였다. "자네가 발언하는 동안 수술을 받지." 그는 에릭을 향해 힘없이 고개를 끄덕여 보였다.

"티가든을 기다리지 말고, 시작해."

"여기서 말입니까?" 에릭은 말했다.

"그러는 수밖에 없어." 몰리나리는 구슬프게 말했다. "협착 부위를 절제하게, 선생. 안 그러면 난 죽어. 지금도 죽어가고 있어ー 난 알아." 이렇게 말하고는 탁자에 몸을 기대고 축 늘어졌다. 그리고 이번에는 다시 윗몸을 일으키려고 하지도 않고 그냥 그 자세를 유지했다. 쓸모가 없어져서 내다 버린 커다란 마대 자루 같은 모습이었다.

탁자 끄트머리 쪽에서 UN 사무부총장인 릭 프린들이 에릭에게 말했다. "시작하게. 총장님 말씀대로 한시가 급한 수술이야. 자네도 알잖나." 프린들ー그리고 회의장에 있는 다른 사람들ー이 이런 일을 이미 겪은 적이 있다는 점은 명백했다.

프레넥시가 말했다. "사무총장, 프린들 부총장이 자네를 대신해서 지구와 릴리스타 간의 교섭에 응할 수 있는 권한을 정식으로 부여해주겠나?"

몰리나리는 대답하지 않았다. 이미 의식을 잃은 뒤였기 때문이다.

의료 가방에서 에릭은 조그만 외과수술용 자율제어 장치를 꺼냈다. 쉽지 않은 수술이 되겠지만, 이것만으로도 충분하기를 그는 희망했다. 이 장치는 진입로의 천공穿孔과 폐쇄를 자동적으로 수행한다. 피부층을 뚫고, 장막腸膜을 통과해서 신장 협착부에 도달한 다음, 작동에 문제가 없다면 동맥부에 플라스틱제 바이패스를 만든다. 현재로서는 협착부를 제거하는 것보다는 이것을 쓰는 편이 안전할 것이다.

문이 열리더니 티가든이 나타났다. 그는 서둘러 에릭이 있는 곳으로 와서, 탁자에 머리를 기대고 의식이 없는 상태로 누워 있는 몰리나리를 보며 말했다. "수술 준비는 끝났나?"

"수술 도구를 갖고 있습니다. 예, 준비는 되어있습니다."

"물론 인공장기는 안 갖고 있겠지?"

"필요 없습니다."

티가든은 몰리나리의 손목을 잡고 맥박을 확인했다. 그런 다음 재빨리 청진기를 꺼냈고, 사무총장의 웃옷과 셔츠 단추를 끄른 다음 심음에 귀를 기울였다. "약하고 불규칙해. 몸을 식히는 편이 낫겠어."

"예." 에릭은 동의하고 의료 가방에서 냉동팩을 꺼냈다.

프레넥시가 상태를 보려고 다가와서 말했다. "수술 중에 사무총장의 체온을 낮출 생각인가?"

"예. 환자의 체온을 내려서 신진대사를—"

"그런 얘기엔 관심이 없어." 프레넥시는 말했다. "생물학적인 것에는 전혀 흥미가 없으니까. 나는 사무총장이 더 이상 회의를 계속하지 못한다는 명명백백한 사실에만 관심이 있어. 우린 이번 회의에 참석하려고 몇 십 광년이나 날아왔는데." 프레넥시는 당혹과 노여움이 뒤섞인 무거운 표정을 완전히 감추지는 못했다.

에릭은 말했다. "선택의 여지가 없습니다, 수상 각하. 사무총장님은 지금 사경을 헤매고 있습니다."

"그건 나도 알아." 프레넥시는 이렇게 말하고 주먹을 불끈 쥔 채로 자리를 떴다.

"기술적으로는 이미 죽은 상태야." 여전히 몰리나리의 심장 박동에 귀를 기울이고 있던 티가든이 말했다. "당장 냉동 시술에 들어가게."

에릭은 몰리나리의 목에 재빨리 냉동팩을 연결했고, 팩에 내장된 압축 회로를 작동시켰다. 냉동팩이 냉기를 발산하기 시작했다. 에릭은 냉동팩에서 손을 떼고 수술 도구 쪽으로 주의를 돌렸다.

프레넥시 수상은 제국의 의사와 자국어로 협의하다가 느닷없이 고개를 들고 냉랭한 어조로 말했다. "고르넬 선생이 수술을 도왔으면 하네만."

프린들 사무부총장이 끼어들었다. "그걸 허가할 수는 없습니다. 몰리나리 총장은 몸소 선발한 의사단의 의사가 아니면 절대로 자기 몸에 손을 대지 못하도록 엄명하셨습니다." 그는 톰 조핸슨과 그 휘하의 비밀 경호원들을 보며 고개를 까닥해 보였다. 그들은 몰리나리 주위로 이동했다.

"왜?" 프레넥시가 물었다.

"의사단은 사무총장의 병력病歷을 숙지하고 있기 때문입니다." 프린들은 굳은 어조로 말했다.

프레넥시는 어깨를 으쓱하고 다시 자기 자리로 돌아갔다. 한층 더 당혹한 기색이었다. 어쩔 줄 몰라하는 느낌마저 있었다. "도저히 이해가 안 되는군." 그는 탁자를 등진 채로 큰 소리로 말했다. "몰리나리 사무총장쯤 되는 인물이, 자기 병세가 이토록 악화될 때까지 방치해두다니."

에릭은 티가든에게 말했다. "예전에도 이런 일이 있었습니까?"

"몰리나리가 릴리스타인들과 회의를 하던 중에 죽은 적이 있느냐는 뜻이야?" 티가든은 옛 생각을 하는 표정으로 미소 지었다. "네 번 그랬지. 바로 이 방에서 말이야. 기대고 있는 의자까지 똑같아. 이제 천공기穿孔機를 작동시켜도 되겠군."

에릭은 자율제어식 외과 기구를 몰리나리의 하복부 오른쪽에 대고 작동시켰다. 작은 양주잔만 한 조그만 천공기는 즉시 작업에 착수했다. 우선 해당 부위에 강력한 국소 마취제를 주사한 다음, 신장 동맥과 신장을 향한 천공 작업에 착수한다.

회의실 안에서는 천공기의 웅웅거리는 작동음밖에는 들리지 않았다. 프레넉시 수상을 포함한 모든 사람이, 축 늘어진 채로 미동도 않는 몰리나리의 육중한 몸 안으로 천공기가 파고드는 광경을 바라보고 있었다.

"티가든 선생님." 에릭이 말했다. "제안이 하나 있습니다." 뒤로 물러서서 담배를 붙였다. "이곳 화이트 하우스 어딘가에서 고혈압증 환자가 발생하지 않았는지 조사해보면 어떻습니까. 혹은 신장 동맥에 부분적 협착이 생긴 환자라든지—"

"이미 발생했네. 3층에 근무하는 가정부였어. 당연한 얘기지만 유전적 결함에 기인한 거야. 하지만 암페타민을 과량 복용한 탓에 지난 24시간 동안 위독한 상태에 빠졌어. 시력을 잃기 시작했기 때문에 수술하기로 했는데— 그때 당장 여기로 오라는 호출을 받았어. 수술은 다 끝나가던 중이었네."

"그럼 알겠군요." 에릭은 말했다.

"뭘 안다는 건가?" 탁자 반대편에 앉아있는 사람들에게 들리지 않도록 티가든은 낮은 목소리로 말했다. "그 얘긴 나중에 하기로 하지. 하지만 맹세코 난 아무것도 몰라. **그건 자네도 마찬가지야.**"

프레넥시 수상이 다가와서 말했다. "몰리나리는 언제가 되면 회의를 속개할 수 있을까?"

에릭과 티가든은 서로의 눈빛을 흘끗 읽었다.

"지금으로선 단언하기 힘듭니다." 잠시 후 티가든이 말했다.

"몇 시간? 며칠? 몇 주? 지난번에는 열흘이 걸렸어." 프레넥시의 얼굴이 무력감으로 일그러졌다. "나는 그렇게 오래 지구에 머물러있을 수가 없어. 72시간 이상 기다려야 한다면 이 회의는 금년 후반기로 연기해야 해." 프레넥시 뒤에 모여있는 그의 군사, 산업, 의전 보좌관들은 이미 가방에 서류를 챙겨 넣으며 회의를 끝낼 채비를 하고 있었다.

에릭은 말했다. "아마 이런 식의 병세에서 필요한 이틀 안에 그 정도까지 체력이 회복될 것 같지는 않습니다. 총체적인 용태도 마찬가지입니다."

프린들 쪽을 보며 프레넥시가 말했다. "그리고 자네는 사무부총장 자격으로 사무총장의 권한을 대행할 생각이 없다 이건가? 정말이지 끔찍하군! 지구가 이 모양인 것도—" 그는 말을 끊었다. "몰리나리 사무총장은 개인적으로도 내 친구이고, 그

231

의 건강은 나도 크게 우려하고 있네. 하지만 왜 우리 릴리스타만 이번 전쟁의 중하重荷를 걸머져야 한다는 거지? 도대체 지구는 언제까지 이렇게 늑장을 부리고 있을 건가?"

프린들과 두 의사 모두 대답하지 않았다.

프레넥시는 자국어로 릴리스타 대표단에게 뭐라고 말했다. 그들은 일제히 일어났다. 이미 떠날 준비를 해두었던 듯하다.

목숨이 왔다 갔다 하는 급환急患을 핑계로 몰리나리는 회의를 중지시켜버렸던 것이다. 적어도 당분간은 말이다. 에릭은 깊은 안도감을 느꼈다.

병을 이용해서 몰리나리는 위기에서 벗어났다. 비록 일시적인 것에 불과했지만.

그럼에도 불구하고, 대단한 일이라는 점에는 변함이 없다. 그것만으로도 충분했다. 릴리스타 제국의 공장으로 보내질 예정이었던 150만 명의 지구인들이 강제로 징용당하는 일은 없다……. 에릭은 티가든과 흘끗 시선을 교환하며 합의와 이해에 도달했다. 그러는 동안에도 천공기는 누구의 도움도 받지 않고 계속 윙윙거리며 자기 일을 수행하고 있었다.

심신성, 심기적 병이 수많은 사람들의 목숨을 구한 셈이다. 이 사실은 에릭으로 하여금 의약의 가치, 즉 몰리나리의 병세를 '치료'하는 행위의 가치를 재평가하게 만들었다.

천공기가 작동하는 소리에 귀를 기울이고 있자니 이제는 상황을 이해할 수 있을 것 같은 기분이 들었다. 아무것도 보지 못하고 아무것도 듣지 못 하는 채로, 프레넥시 수상과의 협상이라는 골칫거리와는 완전히 단절된 상태로 회의실 탁자 위에 쓰러져있는 병약한 UN 사무총장이 에릭에게 정말로 원하는 것이 무엇인지를 알 것 같았다.

시간이 흐른 뒤에, 지노 몰리나리는 엄중한 경호를 받는 침실에서 베개에 등을 기댄 채로 베갯머리에 놓인 《뉴욕타임스》 전송신문을 멍하게 바라보고 있었다.

"이제 신문 정도는 읽어도 되지 않을까, 선생?" 그는 가냘프게 중얼거렸다.

"괜찮을 겁니다." 에릭은 대꾸했다. 수술은 완전히 성공했다. 높아진 혈압은 환자의 연령과 일반적인 몸 상태에 상응하는 정상적인 안정치를 회복하고 있었다.

"신문에 벌써 뭐라고 섰는지 보게." 몰리나리는 1면을 에릭에게 건넸다.

사무총장 급환으로 정책 회의 돌연 중단
프레넥시 휘하 릴리스타 대표단은 숙소에서 두문불출

"도대체 어떻게 알아낸 거지?" 몰리나리는 못마땅한 표정으로 불평했다. "맙소사. 나만 이상한 인간이 됐잖아. 중대한 시기에 혼자서 산통을 다 깼다는 게 뻔하게 보여." 그는 에릭을 노려보았다. "내게 조금이라도 근성이 있었다면 프레넥시의 노동력 징용 요구를 정면에서 거절해야 했어." 몰리나리는 지친

233

듯이 눈을 감았다. "그런 요구를 하리라는 건 알고 있었어. 지난주에 이미 알고 있었지."

"자책하실 필요는 없습니다." 에릭은 말했다. 마치 둔주를 연상케 하는 자신의 생리적 기제에 관해 몰리나리는 얼마나 이해하고 있을까? 전혀 그러지 못한다는 점은 명백했다. 몰리나리는 자신이 걸리는 병의 목적을 이해하지도 못하고, 그것에 가치를 두고 있지도 않다. 그런 고로 병세는 무의식 레벨에서 계속 기능하고 있는 것이다.

하지만 이런 식으로 얼마나 견딜 수 있을까? 그 점이 궁금하다. 의식적인 목적과 무의식적인 도피 욕구 사이에 이토록 심한 괴리가 존재할 경우에는……. 언젠가는 몰리나리조차도 결코 극복할 수 없는 병이 발생할 것이다. 치유할 수 없을 뿐만 아니라, 죽음에 이르는 병이.

옆방으로 통하는 문이 열렸다. 메리 라이네케였다.

에릭은 그녀의 팔을 잡고 복도로 데리고 나갔고, 문을 닫았다. "난 만나면 안 된다는 거예요?" 메리는 분개한 듯 힐문했다.

"잠깐 기다려." 에릭은 메리를 관찰했지만, 여전히 그녀가 상황을 얼마나 잘 이해하고 있는지를 가늠할 수가 없었다. "질문이 하나 있어. 혹시 몰리나리가 정신과 치료나 분석을 받는 걸 본 적이 있어?" 의무 기록에 그런 얘기는 없었다. 그러나 그럴지도 모른다는 예감이 있었다.

"그이가 왜 그딴 걸 받아야 해요?" 메리는 치마의 지퍼를 만지작거렸다. "미친 것도 아닌데."

사실이다. 에릭은 고개를 끄덕였다. "하지만 병세가—"

"지노는 운이 나쁜 거예요. 그래서 언제나 그렇게 병에 걸리는 거죠. 알잖아요, 그 어떤 정신과 의사도 운명까지 바꿔줄 수는 없다는 걸." 메리 라이네케는 잠시 주저하다가 이렇게 덧붙였다. "그래요, 분석의와 상담한 적이 있긴 했어요. 작년에 몇 번 그랬죠. 하지만 그건 특급 기밀이에요. 만약 신문이 냄새를 맡는다면—"

"분석을 맡은 정신과의사의 이름을 가르쳐줘."

"미쳤어요, 내가 그걸 가르쳐주게?" 적의가 담긴 검은 눈이 의기양양하게 반짝이며 그를 뚫어지게 노려보았다. "티가든한테도 안 가르쳐줬는데. 난 티가든을 싫어하지 않지만."

"지노의 병세가 진행하는 걸 보아오면서, 난—"

"그 의사 말인데," 메리는 에릭의 말을 끊었다. "죽었어요. 지노의 명령으로 살해당한 거죠."

에릭은 메리를 빤히 쳐다보았다.

"왜 그랬을까." 메리는 씩 웃었다. 10대 소녀 특유의 변덕스러운 악의, 아무 의미도 없는 감미로운 잔혹함이 깃든 미소였고, 에릭은 한순간 옛 소년 시절로 되돌아간 기분을 맛보았다. 그런 여자아이들 탓에 경험해야 했던 고뇌가 되살아난다. "정신과 의사가 지노의 병에 관해 한 얘기하고 관계가 있는 거겠죠, 아마. 그게 정확히 뭐였는지는 모르겠지만 아마 정곡을 찔렀던 것 같네요……. 당신도 같은 생각을 하고 있는 것 같지만. 그러니까 진심으로 그 의사만큼이나 잘난 체하고 싶어요?"

"널 보고 있으면 프레넥시 수상이 생각나."

메리는 에릭을 밀쳐내고 몰리나리가 있는 방의 문 쪽으로 갔다. "들어가야겠네요. 그럼 안녕."

"오늘 지노가 그 회의실에서 죽었다는 건 알아?"

"알아요. 죽는 수밖에 없었겠죠. 물론 잠깐만이긴 했지만. 너무 오래 죽어있으면 뇌세포가 맛이 가니까 말이에요. 당연히 당신하고 티가든이 즉각 체온을 식혔겠죠. 그것도 알아요. 그런데 왜 하필 그런 꼰대에 나를 비교하는 거예요!" 메리는 다시 에릭에게 돌아와서 뚫어지게 바라보았다. "난 그 작자와는 전혀 다른데. 당신은 단지 내 신경을 건드려서 뭔가를 알아낼 심산이군요."

에릭은 말했다. "내가 뭘 알아내고 싶어한다고 생각하는데?"

"지노의 자살 충동에 관해서겠죠." 메리는 당연하다는 듯이 말했다. "그건 주지의 사실이랍니다. 그래서 지노의 친척들이 나를 여기로 데려온 거예요. 누군가가 매일 밤 지노를 지켜볼 수 있게. 매 시간마다 침대로 올라가서 껴안아준다든지, 잠을 못 이루고 방 안을 왔다 갔다 할 때면 옆에서 보고 있어준다든지 하는 식으로. 밤에는 혼자 놓아두면 안 되고, 나라는 말동무가 있어야 해요. 게다가 난 그이를 어르고 달랠 수 있어요— 이를테면 새벽 4시에 올바른 관점을 갖도록 설득한다든지 해서. 힘든 일이지만 난 가능하죠." 메리는 미소 지었다. "이제 알겠어요? 선생님한테도 그런 일을 해줄 사람이 있나요? 새벽 4시에 맛이 가거나 할 경우에?"

잠시 후 에릭은 고개를 가로저었다.

"가여워라. 꼭 필요해 보이는데. 내가 그래줄 수 없어서 유감이지만, 한 사람으로도 버거워서. 어차피 선생님은 내 타입도 아니고. 하지만 행운을 빌어요— 언젠가는 나 같은 여자를 찾아낼 수 있으면 좋겠네요." 메리는 문을 열고 방으로 들어가서 모습을 감췄다. 에릭은 허무한 기분으로 복도에 홀로 서있었다. 지독한 고독감이 몰려왔다.

그 분석의가 남긴 기록은 어떻게 되었을까? 에릭은 기계적으로 그가 맡은 임무 쪽으로 주의를 돌렸다. 지노의 명령으로 파기되었다는 점에는 의심의 여지가 없다. 릴리스타인들의 수중에 들어가는 일이 없도록.

그래, 하고 그는 생각했다. 가장 견디기 힘들어지는 건 보통 새벽 4시경이지. 하지만 내겐 너 같은 여자가 없어. 어쩔 수 없는 일이지.

"스위트센트 선생님이십니까?"

고개를 들자 비밀 경호원 한 명이 다가오고 있었다. "응."

"선생님 아내라고 주장하는 여자 분이 밖에 와있습니다. 안으로 들어오고 싶다고 하시는데요."

"그럴 리가 없어." 에릭은 말했다. 두려움이 몰려왔다.

"저와 함께 가서 직접 확인해주시겠습니까?"

에릭은 반사적으로 비밀 경호원을 따라 걷기 시작했다. "돌아가라고 전해줘." 아니, 그건 아니다. 요술 지팡이를 흔드는 어린애도 아니고, 그런 식으로 문제를 해결할 수는 없다. "내 아내인 캐시라는 점은 의심하지 않아. 결국 여기까지 날 쫓아 왔군. 하느님 맙소사— 어떻게 이런 일이 일어날 수가 있는 걸까. 자네도 이런 경험을 한 적이 있나?" 그는 비밀 경호원에게 물었다. "함께 살아야 하는 상대인데도, 도저히 함께 살지 못하겠다는 기분을 느낀 적은 없어?"

"없습니다." 비밀 경호원은 무감동하게 대꾸하고, 앞장서서 걷기 시작했다.

10

아내는 화이트 하우스의 외부 응접 공간으로 쓰이는 정자 한 구석에 서서 《뉴욕타임스》의 전송신문을 읽고 있었다. 검은 코트를 입고 짙게 화장을 하고 있다. 그러나 피부는 창백했고, 고뇌로 가득한 두 눈만이 엄청나게 커 보였다.

에릭이 정자로 들어가자 캐시는 고개를 들고 말했다. "당신 얘기를 읽고 있었어. 수술로 몰리나리 목숨을 구했나보네. 축하해." 그러면서 그를 향해 미소 지었지만, 그것은 삭막하고 떨리는 미소였다. "어딘가 가서 커피 한 잔 사줘. 얘기할 게 많아."

"나한테 할 얘기 따위는 없을 텐데." 에릭은 놀라움과 낙담을 감추지 못한 목소리로 말했다.

"당신이 떠난 뒤에 난 큰 깨달음을 얻었어."

"그건 나도 마찬가지야. 당신과 별거하기를 정말 잘했다는 걸 깨달았지."

"그거 참 이상하네. 난 완전히 정반대 생각을 했는데." 캐시
는 말했다.

"거야 그렇겠지. 여기 온 걸 보면 알 수 있어. 이봐, 난 법적
으로 당신과 함께 살아줄 의무는 없어. 내가 할 일은 단지—"

"당신은 내가 할 말을 들을 의무가 있어." 캐시는 침착하게
말했다. "그대로 자리를 뜨는 건 도덕적으로 옳은 일이 아냐.
그러기는 너무 쉽잖아."

에릭은 한숨을 쉬었다. 자기 목적을 달성하기 위한 편의주의
적 철학이다. 그러나 그는 이미 그 함정에 빠진 뒤였다. "알았
어." 에릭은 동의했다. "그럴 수야 없지. 당신이 내 아내임을 부
정하지 못하는 것과 마찬가지로 말이야. 좋아, 커피 마시러 가
자고." 그는 체념의 경지에 빠져있었다. 아마 자멸적 본능의 미
약한 발로일지도 모르겠다. 하여튼 상대방에게 굴복한 것은 사
실이었다. 에릭은 캐시의 팔을 잡고 화이트 하우스의 경비원들
앞을 지나 근처의 카페테리아로 갔다. "상태가 안 좋아 보이는
군. 얼굴빛도 그렇고, 신경도 잔뜩 곤두서있어."

"안 좋은 경험을 했거든." 캐시는 시인했다. "당신이 떠난 이
래 줄곧. 아무래도 당신한테 정말로 기대고 있었던 것 같아."

"공생관계라고 해야겠지. 불건전한."

"그런 게 아냐!"

"틀림없이 그거야. 지금 이러고 있는 게 바로 그 증거잖아.
안 돼, 당신과 그런 생활로 다시 돌아갈 생각은 없어." 적어도

이 순간만은 결연한 기분이었다. 지금 여기서 결판을 볼 준비가 되어있었다. 에릭은 캐시를 쳐다보며 말했다. "캐시, 당신 정말 아파 보여."

"그건 당신이 몰리나리와 줄곧 붙어있었기 때문이야. 병적인 환경에 익숙해져버린 거지. 난 아무렇지도 않아. 단지 조금 피곤할 뿐이야."

그러나 캐시는 예전보다— 작아 보였다. 마치 그녀 내부의 무엇인가가 감소하고, 그녀 자신이 바싹 말라버린 듯한 느낌이다. 거의— 노화를 연상케 한다. 그러나 노화하고는 어딘가 달랐다. 별거했다는 사실에 이토록 큰 타격을 받을 수 있단 말인가? 그럴 것 같지는 않았다. 마지막으로 본 이래 그의 아내는 쇠약해졌고, 에릭은 그 사실이 마음에 들지 않았다. 아내가 미웠지만 그래도 걱정이 되는 것은 어쩔 수 없었다.

"다면多面 진단을 받는 게 어때. 종합검사를 받아보라고."

"하느님 맙소사." 캐시는 말했다. "난 괜찮아. 그러니까, 괜찮아질 거야. 일단 당신하고 나 사이에 쌓인 오해를 풀면—"

"관계를 정리한 걸 오해라고 하지는 않아. 인생의 재편성이라고 해야지." 에릭은 디스펜서 앞으로 가서 커피 두 잔을 따랐고, 로버트 출납계에게 대금을 지불했다.

탁자 하나에 자리를 잡은 다음 캐시는 담배에 불을 붙이고 말했다. "알았어. 일단 당신 말이 옳다고 가정해도 좋아. 당신 없이는 난 미칠 것 같아. 그게 걱정 안 돼?"

"걱정돼. 하지만 그렇다고 해서—"

"그럼 그냥 내가 쇠약해져서 파멸할 때까지 내버려두겠다는 거로군."

"내겐 24시간 돌봐야 하는 환자가 한 사람 있어. 그런 와중에 당신까지 돌볼 수는 없어." 특히 당신을 돌봐주고 싶은 생각이 전혀 없는 지금 같은 경우에는 말이야.

"하지만 당신이 하는 일이라고 해봤자―" 캐시는 한숨을 쉬고 뚱한 표정으로 커피를 홀짝였다. 커피 잔을 든 캐시의 손이 거의 파킨슨병 환자라고 해도 좋을 정도로 떨리고 있다는 사실을 에릭은 깨달았다. "아니, 됐어. 그냥 예전으로 돌아가기만 하면 돼. 그럼 나도 나을 거야."

"안 돼. 솔직히 말해서 그럴 것 같진 않군. 당신 병은 그렇게 간단한 게 아냐. 뭔가 다른 원인이 있어." 에릭은 생각했다. 나는 지금까지 겉멋으로 의사 노릇을 해온 게 아냐. 어딜 봐도 병색이 완연한데 내가 그걸 모르고 지나치겠어? 하지만 그 이상의 진단은 내릴 수가 없었다. "원인이 뭔지는 당신이 제일 잘 알고 있을 거고." 에릭은 퉁명스럽게 내뱉었다. "내게 얘기할 생각이었다면 진작에 얘기했겠지. 덕택에 난 경계심만 더 늘었어. 당신은 내게 응당 털어놓아야 할 일을 털어놓지 않았어. 당신은 부정직한 데다가 무책임해. 그런 태도로 도대체 뭘―"

"알았어!" 캐시는 에릭을 빤히 쳐다보았다. "난 아파. 인정할게! 하지만 그냥 나만의 일로 알고 덮어줘. 당신까지 걱정할 필요는 없어."

"내가 보기엔 당신은 신경적 손상을 입은 것 같군." 캐시는 고개를 홱 들었다. 그나마 조금 남아있던 얼굴의 핏기조차도 이제는 완전히 가셔있었다.

"난 지금 마음을 정했어." 에릭은 갑자기 말했다. "솔직히 말해서 시기상조인 데다가 너무 극단적인 행동이라는 생각이 들긴 하지만, 일단 저질러보고 결과를 보는 편이 낫겠지. 당신을 체포하라고 부탁할 거야."

"하느님 맙소사. 왜?" 캐시는 공황 상태에 빠진 채로 아무 말도 못하고 에릭을 응시하기만 했다. 자기 몸을 지키려는 듯이 양손을 들어 올렸다가, 다시 내렸다.

에릭은 자리에서 일어나 카페테리아 직원에게 갔다. "아가씨, 비밀 경호대 직원더러 내 테이블로 와달라고 해주겠어?" 그는 자기 테이블을 가리켰다.

"예, 선생님." 여직원은 놀란 듯이 눈을 깜박였지만 동요한 기색은 없었다. 그녀가 곁에 있던 웨이터 조수를 돌아보자, 조수는 두말 않고 주방 쪽으로 후다닥 달려갔다.

에릭은 자기 테이블로 돌아와서 캐시 맞은편에 앉았다. 다시 커피를 홀짝이며, 냉정을 유지하는 동시에 앞으로 일어날 소란에 대해 마음의 준비를 하려고 노력했다. "내가 판단하기엔 이러는 게 당신을 위하는 일이야. 물론 꼭 그렇게 되리라는 보장은 없지만, 그럴 가능성이 높다고 생각해. 당신도 그걸 알고 있지 않을까."

캐시는 두려움에 창백해지고 초췌해진 얼굴로 애원했다. "당장 여길 떠날게, 에릭. 샌디에이고로 돌아가겠어—그럼 되잖아?"

"안 돼. 애당초 여기 온 것부터가 잘못이었어. 그러니 나도 행동에 나설 수밖에. 이건 누가 봐도 당신이 자초한 일이야." 에릭은 자신이 완전히 이성적이며, 자제심을 유지하고 있다고 느꼈다. 최악의 상황까지 왔지만, 그보다 더한 일이 목전에 닥쳤을 가능성을 에릭은 감지하고 있었다.

캐시는 쉰 목소리로 말했다. "알았어, 에릭. 사실대로 말할게. 실은 나 JJ-180에 중독됐어. 전에 얘기했던 적이 있는 그 마약 말이야. 맘 헤이스팅스를 포함해서 우리 모두가 먹었던 마약. 자, 이제 말했으니까 됐지. 그 이상 난 할 말이 없어. 그게 전부야. 그 뒤로 한 번 더 먹었어. 단 한 번만으로도 중독되는 마약이래. 보나마나 눈치 챘겠지만. 뭐니뭐니 해도 당신은 의사니까."

"그걸 또 누가 알아?"

"조나스 애커먼."

"티화나 모피 염료사를 통해 그걸 입수했어? 우리 자회사에서?"

"그, 그랬어." 캐시는 에릭의 시선을 피했다. 이윽고 그녀는 이렇게 덧붙였다. "그래서 조나스도 알고 있는 거야. 조나스가 그걸 입수해줬어― 하지만 제발 그 얘기만은 다른 사람한테 하지 말아줘."

"하지 않겠어." 천만다행히도 머리 회전이 정상으로 돌아온 느낌이다. 돈 페스텐버그가 넌지시 언급했던 바로 그 약일까? JJ-180이라는 단어가 묻혀있던 기억을 깨웠다. 에릭은 그 기억을 정돈해보려고 했다. "정말이지 엄청난 과오를 저질렀군. 내가 기억하기로는 프로헤다드린이란 이름으로도 불리던데. 맞아, 그건 해즐틴 사 제품이야."

테이블로 비밀 경호원이 다가왔다. "무슨 일입니까, 선생님?"

"여기 이 친구가 내 아내라는 사실을 자네에게 알려두고 싶었을 뿐이네. 이 여자 말이 맞아. 그러니까 나와 함께 여기 머물 수 있도록 조처해주면 고맙겠네."

"알겠습니다, 선생님. 나중에 통상적인 보안 검색을 하죠. 무슨 문제가 있을 것 같지는 않습니다." 비밀 경호원은 고개를 끄덕이고 자리를 떴다.

"고마워." 잠시 후 캐시가 말했다.

"독성이 강한 그런 약물에 중독됐다는 건 중병에 걸린 거나 마찬가지야. 지금 세상에서는 암이나 중증 심장 발작보다 더 나쁜 거지. 그런 당신을 저버릴 수야 없는 일이지. 아마 입원해야 할 거야. 그건 당신도 이미 깨달았겠지만. 해즐틴 사에 연락해서 그쪽이 아는 정보를 모두 알아볼게……. 하지만 가망이 없을지도 모른다는 사실은 알고 있어야 해."

"응." 캐시는 경련하듯이 고개를 끄덕였다.

"어쨌든 용기 하나는 정말 대단하군." 에릭은 손을 뻗어 그녀의 손을 잡았다. 바싹 마르고, 차가웠다. 생기가 전혀 없는 손이다. 그는 손을 놓았다. "그 부분에 관해서만은 언제나 감탄하고 있었어— 당신이 겁쟁이가 아니라는 사실 말이야. 물론 그 탓에 이런 꼴이 된 거겠지만. 새로운 약물을 시험해보려는 용기라고나 할까. 흐음, 어쨌든 우린 다시 합치게 됐군." 치명적일 가능성이 있는 당신의 마약중독 탓에 떨어지려야 떨어질 수가 없게 된 건가. 암울한 절망감이 몰려왔다. 이젠 견디기 힘들다.

"당신도 정말 좋은 사람인 것 같아." 캐시가 말했다.

"그 마약을 아직도 갖고 있어?"

캐시는 망설였다. "어, 없어."

"거짓말을 하고 있군."

"그걸 내놓을 생각은 없어. 그럴 바에는 차라리 여길 떠나서 혼자서 어떻게 해보는 게 나아." 캐시의 공포는 한순간 완고한 반항심으로 변했다. "있잖아, 내가 JJ-180 중독이라는 말은 남은 약을 당신한테 줄 수 없다는 뜻이야— 중독자가 된다는 건 그런 뜻이라고! 그걸 더 하고 싶다는 게 아니라, 그럴 수밖에 없다는 뜻이야. 어차피 얼마 남지도 않았어." 그녀는 몸을 부르르 떨었다. "말할 나위도 없지만, 차라리 죽어버렸으면 하는 생각이 들어. 빌어먹을, 도대체 어쩌다 이런 꼴을 당하게 된 걸까."

"어떤 경험을 하게 되는데? 시간과 관계가 있다고 하던데."

"맞아. 판단의 기준을 상실해서, 간단히 시간을 왔다 갔다 하게 돼. 그래서 말인데, 난 누군가를 위해 쓸모 있는 일을 하고 싶어. 내 수중에 들어온 시대를 유효하게 쓸 방법을 찾아내는 식으로 말이야. 혹시 사무총장이 날 써주지는 않을까? 에릭, 난 이 전쟁에서 지구를 구해낼 수 있을지도 몰라. 몰리나라가 평화조약에 서명하기 전에 미리 경고한다든지 해서 말이야." 캐시의 눈이 희망으로 반짝였다. "해볼 만한 가치가 있을 것 같지

246

않아?"

"그럴지도 모르겠군."그러나 에릭은 페스텐버그가 이와 관련해서 한 말을 떠올렸다. 몰리나리는 이미 JJ-180을 쓰고 있는지도 모른다. 그러나 몰리나리가 조약을 맺기 이전의 시점으로 되돌아갈 수 있는 길을 찾아내지 못했다는—혹은 아예 시도하지도 않았다는—점은 명백했다. 아마 이 마약이 끼치는 효과는 개인마다 다른 것인지도 모른다. 그런 식으로 작용하는 흥분제나 환각제는 많다.

"당신을 통해서 몰리나리하고 접촉할 수는 없을까?"캐시가 물었다.

"아마— 가능하겠지."그러나 퍼뜩 어떤 생각이 떠오르며 경계심이 발동했다. "하지만 시간이 걸릴 거야. 지금 신장 수술을 받고 회복하는 중이거든. 당신도 이미 아는 것 같지만."

그러자 캐시는 괴로운 표정으로 이리저리 고개를 움직였다. "하느님, 정말 끔찍해, 에릭. 살아남지 못할 것 같은 기분이야. 뭐랄까…… 파국이 눈앞에 닥쳐온 것 같아. 진정제를 줘. 조금은 도움이 될지 모르니까."캐시는 손을 내밀었다. 에릭은 그 손이 부들부들 떨리고 있는 것을 다시금 깨달았다. 전보다 더 심해진 듯하다.

"이 건물 안에 있는 의무실로 데려가야겠군."에릭은 결심한 듯이 일어섰다. "어떻게 할지 생각해봐야 하니까 일단은 거기 가있어. 하지만 다른 약은 안 먹는 편이 나을 거야. 마약의 효과가 오히려 더 강해질 가능성이 있으니까 말이야. 미지의 약물을 복용했을 경우에는, 예측할 수 없는—"

캐시가 그의 말을 끊었다. "당신이 비밀 경호원들을 부르러 간 사이에 내가 뭘 했게, 에릭? 당신 커피 잔에 JJ-180 캡슐을 하나 집어넣었어. 웃지 마, 농담 아니니까. 난 정말로 그랬고, 당신은 그걸 마셨어. 그러니까 당신도 이젠 중독자야. 언제 약효가 나타나도 이상하지 않은 상태라고. 그러니까 카페테리아에서 나가서 당신 아파트로 돌아가는 편이 나을 거야. 약효가 워낙 엄청나니까." 단조롭고 암울한 목소리였다. "당신이 나를 체포시킬 거라고 생각해서 그런 짓을 한 거야. 당신 입으로 그렇게 말했으니 믿을 수밖에. 그러니까 그건 당신 잘못이야. 미안해……. 그런 짓 하지 말 걸 그랬어. 하지만 이젠 당신에게도 나를 고쳐줄 동기가 생겼잖아. 치료법을 찾아내야 해. 당신의 선의에만 매달릴 수는 없었어. 우리 사이에는 워낙 문제가 산적해있었으니까. 안 그래?"

에릭은 가까스로 입을 열었다. "중독자들의 일반적인 성향에 관한 얘기를 들은 적이 있어. 다른 사람들도 중독시키기 좋아한다는군."

"날 용서해줄 거야?" 캐시는 이렇게 물으며 에릭과 함께 일어섰다.

"아니." 에릭은 대꾸했다. 분노가 치밀어 오른 탓에 현기증이 날 지경이었다. 용서해주기는커녕, 당신이 절대로 낫지 않도록 모든 수단을 강구하겠어. 그는 생각했다. 이젠 당신에게 복수하는 일을 제외하면 모든 게 무의미해. 나 자신이 낫는 일조차도. 그는 그녀에 대해 순수하고 절대적인 증오를 느꼈다. 그렇다, 이 여자가 할 만한 짓이다. 아내는 그런 인간이 아니었던가. 바로 이런 이유로 인해 나는 별거하려고 했던 것이다.

"이제 우린 한 배를 탔어." 캐시가 말했다.

최대한 침착한 발걸음으로, 에릭은 한 걸음 한 걸음씩 테이블과 손님들 사이를 지나 카페테리아 출입문으로 향했다. 그녀를 내버려두고.

거의 다 왔다. 거의—

모든 것이 되돌아왔다. 그러나 완전히 다른 양상을 띠고 있다. 모두 새롭다. 변해있다.

건너편에서 돈 페스텐버그가 의자에 등을 기대고 앉아 말했다. "운이 좋았군요. 하지만 일단 설명을 해두는 편이 낫겠습니다. 자, 여기 달력을 보십시오." 돈은 에릭의 눈에 들어온 책상 너머로 놋쇠로 만들어진 물체를 밀었다. "당신은 1년하고 조금 뒤로 왔습니다." 에릭은 그것을 응시했다. 퀭한 눈으로. 장식 숫자가 각인되어있다. "오늘은 2056년 6월 17일입니다. 당신은 이런 식으로 마약의 영향을 받는 극소수의 운 좋은 중독자들 중 한 사람이었던 겁니다. 중독자 대다수는 과거로 흘러가서 대체對替 우주를 만들려다가 수렁에 빠지고 맙니다. 아시죠. 신 노릇을 하려고 하다가, 결국 심각하게 파괴된 신경 탓에 마구 경련하는 폐인이 되어버리는 겁니다."

에릭은 뭔가 유익한 말을 하려고 했지만, 실패했다.

"쓸데없는 데 힘을 허비하지는 마십쇼." 악전고투하는 에릭을 보고 페스텐버그가 말했다. "제가 다 얘기하겠습니다. 어차피 여기엔 몇 분밖에는 머무르지 못할 테니 우선 이쪽 얘기를 들어주십쇼. 1년 전 당신이 이 건물 카페테리아에서 JJ-180을 투여받았을 때 저는 운 좋게도 부리나케 현장으로 달려올 수 있었습니다. 아내 되시는 분은 히스테리 발작을 일으켰고 당신은 물론— 자취를 감춘 후였죠. 그분은 비밀 경호대로 연행되어서 자기가 중독됐고, 무슨 짓을 저질렀는지를 자백했습니다."

"아." 에릭이 반사적으로 고개를 끄덕이자 방 전체가 상하로 움직였다.

"그래서 그때— 기분은 좀 나아지셨습니까? 하여튼 간에, 지금 캐시는 완치됐습니다만 그 부분은 더 이상 언급하지 않겠습니다. 그건 중요한 일이 아니니까요."

"그럼—"

"예, 당신 문제, 당신의 중독 증세는 어떻게 됐느냐는 거로군요. 1년 전에는 치유법이 존재하지 않았습니다. 하지만 기뻐해주십쇼, 이젠 있으니까요. 두 달 전에 개발됐는데, 당신이 나타나기를 기다리고 있었습니다— 이제 JJ-180에 관해서는 상당히 많은 사실이 알려져있기 때문에 다행히도 당신이 언제 어디서 나타날지를 거의 분 단위로까지 정확하게 계산할 수 있었습니다." 페스텐버그는 구겨진 웃옷 호주머니에 손을 넣어 작은 유리병을 꺼냈다. "이건 TF&D사의 자회사가 지금 제조하고 있는 해독제입니다. 이걸 원하시죠? 지금 이걸 20밀리그램 먹으면 당신은 원래 시대로 돌아가도 중독에서 해방될 겁니다." 그가 미소를 짓자 혈색이 나쁜 얼굴에 부자연스럽게 주름이 잡혔다. "하지만─ 문제가 있습니다."

에릭은 물었다. "전쟁은 어떻게 되어가고 있나?"

페스텐버그는 비난하듯이 말했다. "그게 뭐 대수입니까? 하느님 맙소사. 당신의 목숨이 이 약병에 달려있는데─그 마약에 중독된다는 게 어떤 일인지 당신은 모릅니다!"

"몰리나리는 아직 살아있나?"

페스텐버그는 고개를 설레설레 저었다. "몇 분밖에는 시간이 없는데 몰리나리의 건강 상태에 관해 물어보다니. 잘 들으십쇼." 그는 에릭을 향해 몸을 기울였다. 뚱하게 입을 내밀고, 푸석푸석한 얼굴에는 동요의 빛이 떠올라있었다. "선생, 나는 거래를 하고 싶어. 이 해독제 알약을 주는 대가로 내가 원하는 건 지극히 사소한 거야. 그러니까 제발 내 말을 들어줘. 중독이 낫지 않은 상태로 또 그 마약을 먹는 순간 당신은 10년 미래로 가게 될 거야. 그럼 시기를 놓치고, 너무 먼 시대로 가버리게 된다고."

에릭은 말했다. "시기를 놓치는 건 자네지 내가 아냐. 그때도 해독제는 여전히 존재할 테니까."

"내가 무슨 대가를 원하는지 묻지도 않는 거야?"

"그래."

"왜?"

에릭은 어깨를 으쓱했다. "뭔가 미심쩍어. 자넨 내게 압력을 걸고 있고, 난 그게 마음에 들지 않아—그러니까 자네 힘을 빌리지 않고, 운을 믿고 마약을 써볼 거야." 단지 치료법이 존재한다는 사실을 아는 것만으로도 충분했다. 그것만으로도 불안감이 사라졌고, 하고 싶은 일을 할 용기가 생겼기 때문이다. "말할 나위도 없겠지만, 내게 가장 좋은 방법은 생리적으로 가능한 한 많이 이 마약을 써보는 거라고 생각해. 두세 번 그걸 쓰면서 점점 더 먼 미래로 가보고, 유해한 부작용이 너무 심해졌다고 생각되면—"

"단 한 번만 복용해도" 페스텐버그는 이를 악물고 중얼거렸다. "회복 불가능한 뇌손상을 입을 거야. 이 멍청한 자식— 이미 너무 많이 썼군. 당신 와이프를 봤지. 그런 식으로 엉망이 되어도 괜찮다는 거야?"

에릭은 잠시 숙고한 뒤에 말했다. "그걸로 얻을 수 있는 걸 감안하면, 괜찮아. 그걸 두 번 먹은 시점에서 전쟁의 향방을 알 수 있겠고, 만약 불리한 결과가 나왔다면 그걸 회피할 수 있는 방법을 몰리나리에게 알려줄 수 있어. 그런 것에 비하면 내 건강이 뭐 대수야?" 이렇게 말하고 에릭은 침묵했다. 명약관화한 일이다. 이 사내와 의논할 필요 따위는 없었다. 그는 가만히 앉아서 마약의 효과가 스러지기를 기다렸다. 원래 시대로 돌아갈 때까지 기다릴 심산이었다.

페스텐버그는 유리병에서 하얀 알약들을 바닥에 쏟은 다음 구둣발로 가루가 될 때까지 으깼다.

"이런 생각은 안 해봤어?" 페스텐버그가 말했다. "향후 10년 동안 지구가 전쟁으로 엄청난 피해를 입고, 그 탓에 TF&D사의 자회사가 더 이상 이 해독제를 공급하지 못할 거라는 생각은?"

그런 생각은 해보지 않았다. 에릭은 동요했지만, 그럭저럭 내색하지 않을 수 있었다. "두고 보면 알겠지." 그는 중얼거렸다.

"솔직히 말해서 미래가 어떻게 될지는 나도 몰라. 하지만 과거는 알지―네 미래에 해당하는 지난 1년 동안 어떤 일이 일어났는지를 말이야." 페스텐버그는 전송신문을 꺼내 들고 에릭이 볼 수 있도록 책상 위에 펼쳐놓았다. "화이트 하우스의 카페테리아에서 네가 그런 경험을 하고 난 후 6개월 동안 일어난 일이야. 읽어보면 재미있을걸."

에릭은 머리기사의 제목을 훑어보았다.

비밀 경호대, UN 사무총장 대리

도널드 페스텐버그 살해 음모의

주동자로 지목된 스위트센트를 구류

페스텐버그는 느닷없이 신문을 낚아채서 구긴 다음 뒤로 내던졌다. "몰리나리가 어떻게 됐는지는 얘기 안 하겠어―직접 알아보라고. 나하고 합리적으로 협상을 하는 일에는 흥미가 없는 것 같으니까."

에릭은 잠시 침묵했다가 말했다. "1년이나 시간 여유가 있으면 얼마든지 가짜 《뉴욕타임스》를 인쇄하고 기다릴 수 있어. 정치사에서도 그런 일이 있었다는 게 기억 나는군……. 이오시프 스탈린이 레닌 말년에 레닌을 상대로 그런 짓을 했었지. 통째로 가짜《프라우다》를 날조해서 레닌에게 건넸던 거야. 레닌은 그걸 읽고―"

"내가 입은 제복을 봐." 페스텐버그는 격한 어조로 말했다. 검붉게 물든 얼굴은 당장이라도 폭발할 것처럼 부들부들 떨리고 있었다. "내 어깨에 달린 견장을 보라고!"

"그것도 가짜가 아니라는 보장이 어디 있어? 물론 꼭 가짜라는 얘긴 아냐. 전송신문이 가짜라고 주장하고 싶은 것도 아니고." 잘 생각해보면 에릭은 진위를 판단할 수 있는 위치에 있지 않았다. "단지 그럴 가능성이 있다는 걸 지적하고 있을 따름이라네. 내겐 그것만으로도 판단을 보류할 충분한 이유가 돼."

페스텐버그는 엄청난 노력을 기울여서 가까스로 자제심의 일부를 되찾았다. "알았어. 돌다리도 두들겨보고 건너겠다는 거군. 한꺼번에 많은 체험을 한 탓에 혼란이 온 건 이해해. 하지만 선생, 잠깐만이라도 현실적이 되어보라고. 신문을 읽었으니, 내가 당신한테 밝히지 않은 방법으로 몰리나리의 뒤를 이어 UN 사무총장이 되었다는 사실은 알잖아. 덧붙여 당신 시간대로 여섯 달 뒤에 당신이 나를 상대로 한 음모를 꾸미다가 현행범으로 붙잡혔다는 사실도. 게다가―"

"UN 사무총장 대리." 에릭은 정정했다.

"뭐?" 페스텐버그는 그를 빤히 쳐다보았다.

"임시로 그 직책을 대행하고 있다는 뉘앙스잖나. 게다가 내가 '현행범'으로 잡혔다는―잡힐 거라는―얘긴 어디에도 없었어. 신문은 단순히 어떤 죄명을 언급하고 있을 뿐이고. 따라서 재판은 열리지 않았고, 난 유죄 판결을 받지도 않았어. 무죄일 가능성도 있고, 누명을 썼을 가능성도 있겠군. 자네가 농간을 부린 탓에 말이야. 이런 얘길 하니 또 스탈린 말년의 일화가 생각나는군. 이른바—"

"내 전문분야에서 나를 가르치려고 들지 마! 그래, 네가 언급한 사건에 관해서는 알고 있어. 스탈린이 죽어가는 레닌을 어떻게 감쪽같이 속여 넘겼는지도 알아. 그리고 죽을병으로 편집 증세를 보이던 스탈린이 날조한 의사들의 암살 음모 사건*에 관해서도 알고. 그래." 침착한 어조였다. "인정하지. 내가 방금 보여준 전송신문은— 가짜야."

에릭은 미소 지었다.

"그리고 난 UN 사무총장 대리가 아니고." 페스텐버그는 말을 이었다. "하지만 실제로 무슨 일이 일어났는지에 관해서는— 네 추측에 맡기겠어. 하지만 제대로 그러지는 못할걸. 조금 뒤에는 너 자신의 시간대로 돌아가야 하니까. 미래의 세계에 관해서는 아무것도 모르는 무지한 상태로 말이야. 나와 몇 가지 거래를 했더라면 모든 걸 알 수 있었는데도 말이지." 페스텐버그는 에릭을 쏘아보았다.

"아마 내가 어리석어서 그런 거겠지." 에릭은 말했다.

"어리석은 정도가 아냐. 넌 다형多形 도착증 환자야. 실로 놀

---

* doctors' plot. 1952년 말 소련 최고의 의사들 9명이 영미 정보부와 모의해서 소련 정부 고위층들을 암살하려고 했다는 죄목으로 체포당해서 고문을 받은 사건.

랄 만한 무기들을 얻어서—물론 비유적인 얘기야—과거로 귀환할 수도 있었는데. 그랬으면 너뿐만 아니라 네 와이프와 몰리나리도 구할 수 있어. 그런데도 넌 앞으로 1년 동안 애간장을 끓으며 고민하는 편을 택했지……. 그전에 중독사하지 않는다면 말이지만. 두고 보라고."

에릭은 불안으로 가슴이 울렁거리는 것을 처음으로 자각했다. 혹시 잘못을 저지른 것은 아닐까? 사실, 거래의 대가로 무엇을 지불해야 하는지도 듣지 못하지 않았나. 그러나 해독제는 이미 가루가 되어버렸기 때문에 손쓸 도리가 없다. 이것은 단지 말장난에 불과했다.

에릭은 일어서서 창문 너머로 샤이엔 시의 모습을 흘끗 보았다.

도시는 폐허가 되어있었다.

일어선 채로 밖을 응시하던 중에 방 안의 현실이, 눈에 보이는 것들의 실체가 약해지는 것을 느꼈다. 썰물처럼 빠져나가려는 그것들을 에릭은 붙잡아서, 잡아두려고 했다.

"잘해보라고, 선생." 페스텐버그가 공허한 어조로 말했다. 그러고는 페스텐버그도 한 줄기의 가느다란 안개 같은 잿빛 선으로 변했고, 그가 서있던 곳 주위에서 뿌옇게 소용돌이치다가 방금까지만 해도 완전히 실체를 갖추고 있던 책상과 사방의 벽의 분해된 잔해와 뒤섞였다.

에릭은 휘청했고—똑바로 서려고 버둥거렸다. 그러나 결국은 몸의 균형을 잃고 구토감을 유발하는 무중력 상태로 내던져

졌다……. 이윽고 머리가 깨지듯이 아파오는 것을 자각하며 고개를 들자 화이트 하우스 카페테리아의 테이블과 손님들의 모습이 눈에 들어왔다.

한 무리의 사람들이 그를 에워싸고 있었다. 걱정스러운 기색들이지만 다들 행동하기를 주저하고 있었다. 실제로 에릭의 몸에 손을 대려는 사람은 없었다. 구경꾼들이다.

"도와줘서 모두들 고맙네." 에릭은 쥐어짜듯이 말하고 비틀거리며 일어섰다.

구경꾼들은 겸연쩍은 표정으로 각자의 테이블로 삼삼오오 돌아갔다. 뒤에 남은 사람은 에릭뿐이었다— 캐시를 제외하면 말이다.

"삼 분쯤 정신을 잃고 있었어." 캐시가 말했다.

에릭은 아무 말도 하지 않았다. 캐시와는 아무 말도 하고 싶지 않았고, 아예 상관하고 싶지가 않았다. 욕지기가 치밀어 오르고 다리가 덜덜 떨렸다. 머리가 산산조각 난 듯한 느낌이었다. 일산화탄소 중독 증세란 바로 이런 느낌이 아닐까. 옛날 교과서에 나와있었던 것처럼. 죽음 그 자체를 들이켠 듯한 기분이다.

"뭔가 도와줄 일이 있어?" 캐시가 물었다. "처음에 어떤 느낌이었는지 나도 기억하고 있어."

에릭은 말했다. "의무실로 데려가겠어." 그가 캐시의 팔을 움켜잡자 핸드백이 덜렁거리며 그의 몸에 부딪쳤다. "이 안에 여분의 마약이 들어있겠군." 그는 이렇게 말하고 핸드백을 낚아

챘다.

다음 순간 그는 두 개의 길쭉한 스팬슐*을 쥐고 있었다. 그것들을 자기 호주머니에 집어넣고 핸드백을 돌려주었다.

"고마워요." 캐시는 잔뜩 비꼬는 어조로 말했다.

"나도 고마워. 결혼 생활도 새로운 단계에 돌입하니 서로에 대한 사랑이 넘쳐흐르는 것 같군." 에릭은 이렇게 말하고 캐시를 카페테리아 밖으로 데리고 나갔다. 그녀는 저항하지 않고 순순히 그를 따라왔다.

페스텐버그와 거래를 하지 않아 다행이군. 에릭은 생각했다. 하지만 페스텐버그는 다시 에릭을 노릴 것이다. 이것은 끝이 아니다. 그러나 에릭에게는 페스텐버그에 대해 유리한 이점을 하나 가지고 있었다. 그 혈색이 나쁜 얼굴을 한 연설문 작성자가―지금은―모르는 정보를.

지금으로부터 1년 뒤에 있을 조우에서 알아낸 일은 페스텐버그가 정치적 야심을 갖고 있다는 사실이었다. 그리고 그가 모종의 방법을 써서 쿠데타를 일으키고 지지를 얻으려 한다는 사실도 안다. 페스텐버그가 입고 있던 UN 사무총장의 제복은 가짜였지만, 그의 야망만은 진짜였다.

그리고 현 시점에서 페스텐버그의 출세욕이 그 정도까지는 아닐 가능성도 충분히 있다.

이 시점에서의 페스텐버그는 에릭 스위트센트의 허를 찌를 수가 없다. 왜냐하면 1년 뒤의 페스텐버그는 자기 수를 에릭에

---

* spansule. 시간을 두고 위장에서 조금씩 녹는 캡슐의 상품명.

게 꺼내 보였지만, 현재의 페스텐버그는 그 사실을 모르기 때문이다. 그리고 자신의 그런 행위가 어떤 의미를 가지는지 파악하지 못한다.

그것은 중대한 정치적 실책이었고, 돌이킬 수 없는 실수였다. 특히 뛰어난 수완을 가진 다른 정략가들이 아직도 건재한 지금은.

그중 한 사람은 지노 몰리나리였다.

아내를 화이트 하우스 의무실에 맡긴 다음 에릭은 티화나의 TF&D 본사에 있는 조나스 애커먼에게 영상전화를 걸었다.

"그럼 캐시 일을 알아버렸군요." 조나스가 말했다. 어두운 표정이었다.

"자네가 왜 그런 일을 했는지 물을 생각은 없어." 에릭은 말했다. "내가 이렇게 전화를 건 이유는—"

"내가 뭘 했다고요?" 조나스의 얼굴이 일그러졌다. "내가 그 마약을 먹게 했다고 말한 거로군요. 안 그렇습니까? 그건 사실이 아닙니다. 에릭. 내가 왜 그런 일을 해야 합니까? 생각해보십쇼."

"지금 그 얘긴 하지 않기로 하지." 시간이 없다. "내가 우선 알고 싶은 건 버질이 JJ-180에 관해 조금이라도 알고 있는지의 여부야."

"알지만, 내가 아는 것 이상은 모릅니다. 알려진 정보 자체가 별로 없어서."

"버질과 얘기하게 해줘."

조나스는 마지못해 전화를 버질의 집무실로 연결해주었다. 잠시 후 에릭은 노인과 대면하고 있었다. 버질은 전화를 건 사람이 누군지를 알자 노골적으로 추파를 던졌다. "에릭! 전송신문에서 읽었네― 몰리나리의 목숨을 이미 한 번 구했더군. 자네가 해내리라는 걸 알고 있었네. 자, 이제 매일 그래줄 수만 있다면―" 버질은 기쁜 듯이 껄껄 웃었다.

"캐시가 JJ-180에 중독됐습니다. 그래서 도움이 필요합니다. 그걸 끊게 해야 하니까요."

버질의 얼굴에서 만족스러운 표정이 사라졌다. "세상에, 그런 끔찍한 일이! 하지만 난들 어쩌겠나, 에릭? 물론 돕고야 싶지. 여기 있는 사람들 모두가 캐시를 좋아하니까 말이야. 자넨 의사가 아닌가, 에릭. 자네 힘으로도 뭔가 해줄 수 있을 거야." 버질은 이렇게 주절거리며 말을 이으려고 했지만 에릭은 상대방의 말을 끊었다.

"자회사의 누구에게 연락하면 되는지 가르쳐주십쇼. JJ-180의 제조사 말입니다."

"아, 디트로이트에 있는 해즐틴 사를 얘기하는 거로군. 어디 보자⋯⋯. 누구하고 얘기하면 되더라? 아마 버트 해즐틴 본인이 좋을지도 모르겠군. 잠깐만 기다려. 지금 조나스가 내 집무실에 있는데, 할 얘기가 있다는군."

조나스의 얼굴이 화면에 떠올랐다. "아까 얘기하려고 하던 일입니다, 에릭. 캐시가 어떤 상황인지를 알자마자 해즐틴 사에 연락을 취했습니다. 그쪽에서 이미 담당자를 파견했으니 지금 샤이엔으로 가고 있을 겁니다. 캐시가 자취를 감춘 뒤에는 거기 갈 거라고 짐작했거든요. 그 친구 덕에 무슨 진전이 있으면 나와 버질에게도 알려주십시오. 행운을 빕니다." 조나스의 얼굴이 화면에서 사라졌다. 자기 나름대로 공헌을 했다는 사실에 안도한 기색이 역력했다.

에릭은 버질에게 고맙다고 말한 다음 전화를 끊었다. 의자에서 일어나 다시 화이트 하우스 응접실로 가서 해즐틴 사에서 파견한 인물이 도착했는지를 알아보았다.

"아, 예, 스위트센트 선생님." 여성 안내원이 방명록을 확인해보고 말했다. "아까 막 두 분이 도착했습니다. 구내하고 카페테리아에서 선생님을 호명하던 참이었어요." 그녀는 방명록에 쓰인 이름을 읽었다. "버트 해즐틴 씨, 그리고 동행한 여성분의 이름은 미스 바키스……. 알아보기 힘든 필적인데, 바키스가 맞는 것 같네요. 위층의 선생님 숙소로 가 계시라고 했습니다."

아파트로 가보니 현관문이 조금 열려있었다. 좁은 거실에 두 사람이 앉아있었다. 긴 코트를 말쑥하게 차려입은 중년 사내와 30대 후반으로 보이는 금발 여성이었다. 여자는 안경을 끼고 있었다. 세련되지는 않았지만 유능해 보이는 용모다.

"해즐틴 씨?" 에릭은 이렇게 말하고 한쪽 손을 내밀며 거실로 들어갔다.

여자와 남자가 일어섰다. "안녕하십니까, 스위트센트 선생님." 버트 해즐틴은 에릭과 악수를 나눴다. "여기 이 친구는 힐다 바키스라고 합니다. UN 마약 통제국 직원입니다. 아내 되시는 분이 놓인 상황을 통제국에 통보해야 했습니다. 법률로 정해져있어서요. 그렇긴 하지만—"

미스 바키스가 싹싹하게 말했다. "우리 통제국에서는 스위트센트 부인을 체포하거나 처벌하는 데는 관심이 없습니다. 단지 선생님과 마찬가지로 돕고 싶을 뿐입니다. 이미 면회 신청을 해놓았지만 우선 선생님과 얘기를 나눈 뒤에 의무실로 가는 편이 나을 것 같아서."

해즐틴이 나직하게 말했다. "스위트센트 부인은 얼마나 많은 양의 JJ-180을 가지고 있습니까?"

"전혀 갖고 있지 않습니다." 에릭은 말했다.

"그럼 마약 상용常用과 중독의 차이에 대해 설명을 해드리죠." 해즐틴이 말했다. "그러고 나서—"

"난 의사입니다." 에릭은 지적했다. "그런 것까지 일일이 설명 안 해주셔도 됩니다." 그는 의자에 앉았다. 얼마 전에 경험한 마약의 후유증이 아직 남아있는 듯했다. 머리가 여전히 욱신거리고, 숨을 쉴 때마다 가슴이 아팠다.

"그렇다면 JJ-180이 그분의 간肝 대사작용까지 잠식했고, 대사를 계속하려면 이제 그것이 필요하다는 사실은 아시겠군요. JJ-180을 끊을 경우 생존할 수 있는 기간은—" 해즐틴은 계산했다. "지금까지 얼마나 많은 양을 복용했습니까?"

"캡슐 두세 개입니다."

"마약이 없으면 대략 24시간 내에 사망하게 됩니다."

"있으면?"

"대략 4개월까지 생존할 수 있을 겁니다. 그때쯤이면 우리 손으로 해독제가 개발될 수도 있습니다. 우리가 속수무책으로 방관하고 있다고는 생각하지 말아주십시오, 선생님. 인공장기를 이식하는 방법까지 시도해봤을 정돕니다. 간을 떼어내고, 그걸 대체하는—"

"그렇다면 아내에겐 JJ-180이 더 필요하다는 얘기군요." 에릭은 이렇게 대꾸하고 자기 생각을 했다. 그도 같은 상황인 것이다. "아내가 그걸 한 번만 복용했다고 가정해봅시다. 그럴 경우—"

"선생님." 해즐틴이 에릭의 말을 끊었다. "아직도 이해 못하시겠습니까? JJ-180은 의약품으로 제조된 것이 아니라, 전쟁 무기로 개발됐습니다. 단 한 번의 섭취가 완전한 중독을 불러일으키도록, 광범위한 신경계 및 뇌손상을 불러오도록 의도적으로 만들어졌다는 뜻입니다. 무색 무미이기 때문에 식품이나 음료에 섞어놓아도 그걸 섭취하는 당사자는 눈치 챌 수 없습니다. 처음부터 우리는 지구인이 우연히 이 약물에 중독될 가능성을 우려했습니다. 그래서 해독제가 개발될 때까지 적에게 JJ-180을 사용하는 것을 미루고 있었습니다. 하지만—" 해즐틴은 에릭을 쳐다보았다. "우려했던 대로 스위트센트 부인 같은 중독자가 발생한 겁니다. 물론 우연을 가장한 고의였습니다. 우리는 스위트센트 부인이 어디서 그걸 손에 넣었는지도 알고 있습니다." 해즐틴은 미스 바키스를 흘끗 보았다.

263

"티화나 모피 염료사에서 입수했을 가능성은 없습니다." 바키스가 말했다. "소량이라도 해즐틴 사에서 모회사 쪽으로 흘러들어간 사실은 없기 때문이죠."

"출처는 우리 동맹국입니다." 버트 해즐틴이 말했다. "평화 조약의 부수적인 규약에 의거해서 지구에서 새로 개발된 모든 전쟁 무기의 샘플을 동맹국에 제출해야 합니다. UN이 요청한 탓에 우리는 상당한 양의 JJ-180을 릴리스타로 보내야 했습니다." 해즐틴의 얼굴이 오래된 분노와 무력감으로 어두워졌다.

바키스가 말했다. "JJ-180은 보안상의 이유로 다섯 개의 컨테이너에 나눠 실린 다음 다섯 척의 수송선에 의해 릴리스타로 운반됐습니다. 그중 네 척이 릴리스타에 도착했습니다. 한 척은 도착하지 못했습니다. 리그군의 자동 기뢰에 걸려 파괴되었다는군요. 그 일이 있은 후, 릴리스타의 첩보원들이 그 마약을 지구로 가지고 돌아와서 지구인을 상대로 쓰고 있다는 소문이 릴리스타 제국 내부에서 활동 중인 우리 측 정보 라인을 통해서 계속 들려오고 있습니다."

에릭은 고개를 끄덕였다. "그랬군요. 내 아내도 티화나 모피 염료사에서 마약을 입수하지는 않았습니다." 하지만 캐시가 어디서 그걸 손에 넣었든, 무슨 상관이란 말인가?

"따라서 릴리스타측의 첩보원들이 스위트센트 부인에게 접촉해왔다는 얘기가 됩니다." 바키스가 말했다. "그러니 이대로 샤이엔에 머무르게 할 수는 없습니다. 우리는 이미 비밀 경호대에 연락을 취해서 부인을 티화나 샌디에이고로 이송할 수 있도록 손을 써놓았습니다. 달리 대안이 없습니다. 물론 본인은 그 사실을 인정하지 않았지만, 지금도 릴리스타인들에게 협력하는 대가로 마약을 공급받고 있는 것은 확실합니다. 그래서 여기까지 선생님을 쫓아온 거고요."

"하지만 캐시에게서 마약의 공급을 끊어버린다면—"

"그럴 생각은 없습니다." 해즐틴이 말했다. "실은 그 반대입니다. 스위트센트 부인을 릴리스타의 정보부원들에게서 떼어놓는 가장 완벽한 방법은 우리 회사의 재고에서 직접 마약을 공급하는 것입니다. 그게 우리의 통상적인 방침입니다…….실은 이번이 첫 번째 케이스도 아닙니다. 믿어주십시오, 예전에도 같은 일이 일어났습니다. 그러니까 무슨 일을 하면 될지도 잘 알고 있습니다. 우리에게 주어진 제한된 선택지의 범위 안에서 말입니다. 우선 아내 되시는 분은 단지 살아남기 위해서라도 JJ-180을 필요로 하고 있습니다. 거의 그런 이유만으로도 그걸 공급할 만한 충분한 이유가 됩니다. 하지만 한 가지 더 아셔야 할 일이 있습니다. 수송선에 실어서 릴리스타로 보냈지만 리그군 기뢰로 인해 파괴된 분량 말인데……. 지금은 리그군이 수송선의 일부를 회수했다는 사실을 알고 있습니다. 소량이긴 하지만 충분한 양의 JJ-180 샘플을 손에 넣었다는 얘깁니다." 해즐틴은 잠시 침묵했다. "리그인들도 치료약을 개발하고 있습니다."

방 안이 조용해졌다.

"지구상 어디에도 치료약은 존재하지 않습니다." 이윽고 해즐틴이 말을 이었다. "릴리스타 측은 물론 치료약 개발에는 관심조차 없습니다. 스위트센트 부인에게 무슨 거짓말을 했든 말입니다. 단지 자기들이 수령한 마약을 퍼뜨리고 있을 뿐입니다. 적인 리그인들뿐만이 아니라 우리 지구인들에 대해서도 쓰고 있을 게 뻔합니다. 세상일이라는 게 다 그렇지 않습니까. 하지만— 리그인들은 이미 치료약을 갖고 있을지도 모릅니다. 이 얘기를 당신에게 안 하는 것은 불공평하고 윤리에 반하는 일입니다. 적국으로 망명하라고 권유하고 있는 게 아닙니다. 뭘 권유하는 게 아니라, 단지 솔직하게 말씀드리고 있는 겁니다. 4개월 뒤에는 우리도 치료약을 개발할지도 모르고, 개발 못 할지도 모릅니다. 미래의 일을 예측할 방도는 없으니까요."

"그 마약은 사용자의 일부를 미래로 보내주지 않습니까." 에릭이 이렇게 지적하자 해즐틴과 바키스는 서로의 눈을 흘끗 보았다.

"사실입니다." 해즐틴은 고개를 끄덕이며 말했다. "물론 아시겠지만, 그건 극비로 분류된 정보입니다. 아마 아내 되시는 분에게서 들으셨나보군요. 그럼 그 마약이 효력을 발휘하면 그 방향으로 간다는 얘깁니까? 그건 비교적 희귀한 케이스입니다. 대다수는 과거로 회귀하니까요."

에릭은 신중하게 대답했다. "캐시하고 그 얘기를 한 적이 있습니다."

"흐음. 적어도 논리적으로는 가능한 일입니다." 해즐틴이 말했다. "미래로 가서, 실물은 아니더라도 처방을 기억하는 식으

266

로 치료약을 입수할 가능성 말입니다. 다시 현재로 돌아와서 기억해둔 화학식을 헤즐틴 사의 화학자들에게 넘기기만 하면 되니까요. 그뿐입니다. 사실, 너무 쉽다는 생각이 들 정도입니다. 안 그렇습니까? JJ-180 자체에 그 악영향을 중화시킬 화학물질, 그걸 대신해서 간의 신진대사를 촉진할 수 있는 방법이 포함되어있다는 얘기가 되니까요……. 내가 떠올린 첫 번째 반론은, 그런 해독제 따위는 아예 존재하지도 않을지도 모를 가능성입니다. 그럴 경우에는 미래에 가도 아무 소용이 없죠. 사실, 아편에서 추출한 마약류 중독에 대해서도 여지껏 확실한 치료법이 존재하지 않는 상황이 아닙니까. 이를테면 헤로인은 1세기 전과 사정이 전혀 달라지지 않았습니다. 여전히 불법이고, 위험하죠. 하지만 이런 것보다 훨씬 더 심각한 반론이 하나 더 떠오르는군요. 솔직히 말해서—이건 JJ-180의 모든 실험 단계의 책임자였던 내가 하는 말인데—그걸 투약한 피험자가 경험하는 시간 여행은 가짜라는 생각이 듭니다. 진짜 미래나, 진짜 과거라고는 도저히 생각하기 힘들어서."

"그럼 뭐란 말입니까?" 에릭은 물었다.

"우리 헤즐틴 사에서 처음부터 주장하던 대로의 물건입니다. 우리는 JJ-180이 환각제라고 주장합니다. 글자 그대로 그렇다는 뜻입니다. 환각이 진짜처럼 보인다고 해서 그걸 기준으로 삼을 수는 없습니다. 환각의 원인으로는 약물, 정신병, 뇌손상, 뇌의 특정 부위에 대한 전기 자극 등을 들 수 있지만, 대부분의 환각은 원인이 무엇이든 간에 진짜 현실처럼 느껴지는 법입니다. 선생님도 의사니까 알고 계시지 않습니까. 예를 들어 환각증 환자가 오렌지 나무 한 그루를 보았다면, 그렇게 생각한 것이 아니라 정말로 그걸 보았다는 뜻입니다. 당사자는 그걸 실제로 경험했으니까요. 그건 우리가 이 아파트 거실에 와있다는 사실만큼이나 현실적인 사건입니다. JJ-180을 먹고 과거로 갔던 사람들 중에서 실제 물건을 가지고 돌아온 사람은 아무도 없었습니다. 있던 자리에서 사라져버리는 것도 아니고―"

바키스가 끼어들었다. "저는 그 지적에는 찬성할 수 없습니다, 해즐틴 씨. 저는 다수의 JJ-180 중독자들하고 얘기를 나눠보았는데, 직접 가보지 않고서는 도저히 알아낼 수 없는 과거 일에 관해서 세세하게 얘기하는 걸 들었습니다. 입증할 수는 없지만, 저는 그렇게 믿고 있습니다. 말씀 끊어서 죄송합니다."

"매몰되어있던 기억에 불과합니다." 해즐틴은 신경질적으로 대꾸했다. "염병할, 차라리 전생前生의 기억이라고 할까요. 윤회라는 게 정말로 존재할지도 모르니까."

에릭은 말했다. "JJ-180이 정말로 시간 여행을 가능하게 한다고 가정한다면 리그인들에 대한 유효한 무기는 될 수 없을지도 모르겠군요, 해즐틴 씨. 해를 주는 것 이상의 이득이 있을 가능성도 있으니까요. 그러니 당신은 입장상 단순한 환각 증세라고 주장할 수밖에 없지 않습니까. 그걸 정부에 팔 계획을 가지고 있는 한은."

"그건 인신공격으로 들릴 수도 있는 의견입니다." 해즐틴이 말했다. "내 반론이 아니라 내 동기를 트집 잡다니, 솔직히 놀랐습니다, 선생님." 뚱한 표정이었다. "하지만 선생님 말이 옳을지도 모릅니다. 내가 그걸 어떻게 알겠습니까? 난 한 번도 그걸 투여한 적이 없고, 일단 중독성이 있다고 판명된 뒤에는 누구에게도 투여하지 않았습니다. 결국은 동물 실험의 결과하고 최초의―운 나쁜―인간 피험자들, 그리고 최근 들어서는 릴리스타인의 음모로 인해 중독자가 되어버린 선생님 아내 분 같은 사람들의 보고에 의존하는 수밖에 없었습니다. 그리고―" 해즐틴은 잠시 주저하다가, 이내 어깨를 으쓱하고 말을 이었다. "그리고 당연히 포로수용소에 있는 리그인들에게도 투여해봤습니다. 그러지 않았다면 JJ-180이 그들에게 어떤 효과를 끼치는지 알아낼 수가 없으니까요."

"어떤 반응을 보이던가요?" 에릭은 물었다.

"지구인과 별반 다르지 않았습니다. 완전히 중독되고, 신경이 퇴화하고, 엄청난 강도의 환각을 경험하는 탓에 현실에 대해 완전히 무기력해집니다." 그러고는 반쯤 혼잣말하듯이 이렇게 덧붙였다. "전시에는 어쩔 수 없이 해야 하는 일들이죠. 나치들만 그랬던 게 아닙니다."

바키스가 말했다. "우리는 반드시 전쟁에 이겨야 합니다, 해즐틴 씨."

"그렇죠." 해즐틴은 생기 없는 어조로 말했다. "아, 정말이지 옳으신 말씀입니다, 미스 바키스. 반론의 여지가 없는 정론이지요." 그는 고개를 떨구고 바닥을 멍하게 응시했다.

"스위트센트 선생님한테 마약을 주셔야죠." 바키스가 말했다.

해즐틴은 고개를 끄덕이며 코트 호주머니에 손을 넣었다. "자, 받으십쇼." 그는 납작한 금속 용기를 내밀었다. "JJ-180입니다. 법적으로 문제가 되기 때문에 아내 되시는 분에게 직접 드릴 수는 없습니다. 중독자로 판명된 환자에게 마약을 제공할 수는 없으니까요. 그러니까 선생님에게 드리는 겁니다. 물론 이건 단순한 형식에 불과하고, 이걸 가지고 뭘 하든 그건 선생님에게 달려있습니다. 하여튼 간에, 그 용기 안에는 스위트센트 부인을 가능한 한도 내에서 계속 살려둘 수 있는 양이 들어있습니다." 해즐틴은 에릭과 눈을 맞추려 하지 않고, 줄곧 바닥을 내려다보고 있었다.

에릭은 금속 용기를 받아들며 말했다. "당신 회사가 개발한 제품인데도 별로 마음에 들지 않는 눈치군요."

"마음에 든다?" 해즐틴이 되물었다. "오, 물론 마음에 듭니다. 보면 모르겠습니까? 얼굴 표정에 다 나와있지 않습니까? 묘한 얘기지만 가장 견디기 힘들었던 건 실험 대상이 된 포로들을 보는 일이었습니다. 그냥 자포자기한다고나 할까, 시들어버리는 겁니다. 증세가 누그러진다거나 하는 일은 전혀 없고…… JJ-180에 노출되는 즉시 그 마약의 완전한 노예가 되어버립니다. 기꺼이 그걸 받아들이더군요. 그들이 경험하는 환각은 뭐랄까, 즐거운 것 같습니다…… 아니, 즐거운 게 아닙니다. 몰입된다고 해야 하나? 뭐라고 해야 할지는 잘 모르겠지만, 마치 궁극적인 낙원을 맛보기라도 한 것처럼 행동합니다. 하지만 그 경험은 임상적으로, 생리학적으로 볼 때 은밀한 지옥이나

270

마찬가지입니다."

"인생은 짧은 법이니까요." 에릭이 지적했다.

"게다가 잔인하고 비열하기까지 하죠." 해즐틴은 뭔가를 인용하는 듯한 말투로 이렇게 덧붙였다. 무의식적으로 반응한 듯한 느낌이다. "나는 숙명론에 기댈 여유가 없습니다. 아마 선생님은 운이 좋거나 똑똑하거나, 뭐 그런 것 같지만."

"아닙니다. 나는 그런 사람이 아닙니다." 에릭은 대꾸했다. 우울증에 빠지는 것은 결코 바람직한 일이 아니다. 숙명론은 재능이 아니라 만성적인 병의 일종이므로. "JJ-180을 투여하고 나서 금단 증상은 언제쯤 나타납니까? 바꿔 말해서―"

"열두 시간에서 스물네 시간쯤 지난 뒤입니다." 바키스가 말했다. "그 뒤에는 생리적인 이상이, 정상적인 간 대사 작용의 붕괴가 시작됩니다. 불쾌감이 엄습한다고나 할까요."

해즐틴이 쉰 목소리로 말했다. "불쾌감이라니― 하느님 맙소사, 부탁이니 현실을 직시합시다. 불쾌감 따위와는 비교도 안 되는 고통을 느낀다고 해야죠. 글자 그대로 단말마의 고통입니다. 게다가 당사자는 그 사실을 뚜렷이 자각할 수 있습니다. 정확히 표현하지는 못하지만, 그냥 느끼는 겁니다. 솔직히 말해서 우리 중 단말마의 고통을 경험한 사람이 하나라도 있는지는 의문이지만."

"지노 몰리나리는 경험했습니다." 에릭은 말했다. "물론 그런 특이한 인물이 달리 없다는 건 인정해야겠죠." JJ-180이 든 금속 용기를 호주머니에 넣으며 에릭은 생각했다. 그렇다면 내

271

가 이 마약을 부득이 재투여할 필요가 생길 때까지 24시간의 여유가 있다는 얘기가 되는군. 하지만 오늘 저녁에도 그런 상태가 될지도 몰라.

그럼 리그인들이 치료약을 가지고 있을 가능성도 있다 이건 가……. 내 목숨을 구하기 위해서 나는 그쪽에 망명할 용의가 있나? 캐시의 목숨을 구하기 위해서는? 글쎄. 확신할 수가 없었다.

아마 첫 번째 금단 증상이 엄습할 즈음이면 해답이 나올지도 모르겠다. 그때가 아니라면, 내 몸의 신경 기능이 저하하는 첫 번째 징후를 느낄 무렵에는.

자기 아내의 손으로 이토록 손쉽게 중독자가 되어버렸다는 사실에 에릭은 아직도 망연자실한 상태였다. 타인을 그토록 증오할 수 있다니. 생명의 가치를 그토록 지독하게 모독할 수 있다니. 하지만 예전에는 나도 같은 마음을 가졌던 적이 있지 않나? 지노 몰리나리와 처음 얘기를 나눴을 때가 생각났다. 그때 에릭은 자기 마음속 깊숙한 곳에 숨어있던 감정을 자각했고 그 것과 대면하지 않았던가. 결론적으로 말해서 그는 캐시와 같은 기분이 되었던 것이다. 전쟁이 인간에게 끼치는 가장 큰 영향은 일개 개인의 생존이 하찮다고 느끼는 현상이다. 따라서 이 모든 것을 전쟁 탓으로 돌려야 하는 것일까. 그럼 마음이 편해지기는 할 것이다.

그러나 에릭은 그렇게 단순해질 수가 없었다.

11

캐시에게 마약을 건네주기 위해 의무실로 가다가, 놀랍게도 쇠약한 상태로 축 늘어져있는 지노 몰리나리와 마주쳤다. UN 사무총장은 무릎을 두꺼운 양모 담요로 덮은 채로 휠체어에 앉아있었다. 눈만이 마치 별도의 생물처럼 희번덕거린다. 에릭은 상대방의 시선에 못 박혀 꼼짝할 수도 없었다.

"자네 아파트에는 도청장치가 되어있네." 몰리나리가 말했다. "자네가 해즐틴하고 바키스와 나눈 대화는 도청기를 통해 녹음되었고, 그걸 받아쓴 사본이 나한테 돌아왔지."

"이렇게 빨리 말입니까?" 이렇게 대답하는 것이 고작이었다. 에릭 자신이 중독되었다는 사실을 언급하지 않아서 천만다행이다.

"자네 처를 여기서 내보내." 몰리나리는 신음하듯이 말했다.

"릴리스타인의 스파이야. 무슨 짓이든지 하려고 들 걸세—난 알아. 예전에도 같은 일이 있었거든." 몰리나리는 부들부들 떨고 있었다. "실은 이미 쫓아냈어. 내 휘하의 비밀 경호원들이 자네 처를 비행장으로 연행해서 헬기에 태웠지. 그런데 왜 이렇게 동요하는 건지 나도 모르겠군……. 머리로는 위험한 상황이 아니라는 걸 알고 있으면서도 말이야."

"사본을 읽으셨다면 미스 바키스가 이미 캐시를 데려가려고—"

"알아! 됐네." 몰리나리는 헐떡이며 말했다. 불그죽죽하고 불건강한 안색이었다. 주름투성이의 얼굴 피부는 겹겹으로 축 처진 거무스름한 아랫볏처럼 보였다. "릴리스타가 어떤 수법을 쓰는지 똑똑히 봤지? 우리가 개발한 약물로 우리를 공격하고 있어. 그런 사실에서 희열을 느끼고 있는 거야. 실로 놈들답다고 해야 하겠지. 그걸 놈들의 저수지에 풀어놓아야 하는 건지도 모르겠군. 내가 자네를 여기로 데려오니까, 다음에는 자네가 자네 아내를 데려온 꼴이야. 그 쓰레기 같은 마약을 손에 넣기 위해서라면 자네 아내는 무슨 일이라도 하려고 할 걸세—놈들이 나를 암살하라는 지령을 내렸다면 그러려고 했을 거야. 프로헤다드린에 관해서 난 모르는 게 없다네. 그 이름을 붙인 사람은 바로 나거든. 기쁨을 뜻하는 독일어 '프로'에, 쾌락을 뜻하는 라틴어 어간語幹 '헤다'를 접목한 거지.* '드린'은 말할 나위도 없이—" 몰리나리는 말을 끊었다. 퉁퉁 부은 입술이 꿈

---

* 실제로는 라틴어가 아니라 그리스어 '헤도네'에 유래한다.

274

틀거렸다. "아픈 몸인데 이런 식으로 흥분하는 건 안 좋군. 수술을 마치고 요양을 해야 하는 몸이잖아. 이봐, 선생, 자넨 날 고치려는 건가, 죽이려는 건가? 자네도 잘 모르겠나?"

"잘 모르겠습니다." 뒤숭숭하고, 얼이 빠진 느낌이었다. 한계를 넘어섰다.

"자네, 상태가 안 좋아 보이는군. 힘들어 보여. 자네의 신원 조사 파일에 의하면 자네는 아내를 혐오하고 있어. 뭐 자기 입으로도 그렇게 말했지만 말이야. 아내 쪽도 자네를 혐오하는 건 매한가지겠지만. 아마 함께 있어줬더라면 중독자가 되는 사태까지는 안 됐을 거라고 생각하고 있나보군. 하지만 이보게, 인생은 남이 살아주는 게 아니라네. 자네 처도 자기가 한 일에 책임을 져야 해. 자네가 그걸 강요한 것도 아니잖나. 그 여자가 내린 선택이었어. 어때, 참고가 됐나? 기분이 나아졌어?" 몰리나리는 떠보는 듯한 표정으로 에릭의 얼굴을 훑어보았다.

"좀 있으면— 괜찮아질 겁니다." 에릭은 짤막하게 말했다.

"허튼 소리일랑 작작 해두게. 그 여자만큼이나 상태가 안 좋아 보이면서. 나도 호기심에 못 이겨서 아래층으로 가서 자네 처를 보고 왔는데, 애처롭기 짝이 없는 모습이더군. 그놈의 마약 때문에 심신이 얼마나 피폐해졌는지 이미 눈에 보일 정도였어. 새 간을 이식하고 혈액을 완전히 교환하더라도 아무 소용도 없어. 자네도 들었듯이 그건 이미 시도된 적이 있어."

"캐시하고는 조금이라도 말을 나누셨습니까?"

"내가? 릴리스타의 끄나풀하고 말을 나눴냐고?" 몰리나리는

275

에릭을 노려보았다. "그래, 조금 말을 나누긴 했지. 휠체어에 태워서 데려갔을 때 말이야. 자네가 도대체 어떤 종류의 여자하고 엮였는지 궁금했거든. 자네에겐 강한 마조히스트적인 경향이 있어. 그 여자가 증거야. 그 여자는 하피*일세, 스위트센트. 괴물이라고. 자네 입으로 그렇게 말하지 않았나. 나더러 그 여자가 뭐랬는지 아나?" 몰리나리는 씩 웃었다. "자네도 중독자라고 하더군. 말썽을 일으키려고 작심하면 수단과 방법을 가리지 않는 성격이야. 맞지?"

"맞습니다." 에릭은 굳은 어조로 대답했다.

"왜 그런 얼굴로 나를 보는 건가?" 몰리나리는 에릭을 응시했다. 검고 커다란 눈은 자제력을 되찾고 있었다. "그런 얘기를 듣고 마음이 뒤숭숭해진 거로군. 그렇지? 자네 처가 이곳에서의 자네 지위를 망쳐놓기 위해서 뭐든지 할 작정이었다는 사실을 알고? 에릭, 자네가 만약 그 마약에 손을 댔다면 난 여기서 쫓아내는 것 정도로 끝내진 않았을 거야. 그러는 대신 죽였겠지. 난 전시戰時에는 주저하지 않고 사람을 죽인다네. 그게 내 직무니까. 이미 서로 얘기를 나누고 양해한 일이니까 언급하는 건데, 머지않아 자네도—" 몰리나리는 잠시 주저했다. "나를 죽여야 할 때가 올지도 모르네. 안 그런가, 선생?"

에릭은 말했다. "집사람한테 약물을 가져다 줘야 합니다. 사무총장님, 이제 가봐도 되겠습니까? 헬기가 이륙하기 전에 가야 해서."

---

* Harpy. 그리스 신화에 나오는 여자의 얼굴과 새의 몸을 가진 탐욕스러운 괴물.

"안 돼. 아직 부탁할 일이 남아있거든. 프레넥시 수상이 아직도 여기 머물러있는 건 자네도 알지. 수행원들과 함께 동쪽 날개에 틀어박혀있어." 몰리나리는 한쪽 손을 내밀었다. "JJ-180의 캡슐 하나를 줘. 나한테 그걸 주고, 우리가 이런 얘기를 했다는 사실을 깨끗하게 잊어버리라고."

에릭은 속으로 중얼거렸다. 당신이 무슨 짓을 할 작정인지 알아. 그러니까, 무슨 일을 시도하려는지를. 하지만 가망은 없어 보이는군. 지금은 르네상스 시대가 아니라고.

"내 손으로 직접 들이켜게 할 작정일세." 몰리나리는 말했다. "실제로 본인이 들이켜고, 중간에 앉아있는 얼간이가 모르고 들이켜는 일이 없도록 말이야."

"싫습니다. 절대 그럴 수는 없습니다."

"왜 싫어?" 몰리나리는 고개를 갸우뚱 기울였다.

"그러는 건 자살행위입니다. 지구인들 모두에게."

"러시아인들이 어떻게 베리야*를 숙청했는지 아나? 베리야는 크렘린 궁 안으로 권총을 가지고 들어갔는데, 그건 법에 반하는 행위였어. 권총을 자기 서류가방에 넣어뒀는데, 반대파들은 그 가방을 훔쳐서 그 권총으로 베리야를 사살했던 거야. 국가 최상층부에서 일어나는 일은 복잡할 거라고 생각하고 있었나? 단순한 해결법도 많아. 일반인들은 언제나 그걸 간과하지만 말이야. 일반 대중의 주된 약점은 바로 그거지." 몰리나리는

---

* Lavrentij Pavlovich Berija. 1899~1953. 스탈린의 심복. 비밀경찰인 내무인민위원회의 수장을 맡아 피의 숙청을 단행했다.

말을 끊고 느닷없이 가슴에 손을 갖다 댔다. "내 심장. 멈춘 것 같아. 지금은 뛰고 있지만, 한순간 전혀 움직이지 않았어." 안색이 창백했고, 목소리는 들릴락 말락 하게 작아져있었다.

"방까지 모셔다드리겠습니다." 에릭은 몰리나리 뒤로 가서 휠체어를 밀기 시작했다. 몰리나리는 이의를 제기하지 않았다. 단지 상체를 수그리고 살찐 가슴을 문질렀을 뿐이었다. 심약해지고 겁에 질린 기색으로, 쭈뼛거리며 몸 여기저기를 확인하듯이 더듬고 있다. 다른 일들은 안중에도 없었고, 오로지 자기 자신의 병들고 쇠약해진 육체에 온 정신을 쏟고 있었다. 그의 육체가 그의 우주였다.

에릭은 간호사 두 명의 도움을 받아 몰리나리를 가까스로 침대에 눕혔다.

"어이, 스위트센트." 몰리나리는 베개를 베고 누운 채로 속삭였다. "난 그 약을 굳이 자네한테서 입수할 필요는 없어. 해즐틴 사에 압력을 가하면 당장 가져올 테니까 말이야. 버질 애커먼은 내 친구이니. 해즐틴이 내 지시를 따르게 해줄 거야. 그리고 내 일을 가지고 이러쿵저러쿵하지는 말게. 자네는 자네 일만 하면 돼. 난 내 일을 할 거고." 그러고는 눈을 질끈 감고 신음했다. "빌어먹을, 심장 근처의 동맥이 방금 터진 걸 알겠어. 피가 흘러나오는 게 느껴지는군. 티가든을 당장 여기로 데려와." 몰리나리는 또다시 신음을 흘리고는 벽을 향해 고개를 돌렸다. "정말이지 최악의 하루였어. 하지만 프레넥시 그 자식을 반드시 요절내고야 말겠어." 몰리나리는 느닷없이 눈을 뜨고 말했다. "멍청한 생각이라는 건 나도 알고 있었어. 하지만 최근에는 그런 식으로 아무 쓸모도 없는 생각만 떠올라서 말이야. 달리 내가 할 수 있는 일이 뭐가 있겠나? 자넨 뭔가 좋은 생각이 안 떠오르나?" 몰리나리는 에릭이 대답하기를 기다렸다. "떠오를 리가 없겠지. 달리 좋은 방도가 있을 리가 없으니." 그는 또다시 눈을 감았다. "상태가 정말 안 좋아. 이번에야말로 정말로 죽을 것 같군. 자네 힘으로도 살리지 못할 거야."

"티가든 선생을 데려오겠습니다." 에릭은 이렇게 대꾸하고 문으로 가려고 했다.

몰리나리가 말했다. "난 자네가 중독자라는 걸 아네." 그는 몸을 조금 일으켰다. "누군가가 거짓말을 하면 난 거의 예외 없이 그걸 알아차린다네. 자네 와이프가 한 얘기는 거짓말이 아냐. 자네를 본 순간 난 그걸 알아차렸어. 자넨 모르겠지, 자네가 얼마나 변했는지."

잠시 후 에릭은 말했다. "어떻게 하실 작정입니까?"

"그건 두고 봐야겠지." 몰리나리는 이렇게 대꾸하고 다시 벽을 향해 고개를 돌렸다.

캐시에게 JJ-180을 건네자마자 에릭은 디트로이트 행 급행선을 잡아탔다.

사십오 분 뒤에는 디트로이트 공항에 착륙해서 택시를 타고 해즐틴 사로 가고 있었다. 그가 이렇게 신속하게 움직인 것은 마약이 아니라 지노 몰리나리 탓이었다. 저녁때까지도 기다려주지 않을 것 같았기 때문이다.

"다 왔습니다, 손님." 자율제어식 택시가 정중한 어조로 말했다. 에릭이 차에서 내릴 수 있도록 차문이 스르르 열렸다. "저 회색 단층 건물입니다. 윤생한 초록색 포엽包葉에서 장밋빛 꽃받침이 튀어나와있는 꽃 울타리로 둘러싸인 건물 말입니다……. 저게 해즐틴 사입니다." 창밖을 내다보자 문제의 건물과 잔디밭과 헤더를 심은 산울타리가 눈에 들어왔다. 공장치고는 별로 크지 않다. 그래, 이곳이 JJ-180이 세상으로 나온 장소란 말이군.

"잠깐." 에릭은 택시에게 말했다. "물 한 잔 줄 수 있어?"

"물론입니다." 에릭 정면의 슬롯에서 종이컵에 담긴 물이 미끄러져 나왔고, 슬롯 가장자리에서 건들거리다가 정지했다.

택시 좌석에 앉은 채로 에릭은 몸에 지니고 있던 JJ-180의 캡슐을 삼켰다. 캐시에게 건넬 분량에서 슬쩍한 것이다.

몇 분이 경과했다.

"왜 내리시지 않는 겁니까, 손님?" 택시가 물었다. "혹시 제가 무슨 잘못이라도?"

에릭은 기다렸다. 약의 효력이 느껴지기 시작하자 택시 삯을 치른 다음 차에서 내렸고, 가로로 둥글게 절단한 붉은 삼목 통나무가 깔린 길을 따라 해즐틴 본사 건물을 향해 천천히 걸어갔다.

한순간 마치 번개가 친 것처럼 건물 전체가 번득였다. 그리고 머리 위에서는 파란 하늘이 옆으로 꼬였다. 위를 올려다본다. 대낮의 맑고 파란 하늘이 마치 가기 싫은 듯이 미적거리다가 결국 무너졌다. 그는 눈을 질끈 감았다. 현기증이 너무 심했고, 외부 물체들을 판단하는 기준이 너무나도 모호해졌기 때문이다. 구부정한 자세로 한 걸음 한 걸음씩 더듬듯이 앞으로 나아갔다. 어떤 이유에선지는 모르겠지만, 아무리 느려도 전진해야 한다는 생각이 들었다.

괴롭다. 처음 투약했을 때와는 달리 지금은 그를 둘러싼 현실의 구조 자체가 대대적으로 변화하고 있었기 때문이다. 걸어도 발소리가 나지 않는다는 사실을 깨달았다. 어느새 길을 벗어나서 잔디밭을 걷고 있었던 것이다. 그러나 눈은 여전히 질끈 감고 있었다. 이건 환각이야, 하고 그는 생각했다. 다른 세계의. 해즐틴의 말이 옳았던 것일까? 역설이지만 이 환각—이것이 환각이라면 말이지만—안에서 해답을 찾을 수 있을지도 모른다. 아니다. 해즐틴의 생각은 틀렸다.

헤더 가지가 팔을 스치는 것을 느끼고 눈을 떴다. 한쪽 발이 화단의 부드러운 검은 흙 속에 박혀있었다. 반쯤 짓밟힌 결절투성이의 베고니아를 그대로 밟은 채로 잠시 휴식을 취했다. 헤더 산울타리 너머로 해즐틴 본사 건물의 잿빛 벽이 우뚝 서 있다. 예전 그대로다. 벽 위의 하늘은 빛바랜 듯한 파란색이었다. 들쭉날쭉한 구름이 북쪽을 향해 빠르게 흘러가고 있다. 그가 보는 한 예전 하늘과 전혀 다르지 않았다. 그럼 무엇이 바뀌었을까? 그는 다시 둥글게 잘라낸 붉은 삼목을 깐 인도로 돌아갔다. 안으로 들어가야 하나? 그는 자문했다. 도로 쪽을 뒤돌아보았다. 택시는 사라져있었다. 디트로이트의 건물과 입체교차로 따위는 정교한 느낌을 준다. 그러나 그가 이 지역을 알고 있는 것은 아니었다.

현관으로 가자 현관문이 자동적으로 활짝 열렸고, 깔끔한 응접실이 모습을 드러냈다. 편해 보이는 가죽 소파, 잡지, 계속 무늬가 바뀌는 푹신한 양탄자……. 열린 문간 너머를 보니 사무 공간이 눈에 들어왔다. 회계기와 흔히 있는 컴퓨터 한 대가 보인다. 그와 동시에 그것들 너머에 있는 실험실 쪽에서 웅성웅성 바쁘게 일하는 소리가 들려왔다.

소파에 앉으려고 하자 팔이 네 개 달린 리그인 하나가 사무실로 들어왔다. 키틴질의 파란색 얼굴은 무표정했고, 자라다가 만 듯한 날개들은 경사지고 탄환처럼 반들거리는 등에 바싹 붙어있었다. 리그인은 휘파람 같은 소리로 인사를 했고—이들이 그런다는 얘기는 들어본 적도 없다—문간을 거쳐 그대로 나갔다. 또 한 명의 리그인이 나타났다. 이중 관절이 달린 여러 개의 팔을 바쁘게 움직이며 에릭 스위트센트 앞으로 다가오더니 멈춰 서서 조그만 상자를 하나 꺼냈다.

그 상자 측면에 영어 단어들이 빠르게 나타났다가 사라졌다. 그제야 그것을 읽어야 한다는 사실을 깨달았다. 리그인은 에릭에게 말을 걸고 있었던 것이다.

해즐틴 사에 오신 것을 환영합니다

읽기는 했지만, 어떻게 반응해야 할지 감을 잡을 수가 없었다. 이 리그인은 접수원이다. 잘 보니 여성이었다. 뭐라고 대답해야 할까? 리그인은 붕붕거리는 소리를 내며 기다렸다. 신체 구조가 너무나도 복잡한 탓에 꼼짝 않고 그대로 있을 수가 없는 듯했다. 여러 개의 수정체를 가진 눈들이 두개頭蓋 안으로 부분적으로 끌려들어가며 축소되는가 싶었다가, 납작해진 코르크 마개처럼 다시 튀어나오며 커지는 일을 되풀이했다. 에릭에게 사전 지식이 없었다면 시력이 없다고 지레짐작했을지도 모른다. 그러자 지금까지 눈이라고 생각했던 것들은 실은 위안僞眼에 불과하고, 진짜 눈인 복안複眼들은 가장 위쪽 팔의 팔꿈치에 달려있다는 사실을 그는 깨달았다.

에릭은 말했다. "이 회사의 화학자를 만나볼 수 있을까요?" 그러자 이런 생각이 떠올랐다. 그렇다면 결국 우리는 이 전쟁에 진 거로군. 이 생물들에게 말이야. 현재 지구는 점령당한 상태이고. 하지만 이 리그인이 나를 보고도 아연실색하지 않는 것을 보면 인간들이 여전히 살아있다는 것은 확실해 보인다. 내가 여기 와도 당연한 일로 받아들이고 있으니까 말이다. 따라서 우리는 단순한 노예로서 살아남은 것도 아니다.

어떤 용건으로 오셨는지요?

에릭은 주저하다가 말했다. "약품이 필요합니다. 과거에 이곳에서 제조되던 건데, 프로헤다드린 또는 JJ-180이라는 이름으로 불리고 있었습니다. 두 가지 다 같은 제품입니다."

잠시 기다려주십시오

여성 리그인은 잰 걸음으로 사무실로 통하는 안쪽 문으로 들어가더니 완전히 모습을 감췄다. 에릭은 그 자리에 선 채로 기다렸다. 그러면서 만약 이것이 환각이라면 별로 보고 싶은 환각은 아니라는 생각을 하고 있었다.

몸집이 큰 리그인 남성이 나타났다. 관절들이 아까보다 경직된 느낌이다. 에릭은 상대가 나이를 먹었다는 사실을 깨달았다. 리그인들의 수명은 짧다. 몇 십 년이 아니라 몇 십 개월밖에는 살지 못하는 것이다. 이 리그인은 거의 수명이 다해가고 있었다.

나이 든 남성 리그인은 번역 상자를 통해 말했다.

JJ-180에 관해 뭘 문의하고 싶습니까?
간결하게 대답해주십시오

에릭은 허리를 굽히고 근처에 있던 탁자 위에 놓은 잡지를 집어 들었다. 영어로 쓰인 잡지가 아니었다. 표지에는 두 명의 리그인 사진과 알아보기 힘든 리그 상형문자가 인쇄되어있었다. 그는 퍼뜩 놀라며 잡지를 응시했다. 《라이프》였기 때문이다. 어떤 이유에선가 살아있는 적을 직접 목격한 것보다 이쪽이 더 충격적이었다.

부탁이니 서둘러주십시오

노쇠한 리그인은 조급스럽게 몸을 덜그럭거렸다.

에릭은 말했다. "JJ-180이라는 습관성 마약의 해독제를 구입하고 싶습니다. 내 중독 증세를 고치려고요."

그럼 나까지 부를 필요는 없었습니다
접수원에게 말하기만 하면 됩니다

노쇠한 리그인은 절뚝거리며 자리를 떴다. 한시바삐 자기 일로 돌아가고 싶은 기색이었다. 에릭은 다시 혼자가 되었다.

접수원이 갈색의 작은 봉투를 가지고 돌아와서 에릭에게 내밀었다. 이중 관절이 달린 팔이 아니라 대악大顎을 써서. 에릭은 봉투를 받아들고 안을 들여다보았다. 알약이 든 병이 하나 들어있다. 바로 이거다. 이제 이곳에서의 용건은 끝났다.

4달러 35센트입니다

접수원은 지갑을 꺼내는 에릭을 응시하고 있었다. 그는 5달러 지폐를 꺼내 여성 리그인에게 건넸다.

죄송하지만 이것은 전시에 쓰이던 구권 화폐라서

지금은 더 이상 쓰이지 않습니다

"이 돈은 못 받는다는 겁니까?"

규칙으로 금지되어있습니다

"그렇습니까." 에릭은 멍한 어조로 대꾸했다. 이제 어떻게 해야 할까. 상대방에게 저지당하기 전에 약병의 내용물을 들이켜 버릴까. 그러나 그럴 경우에는 체포당할 가능성이 높고, 그 뒤에 어떻게 될지는 안 봐도 눈에 선했다. 일단 경찰이 신원 조회를 하면 당국은 그가 과거에서 왔다는 사실을 알아차릴 것이다. 게다가 리그인들이 이긴 것이 명백해 보이는 전쟁의 결과에 영향을 끼칠 수 있는 정보를 가지고 과거로 돌아갈 수도 있다는 사실을 인지할지도 모른다. 그들이 그런 일을 용납할 리가 없었다. 따라서 그를 죽이려고 들 것이다. 설령 지금은 두 종족이 공존하고 있다고 해도.

"이 시계로 내면 어떻습니까." 에릭은 이렇게 말하고 손목에서 시계를 끌러 리그인 여성에게 건넸다. "보석이 열일곱 개 박혀있고, 70년 작동하는 전지가 딸린 겁니다." 문득 영감을 느낀 그는 이렇게 덧붙였다. "완벽하게 보존된 골동품입니다. 전쟁 전의 제품이죠."

잠시 기다려주십시오

접수원은 손목시계를 받아들고 길고 유연한 다리를 움직여 사무실 안으로 들어갔다. 누군가와 의논하러 간 듯했지만 에릭의 시야에는 들어오지 않았다. 그는 잠자코 서서 기다렸다. 허겁지겁 알약을 삼키거나 하지는 않았다―지독하게 밀도가 높은 막膜 안에 갇혀서, 어떤 행동에 나선다거나 회피하지도 못하고 어정쩡한 장소에 머물고 있는 느낌이었기 때문에 어차피 그러는 것은 불가능했다.

사무실 쪽에서 누군가가 나왔다. 에릭은 고개를 들었다.

인간이다. 머리를 짧게 친 젊은 사내였고, 잔뜩 얼룩지고 구겨진 작업복을 입고 있었다. "뭐가 문제야?" 사내가 물었다. 그 뒤에서 리그인 접수원이 관절을 딱딱거리며 따라왔다.

에릭은 말했다. "귀찮게 해서 미안하네. 둘이서만 얘기할 수는 없을까?"

사내는 어깨를 으쓱했다. "그러지, 뭐." 사내는 응접실에서 나가서 창고처럼 보이는 방으로 에릭을 인도했고, 문을 닫고서 천천히 에릭을 향해 몸을 돌리고 말했다. "그 손목시계는 300달러는 하는 물건이야. 접수원은 그걸 어떻게 해야 할지 모르는 눈치더군― 600형型 두뇌밖에는 갖고 있지 않아서 말이야. D급이 어떤지는 잘 알잖아." 청년은 담배에 불을 붙이고 에릭에게도 담뱃갑―캐멀이었다―을 내밀었다.

"실은 난 시간 여행자라네." 에릭은 담배를 받아들며 말했다.

"물론 그렇겠지." 사내는 웃음을 터뜨리며 불이 붙은 성냥을 내밀었다.

"JJ-180의 효능을 모르나? 바로 여기서 제조된 거잖나."

사내는 잠시 생각하다가 말했다. "하지만 제조 중지된 지 몇 년이나 지난걸. 중독성에 유해하다는 이유에서. 사실, 전후에는 전혀 제조되지 않았어."

"그럼 그치들이 전쟁에 이긴 거야?"

"그치들이라니, 누가?"

"리그인들 말이야." 에릭은 말했다.

"리그인들은 우리 편이잖아." 사내가 말했다. "적이 아냐. 적은 릴리스타였어. 정말로 시간 여행자라면 그쯤은 나보다 더 잘 알고 있을 텐데."

"평화조약이—"

"'평화조약' 따위는 체결된 적이 없어. 어이, 친구, 난 대학 때 세계사가 부전공이었다고. 선생이 될 작정이었기 때문에 지난번 전쟁에 관해서는 뭐든지 알고 있어. 그게 전문이었거든. 전쟁이 발발하기 직전에 UN 사무총장이었던 지노 몰리나리는 리그인들과 '상호 이해의 시대 협약'을 맺었고, 그러자마자 릴리스타인과 리그인들은 전쟁을 시작했어. 그 협약을 맺은 덕에 몰리나리는 지구를 리그 진영으로 끌어들였고, 결국 두 종족은 힘을 합쳐 승리했지." 사내는 미소 지었다. "그리고 자네가 중독됐다는 그 마약은 전쟁 중이던 2055년에 해즐틴 사가 대對 릴리스타 전쟁 무기로 개발한 물건이었어. 하지만 프레넥시 진

영의 약리학은 우리보다 더 진보되어있었기 때문에 놈들은 금세 해독제를 개발했어─ 자네가 사려는 건 바로 그거야. 염병할, 개발 안 하려야 안 할 수가 없었지. 놈들의 식수원食水源에 몰래 그걸 집어넣었거든. 그건 몰 본인이 발안한 작전이었지." 사내는 설명했다. "몰이란 물론 몰리나리의 애칭이야."

"알았네." 에릭은 말했다. "그 얘긴 그 정도로 해두지. 난 그 해독제를 사고 싶네. 내 손목시계와 교환으로 말이야. 그럼 됐지?" 에릭은 여전히 갈색 종이 봉지를 손에 들고 있었고, 그 안에 손을 넣어 약병을 꺼냈다. "약하고 함께 마실 물을 좀 가져다주겠어? 그럼 그냥 나가겠네. 나 자신의 시대로 돌아갈 때까지 얼마나 시간이 걸리는지를 몰라서 말이야. 뭔가 그걸 반대할 만한 이유라도 있나?" 자기 목소리인데도 통제하기가 힘들었다. 자꾸 목청이 높아지며, 도망치고 싶어하고 있다. 게다가 몸이 부들부들 떨렸지만, 왜 그러는지는 알 수 없었다. 분노 내지는 공포 탓일까─ 아마 당황한 탓일 가능성이 더 크다. 그러나 지금은 자기가 당황하고 있는지의 여부조차도 판단할 수가 없었다.

"마음을 가라앉히라고." 사내는 담배를 입에 꼬나문 채로 창고 밖으로 갔다. 물을 가지러 간 것이리라. "코카콜라라도 상관없어?"

"응." 에릭은 말했다.

사내는 반쯤 찬 콜라병을 가지고 돌아왔고, 에릭이 알약을 차례로 삼키려고 악전고투하는 광경을 옆에서 구경하고 있었다.

289

문간에 리그인 여성 접수원이 나타났다.

이분 상태는 괜찮습니까?

"괜찮아." 에릭이 마지막 한 알을 삼켰을 때 사내가 말했다.

이 시계를 맡아주시겠습니까?

사내는 리그인 접수원에게서 시계를 받아들고 말했다. "물론 이건 이제 회사의 재산이 됐어. 굳이 지적할 필요도 없겠지만." 그러고는 창고에서 나가려고 했다.

"전쟁이 끝나갈 무렵에 도널드 페스텐버그라는 UN 사무총장은 없었나?" 에릭이 말했다.

"없었어." 사내가 대답했다.

이분에게 약값을 제한 거스름돈을 현금으로 드려야 합니다

리그인 여성은 이런 글자가 반짝이는 통역 상자를 사내에게 내밀었다. 사내는 얼굴을 찌푸리며 멈춰 섰다가, 어깨를 으쓱 했다. "현금으로 100달러 줄게." 그는 에릭에게 말했다. "받든 말든 마음대로 해. 나하곤 상관없으니까."

"받겠네." 에릭은 이렇게 대답하고 사내를 따라 사무 구역 안으로 들어갔다. 사내가 현금을 세는 동안—한 번도 본 적이 없는 묘한 도안이 인쇄된 낯선 지폐였다―질문이 하나 더 떠올랐다. "지노 몰리나리는 어떻게 사무총장을 그만뒀는데?"

사내는 흘끗 에릭을 올려다보았다. "암살당했어."

"총을 맞고?"

"응, 고색창연한 납탄의 희생양이 되었지. 광신자의 소행이었어. 몰리나리의 이민정책이 너무 느슨하다는 이유로. 몰리나리는 리그인들이 이곳 지구에 정착하는 걸 허락했거든. 지구인의 순수한 혈통이 오염되는 걸 두려워하는 인종 차별주의자 일파가 있었지⋯⋯. 설마 리그인들과 인류 사이에서 이종 교배가 가능하다고 믿었던 걸까." 사내는 너털웃음을 터뜨렸다.

그렇다면 이곳은 페스텐버그가 내게 보여준 그 총알 구멍투성이의 시체를 몰리나리가 입수한 세계일지도 모른다. 헬륨가스로 봉인된 그 피로 물든 관에 죽은 채로 누워있던 그 지노 몰리나리 말이다.

등 뒤에서 메마르고 사무적인 목소리가 말했다. "스위트센트 선생, JJ-180의 해독제를 당신 아내에게 가져다줄 생각은 없는 겁니까?"

이렇게 말한 생물에게는 눈이라고 할 만한 것이 전혀 없었다. 그것을 보자마자 에릭의 머리에 떠오른 것은 어릴 적에 본 과일의 모습이었다. 잡초 사이에 떨어져있던 농익은 서양배들. 썩은 과일이 풍기는 달콤한 냄새에 이끌려 날아온 말벌들이 껍질을 온통 뒤덮은 채로 꿈틀거리고 있었다. 그 생물의 몸은 완전하지는 않지만 구형에 가까웠다. 그러나 갑옷 같은 것을 착용하고 있었고, 그것이 부드러운 몸통에 거의 박혀있다시피 했다. 지구의 환경에서 돌아다니기 위해 그런 것이 명백했다. 왜 그런 짓을 하고 싶어하는지는 의심스러웠지만.

"이 친구는 정말로 시간 여행자야?" 금전 등록기 앞에 있던 사내가 턱으로 에릭을 가리키며 물었다.

플라스틱제 갑옷으로 몸을 감싼 생물은 기계적인 음성장치를 써서 대답했다. "예, 터브먼 씨. 그렇습니다." 생물은 에릭을 향해 다가왔다가 멈췄다. 바닥에서 1피트 높이에 둥둥 뜬 채로 뭔가를 쭉쭉 빠는 듯한 소리를 내고 있다. 마치 인공관으로 액체를 빨아올리는 듯한 소리다.

"이 친구는 베텔게우스*에서 왔어." 터브먼은 구형 생물을 가리키며 말했다. "윌리 K라는 이름이지. 우리 회사에서 가장 우수한 화학자 중 한 명이야." 그는 금전 등록기를 닫았다. "텔레파스이기도 하고. 베텔게우스인은 모두 그 능력이 있어. 지구인하고 리그인 마음을 들여다보기를 즐기지만 해는 없어. 우리도 얘네들을 좋아하고." 터브먼은 윌리 K에게 다가가서 허리를 굽히고 말했다. "이봐, 이 친구가 정말로 시간 여행자라면—그러니까, 그냥 나가도록 내버려두면 안 되는 거 아냐? 위험하다거나, 뭔가 특별한 가치가 있을지도 모르잖아? 적어도 시경市警을 불러야 하는 거 아닌가? 난 이 친구가 돌았거나 날 놀리고 있는 거라고 생각했어."

윌리 K는 에릭에게 조금 더 다가왔다가, 곧 뒤로 물러났다.

---

* Betelgeuse. 오리온 자리에서 가장 밝은 항성. 지구에서 640광년 떨어져있다.

"여기 머물게 할 방법은 없습니다, 터브먼 씨. 약물의 효력이 떨어지면 다시 자기 시대로 돌아갈 테니까요. 하지만 여기 있는 동안은 질문하고 싶은 것들이 좀 있습니다." 그러고는 에릭을 향해 말했다. "물론 이의가 없으시다면 말입니다."

"글쎄." 에릭은 이마를 문지르며 말했다. 윌리 K에게서 캐시에 관한 질문을 받다니 청천벽력에 가까웠다. 그 탓에 그는 완전히 혼란 상태에 빠졌고, 이제는 이곳을 떠나고 싶은 마음밖에는 없었다— 이런 상황에 대해 아무런 호기심도, 흥미도 느낄 수가 없었다.

"당신이 놓인 상황을 동정합니다." 윌리 K가 말했다. "어차피 당신에게 정색하고 질문하는 행위는 사기나 마찬가지입니다. 저는 당신 마음에서 모든 대답을 얻고 있으니까요. 제가 정말로 원했던 것은 질문이라는 형식을 통해 당신이 가진 몇몇 의문에 대답해드리는 일이었습니다. 이를테면 당신의 아내 되는 분 일 따위를. 당신은 그녀에 관해 강하고 모순되는 감정을 느끼고 있군요. 대부분 두려움이고 나머지는 증오지만, 왜곡되지 않은 순수한 애정도 많이 남아있습니다."

터브먼이 말했다. "하여튼 베텔인들은 심리학자 놀이를 정말 좋아해. 텔레파스들에겐 자연스러운 건지도 모르겠지만. 자기도 어쩔 수 없는 것 같아." 자리를 뜨지 않고 주위에서 얼쩡거리는 것을 보니 윌리 K의 심리 탐구에 흥미를 느낀 기색이 역력했다.

"캐시한테 해독제를 가져다줄 수 있어?"

"아니요. 하지만 화학식을 암기할 수는 있을 겁니다." 윌리 K가 말했다. "그럼 당신 시간대의 해즐틴 사가 그걸 복제할 수 있습니다. 하지만 그러고 싶지는 않은 것 같군요. 일부러 그러라고 강요할 생각은 없습니다……. 어차피 이쪽에서 강요할 수 있는 일도 아니고."

"그럼 이 친구의 와이프도 JJ-180에 중독된 거야?" 터브먼이 말했다. "그런데도 도울 생각이 없다?"

"당신도 기혼자이지 않습니까." 윌리 K가 말했다. "결혼 생활은 두 인간 사이에서 발생할 수 있는 가장 극심한 증오를 야기할 수 있습니다. 아마 언제나 함께 있기 때문인지도 모르고 과거에 사랑이 존재했기 때문일지도 모르겠군요. 설령 애정적인 요소가 사라졌다고 해도, 친근감은 여전히 남아있는 법입니다. 그럴 경우는 권력에의 욕구 내지는 지배권을 얻기 위한 다툼이 발생합니다." 윌리 K는 터브먼에게 설명했다. "애당초 이분을 중독자로 만든 사람은 아내인 캐시였습니다. 따라서 이분이 그런 감정을 가지게 된 것도 쉽게 이해할 수 있습니다."

"내가 그런 골치 아픈 상황에 빠지는 일이 없기를 바랄 따름이군." 터브맨이 말했다. "예전에 사랑했던 여자를 증오해야 하다니."

덜그럭거리며 다가와서 자신의 통역 상자에 기록되는 대화 내용을 읽는 방법으로 귀를 기울이고 있던 리그인 여성이 자기 의견을 내놓았다.

증오와 애정은 지구인이 생각하는 것보다
훨씬 더 밀접하게 연결되어있습니다

"한 개비만 더 주겠나?" 에릭은 터브먼에게 물었다.

"물론이네." 터브먼은 담뱃갑을 에릭에게 건넸다.

"제 입장에서 무엇보다도 흥미로운 점은," 윌리 K가 말했다. "스위트센트 선생이 지구와 릴리스타가 동맹 관계를 맺고 있는 우주에서 왔다는 사실입니다. 그리고 그의 시간으로 2055년에는 전쟁이 진행 중이고, 그들은 느리지만 착실하게 전쟁에 지고 있습니다. 이것이 우리의 과거가 아니라 다른 과거라는 점은 명백합니다. 그리고 이분의 마음속에서 한때 지구의 군사 지도자였던 지노 몰리나리가 이미 일련의 평행 우주를 발견해서, 당면한 정치적 입지를 유리하게 이끄는 데 이용했다는 지극히 흥미로운 사실을 알아냈습니다." 윌리 K는 잠시 침묵했다가 단언하듯이 말했다. "아닙니다, 스위트센트 선생님. 당신의 기억 속에 있는 몰리나리의 시체 모습을 떠올려본 결과, 저는 그 시체가 우리 세계에서 획득한 것이 아님을 거의 확신합니다. 물론 여기서 몰리나리는 암살당했지만, 그 시체의 사진을 떠올려보니 작지만 중대한 차이가 하나 있었습니다. 우리 세계의 사무총장은 얼굴 부분을 여러 번 피격당했습니다. 얼굴을 아예 알아볼 수 없을 정도였죠. 당신이 본 시체의 얼굴 손상이 그 정도로 심하지 않았다는 사실로 미루어볼 때, 그 시체는 우리와 비슷하지만 동일하지는 않은 세계에서 간 것이라고 생각합니다."

"시간 여행자가 거의 나타나지 않는 건 틀림없이 그 때문이겠군." 터브맨이 말했다. "존재 가능한 모든 미래 여기저기에 흩어져있는 거야."

"건강한 몰리나리는" 윌리 K는 생각에 잠긴 투로 말했다. "아마 그것도 대체 인물 중 하나라고 생각합니다. 물론 이 모든 것이 사무총장 본인도 JJ-180을 먹었다는 사실을 의미한다는 점은 당신도 깨달았겠죠. 따라서 당신이 JJ-180에 중독됐다면 죽일 거라고 위협했다는 사실에서 저는 악랄한 위선자의 일면을 보았습니다. 그러나 당신의 마음속에서 찾아낸 몇 가지 실마리로 미루어보건대, 몰리나리는 선생님이 방금 드신 릴리스타제 해독제를 가지고 있다고 생각합니다. 따라서 그는 아무 걱정도 없이 자유롭게 여러 세계를 왕래할 수 있을 겁니다."

에릭은 깨달았다. 원한다면 몰리나리는 언제든 에릭과 캐시에게 해독제를 줄 수 있었다는 사실을.

지노 몰리나리가 그런 사내였다고는 생각하고 싶지 않았다. 그보다는 좀 더 인간적인 사내처럼 보였는데, 단지 우리를 가지고 놀고 있었던 것일까. 윌리 K의 표현을 빌리자면, 악랄한 위선자의 일면을 본 기분이었다.

"하지만 속단은 하지 마십시오." 윌리 K가 주의를 주었다. "몰리나리가 실제로 무슨 일을 할 작정이었는지는 모르니까요. 그때는 선생님이 중독자라는 사실을 알아낸 직후였고, 그는 평소와 마찬가지로 만성병의 발작에 시달리고 있었습니다. 언젠가는 당신에게 해독제를 줬을지도 모릅니다. 여유를 두고."

무슨 얘기인지 설명해주시겠습니까?

이렇게 말한 리그인 접수원뿐만 아니라, 터브먼도 대화 내용을 따라가지 못하는 눈치였다.

"해독제의 화학식을 암기하는 힘든 과정을 시작하고 싶으십니까?" 윌리 K가 에릭에게 말했다. "그러기 위해서는 남은 시간을 모두 써야 할 겁니다."

"그러지." 에릭은 이렇게 대꾸하고 상대방이 하는 말에 온 정신을 집중했다.

기다려주십시오

윌리 K는 말을 멈추고 의아한 듯이 지지 장치를 회전시켰다.

이분은 화학식 따위보다 더 중요한 일을 알아냈습니다

"그게 뭔데?" 에릭은 질문했다.

**당신의 우주에서 우리는 당신의 적이지만 이곳에서 당신은
지구인들과 우리가 공존하고 있는 광경을 보았습니다.
당신은 지구가 우리와 전쟁을 할 필요가 없다는**

사실을 알고 있습니다.

그보다 중요한 일은 당신들의 지도자도 그 사실을

알고 있다는 점입니다.

사실이다. 몰리나리가 대對 리그 전쟁을 탐탁지 않아하는 것도 하등 이상하지 않다. 몰리나리는 지구가 적국과 동맹국을 잘못 선택해서 잘못된 전쟁을 하고 있다고 단순히 의심한 것이 아니었다. 본인이 몸소 그 사실을 체험했던 것이다. 아마 여러 번. JJ-180의 힘을 빌려서.

그뿐만이 아니다. 그 이상의 무언가가 있었다. 이런 생각이 무의식적인 억압 기제를 뚫고 의식 레벨까지 올라왔다는 사실 자체가 기묘하게 느껴질 정도로 불길한 무엇인가. JJ-180은 이미 릴리스타인들의 수중에 들어가버렸다— 그것도 대량으로. 릴리스타인들이 그것을 가지고 실험을 거듭하고 있다는 사실은 명백했다. 따라서 그들도 다른 미래의 가능성에 관해 알고, 지구 입장에서는 리그인들과 협력하는 쪽이 더 바람직하다는 사실을 안다. 자기들 눈으로 직접 확인했을 테니까.

어느 쪽의 가능한 미래에서도 릴리스타는 전쟁에 졌다. 지구와 동맹을 맺었든 안 맺었든 간에. 혹은—

제3의 가능성이 존재하는 것은 아닐까? 릴리스타인과 리그인들이 동맹을 맺어 지구에 적대하는 미래가?

"릴리스타인과 리그인들이 동맹을 맺을 가능성은 거의 없습니다." 윌리 K가 말했다. "서로 너무 오랫동안 적대해왔으니까요. 저는 우리가 지금 서있는 이 행성만이 선택의 기로에 서있다고 생각합니다. 어떤 식의 미래가 오든 간에 릴리스타 제국은 리그군에게 패배할 겁니다."

"하지만 그게 사실이라면, 릴리스타인들은 잃을 게 없다는 말이 돼." 에릭은 말했다. "만약 이길 가망이 없다는 걸 알고 있다면―"프레넉시가 이 정보에 어떤 반응을 보일지 예상하는 것은 어렵지 않았다. 릴리스타인들을 사로잡을 허무주의, 파괴적인 폭력 충동은 상상을 초월하는 끔찍한 결과를 초래할 것이다.

"사실입니다." 월리 K는 동의했다. "따라서 당신의 UN 사무총장이 신중하게 행동하는 것은 현명한 일입니다. 그가 걸리는 병의 패턴이 왜 그토록 다종다양하고, 동포를 위해 실제로 사선을 넘나들며 여러 번 죽는 일까지 마다하지 않는지 이제는 이해할 수 있을 것 같지 않습니까. 또 왜 그가 당신에게 JJ-180의 해독제를 제공하는 것을 주저했는지도 말입니다. 만약 릴리스타의 정보원들이―여기엔 당신의 아내도 포함됩니다―몰리나리가 해독제를 가지고 있다는 사실을 알아차렸다면, 그자들은―" 월리 K는 잠시 침묵했다. "당신도 이미 깨달았을지도 모르지만, 정신이상자들의 행동을 예측하는 것은 어렵습니다. 하지만 한 가지만은 확실합니다. 그자들은 그런 상황을 결코 좌시하지 않았을 겁니다."

"무슨 수단을 써서라도 몰리나리한테서 그걸 빼앗으려고 했겠지." 에릭은 말했다.

"당신은 요점이 뭔지를 간과하고 있습니다. 릴리스타인들은 응징에 나섰을 겁니다. 몰리나리가 중독되거나 신경이 퇴화할 염려 없이 JJ-180을 자유롭게 사용함으로써 너무 많은 힘을 획득했고, 그 결과 자기들 마음대로 조종할 수 없다는 사실을 알아차린다면 말입니다. 바로 그런 이유에서, 몰리나리는 깊은 심신적 레벨에서 프레넥시 수상에게 맞설 수 있는 겁니다. 완전히 고립무원 상태는 아니니까요."

"뭐가 뭔지 도통 모르겠군." 터브먼이 말했다. "난 실례하겠어." 그는 자리를 떴다.

리그인 접수원은 떠나지 않고 머물렀다.

당신의 사무총장더러 리그 당국과 접촉하라고 권유하십시오.
리그인들은 릴리스타인들의 보복으로부터
지구를 지킬 수 있도록 도움을 줄 겁니다. 틀림없이.

팔 네 개를 가진 이 생물이 통역 상자를 통해 에릭에게 전달한 메시지는 어딘가 소망에 가까운 느낌을 주었다. 리그인들은 지구를 돕고 싶어하지만, 릴리스타인들은 이미 지구에 죽치고 앉아 요충지를 장악하고 있었다. 지구가 리그인들과 협상을 하고 있다는 사실을 조금이라도 눈치 챈다면 릴리스타군 본진은 사전 계획대로 지구로 쳐들어와서 하룻밤 새에 행성 전체를 점령할 것이 뻔하다.

지구의 통제하에 있는 조그만 국가 하나가 샤이엔 근교에서 버틴다고 해도, 릴리스타군의 밤낮을 가리지 않는 폭격을 받으면 그리 오래 견디지는 못할 것이다. 결국은 그 국가도 굴복하는 수밖에 없다. 목성에서 채굴한 렉세로이드로 만든 방호막도 영원히 폭격을 견딜 수는 없고— 몰리나리도 그 사실을 잘 알고 있었다. 지구는 결국 릴리스타 제국을 위한 군수물자와 노예노동을 제공하는 피점령국이 될 운명인 것이다. 그리고 전쟁은 계속된다.

여기서 아이러니는 노예 행성으로서의 지구가 유사 독립 정체政體인 지구보다 전쟁에 더 많은 공헌을 할 수 있다는 점이다. 그리고 이런 사실을 가장 잘 아는 사람은 몰리나리다. 고로 몰리나리는 그런 식의 외교정책을 채택했다. 이렇게 생각하면 그의 모든 행동을 이해할 수 있다.

"그건 그렇고" 윌리 K가 말했다. 어딘가 즐기는 듯한 말투였다. "당신의 예전 고용주인 버질 애커먼은 아직도 건재합니다. 230살인 지금도 여전히 티화나 모피 염료사의 사장 노릇을 하고 있고, 호출만 하면 언제든 달려오는 인공장기 이식의를 스무 명이나 고용하고 있죠. 어딘가에서 읽은 바로는 지금까지 신장 네 쌍에 간장과 비장이 다섯 개, 그리고 정확히 몇 개인지 모를 심장을 교환했다고 하던데—"

"몸이 안 좋아." 에릭은 이렇게 말하고 앞뒤로 휘청거렸다.

"마약의 효력이 사라지고 있는 겁니다." 윌리 K는 의자 쪽으로 부유했다. "미스 시그, 이분을 부축해주십시오!"

"난 괜찮아." 에릭은 탁한 목소리로 말했다. 머리가 지끈거렸고, 속이 메스꺼운 탓에 몸이 휘청거렸다. 주위 사물의 모든 선

線과 표면이 난시가 된 것처럼 일그러져 보였다. 의자의 감촉이 현실감을 잃었다고 느낀 순간 그는 옆으로 픽 쓰러졌다.

"이행은 쉽지 않습니다." 윌리 K가 말했다. "우리가 할 수 있는 일이 없다는 사실은 명백합니다, 미스 시그. 사무총장의 행운을 빌겠습니다. 저는 그가 자기 동포에게 얼마나 큰 공헌을 했는지를 잘 압니다. 아마 이번 일에서 얻은 지식을 알리기 위해《뉴욕타임스》에 편지 투고를 할지도 모르겠군요."

프리즘처럼 여러 원색이 난무하면서 빛을 발하는 바람이 에릭을 건드렸다. 생명의 바람이 불어와서, 에릭의 사소한 소망은 전혀 염두에 두지 않고 자기 마음대로 그를 날려 보냈다. 이윽고 바람은 검게 변했다. 생명의 바람이 아니라, 죽음의 불투명한 연기로.

잘 보니 에릭 주위에 의사疑似 환경으로 투영된 것은 희화화된 에릭 자신의 손상된 신경계였다. 수많은 관이 눈에 띄게 부패해서 시꺼멓게 변색해있었다. 마약에 의한 손상이 체내에 퍼져서 음울한 병소처럼 자리 잡은 탓이다. 무언無言의 새가, 썩은 고기를 먹는 폭풍의 새가 그의 가슴 위에 내려앉더니 바람이 흘러간 뒤의 정적 속에서 쉰 소리로 울었다. 새는 그 자리에서 움직이지 않았고, 그는 배설물 같은 발톱이 그의 폐를, 흉강을 파고 들어와서 마침내 복강에 닿는 것을 느꼈다. 몸 안에서 영향을 받지 않은 것은 없었다. 체내의 모든 부분은 추악하게 변형되었고, 해독제조차도 그 과정을 막지는 못했다. 살아있는 한 다시는 원래의 유기체가 가지고 있던 순수함을 되찾지 못할

302

것이다.

이것이 모든 것을 결정하는 힘들이 그에게 요구한 대가였다.

억지로 몸을 웅크린 에릭은 자신이 빈 응접실에 있다는 사실을 깨달았다. 그를 본 사람은 아무도 없었기 때문에 이제 일어서서 나가도 된다. 허리를 펴고, 가죽을 덧댄 크롬 의자에 몸을 기댔다.

근처에 놓여있던 잡지꽂이 속의 잡지들은 영어로 쓰여있었다. 표지는 웃는 지구인들의 사진이었다. 리그인이 아니다.

"뭔가 도움이 필요하신가요?" 약간 혀 짧은 느낌으로 이렇게 말한 사내는 화려하고 맵시 있는 로브를 입은 해즐틴 사 직원이었다.

"아닙니다." 에릭은 말했다. 원래 시대로 돌아왔다. 낯익은 2055년의 패션. "어쨌든 고맙습니다."

잠시 후 에릭은 건물 밖으로 나와 붉은 삼목을 깐 인도를 따라 힘겹게 걸어가고 있었다.

택시를 잡아타고 그 안에서 좀 쉬면서 샤이엔까지 가고 싶었다. 원했던 것은 찾아냈다. 아마 그는 더 이상 중독자가 아니고, 원한다면 캐시도 구할 수 있다. 게다가 릴리스타의 어두운 그림자에 뒤덮이지 않은 세계를 보고 왔다.

"타시겠습니까, 손님?" 자율제어식 택시가 에릭을 향해 천천히 다가왔다.

"응." 그는 택시를 향해 걸어갔다.

만약 지구에 사는 사람들 모두가 JJ-180을 먹는다면 어떻게 될까. 택시에 올라타며 이런 생각을 해보았다. 우리의 이 음울하며 시시각각으로 비좁아지는 현실 세계에서, 집단으로 둔주하게 되는 것일까. 만약 티화나 모피 염료사가 JJ-180을 대량 생산하라는 명령을 내리고, 정부 도움을 받아 모든 지구인에게 그것을 배포한다면 어떻게 될까. 그게 윤리적인 해결 방법이 될 수 있을까? 애당초 우리에게 그럴 권리가 있을까?

어차피 불가능한 일이다. 릴리스타군이 먼저 쳐들어올 테니까.

"어디로 갈까요, 손님?" 택시의 회로가 문의했다.

에릭은 이 택시를 타고 끝까지 가려고 결심했다. 기껏해야 몇 분 더 걸릴 뿐이다. "샤이엔으로 가줘."

"그럴 수는 없습니다, 손님. 거긴 안 됩니다." 불안한 어조였다. "다른 행선지를 지정해주십시오."

"왜 안 돼?" 에릭은 정신이 바짝 드는 것을 자각했다.

"손님도 아시다시피 샤이엔은 그들의 손아귀 안에 있기 때문입니다. 적 말입니다." 그러고는 이렇게 덧붙였다. "아시다시피 적이 장악한 지역으로 들어가는 것은 불법입니다."

"적이라니, 무슨 적?"

"대역죄인 지노 몰리나리 얘깁니다." 택시는 대답했다. "전시에 국가 반역을 도모한 인물. 아시지 않습니까. 전직 UN 사무총장인 몰리나리는 리그측 첩보원들과 내통해서—"

"오늘 날짜가 어떻게 돼?" 에릭은 힐문했다.

"2056년 6월 15일입니다."

그는—아마 해독제가 작용한 탓인지도 모르겠지만—자기 시대로 돌아오지 못했다. 그보다 1년 뒤로 와버렸고, 이럴 경우 에릭이 할 수 있는 일은 없다. 수중에는 JJ-180도 남아있지 않다. 남은 건 공항에서 캐시에게 모두 줘버렸기 때문이다. 그런 연유로, 지금 에릭은 릴리스타군의 점령 지역 내에서 옴짝달싹도 못하는 신세가 됐다. 어차피 지구 대부분이 점령당했을 테지만.

그러나 지노 몰리나리는 살아있었다! 아직도 끈질기게 저항하고 있는 것이다. 샤이엔은 하루나 일주일 정도로는 함락되지 않았다—아마 리그인들이 원군을 보내 비밀 경호대를 지원했는지도 모른다.

택시에게 직접 물어보면 된다. 날아가는 동안.

돈 페스텐버그가 이 사실을 가르쳐줄 수도 있었다는 사실을 에릭은 깨달았다. 페스텐버그가 집무실에서 가짜 UN 사무총장 제복을 차려입고 가짜 전송신문을 건넨 것은 바로 이 시기에 일어난 일이었으니까.

"그냥 서쪽을 향해 날아가." 에릭은 명령했다. 나는 샤이엔으로 돌아가야 한다. 어떤 수단을 쓰든 간에. 다른 경로를 찾아서라도.

"예, 손님." 택시는 말했다. "그런데 아직 이동 허가서를 보여주시지 않았습니다. 지금 보여주시겠습니까? 물론 이건 그냥 형식입니다."

"이동 허가서라니?" 그러나 에릭은 이미 눈치 채고 있었다.

릴리스타 점령군 당국이 허가서를 발행하고, 허가서가 없으면 지구인은 마음대로 이동하지 못한다는 사실을. 이곳은 정복당한 행성이고, 전쟁은 여전히 계속되고 있는 것이다.

"빨리 주십쇼, 손님." 택시가 말했다. 다시 강하를 개시하고 있었다. "안 그러시면 법규대로 가까운 릴리스타 헌병대로 모시고 가는 수밖에 없습니다. 여기서 동쪽으로 1마일 떨어진 곳에 있으니까 가깝습니다."

"그렇군." 에릭은 말했다. "여기서만이 아니라 어느 곳에 있든 가까운 거 아냐? 헌병들이 잔뜩 깔려있을 테니."

택시는 점점 더 고도를 낮추기 시작했다. "손님 말씀이 맞습니다. 아주 편리하죠." 택시는 엔진을 끄고 관성으로 움직이기 시작했다.

12

"그럼 이렇게 하자고." 택시 바퀴들이 지면에 닿자 에릭은 말했다. 택시는 서서히 속도를 줄이며 도로를 활주하다가 보도 가장자리에서 멈췄다. 바로 앞에는 불길한 느낌을 주는 건물이 있었다. 릴리스타의 잿빛 제복을 입고 무장한 위병들이 출입문에서 보초를 서고 있다. "거래를 하면 어떨까."

"무슨 거래 말씀이십니까?" 택시는 미심쩍은 투로 되물었다.

"내 이동 허가서는 해즐틴 사에 깜박 놓아두고 왔어—네가 나를 태운 곳이니 기억하지? 지갑에 넣어둔 채로 두고 왔어. 돈도 모두 거기 들어있지. 그런데 네가 나를 릴리스타 헌병대에 넘기면 그 돈은 아무 쓸모도 없게 돼. 놈들이 나를 어떻게 할지 너도 알잖아."

"물론 압니다." 택시는 시인했다. "사형이겠죠. 5월 10일에 포고된 새 법률입니다. 허가 없이 이동하는 자는—"

"그러니까 그 돈을 그냥 받는 게 낫잖아? 팁으로 생각하라고. 나를 해즐틴 사로 다시 태워다준다면 거기 놓고 온 지갑에서 허가서를 꺼내서 보여줄게. 그럼 다시 여기로 돌아올 필요도 없어져. 그리고 그 돈은 네 차지가 되는 거야. 너한테나 나한테나 득이 되는 거래라고 생각하는데."

"쌍방에게 득이 되겠죠." 택시는 동의했다. 자율 회로를 빠르게 찰칵거리며 계산하는 눈치였다. "손님은 돈을 얼마나 갖고 계십니까?"

"난 해즐틴 사로 파견된 특사야. 지갑에는 2만 5000달러가 들어있지."

"정말입니까! 점령군 군표軍票입니까, 점령 전의 UN 화폐입니까?"

"물론 UN 화폐야."

"좋습니다!" 택시는 열성적으로 대답하고 다시 이륙했다. "엄밀하게 말해서 손님은 이동한 것이 되지 않습니다. 처음에 지시하신 행선지는 적지에 해당됐기 때문에 저는 그쪽으로는 아예 방향을 틀지도 않았으니까요. 따라서 법률 위반은 아니죠." 물욕에 눈이 먼 택시는 디트로이트 방향으로 기수를 돌렸다.

택시가 해즐틴 사의 주차장에 착륙하자 에릭은 서둘러 차에서 내렸다. "금방 갔다 올게." 이렇게 말하고는 보도를 성큼성큼 가로질러 건물 현관으로 갔다. 다음 순간에는 건물 안에 들어가있었다. 눈앞에는 거대한 실험실이 펼쳐져있었다.

에릭은 처음 눈에 띈 해즐틴 사 직원에게 말했다. "나는 에릭 스위트센트라고 하네. 버질 애커먼의 직속 부하인데, 사고를 당했어. 그러니까 TF&D사에 있는 애커먼 사장에게 연락을 취해주겠나?"

사무원으로 보이는 그 남자 직원은 주저했다. "제가 알기로는" 그는 두려운 듯이 목소리를 낮추며 말했다. "버질 애커먼 사장은 화성의 워싱턴-35에 가계십니다만? 지금 티화나 모피 염료사의 경영을 맡고 있는 사람은 조나스 애커먼 씨이고, 버질 애커먼 씨는 《주간 보안 공보》의 전쟁범죄자 목록에 올라가 있는 걸로 알고 있습니다. 점령 작전이 개시되자마자 도주했다는 죄목이죠."

"어떻게든 워싱턴-35를 불러낼 수는 없나?"

"적의 지배 구역을 말입니까?"

"그럼 영상전화로 조나스를 불러줘." 달리 방법이 있을 것 같지는 않았다. 에릭은 무력감에 시달리며 사무원을 따라 사무실로 들어갔다.

잠시 후 전화가 연결되었다. 화면에 조나스의 얼굴이 떠올랐다. 그는 에릭을 보자마자 당혹한 듯이 눈을 깜박였고, 더듬거리며 말했다. "서, 설마― 체포당한 겁니까?" 그는 불쑥 말했다. "도대체 왜 워싱턴-35를 떠나온 겁니까? 맙소사, 버질하고 화성에 있었으면 안전했을 텐데. 전화 끊겠습니다. 이건 함정이 틀림없는 것 같으니. 헌병들이―" 화면이 꺼졌다. 조나스가 황급히 접속을 끊은 것이다.

그렇다면 또 한 사람의 그는—정상적인 시간선을 따라 이행한 1년 후의 에릭은—버질과 함께 워싱턴-35로 도망치는 데 성공한 것이다. 실로 마음이 훈훈해지는 얘기가 아닌가— 설마 이랬을 줄은 꿈에도 몰랐다. 아마 리그인들이—

1년 후의 자기 자신.

그렇다면 에릭은 어떤 식으로든 2055년으로 무사히 돌아갔다는 뜻이다. 그러지 않았다면 버질과 함께 도망친 2056년의 그가 존재할 리가 없다. 그리고 그가 2055년으로 무사히 돌아갈 수 있는 수단이라고는 JJ-180밖에는 없었다.

그리고 그 약은 이곳에밖에는 없다. 아무래도 지구상에서 그가 가있을 필요가 있는 유일한 장소에 우연히 오게 된 듯하다. 그 멍청한 자율제어식 택시를 구워삶은 덕택에.

에릭은 다시 사무원에게 가서 말했다. "실은 프로헤다드린을 징발해오라는 명령을 받고 왔네. 100밀리그램이 필요해. 지금 당장. 내 신분 증명서를 보고 싶나? TF&D사의 사원이라는 걸 증명할 수 있어." 이런 다음에야 퍼뜩 생각이 났다. "버트 해즐틴을 불러줘. 아는 사이야." 샤이엔에서 에릭을 만났으니 당연히 기억하고 있을 것이다.

사무원은 중얼거렸다. "하지만 해즐틴 씨는 릴리스타인들에게 총살당했습니다. 그걸 모르시다니, 도대체 어떻게 된 겁니까? 지난 1월에 놈들이 이 회사를 접수했을 때의 일입니다."

사무원은 에릭이 떠올린 표정을 보고 그가 이 소식에 얼마나 충격을 받았는지를 알아차렸음이 틀림없다. 갑자기 태도가 달라졌기 때문이다.

"친구 사이셨던 것 같군요." 사무원이 말했다.

"응." 에릭은 고개를 끄덕였다. 그리 틀린 말은 아니다.

"버트는 좋은 상사였습니다. 릴리스타의 망나니들하고는 딴판이었죠." 사무원은 마음을 정한 듯했다. "왜 여기 오셨는지, 무슨 사정이 있으신지는 모르겠지만, JJ-180을 100밀리그램 가져다드리겠습니다. 어디 보관되어있는지 압니다."

"고맙네."

사무원은 서둘러 사무실 밖으로 나갔다. 시간이 흘렀다. 택시가 기다리고 있다는 사실이 생각났다. 여전히 주차장에서 나를 기다리고 있을까? 너무 오래 기다리게 하면 참지 못하고 건물 안으로 쳐들어오지는 않을까? 덩치 큰 택시가 해즐틴 사 건물의 시멘트 벽을 억지로 뚫으려는—또는 뚫으려고 시도하는—광경을 떠올리자, 말도 안 되는 망상인 줄 알면서도 신경이 곤두섰다.

사무원이 돌아와서 에릭에게 캡슐 한 줌을 내밀었다. 에릭은 근처에 있던 정수기에서 종이컵을 뽑아 물을 따랐다. 입에 캡슐을 털어놓고 종이컵의 물을 들이켰다.

"그 JJ-180은 최근 들어 구성성분이 변경된 겁니다." 사무원은 에릭을 뚫어지게 쳐다보며 말했다. "직접 드시는 걸 보았으니 아무래도 말씀드리는 편이 나을 것 같아서." 얼굴의 핏기가 가셔있었다.

종이컵을 아래로 내리며 에릭은 말했다. "어떻게 변경됐는데?"

"습관성하고 간장에 유해한 독성은 그대로 남아있지만, 시간에서 해방된다는 환각은 더 이상 경험할 수 없게 됐습니다." 사무원은 설명했다. "이곳을 접수한 릴리스타군은 우리 화학자들에게 약의 구성성분을 바꾸라고 명령했습니다. 우리 회사가 아니라 릴리스타인들의 아이디어였습니다."

"도대체 왜?" 습관성과 독성밖에는 없는 약에 도대체 무슨 의미가 있단 말인가?

"대對 리그 전쟁에 쓰기 위해서랍니다. 또—" 사무원은 잠시 주저했다. "적과 손을 잡은 지구인 반역자들을 중독시키려는 목적도 있습니다." 이렇게 말한 사무원의 표정은 어두웠다.

에릭은 근처에 있던 작업대 위에 남은 캡슐들을 던져버리고 말했다. "이젠 어쩔 도리가 없군." 그러자 또 어떤 생각이—그리 명안이라는 할 수 없었지만—떠올랐다. "조나스에게서 허락을 받고 회사차를 한 대 빌릴 수 없을까? 조나스를 다시 불러보겠네. 조나스하고는 오랜 친구 사이거든." 에릭은 사무원을 대동하고 영상전화기가 있는 곳으로 걸어갔다. 조나스가 내 얘기를 들어주기만 한다면—

릴리스타군 헌병 두 명이 연구소 건물 안으로 들어왔다. 그들 배후의 주차장에 주차해있는 자율제어식 택시 옆에 릴리스타군의 경비정이 한 대 착륙해있는 것이 눈에 들어왔다.

"당신을 체포하겠다." 헌병 하나가 에릭을 향해 묘하게 생긴 막대기를 내밀며 말했다. "허가서 없이 이동한 죄, 그리고 사기죄. 당신을 기다리다가 지친 택시가 고소했다."

"사기죄라니?" 에릭은 말했다. 사무원은 현명하게도 어딘가로 자취를 감춘 듯했다. "난 티화나 모피 염료사의 간부 직원이야. 업무차 여기 와있는 거라고."

묘하게 생긴 막대기가 빛을 발했다. 에릭은 마치 뇌를 그것으로 찔린 듯한 느낌을 받았고, 주저 없이 건물 현관을 향해 움직였다. 경련하는 오른손으로 무의미하게 이마를 긁으면서. 좋아, 따라가주지. 에릭은 생각했다. 릴리스타인 헌병들에게 저항하기는커녕 항의하려는 마음조차도 완전히 사라져있었다. 기꺼이 경비정에 타고 싶을 뿐이었다.

잠시 후 경비정은 이륙했고, 2마일 떨어진 곳에 있는 릴리스타군 병영兵營을 향해 디트로이트의 건물들 상공을 미끄러지듯 날아가기 시작했다.

"지금 처리해버리자고. 시체는 아래로 떨어뜨리면 그만이야." 헌병 하나가 동료에게 말했다. "굳이 병영까지 데려갈 필요는 없잖아?"

"염병할, 그냥 떨어뜨리기만 해도 돼." 다른 헌병이 대꾸했다. "여기서 추락하면 즉사야." 그가 제어반의 버튼 하나를 누르자 바닥의 해치가 스르르 열렸다. 하계下界의 건물과 도로와 복합아파트 따위가 에릭의 눈에 들어왔다. "즐거운 기분으로 떨어지라고." 헌병은 이렇게 말하고, 저항하지 못하도록 에릭의 팔을 비튼 다음 해치 쪽으로 밀었다. 실로 숙달된 프로다운 수법이었다. 에릭이 해치 가장자리에서 비틀거리자 헌병은 자기도 함께 추락하는 것을 피하기 위해 손을 놓았다.

그때 경비정 아래쪽에서 더 큰 비행 물체—여기저기 우그러지고 흠집투성이인 기체 상부에 고슴도치처럼 잔뜩 열선포를 장착한, 행성 간 군용 우주정—가 마치 먹잇감을 노리는 수중 생물처럼 등을 보이며 상승해 왔다. 우주정은 경비정의 열린 해치를 향해 송곳처럼 예리한 열선을 발사해서 에릭 곁에 서있던 헌병을 사살했다. 그보다 더 큰 열선포가 불을 뿜자 릴리스타 헌병대의 경비정 앞부분이 폭발하며 완전히 터져 나갔다. 에릭과 살아남은 헌병 위로 녹아버린 파편이 쏟아졌다.

경비정은 아래쪽 도시를 향해 돌멩이처럼 뚝 떨어졌다.

놀란 나머지 홀린 듯이 꼼짝도 않고 있던 다른 헌병이 경비정의 격벽으로 달려가서 수동식 긴급 유도 장치의 스위치를 넣었다. 경비정은 낙하를 멈췄고, 바람에 실려 나선을 그리며 활공하기 시작했다. 마침내 지면에 불시착한 경비정이 도로 여기저기에 부딪쳐 미끄러지면서 타륜舵輪과 제어반이 통째로 뜯겨 나갔다. 경비정은 인도 가장자리에 기수를 처박고 꼬리를 공중으로 치켜든 자세로 멈춰 섰다.

살아남은 헌병은 비틀거리며 일어나서 권총을 꺼내들고 가까스로 해치까지 갔다. 헌병이 옆으로 몸을 기울이더니 권총을 쏘기 시작했다. 세 발째를 쏘았을 때 헌병의 몸이 뒤로 날아갔다. 권총이 격벽을 따라 미끄러졌고, 공처럼 웅크린 헌병의 몸은 차에 치인 동물처럼 힘없이 바닥을 구르다가 격벽 한쪽에 부딪혀 멈췄다. 헌병의 몸이 그제야 천천히 풀리며 다시 인간 모양을 되찾았다.

때문고 여기저기가 움푹 들어간 홈집투성이의 군용 우주정이 바로 옆 도로에 착륙했다. 기수 쪽 측면 해치가 열리더니 사내 하나가 재빨리 내렸고, 헌병대 경비정 밖으로 기어 나온 에릭을 향해 달려왔다.

"어이." 사내가 헐떡이며 말했다. "나야."

"나라니, 누구?" 에릭은 말했다. 헌병대의 경비정을 자기 우주정으로 격퇴한 이 사내는 확실히 낯이 익었다― 지금 에릭이 마주 보고 있는 얼굴은 과거에도 수없이 보아온 얼굴이었지만 마치 기괴한 각도에서 바라본 것처럼 왜곡되어있었다. 마치 무한한 세월에 걸쳐 안팎을 뒤집어놓은 듯한 느낌이다. 가르마를 에릭과는 반대 방향으로 탔기 때문에 머리가 어쩐지 한쪽으로 기운 것처럼 보였다. 에릭이 놀란 것은 상대의 육체가 실로 볼품없어 보인다는 점이었다. 너무 살찌고, 너무 늙었다. 허옇게 센 머리도 눈에 거슬린다. 아무 마음의 준비도 안 된 상태에서 이런 모습을 한 자신을 본다는 것은 충격이었다. 내가 정말 저런 모습을 하고 있단 말이야? 에릭은 뚱한 기분으로 자문했다. 매일 아침 면도를 할 때 거울에 보이는 그 말쑥한 젊은이의 이미지는 어디로 갔단 말인가? 중늙은이에 가까운 이런 사내의 모습으로 바뀌다니?

"그래, 살이 쪘지. 그게 뭐?" 2056년의 에릭이 말했다. "하느님 맙소사. 자네 목숨을 구한 건 바로 나잖아. 그 자식들은 자네를 밖으로 떠밀려고 했어."

"그건 나도 알아." 에릭은 짜증스러운 어조로 대꾸하고, 서둘러 자기 자신인 사내를 따라 행성 간 군용 우주정 안으로 들어 갔다. 그러자마자 2056년의 에릭은 해치를 쾅 닫고 우주정을 급상승시켜서 릴리스타 헌병대의 추적권을 완전히 벗어났다. 고물이 아니라 최신예 전투정인 듯하다.

"자네의 지능을 평가절하할 생각은 없네." 2056년의 에릭이 말했다. "어차피 매우 높다는 게 내 개인적인 의견이고 하니 말이야. 하지만 자네를 위해서라도 자네가 지금 갖고 있는 몇몇 우매한 생각들을 지적하는 게 나을 것 같아. 우선 자네가 옛 처방대로 만든 JJ-180을 입수했다면 아마 미래로 갔을 거야. 2055년으로 돌아가는 게 아니라. 그랬더라면 다시 중독되어버렸겠지. 따라서 자네는—한동안은 자네도 그럴 생각이었던 것 같지만—JJ-180을 더 먹는 대신, 자네가 먹은 해독제가 자네에게 끼친 효과를 어느 정도 중화시키는 약을 복용해야 해." 2056년의 에릭은 이렇게 말하며 고개를 끄덕였다. "저기 있는 내 웃옷 호주머니에 들어있네." 사내의 웃옷은 전투정 내벽內壁의 자석식 옷걸이에 걸려있었다. "해즐틴 사가 저걸 개발하는 데는 1년 걸렸네. 자네가 해독제의 화학식을 해즐틴 사로 가져간 대가지— 자네가 2055년으로 돌아갈 수 없었다면, 자네는 화학식을 그치들에게 줄 수도 없었을 거야. 이젠 자네가 그랬다는 걸 알지. 아니, 앞으로 그럴 거라는 사실을."

"이 우주선은 누구 거야?" 놀라운 우주선이었다. 릴리스타군의 전선을 자유로이 누비고, 지구의 방어선을 쉽게 뚫고 들어온 물건이다.

"리그제야. 워싱턴-35에 있는 버질에게 제공된 거지. 유사시에 대비해서 말이야. 샤이엔이 함락되면 몰리나리를 여기 태워서 워싱턴-35로 데려갈 예정이야. 늦든 빠르든 결국은 함락될걸세. 아마 한 달 내에."

"몰리나리의 건강 상태는 어때?"

"많이 호전됐어. 지금은 자기 하고 싶은 일을 하고 있으니까 말이야. 자기가 응당 해야 할 일들을. 그밖에도…… 아니, 어차피 차차 알게 될 일들이야. 자, 릴리스타제 해독제의 효과를 중화하는 해독제를 먹게."

에릭은 웃옷 호주머니를 뒤져서 알약을 찾아냈고, 물도 없이 그대로 삼켰다. "그런데, 캐시 일은 어떻게 됐어? 그 얘기는 해두는 게 나을 것 같아." 언제나 그의 마음을 무겁게 짓누르는 강박적인 문제에 관해 터놓고 얘기할 상대가 있어서 다행이었다. 설령 그 상대가 자기 자신이라고 해도 말이다. 적어도 서로 협력하고 있다는 환상을 가질 수는 있지 않는가.

"흐음, 자네는 캐시의 JJ-180 중독을 치료했어— 치료하게 될 거야. 하지만 그건 캐시의 육체가 엉망이 된 뒤의 일이야. 정형수술을 받아도 다시는 예전의 미모를 되찾지 못할 걸세. 사실 캐시는 몇 번이나 수술을 받았지만, 효과를 못 보고 결국 포기했어. 그밖에 이런저런 일이 일어났지만 얘기하지 않는 편이 낫겠군. 자네 머리만 더 복잡하게 할 테니까. 그러니까 이 얘기만 해두겠네. 코르사코프 증후군에 관해 들어본 적이 있나?"

"아니." 에릭은 이렇게 대꾸했지만, 물론 이것은 사실이 아니

317

었다. 그는 의사가 아니던가.

"전통적으로 알코올 의존증 환자들에게 일어나는 정신병이지. 장기간의 알코올 섭취에 의해 대뇌피질 조직이 병리적으로 파괴되는 현상. 하지만 상습적인 마약 복용에 의해서도 일어날 수 있어."

"그럼 캐시가 그렇다는 거야?"

"캐시가 사흘 동안이나 아무것도 안 먹었을 때의 일이 기억나? 손쓸 수가 없을 정도로 심하게 화를 내고— 주위 사람들이 모두 자기를 적대시하고 있다는 망상에 사로잡혔을 때의 일 말이야. 그건 JJ-180이 아니라 코르사코프 증후군 탓이었어. 그 전에 섭취한 모든 마약 때문이었지. 샤이엔의 의사들이 샌디에이고로 캐시를 돌려보낼 준비를 하면서 뇌파도를 측정했다가 발견했어. 자네가 2055년으로 돌아가면 곧 그 소식을 듣게 될 걸세. 그러니까 마음의 준비를 해둬." 그러고는 이렇게 덧붙였다. "굳이 얘기할 필요도 없겠지만, 치료는 불가능하네. 독성 물질을 제거하는 것만으로는 불충분해."

두 사람 모두 침묵했다.

"힘들 거야." 잠시 후 2056년의 에릭이 입을 열었다. "정신이 온전하지 않을뿐더러 육체적으로도 퇴행하고 있는 여자와 결혼 생활을 유지한다는 건. 하지만 캐시는 여전히 내 아내라네. 우리 아내이지. 페노티아진의 진정 작용 덕에 일단 잠잠해지기는 했지만 말이야. 묘한 건 내가—그러니까, 우리가—그걸 알아차리지 못했다는 점이야. 매일 얼굴을 맞대고 살던 상대인데도 그걸 진단하지 못했다니 이상하지 않나. 상대방에게 너무나도 익숙해져서 주관에 물들어버리면 누구든 얼마나 맹목적이 될 수 있는지를 보여주는 좋은 예라고나 할까. 물론 증세는 천천히 진행됐어. 그럴 경우는 병명을 확정하기가 쉽지 않지. 결국 캐시는 시설에 입원시켜야 하겠지만, 난 계속 그걸 미루고 있다네. 우리가 전쟁에 이길 때까지는 그럴 작정이야. 그리고 우린 이길 거야."

"확실한 증거가 있나? JJ-180을 통해 알게 된 거야?"

"릴리스타인들을 제외하면 이젠 아무도 JJ-180 따위를 쓰지 않아. 자네도 알다시피 습관성과 독성밖에는 없는 물건이니까 말이야. 너무나도 많은 대체 미래들이 밝혀진 탓에 우리 세계와 그것들을 관련짓는 작업은 전쟁이 끝날 때까지 미뤄두는 수밖에 없었어. 신약의 효과를 완벽하게 확인하려면 글자 그대로 몇 년이나 걸리는 법이지. 자네도 알고, 나도 아는 일이야. 물론 전쟁에는 이길 거야. 리그인들은 이미 릴리스타 제국의 반을 점령했어. 자, 이제 내가 하는 말을 잘 들어. 자네가 해야 할 일들이 있는데, 반드시 성공시켜야 해. 그러지 못한다면 다른 대체 미래가 갈라져 나와서, 내가 자네를 릴리스타의 헌병들로부터 구해냈다는 사실이 무효화되어버릴지도 모르니까."

"무슨 얘긴지 이해하네." 에릭은 말했다.

"애리조나에 있는 제29 포로수용소에 리그군 정보부 소속의 리그인 소령이 한 명 수용되어있어. 데그 달 일이라는 이름으로 불리고 있는데, 그 이름을 말하면 접촉할 수 있을 거야. 리그가 아니라 지구에서 붙인 호칭이니까 말이야. 수용소 당국은 그 친구한테 정부 앞으로 제출된 보험 지급 청구에 부정한 점이 없는지를 알아보는 업무를 맡겼다네. 믿기 힘들겠지만 말이야. 그래서 포로 신분임에도 불구하고 여전히 이런저런 보고서를 올리면서 바쁘게 일하고 있다네. 그 친구야말로 몰리나리하고 리그인들 사이를 이어줄 연결고리가 될 인물일세."

"만나서 무슨 일을 해야 하는데? 샤이엔으로 데려가야 하나?"

"티화나로 데려가게. TF&D 본사로 말이야. 수용소에서 그 친구를 사오면 돼. 노예 노동자거든. 지구의 거대 제조기업들이 포로수용소에서 공짜 노동력을 얻을 수 있다는 사실을 자넨 몰랐지. 하여튼 제29 포로수용소로 가서 TF&D사에서 왔는데 똑똑한 리그인이 필요하다고 하면 다 알아들을 거야."

"매일 뭔가 새로운 걸 배우게 되는군." 에릭은 말했다.

"하지만 진짜 문제가 되는 건 몰리나리야. 티화나로 가서 데그 달 일과 논의하라고 몰리나리를 설득하는 건 자네 몫이야. 그런다면 지구를 릴리스타로부터 떼어내서, 큰 희생을 치르지 않고 리그 쪽으로 갈아타는 최초의 실마리를 잡을 수가 있네. 그게 왜 어려운 일인지 설명하지. 몰리나리는 그만의 독자적인 계획을 갖고 있네. 프레넥시를 상대로 사내 대 사내로서 일대일 투쟁을 벌이고 있어. 자기 자신의 사내다움을 걸고 말이야. 몰리나리 입장에서 그건 추상적인 게 아니라 직접적이고 육체적인 투쟁이야. 비디오테이프에서 남성적인 면을 과시하는 정력적인 몰리나리를 본 적이 있지. 그게 몰리나리의 비밀병기라네. V-2 로켓 같은 거라고나 할까. 무수히 많은 병행세계로부터 건강한 자기 분신들을 닥치는 대로 뽑아오고 있어. 이용할 수 있는 분신은 얼마든지 있다는 걸 알고 있는 거지. 그치의 전 줄 사고 체계랄까, 준거점은 죽음을 상대로 아슬아슬한 유희를 벌이면서도 어떻게든 그걸 극복하는 데 집중되어있어. 그가 두려워하는 프레넥시하고 대결하기 위해서라면 몇 천 번이든 죽었다가 다시 부활할 용의가 있는 거야. 심신증적 과정에 의해 육체가 쇠약해진다고 해도 건강한 자기 분신을 투입하는 즉시 회복하니까 말이야. 샤이엔으로 돌아가자마자 목격할 수 있을 걸세. 그날 밤 그 비디오테이프는 모든 텔레비전 네트워크에서 방영될 거야. 그것도 황금 시간대에."

에릭은 생각에 잠긴 투로 말했다. "그렇다면 몰리나리는 지금도 여전히 병마에 시달리고 있다는 얘기로군. 앞으로도 줄곧 그럴 필요가 있을 거고."

"그리고 병으로 본다면 그것도 심각한 병이라고 할 수 있을 걸세, 선생."

"동감이네, 선생." 에릭은 2056년의 자신을 응시했다. "서로의 진단이 일치한 것 같군."

"오늘 밤 늦게, 그러니까 내 시간이 아니라 자네 시간대에서의 얘긴데, 프레넥시 수상은 몰리나리와 다시 한 번 직접 담판을 갖자고 요구할 거고, 결국 그 요구를 관철시킬 거야. 그리고 두 사람이 만나는 회의실에 들어가는 건 건강하고 정력적인 분신 쪽이라네……. 우리가 아는 병든 몰리나리는 위층 사저에서 비밀 경호대의 호위를 받으면서 회복을 꾀할 거고. 비디오테이프를 보면서, 자기가 얼마나 손쉽게 프레넥시 수상을 따돌리고 그자의 끝없이 과도한 요구를 회피했는지를 자화자찬하면서 말이야."

"다른 지구에서 온 건강한 몰리나리는 자진해서 그런 역할을 맡았다는 얘기로군."

"기꺼이 나서더군. 몰리나리는 모두 그런 식이야. 모두가 수단 방법을 가리지 않고 프레넥시에 대한 복수를 수행하는 걸 새로운 인생 최대의 목표로 간주하고 있으니. 몰리나리는 정치가이고, 바로 그런 행위를 통해 삶의 보람을 느낀다네— 바로 그 때문에 죽어가고 있긴 하지만. 건강한 몰리나리는 프레넥시하고 회의를 마친 뒤에 처음으로 유문幽門의 경련에 사로잡힐 걸세. 그 친구의 수명도 단축되기 시작하는 거지. 그런 식으로 하나씩 죽어나가다 보면, 당연한 얘기지만 프레넥시가 죽는 날도 올 거야. 바로 그런 일이 일어나기를 기대하는 거라네. 가급적이면 몰리나리 본인이 죽기 전에."

"그런 식으로 몰리나리를 앞지르는 것도 쉽지만은 않겠지." 에릭이 말했다.

"하지만 딱히 병적인 생각이라곤 할 수 없어. 갑옷을 입은 기사들이 맞서 싸우던 중세 때의 투쟁을 방불케 하잖나. 몰리나리는 옆구리를 창에 찔려 부상한 아서 왕이나 마찬가지야. 프레넥시가 누군지는 자네도 알겠고. 여기서 내 흥미를 끈 건 릴리스타에서는 기사도의 시대가 존재하지 않았기 때문에 프레넥시가 이런 상황을 전혀 이해하지 못 한다는 점이야. 프레넥시는 이걸 단지 경제적 지배권을 얻기 위한 투쟁으로 보고 있어. 단지 누가 누구의 공장을 운영하고, 누가 누구의 노동력을 접수하느냐의 문제로밖에는 보지 못한다는 뜻이야."

"중세의 낭만 따위는 끼어들 자리가 없다는 얘기로군." 에릭은 말했다. "리그인들은 어떤가? 그들은 몰리나리를 이해해줄까? 리그인들은 과거에 기사도의 시대를 경험한 적이 있어?"

"팔이 네 개에 키틴질 껍질을 가진 친구들이잖아." 2056년의 에릭이 말했다. "그런 작자들이 그런 식으로 싸움을 벌인다면 정말 볼 만했겠군. 난 몰라. 자네도, 나도, 기타 내가 만나본 그 어떤 지구인도 리그인의 문명에 관해 제대로 알아보려고 하지 않았으니까 말이야. 아까 말한 리그군 정보부 소령의 이름을 기억하나?"

"데그 뭐라고 하지 않았나."

"데그. 달. 일이야. 이렇게 기억하면 돼. '데굴데굴 달을 굴리다가 일을 냈다.'"

"염병할." 에릭은 말했다.

"나를 보면 욕지기가 나는가보군. 안 그래? 흐음, 실은 나도 자넬 보면 욕지기가 난다네. 뒤룩뒤룩 살이 찐 데다가 볼품이 너무 없거든. 아직도 캐시 같은 여자와 붙어 사는 것도 하등 이상할 게 없어. 어울리는 한 쌍이니까. 내년에는 좀 용기를 내보면 어때? 스스로를 추스리고 다른 여자를 찾아본다면, 2056년이 될 무렵에 지금만큼이나 상황이 악화되는 건 피할 수 있을 것 같지 않아? 자넨 내게 빚을 졌어. 난 자네 목숨을 구했고, 릴리스타 헌병들의 추적에서 벗어나게 해줬다고." 2056년의 에릭은 에릭을 쏘아보았다.

"어떤 여자를 추천하는데?" 에릭은 경계하듯이 말했다.

"메리 라이네케."

"돌았군."

"내 말을 들어. 메리하고 몰리나리는 자네 시간으로 한 달쯤 뒤에 대판 싸우게 돼. 자넨 그걸 이용할 수 있어. 난 그러지 않았지만, 지금부터라도 미래를 바꿀 수는 있어. 그럼 자네는 조금 달라진 미래를 만들어내겠지. 모든 것이 똑같지만, 결혼 생활만 다른 세계를 말이야. 그러니까 캐시와 이혼하고 메리 라이네케든 누구든 좋으니 다른 여자와 결혼해." 상대방의 목소리가 느닷없이 절망적으로 변했다. "하느님, 난 내 미래가 보여. 난 어쩔 수 없이 캐시를 시설에 넣을 수밖에 없고, 그러면 캐시는 남은 인생을— **난 그러고 싶지 않아. 해방되고 싶어.**"

"우리가 그러든 말든 간에—"

"알아. 어차피 거기서 죽게 되겠지. 하지만 내가 꼭 그걸 내 눈으로 봐야 해? 자네와 나는 힘을 합쳐서 거기 맞서야 해. 쉽지는 않을 거야. 캐시는 미친 듯이 이혼에 저항할 테니까 말이야. 하지만 소송은 티화나에서 진행하게. 멕시코 이혼법은 미국 것보다 더 느슨하거든. 괜찮은 변호사를 고용하면 돼. 난 이미 고용했어. 엔세나다에 사는 헤수스 구아다랄라라는 친구이지. 그걸 기억할 수 있겠나? 난 거기까지 갈 여유가 안 되어서

324

소송을 시작하지는 못했지만, 빌어먹을, 자네라면 그럴 수 있어." 그는 기대하는 듯한 눈으로 에릭을 보았다.

"해볼게." 잠시 후 에릭은 말했다.

"슬슬 자네를 지상에 내려줘야겠군. 자네가 먹은 약은 몇 분 뒤면 효력을 발휘하기 시작할 걸세. 5마일 상공에서 자네가 추락하는 꼴을 보고 싶지는 않아." 전투정은 지상으로 내려가기 시작했다. "솔트레이크시티에 내려주겠네. 큰 도시니까 자네도 남의 이목을 끌지 않을 거야. 2055년으로 돌아간 뒤에는 택시를 잡아타고 애리조나로 돌아가면 돼."

"그러고 보니 2055년의 화폐를 갖고 있지 않군." 에릭은 그제야 깨달았다. "아니, 갖고 있었던가?" 그는 혼란된 상태였다. 너무 많은 일이 잇달아 일어난 탓이다. 호주머니를 뒤져 지갑이 있는지 확인했다. "헤즐틴 사로 가서 전쟁 때 쓰던 돈으로 직접 해독제를 사려고 시도했다가, 공황 상태에 빠져서—"

"세세한 일을 가지고 고민할 필요는 없어. 난 이미 알고 있는 일들이니까."

우주정이 지상에 착륙할 때까지 두 사람은 침묵을 지켰다. 서로를 향해 느끼고 있는 음울한 경멸감이 억압으로 작용한 탓이다. 사람은 누구든 자기 자신을 존중할 필요가 있다는 것을 극명하게 보여주는 예라고나 할까. 이런 생각을 하자 에릭 자신의 숙명론적이고 자살적인 성향에 대한 최초의 통찰이 떠올랐다……. 그것들 모두가 같은 결함에서 기인한다는 점에는 의심의 여지가 없다. 살아남기 위해서는 에릭 자신과 그가 지금까지 해온 일들을 서로 다른 각도에서 바라보는 방법을 배울 필요가 있다.

"그건 시간 낭비야." 우주정이 솔트레이크시티 외곽의 관개지에 착륙한 뒤에 미래의 에릭이 말했다. "뭘 해도 자넨 변하지 않아."

에릭은 우주정에서 나와 축축하고 푹식푹신한 알팔파로 뒤덮인 목초지를 향해 한 걸음 내디딘 다음 말했다. "자네가 그렇다는 얘기겠지. 두고 보면 알 거야."

2056년의 그는 더 이상 아무 말도 없이 해치를 쾅 닫고 이륙했다. 우주정은 하늘 높이 날아올라 모습을 감췄다.

에릭은 근처의 포장도로를 향해 터벅터벅 걸어갔다.

솔트레이크시티 시내에서 택시를 잡아탔다. 택시는 이동 허가서를 요구하지 않았다. 에릭은 자신이 어느새—아마 길을 따라 시내를 향해 걷고 있던 중에—그로부터 1년 전에 해당하는 그 자신의 시간대로 돌아왔다는 사실을 깨달았다. 그래도 일단 확인해보기로 했다.

"오늘 날짜를 가르쳐줘." 그는 택시에게 말했다.

"6월 15일입니다, 손님." 초록색 산과 계곡 위를 지나 남쪽으로 웅웅거리며 날아가던 택시가 말했다.

"몇 년인데?"

택시가 말했다. "혹시 손님 성함이 립 밴 윙클*이라도 되는 겁니까? 2055년입니다. 그 사실에 만족하셨으면 좋겠군요." 택시는 낡고 좀 구지레해서 수리가 필요한 느낌이었다. 그 사실은 자율제어 회로의 신경질적인 반응에도 나타나있었다.

"만족했어." 에릭은 말했다.

그는 택시의 영상전화기를 써서 피닉스의 안내센터를 불러냈고, 포로수용소의 위치를 확인했다. 기밀 정보는 아니었다. 택시는 편평한 사막과 바위투성이의 단조로운 구릉지대와 호수가 말라붙어 생긴 텅 빈 분지 위를 날기 시작했다. 이윽고 택시는 불모의 황야 한복판에 에릭을 내려놓았다. 제29 포로수용소에 도착한 것이다. 그가 상상했던 대로 너무나도 척박해서 인간은 도저히 살 수 없을 것 같은 장소였다. 에릭 눈에는 네바다 주와 애리조나 주의 광대한 사막은 황량한 외계 행성이나 마찬가지였고, 지구의 일부가 아닌 것처럼 보였다. 솔직히 말해서 이곳보다는 화성에 있는 워싱턴-35 주위의 경치가 차라리 나았다.

"행운을 빕니다, 손님." 택시가 말했다.

"고마워." 에릭이 이렇게 대꾸하고 요금을 치렀다. 차에서 내리자 택시는 차체를 시끄럽게 덜그럭거리며 급상승했다.

에릭은 수용소 출입문에 있는 위병소로 걸어갔다. 안에 있던 위병에게 티화나 모피 염료사에서 완벽한 정확성을 필요로 하는 사무 업무에 종사할 포로를 하나 사러 왔다고 고했다.

"한 마리만 필요하신 겁니까?" 위병은 에릭을 상관의 집무실

---

* Rip Van Winkle. 미국작가 워싱턴 어빙의 단편소설 주인공. 산속에서 술에 취해 한숨 자고 나니 20년이 흘러있었다는 내용이다.

로 안내하며 물었다. "쉰 마리라도 드릴 수 있는데요. 아니, 이백 마리라도 괜찮습니다. 지금은 수용소에 차고 넘쳐서 말입니다. 지난번 전투에서 수송 우주선을 여섯 척이나 나포했거든요."

수용소장인 대령의 집무실에서 에릭은 서류에 필요 사항을 기입하고 TF&D사를 대표해서 서명했다. 포로의 대금은 정식 청구서를 보내면 월말에 통상적인 경로를 통해 송금될 것이라고 설명했다.

"맘에 드는 놈을 고르게." 대령은 따분해서 죽겠다는 듯한 어조로 말했다. "가서 둘러보고, 아무 놈이나 데려가라고— 어차피 그놈이 그놈이지만 말이야."

에릭은 말했다. "옆방에서 서류를 정리하고 있는 리그인은 어떻습니까. 성별이 뭔지는 모르겠지만 하여튼 유능해 보이는군요."

"데그 말이군." 대령이 말했다. "데그는 여기 온 지 오래됐어. 전쟁이 발발한 첫째 주에 포로로 잡혔거든. 우리 편의를 위해서 예의 통역 상자를 직접 만들기까지 했다네. 딴 놈들도 모두 저 데그만큼 협력적이면 좋으련만."

"그럼 저 친구를 데려가겠습니다."

"그러려면 상당한 액수의 추가 요금을 내야 해." 대령은 짐짓 은근한 어조로 말했다. "이 수용소에서 훈련을 받은 덕에 숙련도가 높거든." 그는 서류에 뭔가를 끼적거렸다. "몸값에 통역 상자의 요금도 붙네."

"방금 자기 손으로 직접 만들었다고 하지 않았습니까."

"재료를 공급한 건 우리야."

마침내 가격 교섭이 끝나자 에릭은 옆방에서 다중 관절이 달린 네 개의 팔을 움직이며 보험 지급 청구서를 바쁘게 정리 중인 리그인에게 갔다.

"이제 자넨 TF&D사 소속이야. 그러니까 날 따라와." 에릭은 이렇게 말하고 대령을 보았다. "혹시 도망치거나 저항하지는 않을까요?"

"절대로 그러지 않아." 대령은 이렇게 말하고, 권태로운 동작으로 벽에 등을 기대며 시가에 불을 붙였다. "그런 생각 자체를 아예 못 하니까 말이야. 이놈들은 버러지에 불과해. 덩치만 큰, 번들거리는 버러지."

잠시 후 옥외로 나간 에릭은 뜨거운 햇살 아래에서 가까운 피닉스에서 호출한 택시가 오기를 기다렸다. 이렇게 간단히 일이 끝날 줄 미리 알았더라면 그 괴팍한 고물 택시를 그냥 여기 대기시켜 놓을걸 그랬다. 묵묵히 곁에 서있는 리그인이 거북했다. 결국 리그인은 우리의 공식적인 적이 아니던가. 리그인들은 지금 지구인들과 싸우며, 지구인들을 죽이고 있다. 게다가 이 리그인은 적의 장교였다. 지금도 그렇다.

리그인은 마치 파리 같은 동작으로 몸단장을 하며 날개와 촉각과 아래쪽 양팔의 먼지를 떨어냈다. 통역 상자는 금방이라도 부러질 것 같은 가느다란 팔로 감싸 안은 채로 절대로 내려놓으려고 하지 않았다.

"포로수용소에서 나올 수 있어서 기쁘지 않아?" 에릭은 물었다. 사막의 강렬한 햇살 아래에서 통역 상자의 화면에 희미한 글자들이 떠올랐다.

별로

택시가 도착했다. 에릭은 데그 달 일과 함께 차에 탔다. 택시는 곧 하늘로 날아올라 티화나 쪽으로 기수를 돌렸다.

에릭이 말했다. "난 자네가 리그군 정보부 장교인 걸 알아. 그래서 데려온 거야."

통역 상자에는 아무 글자도 떠오르지 않았다. 그러나 리그인은 몸을 떨었다. 광택이 없는 복안들은 한층 더 뿌옇게 변했고 위안僞眼들은 공허하게 열려있다.

"위험한 건 알지만 지금 당장 얘기해둬야겠어. 난 자네와 어떤 UN 고위인사와의 회합을 주선할 목적으로 중개자 역할을 수행하고 있어. 나와 협력해주면 자네뿐만 아니라 자네 종족에게도 유익한 결과가 나오리라고 생각하네. 내가 근무하는 회사에 내려줄게."

통역 상자가 갑자기 작동했다.

나를 수용소로 다시 데려가줘

"알아." 에릭은 말했다. "이토록 오랫동안 연기를 해왔으니 금세 포기할 수는 없다는 걸. 이젠 그럴 필요도 없지만 말이야.

난 자네가 여전히 자네 정부와 연락을 취하고 있다는 사실을 알아. 자네가 티화나에서 만나게 될 인물은 바로 그런 이유에서 자네를 필요로 하고 있는 거야. 자네를 통해서 자네 정부와 관계를 수립하려는 거지." 에릭은 잠시 주저하다가 과감하게 말했다. "릴리스타인들에게 들키지 않고 말이야." 허세도 이런 허세가 없었다. 에릭이 실제로 수행하고 있는 역할은 극히 사소할지도 모르는 것이다.

잠시 후 상자가 다시 반짝였다.

지금까지도 줄곧 협력해왔어

"하지만 이번 일은 좀 다르다네." 에릭은 여기서 갑자기 얘기를 그만두었다. 비행이 계속되는 동안 그는 더 이상 데그 달 일에게 말을 걸려고 하지 않았다. 적절한 행동이 아니라는 점은 명백했기 때문이다. 데그 달 일은 그 사실을 알고 있었고, 에릭도 알고 있었다. 앞으로 일어날 일들은 누군가 다른 사람에게 달려있었지, 에릭에게 달려있지는 않았기 때문이다.

티화나에 도착하자 에릭은 시내의 대로변에 있는 시저 호텔에 방을 하나 잡았다. 프런트의 멕시코인 직원은 리그인을 빤히 쳐다보았지만 아무 질문도 하지 않았다. 이곳은 티화나니까 말이야. 에릭은 데그를 데리고 방이 있는 층으로 걸어 올라가며 생각했다. 여기서는 다른 사람이 무슨 일을 하든 아무도 신

경을 쓰지 않는다. 옛날부터 줄곧 이런 식이었고, 전시인 지금
도 하등 달라지지 않았다. 티화나는 전혀 변하지 않았다. 이곳
에서는 무엇이든 갖고 싶은 것을 손에 넣을 수 있고, 무엇이든
하고 싶은 일을 할 수 있다. 대로변에서 너무 노골적으로 그러
지 않는 한은 말이다. 특히 밤에 은밀하게 할 경우에는 아무 문
제도 없다. 왜냐하면 티화나는 밤이 되면 완전히 변신해서, 온
갖 일들, 상상하기조차 힘든 일들조차도 가능해지기 때문이다.
과거에 그것은 낙태, 마약, 여자, 도박 따위였다. 지금은 적과
의 밀회이다.

　호텔 방으로 들어간 에릭은 데그 달 일에게 소유 권리증을
건넸다. 그가 없는 새에 무슨 문제가 생길 경우 이 서류를 보여
주면 이 리그인이 포로수용소에서 도망쳐 오지도 않았으며, 스
파이가 아니라는 사실도 증명할 수 있다. 돈도 건넸다. 문제가
생길 경우—특히 릴리스타의 첩보원들이 나타날 경우—에는
TF&D사에 연락을 취하라는 지시와 함께. 리그인은 줄곧 이 호
텔방에 머무르고, 방에서 식사를 하고, 보고 싶으면 텔레비전을
보아도 좋고, 가급적 방에 아무도 들이지 말아야 한다. 만에 하
나 릴리스타의 첩보원들에게 잡히더라도 아무 얘기도 하면 안
된다. 설령 그 결과 살해당하는 한이 있더라도. 이런 식이었다.

　"자네에게 이런 요구를 했다고 해서 내가 리그인의 생명을
경시한다든지, 리그인의 생사를 결정할 권리가 있다고 믿는 건
아니라는 점을 알아줬으면 좋겠어. 내가 이러는 건, 나는 상황
을 파악하고 있지만 자네는 파악하고 있지 못하다는 단순한 이

유에서야. 그만큼 중대한 사태라는 내 말을 액면 그대로 받아들여줬으면 좋겠군." 그러고는 통역 상자가 반짝이기를 기다렸지만 그런 일은 일어나지 않았다. "할 말 없어?" 에릭은 알 수 없는 실망감을 느끼며 물었다. 이 리그인을 만난 이래 소통다운 소통을 하지 못했다. 어떤 이유인지는 모르겠지만, 나쁜 징조라는 생각이 들었다.

그제야 통역 상자에 주저하듯이 글자가 떠올랐다.

안녕히

"그것밖에는 할 말이 없어?" 에릭은 믿을 수 없다는 듯이 말했다.

당신 이름은 무엇입니까?

"그건 내가 준 서류에 쓰여있어." 에릭은 이렇게 대꾸하고 문을 쾅 닫으며 방에서 나갔다.

에릭은 호텔 밖의 인도에서 구식 지상 택시를 불러 세우고 인간 운전기사에게 TF&D로 가라고 지시했다.

십오 분 뒤에는 또다시 잿빛으로 반짝이는 키위새 모양의 매력적인 건물로 들어가서 낯익은 복도를 지나 자기 사무실로 갔다. 그러니까, 얼마 전까지는 그의 사무실이었던 방으로.

그의 비서인 미스 퍼스가 놀라 눈을 깜박였다. "어머, 스위트센트 선생님— 샤이엔에 가 계신 줄 알았어요!"

"잭 블레어는 있어?" 에릭은 인공장기 저장 탱크 쪽을 흘긋 보았지만 의무과 조수의 모습은 눈에 띄지 않았다. 재고 차트와 클립보드를 한손에 쥔 브루스 히멀이 어둑어둑한 제일 뒤쪽 줄에서 얼쩡거리고 있을 뿐이었다. "샌디에이고 공공 도서관이 낸 소송은 어떻게 됐나?" 에릭은 히멀에게 물었다.

히멀은 깜짝 놀라 일어섰다. "상소했습니다, 선생님. 절대로 포기하지 않을 겁니다. 그런데 어떻게 티화나로 돌아오신 겁니까?"

틸 퍼스가 말했다. "선생님, 잭은 위층에서 애커먼 사장님하고 회의를 하고 있습니다. 피곤해 보이시네요. 샤이엔에서는 할 일이 정말 많으신 거죠? 책임도 막중하고." 긴 속눈썹 아래의 파란색 눈에는 동정의 빛이 떠올라있었다. 커다란 젖가슴은 모성본능을 자극받았는지 수유授乳를 하는 것처럼 조금 부풀어 오른 것처럼 보인다. "커피 한 잔 가져다드릴까요?"

"응, 고마워." 에릭은 책상에 앉아 한숨 돌리며 오늘 일어났던 일들을 되돌아보았다. 온갖 일들이 잇달아 일어났지만 결국 이렇게 자기 의자에 앉아있다니 실로 묘한 얘기가 아닌가. 혹시 이걸로 모든 일이 끝난 것일까? 나는 은하계의 세 종족이 관련된 치열한 싸움에서 나 자신의 작은 역할을—아니, 그렇게 작지는 않을지도 모른다—끝까지 수행한 것일까? 베텔게우스 출신의 그 썩은 배를 닮은 생물까지 포함시키면 네 종족이다……. 에릭은 기분상 그것도 포함시키기로 했다. 아마 이것

334

으로 그가 진 짐을 모두 내려놓은 것인지도 모른다. 일단 샤이엔에 있는 몰리나리에게 영상전화를 걸기로 하자. 그러면 나는 다시 버질 애커먼의 주치의 자리에 복귀하고, 고장 난 장기를 잇달아 바꾸는 생활로 돌아갈 수 있을 것이다. 하지만 캐시의 문제가 남아있었다. 이곳 TF&D사의 의무실에 있을까? 아니면 샌디에이고의 병원에 입원해있을까? 캐시는 중독 증세에도 굴하지 않고 버질의 일을 계속하며 원래의 생활을 되찾으려고 하고 있을지도 모른다. 캐시는 겁쟁이가 아니다. 마지막까지 포기하지 않고 노력할 것이다.

"캐시는 아직도 이 건물 안에 있어?" 틸 퍼스에게 물었다.

"확인해볼게요." 그녀는 데스크컴의 단추를 조작했다. "거기 선생님 팔꿈치 옆에 커피 갖다놓았어요."

"고마워." 에릭은 기꺼이 커피를 들이켰다. 거의 옛날과 마찬가지다. 그의 사무실은 그에게는 언제나 오아시스나 마찬가지였다. 이곳은 모든 것이 합리적이었고, 엉망이 된 그의 사생활로부터 도망칠 수 있는 유일한 피난처였다. 여기서는 누구든 서로를 친절하게 대하고, 우호적이고 친숙한 인간관계를 유지할 수도 있다. 하지만─ 그것만으로는 충분하지 않았다. 인간에게는 애정도 필요한 법이니까. 설령 그것이 파괴적인 힘으로 변할 위험이 있다고 해도.

에릭은 메모 용지와 펜을 집어 들고 기억에 의지해서 JJ-180 해독제의 화학식을 써넣었다.

"4층 의무실에 계신다네요." 미스 퍼스가 보고했다. "아프신 줄은 몰랐습니다. 증세가 심각한가요?"

에릭은 접은 메모쪽지를 비서에게 건넸다. "이걸 조나스에게 전달해줘. 그 친구는 이게 뭔지 알고, 이걸 가지고 뭘 해야 하는지도 알 거야." 에릭은 캐시한테 가서 곧 해독제가 만들어질 거라고 얘기해줄까 말까 망설였다. 그러는 것이 인간으로서 가장 기본적인 예의라는 데는 의심의 여지가 없었다. "응." 그는 의자에서 일어섰다. "지금 만나러 가야겠어."

"조리 잘하시라고 전해주세요." 무거운 발걸음을 옮겨 사무실 밖 복도로 나간 에릭을 향해 틸 퍼스가 말했다.

"그럴게." 그는 중얼거렸다.

4층 의무실로 들어가자 캐시가 흰 면 가운을 입고 맨 다리를 꼰 채로 안락의자에 앉아있었다. 잡지를 읽는 중이었다. 나이를 먹고 쪼그라든 것처럼 보였다. 강한 진정제를 투여받은 기색이 뚜렷했다.

"조리 잘하래." 에릭은 말했다. "틸이."

캐시는 눈에 띄게 힘든 기색으로 천천히 고개를 들었고, 에릭에게 시선을 고정했다.

"뭔가— 새로운 소식이라도 가지고 왔어?"

"해독제를 손에 넣었어. 아니, 곧 손에 넣을 거야. 해즐틴 사 쪽에서 서둘러서 1회 분량을 합성해서 급행편으로 여기 보내줄 거야. 여섯 시간쯤 기다리면 돼." 에릭은 격려의 미소를 지어 보이려고 노력했다. "기분은 어때?"

"방금 당신이 전해준 소식을 듣고 나서 좋아졌어." 평소의 괴팍한 행동을 감안하더라도, 놀랄 정도로 사무적인 어조였다. 보나마나 진정제 탓이리라. "그럼 성공했구나. 그렇지? 날 위해 그걸 찾아준 거야."

그러더니 그제야 생각났다는 듯이 이렇게 덧붙였다. "아, 맞아. 당신도 그게 필요했지. 하지만 당신은 그걸 자기만을 위해 쓰고 나한테는 알리지 않을 수도 있었어. 그러니까 고마워, 여보."

'여보.' 캐시 입에서 그런 단어를 듣는 것은 고통스러웠다.

"난 알아." 캐시는 신중한 어조로 말했다. "내가 당신에게 그런 짓을 했는데도, 마음속 깊은 곳에서는 여전히 나에 대해 애정을 느끼고 있다는 걸. 안 그랬더라면 이렇게 와줬을 리도 없고."

"아니, 그래도 왔을 거야. 내가 무슨 비인간적인 괴물이라도 되는 줄 알아? 치료약은 공개되어야 해. 그 빌어먹을 마약에 중독된 사람들이라면 누구든 쓸 수 있게. 설령 중독자가 릴리스타인이라고 해도. 내 입장에서 고의적으로 중독성을 집어넣은 독성 마약은 극악한 물건이고, 생명에 대한 범죄야." 에릭은 입을 다물고, 속으로 생각했다. 그리고 다른 사람을 중독시키는 사람도 범죄자야. 교수형이나 총살형에 처해야 마땅한. "이제 가볼게. 샤이엔으로 돌아갈 거야. 나중에 보자고. 몸조리 잘하고." 그는 너무 냉정하게 들리지 않도록 주의하며 이렇게 덧붙였다. "그런데 캐시, 이 치료제는 당신이 이미 입은 육체적 손상까지는 회복시켜주지 않아. 이해하지."

"나 몇 살쯤 되어 보여?" 캐시가 물었다.

"딱 당신 나이만큼 되어 보여. 서른다섯 살."

"아냐." 캐시는 고개를 가로저었다. "난 거울을 봤어."

에릭은 말했다. "당신이 처음으로 그 마약을 투여했던 그날 밤 당신하고 함께 그걸 먹은 사람들도 모두 해독제를 얻을 수 있도록 조처해줘. 당신한테 그 일을 맡겨도 되겠지?"

"물론. 다들 내 친구야." 캐시는 잡지 모퉁이를 만지작거리며 말했다. "에릭, 난 이런 몸이 되어버렸으니 더 이상 함께 살아 달라고 얘기하는 건 힘들겠지. 이렇게 쪼그라들고―" 캐시는 갑자기 말을 끊고 침묵했다.

지금이 기회일까? 에릭은 말했다. "이혼하고 싶어, 캐시? 원한다면 그래도 좋아. 하지만 내 마음은―" 그는 주저했다. 언제까지 이런 위선자 노릇을 해야 하는 것일까. 내가 정말로 해야 할 일은 무엇일까? 미래의 에릭, 2056년에 만났던 그의 분신은 제발 캐시와 인연을 끊으라고 간원했다. 이성적으로 생각하면 그러는 것이 당연하지 않을까? 가급적이면 지금 당장?

캐시는 낮은 목소리로 말했다. "여전히 당신을 사랑해. 난 헤어지고 싶지 않아. 당신한테 좀 더 잘해줄게. 그게 내 솔직한 마음이야. 약속할게."

"나도 솔직해져도 돼?"

"응. 언제든 솔직한 게 최고야."

"이제 날 놓아줘."

캐시는 그를 올려다보았다. 그녀의 눈에서 한순간 과거의 그녀 모습이, 그들 사이의 관계의 본질을 부식시켰던 독기가 이

글거렸다. 그러나 지금은 무디어져있었다. 마약중독과 진정제 탓에 쇠약해진 탓이다. 예전에는 에릭을 사로잡고 놓아주지 않던 격한 성향은 이미 사라져버린 지 오래였다. 캐시는 어깨를 으쓱하며 중얼거렸다. "흠, 솔직해지라고 한 건 나니까 뭐라고 할 수도 없겠네. 되려 고마워해야 하는 건가."

"그럼 동의하는 거야? 이혼 신청을 받아들이겠어?"

캐시는 신중하게 말했다. "한 가지 조건이 있어. 다른 여자가 없어야 해."

"다른 여자 따윈 없어." 에릭은 필리스 애커먼을 머리에 떠올렸다. 당연히 그녀는 해당 안 된다. 의심으로 가득 찬 캐시의 세계에서조차도.

"만에 하나 있다는 게 판명되면 이혼은 절대 안 돼." 캐시는 선언했다. "협력할 수 없어. 당신은 결코 나를 떼어놓지 못할 거야. 맹세코."

"그럼 우린 합의한 거로군." 에릭은 지금까지 그의 인생을 짓누르던 무거운 짐을 한꺼번에 나락 속으로 털어버린 듯한 느낌을 받았다. 이제는 단지 속세의 짐만을, 보통 사람이 견딜 수 있는 짐만 지고 가면 된다. "고마워." 에릭은 말했다.

캐시는 말했다. "나도 고마워, 에릭. 해독제를 줘서. 그리고 잘 봐. 마약에 중독되어서, 십여 년이나 마약을 써온 내가 어떻게 됐는지를. 당신이 내게서 도망칠 수 있게 해줬잖아. 결국 한 가지는 긍정적인 결과를 가져왔다는 얘기네."

비꼬려고 하는 말인지 아닌지 에릭은 도무지 갈피를 잡을 수 없었다. 그래서 다른 질문을 하기로 마음먹었다. "몸이 나으면 TF&D사의 일을 다시 맡을 거야?"

"에릭, 나한테도 고무적인 일이 하나 있을지도 몰라. 마약의 작용으로 과거로 돌아갔을 때 난一" 캐시는 말을 멈췄다가, 힘겹게 다시 입을 열었다. 이제 말하는 것조차 쉽지 않은 상태인 것이다. "1930년대 중반으로 돌아갔을 때 난 버질한테 전자부품을 한 개 우송했어. 그걸 어떻게 쓰면 되고, 또 내가 누군지를 써넣은 메모를 첨부해서. 미래에도 나를 기억할 수 있도록. 사실, 그 미래가 바로 지금이야."

"하지만一" 에릭은 말꼬리를 흐렸다.

"하지만 뭐?" 캐시는 가까스로 에릭이 한 말에 주의를 기울인 듯했다. "내가 뭐 잘못한 거야? 과거를 바꿔서 현재를 교란했다든지?"

도저히 캐시에게 알릴 수가 없었다. 어차피 문의해보는 즉시 알아차릴 게 뻔하지만 말이다. 버질은 전자부품 따위는 받지 못했다. 왜냐하면 캐시가 보낸 부품은 그녀가 과거를 떠나왔을 때 함께 그녀를 따라왔기 때문이다. 어린 시절의 버질은 빈 봉투를 받았거나 아무것도 받지 못했을 것이다. 애처로운 감정이 밀려왔다.

"뭐가 잘못됐어?" 캐시는 힘겹게 물었다. "내가 뭔가 잘못한 거야? 난 당신을 속속들이 아니까, 표정만 봐도 알아."

"그냥 놀랐을 뿐이야. 너무 독창적이라서. 하지만 캐시." 에릭은 캐시 곁에서 몸을 낮추고 그녀의 어깨에 손을 얹었다. "그걸로 뭔가 큰 진전이 있을 거라고는 기대하지 마. 당신이 버질을 위해 하는 일은 기본적으로 더 개선될 게 없는 성질의 것이고, 어차피 버질은 남한테 그렇게 고마워할 줄 아는 성격도 아니니까."

"하지만 시도해볼 만한 가치는 있었다고 생각하지 않아?"

"응." 에릭은 허리를 펴며 말했다. 이 얘기는 더 이상 안 하는 편이 낫다.

에릭은 캐시에게 작별을 고하고, 다시 한 번 그녀의 어깨를—무의미하게—두드렸다. 그런 다음 엘리베이터로 가서 버질 애커먼의 집무실로 올라갔다.

버질은 방으로 들어간 에릭을 흘끗 올려다보고는 껄껄 웃었다. "에릭, 자네가 돌아왔다는 얘긴 들었네. 자, 이리 와서 어땠는지 얘기해줘. 캐시는 정말 상태가 안 좋아 보이더군. 안 그래? 해즐틴이 가쳤지만—"

"잠깐만요." 에릭은 방문을 닫으며 말했다. 방에는 두 사람뿐이었다. "버질, 몰리나리를 이곳 TF&D 본사로 오게 할 수 있습니까?"

"왜?" 버질은 새처럼 기민하게 에릭을 응시했다.

에릭은 이유를 설명했다.

설명이 끝나자 버질이 말했다. "지노에게 전화를 걸겠네. 넌지시 비추기만 해도 서로를 워낙 잘 아는 사이니까 직감적으로 알아차릴 걸세. 틀림없이 올 거야. 아마 당장. 일단 결단을 내리면 일사천리로 행동하는 친구니까."

"그럼 저는 여기 그냥 머물러도 되겠군요." 에릭은 단호한 어조로 말했다. "샤이엔으로 돌아갈 생각은 없습니다. 사실, 시저 호텔로 돌아가서 데그와 함께 있어주는 편이 나을지도 모르겠습니다."

"그럼 호신용 총을 가지고 가게." 버질은 이렇게 말하고 영상전화 수화기를 집어 들고 말했다. "샤이엔의 화이트 하우스로 연결해줘." 그러고는 에릭에게 말했다. "놈들이 이 회선을 도청하고 있어도 아무 소용 없을걸. 우리가 무슨 얘기를 하는지 도통 못 알아들을 테니." 그는 다시 수화기에 대고 말했다. "몰리나리 사무총장을 대줘. 버질 애커먼인데, 직접 얘기하고 싶네."

에릭은 등받이에 등을 기대고 귀를 기울였다. 마침내 사태가 순조롭게 돌아가고 있다. 그러니까 이 짬을 이용해서 잠시 휴식을 취해도 될 듯하다. 그냥 구경꾼이 되는 것이다.

영상전화기에서 화이트 하우스 교환수의 히스테리에 빠진 듯한 다급한 목소리가 들려왔다. "애커먼 씨, 혹시 스위트센트 선생님이 거기 계신가요? 어디 계신지 알 수가 없어서. 실은 몰리나리가, 그러니까 몰리나리 사무총장님이, 돌아가셨습니다. 소생시킬 수가 없다고 합니다." 버질은 고개를 들고 에릭의 얼굴을 응시했다.

"당장 가겠습니다." 에릭은 말했다. 마비된 듯한 기분이었다. 아무 생각도 나지 않았다.

"이미 늦었어." 버질이 말했다. "내기를 해도 좋아."

교환수가 새된 목소리로 말했다. "애커먼 씨, 총장님은 두 시간 전에 돌아가셨습니다. 티가든 선생님은 이젠 손쓸 방도가 없다고 하고—"

"어떤 장기의 기능이 멈췄는지 물어보십쇼." 에릭은 말했다.

교환수는 에릭의 목소리를 들은 듯했다. "심장입니다. 거기 옆에 계시는 분이 스위트센트 선생님이신가요? 티가든 선생님 말로는 대동맥이 파열해서—"

"인공심장을 한 개 가지고 가겠습니다." 에릭은 버질에게 고했고, 화이트 하우스 교환수를 향해 말했다. "티가든한테 환자 몸 온도를 최대한 낮추라고 전해줘. 어차피 그러고 있겠지만."

"옥상 발착장에 고속 우주선이 한 척 있네." 버질이 말했다. "우리가 워싱턴-35로 타고 갔던 거야. 이 근처에서는 의심의 여지가 없이 최고로 성능이 좋은 우주선이지."

"심장을 가지고 오겠습니다. 제 방에 다녀와야 하니까, 그 사이에 우주선을 준비해주시겠습니까?" 에릭은 이제 냉정을 되찾고 있었다. 이미 늦었거나, 늦지 않았거나 둘 중 하나다. 지금 이 순간 부산을 떨어보았자 아무 의미도 없다.

버질은 영상전화로 TF&D사의 교환대를 불러내며 에릭에게 말했다. "자네가 가본 2056년은 우리 세계와는 연결되어있지 않은 것 같군."

"그래 보입니다." 에릭은 동의하고, 빠른 걸음으로 엘리베이터를 향해 가기 시작했다.

13

화이트 하우스 옥상의 발착장에서 돈 페스텐버그가 에릭을 맞이했다. 얼굴이 창백했고, 긴장한 나머지 말을 더듬고 있었다. "어, 어디 가있었던 겁니까, 선생님? 샤이엔을 떠나있겠다는 얘길 누구한테도 하지 않고 가시다니. 다들 선생님이 어딘가 근처에 계실 거라고 지레짐작하고 있었습니다." 페스텐버그는 앞장서서 발착장에서 가장 가까운 곳에 있는 진입 보도 쪽으로 성큼성큼 걸어갔다.

에릭은 인공장기가 든 상자를 들고 그 뒤를 따랐다.

사무총장의 침실 문간에서 티가든이 나타났다. 피로 탓에 얼굴이 핼쑥했다. "도대체 어디 가있었던 건가, 선생?"

전쟁을 끝내려고 노력하고 있었지. 에릭은 이렇게 생각했지만, 단지 "체온을 얼마나 내렸습니까?"라고 물었을 뿐이었다.

"뚜렷한 신진대사의 징후는 없어. 내가 그 정도의 소생 조치도 처리 못할 것 같나? 몰리나리가 의식을 잃거나 죽어서 소생이 불가능해질 경우, 자동적으로 효력이 발생하는 서면 위임장이 여기 있네." 그는 에릭에게 서류를 건넸다.

흘끗 보자마자 가장 중요한 항목이 눈에 들어왔다. 인공장기 시술을 금한다. 그 어떤 상황에서도. 설령 몰리나리가 살아남을 수단이 그것밖에는 없을 경우에도.

"이건 구속력이 있습니까?" 에릭은 물었다.

"법무장관에게 문의해보았네." 티가든이 말했다. "있어. 자네도 잘 알 텐데. 어떤 환자든 간에 인공장기를 이식할 경우에는 미리 서면으로 된 허가서가 필요하잖아."

"몰리나리는 왜 이런 지시를 내린 걸까요?"

"난들 어떻게 알겠나. 자네가 가져온 그 인공심장을 쓰지 않고 몰리나리의 소생을 시도해볼 수는 없나? 우리에게 남은 선택은 그것밖에 없어." 티가든의 목소리는 고뇌와 패배감으로 무겁게 가라앉아있었다. "아무것도 없지. 자네가 떠나기 전에 몰리나리는 심장 통증을 호소했네. 동맥이 파열한 것 같다고 자네한테 얘기하기까지 했고, 나도 그걸 들었어. 그런데도 자넨 자리를 떴어." 그는 에릭을 빤히 쳐다보았다.

에릭은 말했다. "심기증이 처치 곤란한 이유입니다. 사실인지 아닌지 확신할 수가 없으니."

"흠." 티가든은 거친 한숨을 내쉬며 말했다. "맞아― 나도 알아차리지 못했지."

에릭은 돈 페스텐버그를 돌아보고 말했다. "프레넥시는 어때? 이 일을 알아?"

페스텐버그는 신경질적이고 작위적인 웃음을 떠올리며 말했다. "물론 압니다."

"뭔가 반응은 없었나?"

"우려한답니다."

"설마 릴리스타의 우주선들이 여기 또 착륙하는 걸 허가하지는 않았겠지?"

페스텐버그는 말했다. "선생님, 선생님의 임무는 환자를 치료하는 거지, 정책을 지시하는 게 아닙니다."

"그걸 안다면 환자의 치료에 도움이 돼."

"샤이엔은 봉쇄됐습니다." 페스텐버그는 마지못해 시인했다. "이번 사태가 발생한 이래, 선생님이 타고 오신 걸 제외하면 그 어떤 우주선의 착륙도 허가하지 않았습니다."

에릭은 침대로 걸어가서 지노 몰리나리를 내려다보았다. 체온을 유지하고 체내 깊숙한 곳의 수많은 기능을 감시하는 기계장치에 거의 묻혀있다시피 했기 때문에 뚱뚱하고 땅딸막한 몸이 거의 보이지 않을 정도였다. 얼굴은 뇌내의 지극히 미세한 변화까지도 잡아내는 장치로 완전히 가려져있었다. 지금까지는 거의 쓰인 적이 없는 신형 장치다. 뇌야말로 그 어떤 희생을 치르더라도 지켜야 하는 장기였다. 모든 장기가 고장 나더라도 뇌만은 절대로 포기할 수 없다.

기타 모든 장기는 고장 나도 상관이 없지만— 몰리나리는 인공심장의 사용을 금지했다. 따라서 방법은 없었다. 의학적인 관점에서는, 이 신경증적이고 자기 파괴적인 명령은 시계 바늘을 1세기 전으로 되돌려놓은 것이나 마찬가지다.

절개된 채로 열려있는 몰리나리의 흉곽을 군이 확인하지 않아도 에릭은 이미 손쓸 방도가 없다는 사실을 알고 있었다. 에릭의 외과의사로서의 능력은 인공장기 이식 이외의 분야에서는 티가든과 오십보백보일 것이다. 지금까지 에릭이 쌓아온 의사로서의 경력은 주로 기능이 저하한 장기를 대체할 수 있었는지의 여부에 집중되어있었다.

"그 서류를 다시 보여주시겠습니까." 에릭은 티가든에게서 서류를 건네받고 숙독해보았다. 몰리나리처럼 기략이 풍부한 책략가라면 틀림없이 인공장기 이식을 대체할 모종의 묘책을 강구해놓았을 것이 틀림없다. 여기서 이렇게 끝낼 수는 없다.

"프린들에게는 물론 통고해놓았습니다." 페스텐버그가 말했다. "사무총장의 소생이 불가능하다는 사실이 확인되는 시점에서 방송 회견을 시작할 수 있도록 지금 대기 중입니다." 부자연스러울 정도로 억양을 결여한 목소리였다. 에릭은 그쪽을 흘끗 보았다. 페스텐버그의 본심이 어떨지 궁금했다.

"이건 어떤 뜻입니까?" 에릭은 티가든에게 서류를 내보이며 말했다. "몰리나리가 비디오테이프에서 썼던, GRS 엔터프라이즈 제 로번트 대역을 작동시켜서 오늘 밤 텔레비전 방송에서 쓰라는 지시 말입니다."

"이게 뭐?" 티가든은 해당 조항을 다시 읽어보며 말했다. "녹화 테이프 방영은 물론 취소하는 수밖에 없어. 로번트 자체에 관해서는 나도 전혀 아는 바가 없네. 아마 페스텐버그라면 알지도 모르지만." 티가든은 묻는 듯한 눈으로 돈 페스텐버그를 돌아보았다.

"그 조항은 무의미합니다." 페스텐버그가 말했다. "글자 그대로. 이를테면 문제의 로번트를 냉동팩에 재워놓은 이유가 도대체 뭡니까? 지금 와서는 몰리나리의 속마음을 헤아릴 도리가 없고, 어차피 다른 일들을 처리하는 것만으로도 벅찹니다. 그 빌어먹을 서류에는 43개나 되는 조항이 들어있습니다. 그걸 전부 실행에 옮길 수는 없는 일이 아닙니까?"

에릭은 말했다. "하지만 자넨 그게 어디 있는지 알아."

"예. 시뮬라크럼이 어디 있는지는 압니다."

"그럼 냉동팩에서 그걸 꺼내게." 에릭은 말했다. "이 서류에 있는 지시에 입각해서 작동시키는 거야. 자네도 이 서류가 법적인 구속력을 가지고 있다는 건 잘 알잖나."

"작동시킨 다음에는 어떻게 합니까?"

"그 다음에는 로번트가 직접 설명해줄 거야." 그리고 앞으로 몇 년에 걸쳐서. 에릭은 속으로 중얼거렸다. 왜냐하면 그것이 야말로 이 서류의 존재 이유이기 때문이다. 지노 몰리나리가 죽었다는 사실은 공표되지 않을 것이다. 예의 자칭 로번트가 작동하는 순간부터는 그것은 사실이 아니게 되므로.

그리고 페스텐버그, 난 자네가 그 사실을 안다고 생각해.

에릭과 페스텐버그는 말없이 서로의 얼굴을 응시했다.

에릭은 곁에 있던 비밀 경호원에게 말했다. "이 친구가 작업을 하는 동안, 자네들 네 명도 함께 가있었으면 좋겠군. 명령이 아니라 제안이지만, 그래주면 고맙겠어."

그 경호원은 고개를 끄덕이고 동료들 몇 명을 손짓으로 불렀다. 그들은 페스텐버그 뒤에 모였다. 페스텐버그는 당황하고 동요한 기색이 역력했고, 평소의 침착한 그와는 거리가 멀었다. 그는 몇 명의 경호원들을 대동하고 달갑지 않은 임무를 수행하기 위해 방에서 나갔다.

"파열한 대동맥을 복구한다는 안은 어떤가?" 티가든이 힐문했다. "시도도 안 해볼 건가? 플라스틱 혈관을 심는다면 아직도—"

"이 시간 연쇄 속의 몰리나리는 이미 충분히 망가졌습니다." 에릭은 말했다. "그렇게 생각 안 하십니까? 지금이야말로 은퇴시켜줄 때입니다. 본인도 그걸 원하고 있고." 우리는 이제 한 가지 사실을 직시해야 해. 에릭은 깨달았다. 아무도 그 사실을 직시하고자 하지 않는 것은, 그 과정에서 우리가 우리 자신의 이념과는 전혀 어울리지 않는 종류의 정부를 만들어낸다는— 이미 만들었다는—사실을 인정할 수밖에 없기 때문이다.

몰리나리가 창건한 것은 자기 자신만으로 이어져 내려가는 왕조였다.

"그렇다고 시뮬라크럼을 지노 자리에 앉힐 순 없잖나." 티가든이 항의했다. "그건 인공물이고, 법도 그런 일을 금지하고—"

"그래서 지노는 인공장기 이식을 거부했던 겁니다. 입장상 버질처럼 고장난 장기를 인공장기로 하나씩 교체할 수가 없었습니다. 그런다면 법적인 문제가 생길 것이 뻔했으니까요. 하지만 그런 건 중요하지 않습니다." 적어도 지금은 중요하지 않다. 프린들은 몰리나리의 후계자가 아니고, 돈 페스텐버그도 물론 아니다. 본인이 아무리 그러기를 열망하고 있다고 해도 말이다. 이 왕조가 영원히 계속될 리는 없지만, 적어도 이번 타격에서는 살아남을 것이다. 그것만으로도 이미 대단한 일이 아닌가.

티가든은 잠시 침묵했다가 말했다. "그래서 냉동팩으로 얼려놓은 거로군. 이해하겠어."

"게다가 어떤 테스트를 해보아도 가짜라는 걸 증명할 수는 없을 겁니다." 당신도, 프레넥시 수상도, 심지어는 돈 페스텐버그조차도. 페스텐버그는 아마 나보다 먼저 진상을 알아챈 듯하지만, 속수무책이었다. "그게 이 해결 방식의 탁월한 점입니다. 설령 무슨 일이 일어나는지를 깨달았다고 해도 그걸 막을 방법이 없습니다." 이것은 종래의 정략 개념으로는 포괄하기 힘든 수법이다. 나는 그 사실에 혐오감을 느끼고 있는 것일까? 아니면 감탄하고 있을까? 솔직히 말해서 아직 모르겠다. 지노 몰리나리의 해결책은 너무나도 참신했기 때문이다. 막후에서 자기 자신과 은밀히 공모해서, 특유의 즉물적이고 전광석화와도 같은 방식으로 부활이라는 엄청난 사고를 치다니.

"하지만" 티가든이 반박했다. "그러면 다른 시간대의 UN 사무총장이 하나 사라지지 않나. 그럴 경우 이득을 보는 건—"

"돈 페스텐버그가 방금 작동시키기 위해 갔던 존재가 몰리나리가 사무총장으로 선출되지 않은 세계에서 왔다는 점은 명백합니다." 에릭은 말했다. 몰리나리가 정치적 패배를 맛보고, 누군가 다른 사람이 UN 사무총장으로 선출된 세계. 이 세계에서의 근소한 표차를 감안하면, 그런 세계가 수없이 존재한다는 점에는 의심의 여지가 없다.

그런 세계에서는 설령 몰리나리가 자취를 감춘다고 해도 큰 의미가 없다. 그곳에서 그는 또 한 사람의 패배한 정치인—아마 은퇴했을 가능성조차 있는—에 불과하기 때문이다. 그런 고로, 충분히 휴식을 취하고 건강을 유지할 수 있는 위치에 있었을 것이다. 프레넥시 수상과도 충분히 대적할 수 있도록.

"사실, 대단한 업적입니다." 에릭은 단언했다. "적어도 저는 그렇게 생각하고 있습니다." 몰리나리는 늦든 빠르든 자신의 망가진 육체가 죽음을 맞고, 장기이식이라는 수단을 사용하지 않고서는 영영 소생하지 못하는 사태가 올 것을 알고 있었다. 정략가라는 평판을 듣는 인물쯤 되면, 자기가 죽는 것까지 미리 계산에 넣고 있어야 마땅하지 않겠는가? 그런 선견지명이 없었다면 자기가 죽은 뒤에는 자기 국가가 존속하는 것을 원하지 않았던 히틀러 같은 소인배나 진배없었을 것이다.

에릭은 몰리나리가 작성한 서류를 다시 한 번 훑어보았다. 이견이 끼어들 여지가 없는 완벽한 문서였다. 법적으로도 차기 몰리나리를 소생시키는 선택밖에는 없었다.

그리고 새로 소생한 몰리나리도 자신의 대역을 준비해놓을 것이다. 잘 짜여진 레슬링의 태그매치 팀처럼, 이론상으로는 영원히 자기 자신을 존속시킬 수 있는 것이다.

아니, 그럴까?

모든 시간선에 존재하는 모든 몰리나리들은 같은 속도로 노화하고 있다. 따라서 앞으로 최대 30년이나 40년밖에는 계속되지 못할 것이다.

그러나 그만한 시간이 있으면 지구는 전쟁을 견뎌내고, 전쟁에서 빠져나올 수 있다.

몰리나리가 원했던 것은 오로지 그뿐이었다.

불멸자가, 신이 되려고 한 것이 아니었다. 단지 임기가 끝날 때까지 국민에게 봉사하고 싶었을 뿐이다. 지난번 세계대전에서 프랭클린 D. 루스벨트에게 일어났던 일은 몰리나리에게는 일어나지 않는다. 몰리나리는 과거의 잘못에서 교훈을 얻었고 전형적인 피에몬테* 출신자다운 방식으로 그 교훈을 실천에 옮겼다. 자신이 직면한 정치적 문제에 대해, 기괴하며 다채롭기 그지없는 해결책을 찾아냈던 것이다.

지금으로부터 1년 뒤에 돈 페스텐버그가 에릭에게 왜 UN 사무총장의 가짜 제복과 날조한 전송신문을 보여주었는지도 이것으로 설명이 된다.

몰리나리의 지시가 없었더라면, 그것들은 진짜가 될 수도 있었다.

그 사실만으로도 몰리나리의 행동은 충분히 정당화된다.

---

* Piedmont. 이탈리아 북서부의 주. 19세기 이탈리아 통일운동의 중심지였다.

그로부터 한 시간 뒤에 지노 몰리나리가 에릭을 개인용 사무실로 불러냈다.

불그스름한 얼굴에 기분 좋은 표정을 떠올리고, 새로운 제복을 차려입은 몰리나리는 의자 등받이에 느긋이 등을 기대고 노골적으로 에릭을 훑어보았다. "결국 그 자식들은 나를 깨우지 않을 작정이었던 것 같군." 몰리나리는 우렁우렁한 목소리로 말했고, 느닷없이 웃음을 터뜨렸다. "난 자네가 놈들에게 압력을 걸리라는 사실을 알고 있었네, 스위트센트. 모두 계산에 들어있었지. 우연에 의존한 것은 하나도 없어. 내가 하는 말을 믿나? 아니면 뭔가 빠져나갈 구멍을 찾아내서, 놈들이 나를 제거하는 데 성공했을 거라고 생각하나? 특히 페스텐버그 그 녀석은─자네도 알다시피 상당히 똑똑하지. 나 자신도 감탄을 금할 수 없을 정도로 말이야." 그는 트림을 했다. "자, 돈 그 녀석 일은 이제 됐으니 지금부터 내가 하는 말에 귀를 기울이게."

"그 자들은 거의 성공하기 직전까지 갔다고 생각합니다." 에릭은 말했다.

"그래, 사실이야." 몰리나리는 심각한 표정으로 동의했다. "아슬아슬했지. 하지만 정치란 원래 아슬아슬한 법이야. 그래서 그만큼 노력할 가치가 있는 거고. 확실한 일 따위의 어디가 좋단 말인가? 난 해당 안 돼. 그건 그렇고, 예의 비디오테이프는 예정대로 방영될 걸세. 프린들 그 불쌍한 친구는 지하실인지 어딘지 모르겠지만 평소 죽치고 있는 근무처로 돌려보냈고 말이야." 몰리나리는 또다시 너털웃음을 터뜨렸다.

"혹시, 당신의 세계에서는—"

"이게 내 세계야." 몰리나리는 에릭의 말을 끊었다. 양손으로 뒤통수를 괴고 의자를 앞뒤로 건들거리며 에릭을 빤히 쳐다본다.

에릭은 말했다. "당신이 살고 있던 평행 세계에서는—"

"쓸데없는 소리!"

"—UN 사무총장이 되려던 당신의 시도는 실패했습니다. 안 그렇습니까? 단지 궁금해서 물어보는 말입니다. 다른 사람에게 발설할 생각은 추호도 없습니다."

"발설하기라도 한다면 비밀 경호대를 시켜서 자네를 대서양에 수장시킬 거야. 아니면 심우주深宇宙로 내던지든가." 몰리나리는 잠시 침묵했다. "난 사무총장으로 선출됐어, 스위트센트. 하지만 정적들이 불신임안을 급조해서 날 쫓아냈지. 평화조약을 맺은 탓이었네. 물론 그치들이 옳았어. 애당초 난 그런 일에 관련하지 말았어야 했어. 하지만 팔이 네 개나 달린 데다가 말도 안 통하는, 번쩍거리는 곤충들하고 누가 거래를 하고 싶어 하겠나? 밖에 나갈 때도 통역 상자를 요강처럼 들고 다녀야 하는 놈들하고?"

"이젠 그래야 한다는 걸 아시지 않습니까." 에릭은 신중한 어조로 말했다. "리그인들과 협정을 맺어야 합니다."

"물론 그야 그렇지. 하지만 그건 지금이니까 이해하기 쉬운 것처럼 느껴지는 거야." 몰리나리의 눈이 검게 이글거렸다. 방대한 천부적 지성을 구사해서 이 문제의 결말을 보려는 듯이.
"지금 무슨 생각을 하고 있는 건가, 선생? 어디 보자. 1세기쯤
전에는 뭐라고 했더라? 일단 싸질러놓고 결과를 보자, 뭐 그런
말이었는데."

"티화나에서 리그인의 밀사가 기다리고 있습니다."

"염병할. 난 티화나에는 안 가. 그런 더러운 도시에 왜 가
나—거긴 열세 살짜리 갈보를 사러 가는 데야. 메리보다 훨씬
어린."

"그럼 메리에 관해서는 알고 계시는군요?" 메리는 대체 세계
에서도 이 인물의 정부 노릇을 하고 있었던 것일까?

"그 친구가 소개해줬어." 몰리나리는 온화한 어조로 말했다.
"나하고는 막역한 사이잖나. 그 친구가 부추겼던 거야. 지금은
매장 중인지 어쩌는지는 모르겠지만 하여튼 시체가 된 그 친구
말이야. 난 그런 일에는 전혀 흥미가 없어서, 그냥 알아서 처분
하라고만 했어. 내 건 이미 갖고 있네. 총알로 벌집이 되어서
관 속에 누워있는 그 친구 말이야. 자네도 봤지. 시체는 하나만
으로 충분해. 그걸 보면 신경이 날카로워지거든."

"그 암살된 시체는 어떻게 할 작정이십니까?"

몰리나리는 이를 드러내고 함박웃음을 지었다. "아직도 모르
는가보군? 그건 예전 시체라네. 조금 전에 죽은 그 친구가 오기
전에 이미 와있었던 거야. 난 두 번째가 아니라 세 번째라네."
그러고는 한쪽 손으로 귀를 덮더니 말했다. "좋아, 하고 싶은
말이 있으면 해보게. 어서."

에릭은 말했다. "흐음, TF&D사를 방문해서 버질 애커먼을 만나십시오. 그러면 의심을 사지 않을 테니까요. 밀사를 공장으로 들여보내서 사무총장님하고 회담할 수 있도록 손을 써 놓겠습니다. 가능할 거라고 생각합니다. 단지—"

"단지 자네의 리그인이 티화나에 있는 릴리스타 첩보원들의 최고 책임자인 코닝에게 먼저 잡히지 않을 경우에 말이군. 비밀 경호대에 그자를 체포하라는 명령을 내려두지. 그럼 릴리스타인들도 당황할 테니 한동안은 방해를 받지 않을 수 있어. 체포사유로는 자네 처에게 놈들이 한 짓을 들면 되겠군. 마약중독으로 만든 거 말이야. 표면적인 이유는 그거면 되겠나? 예스? 노?"

"그거면 될 겁니다." 또다시 피로가 몰려왔다. 예전보다 더 심했다. 오늘은 끝이 보이지 않는다. 전에 그를 짓눌렀던 중하가 또다시 돌아와서 옴짝달싹도 할 수 없는 느낌이다.

"내 말에 별로 감명을 받지 않은 기색이로군." 몰리나리가 말했다.

"천만에요. 단지 녹초가 됐을 뿐입니다." 지금부터 다시 티화나로 돌아가서, 시저 호텔에 그가 잡아놓은 방에서 기다리고 있는 데그 달 일을 데리고 공장으로 가야 한다. 아직 할 일이 남아있는 것이다.

"다른 사람을 보내야겠군." 몰리나리가 눈치 빠르게 말했다. "자네 대신 리그인을 TF&D사로 데리고 가라고 하겠네. 위치를 알려주기만 하면 내가 알아서 확실하게 조치하지. 자넨 이제 좀 쉬어도 돼. 술을 마시거나 새 여자라도 찾아보게나. 아니면 JJ-180을 더 먹고 다른 시대를 방문한다거나 해서 즐기라고. 자네의 중독 상태는 어떤가? 중독에서 벗어났나, 내가 충고했던 대로?"

"예."

몰리나리는 짙은 눈썹을 추켜세웠다. "세상에. 놀랄 노자로군. 설마 가능할 거라고는 생각하지 않았어. 그 리그인 밀사한테서 해독제를 받은 건가?"

"아닙니다. 미래에서 입수했습니다."

"전쟁은 어떻게 됐나? 난 자네처럼 미래로는 가지 않아서 말이야. 단지 옆의 방향으로, 평행한 현재들로 이동할 수 있을 뿐이야."

"힘든 상황이 될 겁니다."

"점령당하나?"

"지구 대부분이 그렇게 됩니다."

"그럼 나는?"

"워싱턴-35로 탈출하는 데 성공한 것은 확실해 보입니다. 리그군의 주력이 대거 쳐들어올 때까지 상당 기간을 농성한 뒤에 말입니다."

"맘에 안 드는군." 몰리나리는 잘라 말했다. "하지만 그러는 수밖에 없겠지. 자네 처인 캐서린은?"

"해독제가—"

"자네들 사이의 관계를 물어본 거야."

"헤어지기로 했습니다. 그렇게 마음을 정했습니다."

"알았어." 몰리나리는 짧게 고개를 끄덕였다. "아까 말한 주소를 써서 내게 주면 나도 자네한테 이름하고 주소를 하나 써주지." 그는 펜과 메모지를 꺼내서 뭔가를 휘갈겨 썼다. "메리의 친척이야. 사촌이지. 텔레비전 드라마의 단역이고, 패서디나에 산다네. 열아홉 살인데, 너무 젊은가?"

"법률에 저촉됩니다."

"걸리면 내가 꺼내줄게." 몰리나리는 에릭에게 메모지를 툭 던졌다. 그러나 에릭은 그것을 집어들지 않았다. "또 뭔가?" 몰리나리는 고함을 질렀다. "그놈의 시간여행 약을 먹고 머리가 이상해지기라도 한 건가? 그래서, 자네 앞에서 작고 하찮은 인생이 기다리고 있다는 사실을 망각했어? 옆이나 뒤가 아니라? 혹시 작년이 다시 되돌아와주기를 기다리고 있기라도 한 거야?"

에릭은 손을 뻗어 메모지를 집어 들었다. "정확한 지적입니다. 저는 오랫동안 작년을 기다리고 있었습니다. 하지만 그게 다시 와줄 것 같지는 않아 보이는군요."

"내가 보냈다고 말하는 걸 잊지 말게." 몰리나리는 이렇게 말하고, 에릭이 메모지를 지갑에 집어넣자 함박웃음을 지었다.

밤이었다. 에릭은 양손을 호주머니에 찔러 넣고 어두운 골목 안을 걷고 있었다. 제대로 길을 찾아왔는지 자신이 없었다. 캘리포니아 주 패서디나에 온 것은 몇 년 만이었기 때문이다.

전방에 각진 형태의 거대한 집합주택 건물이 밤하늘을 배경

으로 우뚝 서있었다. 배후의 어둠보다 색깔이 더 진하다. 창문
은 사각형의 거대한 합성 호박을 파서 만든 눈처럼 반짝이고
있었다. 눈은 마음의 창이라고 하지만, 집합주택은 집합주택일
뿐이야. 에릭은 생각했다. 저 안에서는 무엇이 나를 기다리고
있을까? 거만한―또는 그리 거만하지는 않은―흑발 여인. 텔
레비전의 맥주나 담배 광고나, 몰리나리가 말한 무슨 드라마인
가에 출연하는 것이 소원인 젊은 여자. 내가 아플 때도 억지로
일으켜 세우고, 부부간의 맹세나 상호부조의 정신이나 영원히
보호한다는 약속 따위를 농담으로 만들어버리는 여자.

그리 오래되지도 않은 과거에 워싱턴-35에서 필리스 애커먼
과 나눴던 대화가 생각났다. 나의 인생 매트릭스에 각인된 패
턴을 정말로 되풀이할 작정이라면, 필리스를 찾아가면 그만이
다. 필리스는 내가 매력을 느낄 정도로는 충분히 캐시를 닮았
다. 두 사람 모두 그 사실을 알고 있었다. 그리고 캐시와는 다
른 부분도 충분히 있으니까 내 인생에 뭔가 새로운 것이 나타
났다고 상상하는―상상이 맞다―것도 가능하다. 그러나 갑자
기 이런 생각이 떠올랐다. 패서디나에 사는 이 여자는 해당 안
돼. 내가 고른 게 아니라, 지노 몰리나리가 골랐잖아. 그렇다면
예의 매트릭스를 여기서 깰 수 있을지도 모른다. 깨서, 내버리
는 수도 있다. 그런다면 단지 새로워 보이는 것이 아니라 실제
로 새로운 인생을 시작할 수 있을지도 모른다.

집합주택의 정문을 찾아낸 다음 메모지를 꺼내서 다시 한 번
이름을 외웠다. 커다란 놋쇠 주소판에 줄줄이 늘어선 단추들

사이에서 해당하는 것을 찾아내서 눌렀다. 지노 몰리나리 식으로, 힘차게.

이윽고 스피커에서 실체를 결여한 목소리가 흘러나오며 주소판 위의 벽에 설치된 모니터 화면에 현미경으로나 보아야 할 듯한 조그만 이미지가 떠올랐다. "예, 누구세요?" 터무니없이 축소된 이미지에서 여자의 이목구비를 가려내는 것은 불가능했다. 전혀 판별할 수가 없다. 그러나 목소리만은 깊고 허스키했다. 혼자 사는 미혼여성답게 경계가 섞인 신경질적인 느낌이 조금 나기는 했지만 따뜻한 목소리였다.

"지노 몰리나리가 당신을 만나라고 해서 왔습니다." 에릭은 대답했다. 이 집합적 여정에서 모두가 의지하고 있는 견고한 바위에 몸을 기대는 심정이었다.

"어머!" 동요한 기색이었다. "저를 만나라고 했다고요? 제대로 찾아오신 거 맞나요? 그분과는 단 한 번 만났을 뿐이고, 그리 중요한 용건도 아니었는데."

"잠깐 들어가도 되겠습니까, 미스 가라발디?"

"가라발디는 옛날 성이에요. 지금 이름은, 그러니까 텔레비전에 출연할 때의 이름은 개리랍니다. 퍼트리셔 개리."

"일단 들어가서 얘기하죠." 에릭은 이렇게 말하고 기다렸다. "부탁합니다."

문이 웅웅거렸다. 에릭은 문을 밀고 정문 로비로 들어갔다. 잠시 후 그는 엘리베이터를 타고 15층으로 올라갔다. 그녀의 아파트 앞으로 가서 현관문을 두드리려고 했지만 그가 올 것을 예상했는지 문은 이미 조금 열려있었다.

꽃무늬 앞치마를 두르고, 긴 흑발을 양갈래로 땋아내린 퍼트리셔 개리가 미소 지으며 그를 맞이했다. 윤곽이 뚜렷한 얼굴은 곡선을 그리며 좁아지면서 완벽한 모양의 턱으로 이어졌고, 입술은 거의 검게 보일 정도로 짙은 색깔이었다. 극히 단정하고 섬세한 이목구비는 대칭성과 균형이라는 점에서 미美의 역사를 새로 써야 하는 것이 아닌가 하는 생각이 들 정도로 완벽했다. 이 여자가 왜 TV 쪽 일을 하게 되었는지 알 것 같았다. 이 정도 미모면, 캘리포니아의 해변에서 벌어지는 맥주 파티를 배경으로 한 흔해빠진 광고가 내뿜는 가짜 열기에 발그레 물들기만 해도 시청자의 눈을 못 박을 수 있을 것이다. 단지 예쁘기만한 것이 아니라, 괄목할 정도로 유니크한 매력을 발산하고 있었다. 에릭은 그녀를 바라보며, 만약 전쟁의 비극에 사로잡히지만 않는다면, 그녀 앞에는 길고 활력에 찬 직업 인생이 기다리고 있음을 직감했다.

"안녕하세요." 그녀는 쾌활한 어조로 말했다. "성함이 어떻게 되세요?"

"에릭 스위트센트입니다. 사무총장의 의사단 일원입니다." 아니, 일원이었다고 말해야 할까. 오늘, 조금 전까지만 해도 일원이었던 것은 맞다. "커피 한 잔 하면서 얘기를 좀 나눌 수는 없을까요. 그래주시기만 해도 내겐 큰 도움이 됩니다."

"여자 꾀는 수법 치고는 좀 묘하지만," 퍼트리샤 개리가 말했다. "까짓, 그러죠, 뭐!" 그녀는 긴 멕시코 풍 치마를 휘날리며 빙그르 몸을 돌렸고, 총총걸음으로 거실 복도를 지나 주방으로 갔다. 에릭은 그 뒤를 따랐다. "실은 요리를 하고 있었어요. 그런데 몰리나리 씨는 왜 저를 만나러 가라고 한 거죠? 뭔가 특별한 이유라도 있나요?"

이렇게 빼어난 용모를 가진 여자가, 자신의 존재 자체가 상대에게 얼마나 특별한 이유가 될 수 있는지 자각하지 못한다는 게 정말로 가능하기는 한 일일까? "흐음. 나도 이곳 캘리포니아에 살고 있습니다. 샌디에이고에." 그러자 이런 생각이 떠올랐다. 이제는 또 티화나에서 일하게 됐다고 말해야 할까. "직업은 인공장기 이식을 전문으로 하는 의사입니다. 미스 개리. 아니 팻. 팻이라고 불러도 괜찮습니까?" 에릭은 벤치 테이블에 앉아 딱딱하고 우툴두툴한 붉은 삼목 판재 위에 팔꿈치를 올려놓고 양손을 깍지 꼈다.

"인공장기 이식을 하는 의사 선생님이라면" 퍼트리셔 개리는 싱크대 위의 찬장에서 찻잔을 꺼내며 말했다. "왜 군용 위성이나 최전선의 병원에서 근무하시지 않는 건가요?"

땅이 꺼지는 듯한 느낌. "모르겠습니다." 그는 말했다.

"아시다시피 전쟁 중이잖아요." 그녀는 등을 돌린 채로 그에게 말했다. "제가 사귀던 남자친구는 타고 있던 순양함이 리그군 폭탄을 맞았을 때 중상을 입었어요. 아직도 기지의 병원에 입원하고 있답니다."

"뭐랄까, 내 인생의 가장 약한 고리를 당신에게 지적당했다는 점을 제외하면 달리 대답할 길이 없군요. 내 인생은 그에 합당한 의미를 갖고 있지 않습니다."

"흠, 그래서 누구 탓을 하고 싶은 거예요? 자기 빼고 다?"

"적어도 한동안은 지노 몰리나리의 목숨을 유지하는 일이 전쟁에 도움이 된다고 생각하고 있었습니다." 따져보면 짧은 기간 동안만 그랬을 뿐이지만 말이다. 게다가 그런 일에 발을 들여놓게 된 것은 에릭의 자발적인 노력이 아니라 버질 애커먼 덕택이었다.

"그냥 궁금해서 그래요." 퍼트리샤가 말했다. "유능한 장기이식 전문의라면 진짜로 도움이 되는 일을 할 수 있는 전선으로 나가있을 거라고 지레짐작했던 거죠." 그녀는 두 개의 플라스틱 잔에 커피를 따랐다.

"예, 당신이라면 그랬을 겁니다." 이렇게 말한 그는 공허한 기분을 느꼈다. 열아홉 살이라면 내 반밖에 안 되는 나이지만, 이미 무엇이 옳으며 무엇을 해야 하는지를 나보다 훨씬 더 잘 파악하고 있다. 이런 직선적인 통찰력을 가지고 지금까지의 인생을 개척해왔던 것이다. "내가 이제 가면 좋겠습니까? 원한다면 얼마든지 그렇게 얘기해도 좋습니다."

"방금 왔잖아요. 벌써 가시다니 당치 않아요. 몰리나리 씨도 뚜렷한 이유 없이 당신을 여기 보냈을 리가 없고." 그녀는 탁자 반대편에 앉아서 품평하는 듯한 눈으로 에릭을 훑어보았다. "저하고 메리 라이네케는 사촌 사이예요. 알고 계셨나요?"

"예." 에릭은 고개를 끄덕이고, 생각했다. 그리고 이 여자도 상당히 강인해. "팻. 오늘 난 우리 모두에게 영향을 끼치는 어떤 일을 해냈는데, 이 말을 액면 그대로 받아들여줬으면 좋겠습니다. 의사로서의 내 임무와는 상관없는 일이긴 했지만. 그걸 사실로 받아들일 수 있습니까? 믿어준다면 거기서부터 얘기의 실마리를 풀어갈 수 있으니까요."

"뭐든 얘기하세요." 그녀는 열아홉 살다운 부심한 어조로 말했다.

"오늘 저녁에 방영된 몰리나리의 연설을 보고 있었습니까?"

"아까 켜놓고 좀 봤어요. 재미있더군요. 평소보다 훨씬 더 커 보였다고나 할까."

"'커 보였다' 라." 맞다. 정확한 표현이다.

"예전 모습으로 돌아간 그분을 보니 기뻤어요. 하지만 본심을 말하자면—그 정치 연설 말인데, 아시잖아요, 그분 특유의 스타일. 마치 열병에 걸린 것처럼 눈을 번득이면서, 설교를 늘어놓는다고나 할까. 그런 건 난 좀 지루했어요. 그래서 끄고 레코드를 틀었죠." 그녀는 손바닥 위에 턱을 올려놓았다. "솔직히 어땠는 줄 알아요? 지루해 미치겠더라고요."

거실의 영상전화가 울렸다.

"잠깐만요." 팻 개리는 일어서서 주방 밖으로 튀어나갔다. 에릭은 말없이 앉아있었다. 딱히 무슨 생각을 하고 있는 것은 아니었다. 그를 짓눌러온 묵은 피로도 이제는 그리 부담으로 느껴지지 않는다. 느닷없이 팻이 돌아왔다. "스위트센트 선생님을 대달라는데요. 당신 이름 맞죠?"

"누가 건 전화입니까?" 그는 억지로 몸을 일으켰다. 묘하게

364

마음이 무거웠다.

"샤이엔의 화이트 하우스라는데요."

영상전화기 앞으로 갔다. "예, 스위트센트입니다."

"잠시만 기다려주세요." 화면이 공백으로 변하더니 지노 몰리나리의 얼굴이 떠올랐다.

"여어, 선생." 몰리나리가 말했다. "자네의 리그인은 놈들에게 당했네."

"하느님 맙소사."

"우리가 도착했을 땐 맞아죽은 벌레 하나가 남아있을 뿐이었어. 놈들 중 누군가가 호텔로 들어가는 자네를 본 거야. 호텔이 아니라 직접 TF&D사로 데려갔으면 좋았을 텐데 유감이로군."

"저도 동감입니다."

"사실을 말하자면" 몰리나리는 활달한 어조로 말했다. "내가 자네를 불러낸 건 자네가 알고 싶어할 거라고 생각했기 때문이라네. 하지만 너무 자책하지는 말게. 그 릴리스타인들은 프로야. 누구든 그렇게 될 가능성이 있었네." 그는 화면 쪽으로 몸을 기울이고 강조하듯이 말했다. "어차피 별로 중요한 일이 아냐. 리그인들과 접촉하는 방법은 그것 말고도 서너 개 더 있으니까. 어떤 방법이 최선인지 지금 검토하고 있는 중이라네."

"이런 얘기를 영상전화로 해도 괜찮습니까?"

몰리나리는 말했다. "프레넥시 일당은 방금 릴리스타를 향해 출발했어. 최대한 빠른 속도로 튀어나가더군. 놈들은 이미 알고 있어. 내 말을 믿게, 스위트센트. 따라서 우리는 신속하게 행동에 나설 필요가 있네. 두 시간 안에 리그 정부의 우주 스테이션을 불러낼 예정이라네. 필요하다면 릴리스타가 엿들을 게 뻔한 공개 방송으로 리그인들과 협상을 진행할 용의도 있어." 그는 손목시계를 흘끗 보았다. "전화를 끊어야겠군. 또 소식이 들어오면 알려주겠네." 화면이 어두워졌다. 시간에 쫓겨 황급히 다음 일을 처리하러 간 듯했다. 느긋하게 앉아 에릭과 가십 얘기나 하고 있을 여유는 없는 것이다. 그때 갑자기 화면이 다시 밝아지더니 또 몰리나리의 얼굴이 나타났다. "이 말을 명심하게, 선생. 자넨 자기 맡은 바 소임을 다했어. 자넨 그 작자들을 몰아붙여서 내가 남긴 유서를 존중하게 했잖나. 자네가 현장에 도착했을 때 그치들이 이리저리 돌려보기만 하던 그 열쪽짜리 서류 얘기야. 자네가 없었더라면 난 지금 이 자리에 있지도 않았을 거야. 그 얘긴 이미 자네에게 했지만, 꼭 명심해뒀으면 좋겠네— 똑같은 얘기를 몇 번이나 되풀이할 시간 여유는 없으니까." 몰리나리는 씩 웃었고, 또다시 화면에서 사라졌다. 이번에는 화면은 공백을 유지했다.

그래도 실패는 실패야. 에릭은 속으로 중얼거렸다. 그는 팻개리의 주방으로 돌아가서 커피 잔을 앞에 두고 다시 앉았다. 두 사람 모두 말이 없었다. 에릭은 깨달았다. 내가 실책을 저지른 탓에 릴리스타군은 그만큼 우리를 압박할 수 있는 시간을 벌었고, 모든 가용 병력을 동원해서 지구로 날아오고 있다. 수백만에 달하는 인명 피해와, 몇 년이 될지도 모르는 점령 기간— 이것은 우리 인류가 집단적으로 치러야 하는 대가인 것이다. 이런 사태가 온 것은, 데그 달 일을 당장 TF&D사로 직접 데려가는 것보다는 시저 호텔에 방을 얻어 머물게 하는 편이 낫다고 생각한 탓이다. 그러나 이런 생각도 들었다. TF&D에 놈들은 적어도 한 사람의 스파이를 배치해두고 있지 않았는가. 따라서 거기 데려갔어도 데그 달 일은 살해당했을지도 모른다.

이제 어떻게 해야 할까? 에릭은 자문했다.

"아마 당신 말이 옳았는지도 모르겠습니다, 팻." 그는 말했다. "군의관이 되어서 최전선 근처의 기지 병원에 가는 편이 나을지도 모르겠군요."

"그래요. 그래야 해요."

"하지만 조금 있으면 지구가 최전선이 될 겁니다. 당신은 몰랐겠지만."

팻의 얼굴에서 핏기가 가셨다. 그녀는 억지웃음을 지으려고 했다. "어쩌다?"

"정치 탓이죠. 전쟁의 향방이 바뀌었습니다. 동맹국 사이의 신뢰는 사라지고, 오늘의 친구가 내일의 적으로, 오늘의 적은 내일의 친구가 됐다고나 할까." 에릭은 남은 커피를 들이켜고 일어섰다. "팻, 배우로서도, 당신의 갓 시작된 찬란한 인생의 모든 면에서도 행운이 있기를 빕니다. 그래도 당신은 전쟁의 악영향을 크게 받지 않았으면 좋겠군요." 내가 지구로 불러온 전쟁이지만. 그는 속으로 중얼거렸다. "안녕히 계십시오."

그녀는 주방의 식탁 앞에 앉은 채로 커피를 마시며 아무 말도 하지 않았다. 에릭은 거실 복도를 지나 현관을 나섰고, 등 뒤에서 문을 닫았다. 그녀는 잘 가라고 말하기는커녕 고개를 끄덕이지도 않았다. 에릭의 얘기를 듣고 놀라고 동요한 나머지 얼어붙은 탓이다.

하여튼 고맙습니다, 지노. 에릭은 1층으로 내려가며 생각했다. 저를 여기로 보낸 건 좋은 생각이었습니다. 결국 무위로 끝나기는 했지만 그건 당신 잘못이 아닙니다. 이 시대에 대한 나의 공헌이 얼마나 미미하고, 반면에 내가 끼친 해—과오 탓인지 태만 탓인지는 모르겠지만—는 얼마나 엄청난지를 좀 더 뚜렷하게 자각하는 효과는 있었지만 말입니다.

어두운 패서디나 거리를 걷던 중 택시를 보았다. 그는 손을 들어 택시를 잡아탔지만, 타자마자 어디로 가야 갈지를 몰라 망설였다.

"손님, 그럼 손님이 어디 사는지 모르신다는 말씀입니까?" 택시가 물었다.

"티화나로 가줘." 에릭은 느닷없이 말했다.

"알겠습니다." 택시는 이렇게 말하고 고속으로 남쪽을 향했다.

14

티화나의 밤.

에릭은 발을 끌며 정처 없이 걷고 있었다. 부스처럼 좁다란 가게들의 네온사인을 잇달아 지나치며, 멕시코인 행상인들의 소란스러운 목소리에 귀를 기울인다. 자동차와 자율제어식 택시와 어떤 이유에선가 폐기되기 직전의 상태에서 국경을 넘어 반입된 미국제의 고색창연한 지상차들이 조급하게 경적을 울려대며 끊임없이 지나가는 모습은 언제 보아도 즐겁고 싫증이 나지 않는다.

"형씨, 여자 원해?" 기껏해야 열한 살쯤 되어 보이는 소년이 에릭의 옷소매를 잡아당기며 따라왔다. 에릭은 하는 수 없이 멈춰 섰다. "내 여동생은 일곱 살밖에 안 됐어. 아직 한 번도 남자하고 자본 적 없어. 하느님께 맹세컨대 형씨가 첫 남자야."

"얼만데?" 에릭은 물었다.

"10달러 더하기 방값. 하느님께 맹세컨대 방은 있어야지. 길가에서 하면 사랑은 뭔가 불결한 걸로 바뀌어버려. 여기서 한다고 해도 나중에 비참해져."

"일리가 있는 얘기로군." 에릭은 이렇게 맞장구쳤지만, 그대로 걷기 시작했다.

밤이 되면, 기계로 짠 거대하고 쓸모없는 양탄자나 바구니를 팔거나 타말레* 수레를 밀고 다니는 로번트 행상인들은 모두 약속이나 한 듯 자취를 감춘다. 티화나의 낮에 사는 사람들은 중년의 미국인 관광객들과 함께 모두 사라지고, 밤에 사는 사람들에게 자리를 내주는 것이다. 사내들이 서둘러 에릭을 밀치고 나아갔다. 찢어질 정도로 팽팽한 스커트에 스웨터 차림의 젊은 여자가 에릭 옆을 비집고 지나가며 한순간 그와 몸을 밀착시켰다……. 마치 모종의 영속적인 관계가 두 사람의 인생을 관통하고 있고, 신체 접촉에 의한 이 돌연한 열교환은 두 사람 사이에 존재할 수 있는 가장 깊은 이해를 나타내고 있는 듯하다. 여자는 서둘러 길을 나아갔고, 곧 사라졌다. 작고 강인한 멕시코인들— 옷깃을 풀어헤친 모피 셔츠를 입은 젊은이들이 에릭을 향해 성큼성큼 걸어오고 있다. 마치 누군가에게 목이라도 졸리고 있는 것처럼 입을 떡 벌린 채로. 에릭은 조심스럽게 길을 비켜주었다.

---

* tamale. 옥수수 가루 반죽으로 만든 반대기에 고기나 견과류를 넣고 옥수수잎 따위로 싸서 찐 중남미식 만두.

무엇을 해도 합법이고, 무엇을 해도 가치 있는 일은 생겨나지 않는 도시. 에릭은 생각했다. 그런 도시에서는 인간은 어린 시절로 억지로 끌려가게 된다. 블록 쌓기 완구나 다른 장난감 따위에 둘러싸인 채로, 전 우주가 손에 닿는 곳에 있던 시절로. 이런 자유의 대가는 크다. 성숙할 수 있는 권리를 박탈당하기 때문이다. 그럼에도 불구하고 에릭은 이 도시를 사랑했다. 소음과 웅성거림은 진정한 인생을 나타내므로. 혹자는 이 모든 것이 사악하다고 느끼지만, 에릭은 그렇게 느끼지 않는다. 그렇게 생각하는 사람들 쪽이 틀렸다. 산만하게 들떠서 이리저리 돌아다니는 일군의 사내들― 도대체 뭘 찾아다니고 있는지는 본인들도 모르고, 오직 신만이 안다. 그들의 이런 몸부림은 원형질 자체에 내포된 순수하고 원초적인 잠재적 충동에서 비롯된 것이다. 그들의 성마르고 부단한 움직임이야말로 과거에 생명을 바다에서 뭍으로 끌어 올린 원동력이다. 이제 육상 생물이 된 그들은 여전히 거리 여기저기를 쏘다니고 있다. 에릭도 그들의 대열에 합류했다.

전방에 현대적이고 기능적인 느낌의 문신 시술소가 보였다. 에너지의 벽처럼 반짝이는 진열창 너머로 시술 중인 주인의 모습이 보인다. 전기바늘을 써서, 피부에 직접 새긴다기보다는 그 위를 살짝 훑으며 실뜨기하듯이 복잡한 무늬를 자아내고 있다. 저거 멋져 보이지 않아? 에릭은 자문했다. 나라면 몸에 뭘 새기려고 할까? 이 폐색되고 비정상적인 시절에 내게 위안을 줄 수 있는 모토나 그림이란 도대체 어떤 것일까? 언제든 릴리스타인들이 나타나 지구를 점령하는 것을 마냥 기다리고만 있는 이런 시절에. 무력감과 공포로 인해 우리 모두가 본질적인 나약함에 사로잡힌.

문신 시술소로 들어가서 의자에 앉은 다음 대뜸 말했다. "가슴에 글자를 새겨줄 수 있을까. 이를테면─" 에릭은 곰곰이 생각했다. 가게 주인은 먼저 온 손님에게 문신을 새기고 있었다. 멍하니 앞을 바라보고 있는 우람한 체격의 UN 병사다. "견본을 보여줘." 에릭은 마음을 정했다.

"그걸 훑어봐." 가게 주인은 견본품 상자만큼이나 큰 견본첩을 건네며 말했다. 에릭은 아무데나 골라 적당히 펼쳐 보았다. 젖가슴이 네 개 달린 여자. 각 가슴에는 대사가 하나씩 딸려있다. 이건 좀 아니다. 책갈피를 넘겼다. 꼬리에서 연기를 폭폭 내뿜는 로켓 추진선. 이것도 아니다. 결국 약속을 지켜주지 못한 2056년의 그가 생각나기 때문이다. **나는 리그인 편이야.** 이런 글귀를 새겨야겠군. 에릭은 결심했다. 릴리스타의 헌병들이 잘 볼 수 있도록 말이다. 그러면 더 이상 골치 아픈 결단을 내리지 않아도 된다.

자기 연민일까. 아니, 자기 동정同情이라고 해야 하나? 그런 말이 있던가? 하여튼 자주 듣는 표현은 아니다.

"마음을 정했어, 형씨?" 작업을 마친 가게 주인이 물었다.

에릭은 말했다. "내 가슴에, '캐시는 죽었다'라고 써줘. 가능하지? 얼마 내면 돼?"

"'캐시는 죽었다'라. 뭘로 죽었는데?"

"코르사코프 증후군."

"그것도 새겨줬으면 좋겠어? 캐시는—그 뒤의 철자가 어떻게 돼?" 주인은 메모지와 펜을 꺼내 들었다. "새기려면 정확하게 해야지."

"이 근처에서 마약을 사려면 어디로 가야 하나?" 에릭이 말했다. "그러니까, 진짜배기 마약 말이야."

"저기 길 너머에 약국이 있어. 그거 전문이야, 약쟁이 친구."

에릭은 문신 시술소에서 나와 거대한 유기체처럼 바글거리는 차들과 인파를 뚫고 길을 건넜다. 약국은 옛날풍이었고, 진열창에는 발병 견본, 탈장대, 오드콜로뉴 병 따위가 전시되어 있었다. 에릭은 수동식 문을 열고 들어가서 안쪽 카운터로 걸어갔다.

"어서 오십시오." 흰 가운을 입은 백발의 단정하고 유능해 보이는 사내가 그를 맞이했다.

"JJ-180을 줘." 에릭은 50달러 지폐를 카운터 위에 놓으며 말했다. "캡슐 서너 개가 필요해."

"100달러입니다." 이것은 자선사업이 아니다. 감상感傷 따위가 스며들 여지는 없었다.

에릭은 20달러 지폐 두 장과 5달러 지폐를 두 장 더 꺼냈다. 약제사는 잠시 사라졌다가 다시 돌아와서 작은 유리병을 에릭 앞에 내려놓았다. 지폐를 집어 올리고는 고색창연한 금전 등록기를 열고 넣는다. "고마워." 에릭은 이렇게 말하고 유리병을 들고 약국을 나섰다.

계속 걷다가 반쯤 우연히 시저 호텔을 찾아냈다. 로비로 들어가서 프런트 직원에게 갔다. 오늘 이른 시각에 에릭과 데그달 일이 왔을 때 응대했던 직원과 동일인물인 것 같았다. 하루라고는 해도 몇 년이나 마찬가지였지만.

"나와 함께 왔던 리그인을 기억하나?" 직원에게 물었다.

직원은 말없이 에릭을 바라보았을 뿐이었다.

"아직도 여기 있어? 코닝이라는, 이 지역에서 활동하는 릴리스타의 살인 청부업자한테 갈기갈기 찢겨서 죽었다는 게 사실이야? 방을 보여줘. 내가 잡았던 그 방."

"미리 요금을 내셔야 합니다."

에릭은 돈을 지불했고, 열쇠를 받아 든 다음 그 방이 있는 층까지 엘리베이터를 타고 올라갔다. 검은 융단이 깔린 텅 빈 복도를 지나 방문 앞으로 갔다. 자물쇠를 열고, 안으로 들어가서 전등 스위치를 찾아 벽을 더듬었다.

불이 들어왔다. 무슨 일이 일어났었던 흔적은 전혀 남아있지 않았다. 그냥 텅 빈 방이었다. 리그인의 모습만 보이지 않을 뿐이다. 아마 걸어 나갔을지도 모르겠군. 그 친구 말이 옳았어. 포로수용소로 돌아가게 해달라고 했잖아. 줄곧 상황을 파악하고 있었던 거야. 어떤 결과가 나올지도.

그렇게 서있던 중에 이 방에 대한 강렬한 혐오가 몰려왔다.

유리병을 열고 JJ-180 캡슐을 하나 꺼내서 경대 위에 올려놓았다. 10센트 동전을 써서 캡슐을 세 개로 잘랐다. 근처에 놓인 피처에 물이 들어있었다. 그것으로 캡슐의 3분의 1을 삼킨 다음 창가로 걸어갔고, 밖을 내다보며 기다렸다.

낮이 밤으로 변했다. 여전히 시저 호텔의 같은 방에 있었지만 더 늦은 시각이었다. 시간이 얼마나 경과했는지는 알 수 없었다. 몇 달? 몇 년? 방은 똑같아 보였지만, 아마 언제 보아도 마찬가지일 것이다. 이 방은 고정불변하다. 방에서 나가 로비까지 내려갔고, 접수 데스크 옆에 있는 신문 판매대로 가서 전송신문을 달라고 말했다. 판매대 뒤의 뚱뚱한 멕시코인 노파가 로스앤젤레스의 일간지를 건넸다. 날짜를 보고 10년 후로 왔다는 사실을 확인했다. 2065년 6월 15일자 신문이었다.

따라서 그가 먹은 JJ-180의 분량은 정확했다는 얘기가 된다.

공중 영상전화 부스 안으로 들어가 앉은 다음 동전을 넣고 티화나 모피 염료사의 번호를 돌렸다. 정오쯤 된 듯하다.

"버질 애커먼 사장을 대줘."

"어디시라고 할까요?"

"에릭 스위트센트."

"아, 알겠습니다, 스위트센트 선생님. 잠시만 기다려주세요." 스크린이 뿌옇게 변하더니 곧 버질의 얼굴이 나타났다. 평소와 다름없이 바싹 마르고 쪼글쪼글했다. 기본적으로 전혀 변하지 않았다.

"이렇게 놀라울 수가! 에릭 스위트센트! 잘 있었나, 친구? 맙소사, 이게 몇 년 만인가? 3년? 그래서 요즘은 어떻게―"

"캐시가 어떻게 됐는지 얘기해주십시오." 에릭은 말했다.

"뭐라고?"

"제 처가 어떻게 지내는지 알고 싶습니다. 현재 용태가 어떻습니까? 지금 어디 있습니까?"

"자네 전처?"

"맞습니다." 에릭은 순순히 맞장구쳤다. "제 전처 말입니다."

"그걸 난들 어떻게 알겠나, 에릭? 우리 회사를 그만둔 이래 만난 적이 없어. 벌써―자네도 알잖나―6년 전의 일이야. 재건이 시작된 직후의 일이었지. 전쟁이 끝난 직후."

"뭐든 캐시에 관해 알고 있는 걸 얘기해주십시오."

버질은 곰곰이 생각하는 눈치였다. "염병할. 에릭, 캐시 상태가 얼마나 나빠졌는지는 자네도 기억하지 않나. 그 정신병 발작 말이야."

"기억이 안 납니다."

버질은 눈썹을 추켜세우며 말했다. "자네가 입원동의서에 서명했잖아."

"그럼 입원해있다는 말씀입니까? 아직도?"

"자네가 내게 설명해줬듯이 치유 불가능한 뇌손상을 입었어. 오랫동안 독성이 있는 마약을 상용한 탓이야. 그러니까 여전히 입원해있겠지. 아마 샌디에이고의 병원일지도 모르겠군. 그러고 보니 사이먼 일드에게서 얼마 전에 그런 얘기를 들은 것 같아. 그 친구한테 확인해볼까? 샌디에이고 북쪽에 위치한 정신병원에 친구가 입원해있다는 사람을 만나 얘기를 나눈 적이 있다고 한 것 같은데―"

"확인해주십시오." 에릭은 버질이 사내 회선을 통해 사이먼과 얘기를 나누는 동안 공백으로 변한 화면 앞에서 기다렸다.

이윽고 예전에 알고 지내던 재고 담당자의 길쭉하고 음울한 얼굴이 화면에 떠올랐다. "캐시에 관해 물어보셨다던데." 사이먼이 말했다. "제가 만난 친구가 한 얘기를 해드리죠. 에드먼드 G. 브라운 신경정신과 병원에서 캐시와 마주쳤다고 하더군요. 그 친구는 선생님이라면 신경쇠약이라고 부르는 병에 걸려서 그 병원에 갔다고 합니다."

"신경쇠약이라는 말은 보통 안 쓰지만, 하여튼 계속해보게."

"자기 자신을 통제하지 못한답니다. 일단 분노 발작에 사로잡히면 파괴 충동을 이기지 못하고 뭐든지 닥치는 대로 때려 부순다는군요. 그런 발작은 매일 일어나고, 때로는 하루에 네 번씩이나 일어난다고 했습니다. 페노티아진을 계속 투여하면 그나마 좀 낫다는 얘기를 본인에게서 들었지만, 결국은 페노티아진을 아무리 투여해도 아무 효과도 없는 상태가 되어버렸답니다. 아마 전두엽에 손상을 입은 탓인지도 모르겠습니다. 게다가 사물을 정확하게 기억하지 못합니다. 준거 기준조차도 사라져버렸고. 캐시는 모든 사람이 적대적이고, 자기를 해치려 한다고 생각했습니다……. 물론 과도한 피해망상 따위는 아니었고, 단지 언제나 다른 사람들에게 짜증을 내면서 다들 자기를 속이고, 진실을 숨기고 있다고 비난하는 식입니다— 누구든 가리지 않고 말이죠." 그러고는 이렇게 덧붙였다. "여전히 선생님 얘기를 하곤 했다고 합니다."

"무슨 얘기?"

"선생님하고 그 정신과 의사가―이름이 뭐였더라?―자기를 억지로 병원에 입원시키고, 밖으로 못 나오게 한다고 이야기한 답니다."

"우리가 왜 그랬는지 모르던가?" 왜 내가 그래야 했는지.

"선생님을 사랑했지만, 선생님은 누군가 다른 여자와 결혼하려고 자기를 쫓아냈답니다. 이혼했을 때는 맹세코 다른 여자는 없다고 말해놓고서."

"알았네. 고마워, 사이먼." 에릭은 접속을 끊고 샌디에이고의 에드먼드 G. 브라운 신경정신과 병원에 전화를 걸었다.

"에드먼드 G. 브라운 신경정신과 병원입니다." 과다한 업무에 지친 표정으로 중년 여성 교환원이 빠른 말투로 대답했다.

"캐서린 스위트센트 부인의 용태에 관해서 알고 싶습니다." 에릭은 말했다.

"잠시만 기다려주세요." 교환원은 기록을 확인하고, 그의 전화를 해당 병동으로 돌렸다. 곧 에릭은 젊은 여자와 마주 보고 있었다. 흰 제복이 아니라 꽃무늬 면 드레스를 입고 있었다.

"에릭 스위트센트입니다. 캐서린 스위트센트의 용태는 어떻습니까? 조금이라도 진전이 있습니까?"

"지난번, 그러니까 2주 전에 연락하신 이래 아무 진전도 없었습니다, 선생님. 하지만 기록을 가져오죠." 여자의 모습이 화면에서 사라졌다.

하느님 맙소사. 10년 뒤에도 나는 여전히 캐시를 돌보고 있다는 건가. 어떤 식으로든, 남은 인생을 줄곧 이런 식으로 저당 잡히는 걸까?

병동을 담당하는 사무원이 돌아왔다. "브라멜먼 선생님이 스위트센트 부인에게 새로 나온 글로저-리틀 장치를 실험적으로 써보고 있다는 사실은 아시죠. 뇌조직의 자기 복구를 유도하는 장치 말입니다. 하지만 지금까지 나온 결과로는─" 그녀는 파일을 넘겼다. "미미한 효과밖에는 보지 못했습니다. 한 달, 혹은 두 달 뒤에 다시 연락해주시면 어떨까요. 그때까지 환자 상태가 변하거나 하지는 않을 테니까."

"하지만 효과는 있다는 얘기로군요. 방금 말한 그 장치를 쓰면 말입니다." 한 번도 들어본 적이 없는 장치였다. 필시 미래의 발명품이리라. "그러니까, 아직 희망이 있다 이겁니까."

"오, 물론입니다, 선생님. 확실히 희망은 있습니다." 이론적으로는 그렇다는 사실을 상대에게 넌지시 전하려는 기색이 뚜렷했다. 그녀 입장에서 보면, 어떤 환자에게도 희망은 있으므로. 대답이라고 할 수도 없었다.

"고맙습니다." 이윽고 에릭은 다시 입을 열었다. "그 기록에 제 현재 근무처 주소가 어떻게 나와있는지 확인해주시겠습니까. 최근 직장이 바뀐 탓에, 그 기록의 주소는 틀렸을 가능성이 있어서."

잠시 후 사무원이 말했다. "오클랜드에 있는 카이저 재단의 장기이식과 주임 의사라고 기재되어있네요."

"맞는 주소입니다." 에릭은 전화를 끊었다.

번호 안내 서비스에서 그곳의 번호를 알아내서 오클랜드 주에 있는 카이저 재단에 전화를 걸었다.

"스위트센트 선생을 대주십시오."

"어디시라고 할까요?"

한순간 말문이 막혔다. "동생이라고 전해주십시오."

"예, 잠시만 기다려주세요."

지금보다 나이를 먹고 원숙해진 그 자신의 얼굴이 화면에 나타났다. "여어."

"여어." 에릭은 대꾸했다. 뭐라고 해야 할지 생각이 안 난다. "혹시 바쁜데 방해한 건가?" 십 년이라는 세월이 흘렀지만 상대의 겉모습은 그리 변하지 않았다. 위엄이 있다.

"아니. 얘기해. 전화가 올 걸 예상하고 있었어. 대충 날짜를 기억하고 있었거든. 자네는 방금 에드먼드 G. 브라운 신경정신과 병원에 전화를 걸어서 글로저-리틀 장치 얘기를 들었지. 그때 병동 담당자가 안 해줬던 얘기를 해주지. 글로저-리틀 장치는 현재 유일하게 개발된 인공뇌라네. 전두엽 일부를 대체하는데, 일단 설치한 후에는 일생 동안 바꿀 필요가 없어. 효과가 있다면 얘기지만. 솔직하게 얘기해서, 설치한 직후에 효과를 봤어야 했어."

"그렇다면 그럴 가망은 없다고 보는 거로군."

"없어." 나이 든 쪽의 에릭 스위트센트가 말했다.

"혹시 우리가 캐시하고 이혼하지 않았다면—"

"그래봤자 결과는 달라지지 않았을 거야. 요즘 우리가 시행하는 테스트들은 정말이지— 그냥 내 말을 믿게."

그렇다면 남은 생을 캐시 곁에 있어준다고 해도 아무 소용이 없다는 얘기가 된다. "도움을 줘서 고마워. 자네가 아직도 캐시의 용태를 파악하고 있다는 사실은, 뭐랄까, 흥미로워."

"양심이 어디 가버리는 건 아니니까 말이야. 이혼한 뒤로는 어떤 의미에서는 책임이 더 무거워진 면이 있어. 캐시를 돌보는 일 말이야. 이혼 직후에 상태가 한층 더 안 좋아졌거든."

"어디에도 벗어날 길은 없어?" 에릭은 물었다.

나이 든 쪽, 2065년의 에릭 스위트센트는 말없이 고개를 가로저었다.

"알았네. 솔직하게 얘기해줘서 고마워."

"자네가 말했듯이, 자기 자신에게는 언제나 솔직해야 해." 그러고는 이렇게 덧붙였다. "입원 절차가 잘 진행되기를 빌겠네. 힘들 거야. 하지만 당분간은 걱정 안 해도 돼."

"전쟁은 이제 어떻게 되는 거야? 릴리스타군의 지구 점령은 어떻게 됐지?"

나이 든 쪽의 에릭 스위트센트는 씩 웃었다. "맙소사. 개인적 고민에 푹 빠진 나머지 그것도 못 알아차리다니. 전쟁이라니, 무슨 전쟁?"

"잘 있어." 에릭은 전화를 끊었다.

영상전화 부스에서 나왔다. 그 친구 말에도 일리가 있어. 에릭은 인정했다. 만약 내가 합리적으로 행동한다면— 하지만 난 합리적인 인간이 아냐. 릴리스타군은 아마 지금 이 순간에도 비상 계획을 발동시켜서 지구 침공을 준비하고 있을 것이다. 난 그걸 알지만 아무 감정도 느낄 수가 없다. 대신 내가 느끼는 것은—

죽고 싶다는 욕구. 그는 생각했다.

그러지 못한다는 법이 어디 있나? 지노 몰리나리도 자신의 죽음을 정략의 도구로 쓰지 않았던가. 몰리나리는 그것을 이용해서 정적들의 허를 찌르는 데 성공했고, 아마 앞으로도 또 그럴 것이다. 물론 내가 생각하는 것은 그런 것이 아니다. 누군가의 허를 찌를 생각은 없으니까. 어차피 이번 침공에서는 수많은 사람들이 목숨을 잃을 것이다. 한 사람 더 죽는다고 해서 무슨 문제가 된단 말인가? 누가 손해를 본단 말인가? 가까운 친척이 있는 것도 아니지 않는가? 에릭은 상념에 잠겼다. 미래의 스위트센트들은 내 행동에 대해 분통을 터뜨리겠지만, 유감이라고 하는 수밖에. 어차피 그런 작자들이 어떻게 되든 내가 알 바가 아니다. 그 작자들의 존재가 나의 존재에 달려있다는 점을 제외하면, 그들도 나를 그렇게 보고 있을 게 뻔하다. 아마 문제는 바로 그것인지도 모르겠다. 문제가 있는 것은 나와 캐시의 관계가 아니라 나와 나 자신 사이의 관계인 것이다.

시저 호텔의 로비를 지나 한낮의 번잡한 티화나 거리로 나갔다. 10년 뒤의 미래에 존재하는 티화나로.

햇살에 눈이 부신 탓에 잠시 멈춰 서서 눈을 깜박거리며 적응될 때까지 기다렸다. 이 도시에서조차 지상차들은 변해있었다. 차체가 날씬하고, 예전보다 더 매력적이다. 도로는 이제는 제대로 포장되어있었다. 타말레 장수와 융단 장사꾼들이 지나다니지만 로번트가 아니었다. 그들은—에릭은 놀란 눈으로 그쪽을 응시했다—리그인들이었다. 리그인들이 지구 사회의 말단 계층에 합류했다는 점은 명백했다. 그들은 지금부터 차근차근 노력해서 지구인과 동등한 지위를 획득해야 한다. 그런 일이 일어나는 것은 에릭이 목격하고 온 1세기 후의 시대, 지금으로부터 90년 뒤의 일이다. 에릭 입장에서는 그리 공평하게 느껴지지는 않았지만, 엄연한 사실이었다.

양손을 호주머니에 찔러 넣고, 시대를 막론하고 티화나의 보도를 점령해온 구름 같은 인파와 함께 걷기 시작했고, 예전에 JJ-180 캡슐을 샀던 약국에 도착했다. 여느 때처럼 영업 중이었다. 진열장에서 탈장대가 사라진 것을 제외하면, 10년 지났어도 여전히 바뀐 데가 없다. 탈장대가 있던 자리에 낯선 물건이 놓여있었다. 멈춰 서서 물건 뒤의 스페인어 광고판을 훑어보았다. 정력 증강제로군. 그는 판단했다. 스페인어 문장을 번역해보니, 오르가슴을 잇달아 수없이 경험할 수 있다고 보장하고 있다. 재미있군. 에릭은 약국으로 들어가서 안쪽 카운터로 갔다.

예전과는 다른 약사, 흑발의 노파가 그를 맞았다. "시Si?" 노파는 싸구려 크롬 의치를 드러내며 추파를 보냈다.

에릭은 말했다. "서독제 g-토텍스 블라우가 있습니까?"

"보고 올게. 기다려. 오케이?" 노파는 약품 상자들 사이로 터벅터벅 걸어 들어가서 모습을 감췄다. 에릭은 멍한 눈으로 진열장 주위를 돌아다니며 기다렸다. "g-토텍스 블라우. 맹독이야." 노파가 그를 불렀다. "그러니까 기장에 서명해야 해. 시?"

"시." 에릭은 대꾸했다.

검은 상자에 든 제품이 눈앞의 카운터 위에 놓였다. "2달러 50센트." 노파가 말했다. 기재장을 끄집어내서 에릭이 서명할 수 있도록 사슬이 달린 펜 근처에 내려놓았다. 그가 서명을 하자 노파는 검은 상자를 포장해주었다. "자살할 거야, 세뇨르?" 노파가 눈치 빠르게 물었다. "그렇군. 보면 알아. 이 제품은 써도 안 아파. 내 눈으로 봤거든. 전혀 아프지 않아. 단지 심장이 갑자기 멈출 뿐이야."

"그렇겠죠." 에릭은 동의했다. "좋은 제품입니다."

"A.G. 케미 사 정품이야. 신뢰할 수 있어." 노파는 대견하다는 듯이 활짝 웃었다.

에릭은 대금을 지불하고―그가 내민 10년 전 지폐를 노파는 말없이 받아들였다―포장된 꾸러미를 들고 약국에서 나왔다. 기묘하군. 그는 생각했다. 티화나는 여전히 예전 그대로야. 앞으로도 줄곧 그럴 거고. 이곳에서는 누가 자살하든 말든 아무도 상관하지 않는다. 10페소만 내면 손쉽게 이승을 하직할 수 있는 노점을 밤에 누가 내지 않는 것이 이상할 정도이다. 아마 지금은 그런 게 있을지도 모르겠다.

에릭은 조금 동요하고 있었다. 그 노파의 대견하다는 듯한 태도― 나에 관해서 전혀 모르고, 내가 누군지도 모르면서 어떻게 그럴 수 있는 것일까. 전쟁 탓이야. 그는 중얼거렸다. 내가 왜 그런 일로 허를 찔렸는지 모르겠군.

시저 호텔로 돌아와서 위층의 자기 방으로 올라가려고 했을 때 프런트 직원—낯선 얼굴이었다—이 에릭을 불러 세웠다. "여기 묵는 손님 아니신 것 같은데요." 재빨리 카운터 뒤에서 나와 앞길을 막아선 직원이 말했다. "방이 필요하십니까?"

"이미 잡아놓았는데." 에릭은 대꾸했고, 그제야 자신이 그런 것은 10년 전의 일이라는 사실을 깨달았다. 체류 기간은 이미 오래전에 끝나있었다.

"1박에 9달러. 선불." 프런트 직원이 말했다. "짐이 없으니."

에릭은 지갑을 꺼내 10달러 지폐를 건넸다. 그러나 프런트 직원은 숙달된 눈으로 지폐를 훑어보았고, 점점 의심하는 듯한 눈초리가 되었다.

"이건 이미 폐기된 구지폐야." 프런트 직원이 말했다. "교환하기도 힘들어. 불법이라서." 그는 고개를 들고 도전하듯이 에릭을 노려보았다. "20달러. 10달러 지폐로 두 장. 그래도 안 받을지 몰라." 직원은 기대하지 않는다는 듯한 표정으로 기다렸다. 이런 지폐를 받고 분개한 기색이 역력했다. 아마 그걸 보고 전쟁 때 겪은 온갖 고생을 떠올렸기 때문인지도 모르겠다.

지갑에는 이제 지폐가 한 장밖에는 남아있지 않다. 5달러 지폐였던가. 그러자 에릭은 믿기 힘든 사실을 발견했다. 뭔가 말도 안 되는 실수인지, 손목시계를 주고 받은 거스름돈이라서 그런지는 모르겠지만, 지갑에 들어있던 것은 90년 미래에서 온 아무 쓸모도 없는 지폐였다. 에릭은 다색 인쇄된 정교한 소용돌이 장식이 반짝거리는 지폐들을 카운터 위에 모두 펼쳐놓았다. 이걸 보면 캐시의 전자부품은 1930년대 중반의 버질 애커먼에게 정말로 전달되었는지도 모른다. 적어도 가능성은 있어 보였다. 그렇게 생각하니 왠지 기운이 났다.

프런트 직원은 2155년의 지폐 한 장을 집어 들었다. "이게 뭐야?" 그는 그것을 햇빛에 비춰 보았다. "한 번도 본 적 없어. 당신이 만들었어?"

"아니."

"쓸모없어." 직원은 단언했다. "경찰 부르기 전에 나가. 당신이 만들었다는 거 알아." 그는 혐오스럽다는 듯이 손에 든 지폐를 다른 지폐들 위에 내팽개쳤다. "이상한 돈 필요 없어. 나가."

2155년의 지폐들을 카운터 위에 내버려두고 5달러 지폐만 집어 든 에릭은 몸을 돌려 호텔 현관문 밖으로 나왔다. g-토텍스 블라우를 옆구리에 낀 채로.

전쟁은 끝났지만 티화나에는 지금도 얽히고설킨 좁다란 골목길이 수없이 많았다. 에릭은 두 벽돌 건물 사이에 있는 좁고 어두운 통로를 찾아냈다. 온갖 잡동사니와 드럼통을 이용해서 만든 거대한 쓰레기통에서 넘쳐 나온 쓰레기들이 여기저기에 널려있었다. 골목으로 들어간 그는 판자로 못 박아놓은 건물 입구 앞의 나무 계단 앞에 걸터앉아서 담뱃불을 붙였고, 천천히 담배를 피우며 생각에 잠겼다. 거리에서는 보이지 않는 곳이다. 바쁜 발걸음으로 인도를 지나는 통행인들은 아무도 이쪽에는 신경을 쓰지 않는다. 그는 통행인들, 특히 젊은 여자들을 바라보는 일에 신경을 집중했다. 이 또한 그가 10년 전에 했던 일과 다르지 않았다. 낮 시간 동안 티화나의 거리를 활보하는 여자들의 복장은 믿기 힘들 정도로 세련되었다. 하이힐, 앙고라모직 스웨터, 반짝거리는 핸드백, 장갑, 슬쩍 어깨에 걸친 웃옷. 이런 것들을 갖추고 서둘러 길을 나아가는 그들에 선행하는 것은 봉긋이 튀어나온 두 개의 탄탄한 유방이며, 그것들을 감싼 현대적 브래지어조차도 세세한 곳까지 빈틈이 없다. 저 여자들은 무엇으로 생계를 유지하는 것일까? 옷값을 어디서 조달하는지는 말할 것도 없고, 도대체 어디서 저렇게 세련되게 옷 입는 법을 배운 것일까? 당시에도 에릭은 이 점을 궁금해하곤 했다. 궁금하기는 지금도 마찬가지이다.

그 해답을 알고 싶으면, 나는 듯한 발걸음으로 나아가는 한낮의 티화나 여자들 중 하나를 멈춰 세우고 물어보면 될까. 어디에 살고, 입고 있는 옷은 여기서 샀는지, 아니면 국경 너머에서 사는지 질문하는 것이다. 저 여자들은 국경 너머의 미국에 가본 적이 있을까. 혹시 로스앤젤레스에 남자친구가 있는 걸까. 빼어난 겉모습만큼이나 침실에서의 기교도 뛰어날까. 어떤 것, 눈에 보이지 않는 어떤 힘이 그들의 삶을 가능하게 하고 있는 것만은 확실하다. 그 탓에 불감증에 걸리지 않으면 좋을 텐데. 그것은 생에 대한, 생물의 자연적인 잠재력에 대한 참을 수 없는 우롱이므로.

저런 여자들의 문제는 너무나도 빨리 늙어버린다는 점이다. 항간에 떠도는 이야기는 사실이다. 저들은 서른 살 무렵에는 이미 세파에 시달려 뚱뚱해지고, 브래지어와 웃옷과 핸드백과

장갑도 이미 과거의 것이 되어버린다. 유일하게 남는 것이라고는 짙은 눈썹 아래에서 이쪽을 바라보는 불타는 듯한 검은 눈뿐이다. 원래의 날씬한 몸은 그들의 몸 안 어딘가에 갇혀있지만 더 이상 말을 하거나, 즐겁게 놀거나, 사랑을 나누거나, 달릴 수 없다. 보도 위에서 또각거리던 하이힐 소리, 삶의 한복판으로 돌진하는 소리도 이제는 들을 수 없다. 뒤에 남은 것이라고는 오로지 추적추적 발을 끄는 소리뿐. 세상에서 가장 끔찍한 소리, 과거의 잔해가 내는 소리다. 과거에는 생기에 차있었지만 현재는 스러져가고, 미래에는 주검이 되어 흙으로 돌아갈 운명이다. 티화나에서는 그 무엇도 변하지 않지만, 정상적으로 수명을 다하는 존재도 없다. 이곳에서 시간은 너무 빨리 움직이고, 그와 동시에 전혀 움직이지 않는다. 이를테면 내가 놓인 상황을 보라. 나는 10년 뒤의 미래에서 자살할 작정이다. 아니, 정확하게는 10년 전의 생명을 말살할 작정이다. 내가 자살한다면, 지금 오클랜드의 카이저 병원에서 일하고 있는 에릭 스위트센트는 어떻게 되는 것일까? 그리고 그가 캐시를 돌보며 보낸 10년은— 그녀는 어떻게 되는 것일까?

아마 나는 이런 맥 빠진 방법으로 그녀를 벌하려 하는지도 모르겠다. 그녀는 이미 병든 몸이기 때문에 좀 더 벌을 주고 싶은 것이다.

나의 이성 아래에는 이런 왜곡된 관점이 숨어있었던 것일까. 그는 생각했다. 병든 사람을 제대로 벌하기가 쉽지 않아서? 하느님 맙소사. 내가 나 자신에게 증오심을 느끼는 것도 하등 이상한 일이 아니다.

g-토텍스 블라우가 든 꾸러미를 손바닥에 올려놓고 무게를 가늠하고, 그 질량을 느껴보려고 했다. 그는 그것을 아래로 끌어당기려고 하는 지구의 중력을 느꼈다. 그래. 지구는 이런 것조차도 좋아하지. 지구는 무엇이든 받아주니까.

구두 위를 무엇인가가 지나갔다.

시선을 돌리자, 바퀴가 달린 조그만 수레 하나가 잔뜩 쌓여있는 쓰레기 더미의 그늘로 잽싸게 피난하는 광경이 눈에 들어왔다.

같은 모습을 한 수레에게 쫓기는 중이었다. 두 대의 수레는 신문지와 유리병이 뒤죽박죽 널려있는 장소에서 충돌했다. 수레끼리의 싸움이 시작되자 쓰레기 더미가 흔들리며 여기저기로 파편이 튀었다. 정면으로 박치기를 하며 각자의 중심부에 탑재된 두뇌 부품을 노리고 있다. 상대방의 레이지 브라운 도그를 튕겨내려는 심산인 듯하다.

아직도 살아있었던 거야? 그는 믿을 수 없다는 표정으로 생각했다. 10년이나 됐는데도? 그렇다면 브루스 히멀은 여전히 이것들을 제작하고 있는 것일까. 그게 사실이라면 지금쯤 티화나는 이런 수레투성이가 되었을 것이다. 도대체 이 광경을 어떻게 받아들여야 할지 알 수 없었다. 그는 두 대의 수레가 끝장을 볼 때까지 투쟁을 벌이는 광경을 계속 바라보았다. 그중 하나가 상대방의 레이지 브라운 도그를 공격해서 차체에서 거의 떨어뜨렸다. 승기를 잡은 듯하다. 그 수레는 뒤로 일단 물러나서 이리저리 움직이며, 마치 산양처럼 최후의 일격을 가할 기회를 엿보기 시작했다.

그것이 공격 태세를 갖추고 있는 동안 파손된 쪽의 수레가 타고난 막판 기지를 발휘했다. 누가 내버리고 간 아연 도금이 된 양동이 속으로 재빨리 피신함으로써 위급한 상황을 모면했던 것이다. 양동이의 보호를 받은 수레는 움직임을 멈추고 사태가 수습되기를 기다리는 기색이었다. 필요하다면, 언제까지라도.

에릭은 일어서서 허리를 굽히고 힘센 쪽의 수레를 집어 올렸다. 바퀴가 공전했다. 다음 순간 수레는 가까스로 몸을 비틀어 그의 손아귀에서 빠져나갔다. 덜컥거리며 보도 위로 떨어져서 튕겼다가, 뒤로 물러나서 몸을 돌리나 싶더니 대뜸 그의 발을 향해 돌진해 왔다. 에릭은 흠칫 놀라며 뒤로 물러났다. 수레는 다시 한 번 위협하는 듯한 동작으로 그를 향해 달려들었다. 그는 또다시 물러섰다. 수레는 만족했는지 원을 그리며 돌았고 덜컥거리며 이내 자취를 감췄다.

양동이 속에는 싸움에서 패배한 수레가 여전히 숨어있었다. 아직도 기다리고 있다.

"난 널 해치지 않아." 에릭은 이렇게 말하고, 더 잘 관찰해보기 위해 몸을 웅크렸다. 그러나 상처 입은 수레는 원래 있던 자리에서 꼼짝도 하지 않았다. "알았어." 에릭은 허리를 펴고 일어섰다. "네 기분 알 만해." 수레는 자기가 무엇을 원하는지를 잘 알고 있었다. 그런 것에게 집적거릴 이유는 없다.

이런 것들조차도 살려는 굳건한 의지를 갖고 있는 것이다. 브루스의 말이 옳았다. 이것들에게도 그럴 권리가 있다. 태양과 하늘 아래에서 미미하게나마 자기 자신만의 조그만 삶을 영위할 자격이 있는 것이다. 이들이 원하는 것은 단지 그뿐이며, 생각해보면 그리 거창한 요구도 아니다. 그런데도 난 이 수레들이 하는 일조차도 제대로 하지 못한다. 한 자리에 머물러서 티화나의 쓰레기가 널린 골목에서 자기 힘만으로 살아가지도 못하는 것이다. 저 양동이 속으로 피신한 존재에게는 아내도, 직업도, 아파트도, 돈도 없고, 그런 것들과 조우할 가능성조차도 아예 없지만, 여전히 끈질기게 살아가고 있다. 내가 모르는 어떤 이유에서, 저 수레가 자기 존재에 부여하는 가치는 나보다 훨씬 더 높다.

g-토텍스 블라우는 더 이상 매력적으로 느껴지지 않았다.

설령 자살한다고 해도, 굳이 지금 할 필요는 없지 않은가? 다른 모든 일들과 마찬가지로 일단 미뤄두기로 하자— 특히 이 경우에는 그럴 필요가 있었다. 어차피 몸 상태도 그리 좋지가 않았다. 현기증을 느낀 에릭은 눈을 질끈 감았다. 눈을 감는다면 브루스 히멀이 만든 무시무시한 레이지 브라운 도그 수레의 공격을 또 자초하리라는 사실을 알고 있기는 했지만.

손에 느끼던 약간의 무게가 완전히 사라졌다. 눈을 떠보니 g-토텍스 블라우의 검은 상자가 들어있던 갈색 봉투가 사라져 있었다. 골목 여기저기에 쌓인 쓰레기도 예전보다는 줄어든 것처럼 보였다. 그림자가 길어진 것을 본 에릭은 지금이 늦은 오후라는 사실을 깨달았다. 그렇다면 JJ-180의 효력이 사라지고 대략 에릭 자신의 시대로 되돌아왔다는 얘기다. 그가 캡슐을 삼킨 것은 밤의 어둠이 깔려있을 때였지만, 지금은 오후 5시 정도로밖에는 보이지 않았다. 따라서 지난번과 마찬가지로 출발 시간으로 정확하게 돌아온 것은 아니다. 이번의 시차는 어느 정도 되는지 궁금했다. 릴리스타군은 지구를 향해 오고 있지 않았던가.

실제로는 이미 도착해있었다.

하늘에 검고 추하고 엄청나게 큰 물체가 떠있었다. 마치 철과, 경악과, 공포에서 비롯된 의도적 침묵이 지배하는, 빛이 없는 나라에서 지상으로 강림한 물체처럼 보인다. 너무나도 거대한 탓에, 영원히 탐식貪食을 계속하는 생물 같은 느낌이다. 여기서 적어도 1마일은 떨어진 곳에 떠있었지만, 그런 거리에서 조차도 그것이 무한한 탐욕을 가진 자아로 이루어졌고, 언제든 눈에 보이는 모든 것을 집어삼킬지도 모르는 존재임을 감지할 수 있었다. 아무 소리도 내지 않는다. 엔진을 끈 것이다. 저 우주선은 까마득하게 먼 곳에서, 항성 간 우주 깊숙한 곳에 있는 최전선에서 왔다. 세파에 닳고 닳아 숙달되고 노련해진 망령이, 알 수 없는 기묘한 이유로 인해 평소의 서식처에서 밖으로 기어 나온 꼴이다.

침공은 얼마나 손쉽게 이루어질까. 에릭은 곰곰이 생각해보았다. 단지 지상에 착륙해서 주요 건물을 접수하고 모든 것을 점거해버리는 것으로 끝일까. 그것은 아마 나나 지구상의 모든 사람들이 생각하는 것보다 훨씬 더 간단한 일일지도 모른다.

에릭은 골목에서 나와 도로 쪽으로 걸어가며 생각했다. 총이 있었으면 좋았을걸.

묘한 기분이다. 우리 시대의 가장 소름 끼치는 사건이어야 할 이 전쟁 한복판에서, 뭔가 의미 있는 것을 찾아내다니. 10년 뒤의 미래에서 그 아연 도금된 양동이 안에 숨어있던 레이지 브라운 도그 수레가 갖추고 있는 것과 동일한 욕구가 내게 생의 활기를 불어넣다니. 아마 나도 마침내 그것의 동포가 된 것인지도 모르겠다. 그 곁에 서서 내 자리를 지키고, 그것처럼 행동하고, 그것처럼 싸우는. 필요하다면 언제든지 싸우고, 때로는 그것이 주는 즐거움을 만끽하기 위해. 기쁨을 느끼기 위해. 처음부터, 그러니까 내가 이해하거나 내 것으로 간주하거나 들어갈 수 있는 그 어떤 시대나 상황이 시작되기 전부터, 이미 그렇게 정해져있었던 것이다.

도로변의 교통 흐름은 거의 멎어있었다. 차에 탄 사람이나 통행인이나 모두 멈춰 서서 릴리스타군의 우주선을 올려다보고 있다.

"택시!" 대로변으로 나간 에릭은 공중 비행이 가능한 자율제어식 택시를 불러 세웠다. "티화나 모피 염료사로 가줘." 그는 명령했다. "최대한 빠르게. 저기 떠있는 우주선에는 신경 쓰지 말고. 저기서 방송으로 뭔가 지령을 내릴지도 모르지만 그것도 무시해."

택시는 차체를 떨며 아스팔트 도로 위로 조금 떠올랐고, 그

위치에서 정지했다. "이륙 금지 명령을 받았습니다, 손님. 이 지역의 릴리스타군 사령부에서 내린 명령에 의하면—"

"내가 이 상황을 총괄하는 최고 책임자야." 에릭은 택시에게 말했다. "난 릴리스타군 사령부보다 계급이 높아. 나하고 비교하면 놈들은 티끌이나 마찬가지지. 난 지금 당장 티화나 모피 염료사로 가야 해. 내가 거기 가느냐 못 가느냐에 따라서 전황 전체가 좌우된다고 보면 돼."

"예, 각하." 택시는 이렇게 말하고 상공으로 날아올라갔다. "영광입니다. 진심으로. 각하를 이렇게 모시게 되다니 흔치 않은 영광입니다."

"지금 내가 거기 가는 것은 전략적으로 가치를 따질 수 없을 정도로 중요한 일이야." 공장에 가서 저항을 시작하자. 에릭은 다짐했다. 내 지인들과 함께. 그리고 버질 애커먼이 워싱턴-35로 도망칠 때는 동행하는 것이다. 사태는 내가 1년 뒤의 미래에서 보고 온 대로 전개되고 있다.

그제야 티화나 모피 염료사로 가면, 반드시 캐시와 마주치리라는 사실을 깨달았다.

에릭은 택시를 향해 느닷없이 질문했다. "만약 네 아내가 병에 걸렸다면—"

"제겐 아내가 없습니다, 손님." 택시가 대답했다. "자율기능 기계는 결코 결혼하지 않습니다. 어린애라도 아는 일입니다."

"사실이야." 에릭도 동의했다. "그럼 네가 나라고 가정해봐. 네 아내가 병, 그것도 치유 가능성이 전혀 없는 중병에 걸렸다면 넌 그런 아내를 두고 떠나겠어? 아니면 곁에 머무르려고 하겠어? 설령 10년 뒤의 미래로 가서, 아내가 입은 뇌손상은 절대로 회복될 수 없다는 사실을 확인한 뒤에도 그럴 거야? 그럴 경우 곁에 있어준다는 행위는—"

"무슨 뜻인지 알겠습니다." 택시는 에릭의 말을 끊었다. "자기 인생을 포기하고, 일생 동안 그분을 간호한다는 의미겠죠."

"맞아." 에릭은 말했다.

"저라면 함께 있어주겠습니다." 택시는 단언했다.

"왜?"

"왜냐하면 인생은 그런 식으로 구성된 현실로 이루어져있기 때문입니다. 아내를 저버린다는 행위는, 나는 그런 현실을 견딜 수가 없어, 나만의 특별히 쉬운 상황이 아니면 살아갈 수가 없어, 하고 말하는 것과 마찬가지입니다."

"네 말이 옳은 것 같군." 잠시 후 에릭은 말했다. "나도 아내 곁에 있어줄 생각이야."

"신의 축복이 있기를 빕니다." 택시가 말했다. "손님은 좋은 분이신 것 같군요."

"고마워." 에릭은 말했다.

택시는 티화나 모피 염료사를 향해 계속 상승했다.

역자 후기
현실과 비현실의 간극에서

과학소설과 기타 모든 문학의 공통항은 어떤 방식으로든
인간의 삶을 적확하게 나타내야 할 필요가 있다는 점이다.
과학소설은 환상적인 상황이나 사회, 장소, 존재 따위를 다
룰 수 있지만, 등장인물들은 어디까지나 현실상의 인간이
어야 한다. 모든 동료 작가들이 나의 이런 견해에 찬성하지
는 않겠지만 말이다. 이를테면 하인라인은 동의하지 않을
것이다. 하인라인에게 인간이란 그가 자아내는 환상의 일
부이기에.

— 필립 K. 딕 인터뷰, 1977년

작가 인생의 어느 한 부분을 떼어내서 '최전성기'로 규정하
는 행위에는 알게 모르게 결정론적인 편견이 작용하는 경우가
많지만, 1962년에서 1966년에 이르는 5년이, 유독 부침이 많았
던 필립 K. 딕의 삶에서도 창조적으로 가장 중요한 시기였다는
데 이론을 제기할 사람은 거의 없을 것이다. 딕은 이 짧은 기간

에『화성의 타임슬립』(1964), 『닥터 블러드머니』(1965), 『파머 엘드리치의 세 개의 성흔』(1965), 『작년을 기다리며』(1966), 『안드로이드는 전기양의 꿈을 꾸는가?』(1968), 『유빅』(1969) 등의 장편을 잇달아 탈고했다. 여기에 휴고 상 수상작인『높은 성의 사내』(1962)를 더한 딕의 '1960년대 작품군群'은 총12권으로 예정된 한국어판 필립 K. 딕 걸작선의 뼈대를 이루고 있다고 해도 과언이 아니다. 작품세계의 전체상을 이해하고, 논하기 위한 필수 불가결한 전범典範이라고나 할까.

본서『작년을 기다리며』는 외계인과의 전쟁, 시간여행, 현실을 다중화하는 마약, 병행 세계, 편집증, 음모론, 시뮬라크르 담론, 매트릭스, 지능을 가진 기계, 거대 기업, 전체주의, 복고 취미, 배우자와의 불화 등 딕 특유의 조합이 총동원되다시피 한 디키언(dickian) 소설의 정수로 손꼽힌다.

서기 2055년. 태양계로 진출한 지구는 인류의 먼 조상으로 판명된 릴리스타 제국과 군사동맹을 맺고 곤충을 닮은 외계인 리그인들을 상대로 총력전을 벌이고 있었다. 군사적, 기술적으로 열세에 몰린 탓에 동맹 측의 패전은 거의 확실시되는 상황에서, UN 사무총장이자 통일 지구 정부의 실질적인 독재자로 군림하는 지노 몰리나리는 가혹한 요구를 해오는 릴리스타인들과 동맹 반대파들 사이에서 아슬아슬한 정치적 줄타기를 하고 있었다.

주인공인 에릭 스위트센트는 지구의 전쟁 수행에 필수적인 대기업 중 하나인 TF&D사의 사장 버질 애커먼 전속의 인공장기 이식 전문의로 일하고 있었지만, 아내인 캐시와의 불행한 결혼생활에서 탈출하고 싶은 일념으로 병마에 시달리는 몰리 나리의 주치의를 자원한다. 한편, 자포자기 상태에서 약물을 남용하던 캐시는 새로운 환각제인 JJ-180을 복용한다. 그러나 JJ-180은 시간을 실제로 왜곡할 뿐만 아니라 사용자에게 치명적인 효과를 끼치는 금단의 마약이었다. 그리고 그 배후에는 지구를 장악하기 위해 암약하는 릴리스타 제국 정보부가 있었다. 이에 절망한 캐시는 에릭을 찾아 나선다.

여기까지는 정치 스릴러의 줄거리를 방불케 하지만, 에릭이 아내인 캐시의 간계에 빠져 JJ-180에 중독되면서 소설은 에릭과 캐시의 멜로드라마적인 부부관계를 둘러싼 심리극의 색채를 띠기 시작한다. 제한적인 시간 여행을 가능하게 하는 JJ-180은 위태로워 보일 정도로 반전에 반전을 거듭하는 소설의 후반부를 지탱해주는 중요한 플롯 기제일 뿐만 아니라, 주인공의 '작년'을 되찾아줄지도 모르는 유일한 수단이기도 하기 때문이다. '작년'이란 에릭이 스스로의 자멸적 성향과 고통스러운 결혼 생활로 피폐해지기 전의 일상성을 상징한다. 다중화하고 붕괴하는 미래 앞에서 고뇌하는 에릭에게 개변 불가능한 과거란 단순한 노스탤지어나 퇴행을 넘어선 일종의 심리적인 준거점으로 기능한다.*

"그놈의 시간 여행약을 먹고 머리가 이상해지기라도 한 건
가? 그래서, 자네 앞에서 작고 하찮은 인생이 기다리고 있
다는 사실을 망각했어? 옆이나 뒤가 아니라? 혹시 작년이
다시 되돌아와주기를 기다리고 있기라도 한 거야?"
[……]"정확한 지적입니다. 저는 오랫동안 작년을 기다리
고 있었습니다. 하지만 그게 다시 와줄 것 같지는 않아 보
이는군요."(13장)

JJ-180의 해독제를 찾기 위한 에릭의 모험이 개인의 생존에
서 인류의 명운이 걸린 문제로 격상된 뒤에도 에릭의 고집스러
울 정도로 자연주의적인 시점은 크게 변하지 않는다. 그런 에
릭과는 대조적으로, 또 한 사람의 주인공이라고 할 수도 있는
지노 몰리나리는 문학적인 우유부단함과는 거리가 먼 노회한
정략가이다. 몰리나리는 과거에 그가 저질렀던 실책―릴리스
타 제국과 섣부른 동맹을 맺음으로써 지구 전체를 공멸의 위기
에 빠뜨린 일―을 만회하고, 지구의 자주권을 지키기 위해 문
자 그대로 목숨을 바쳐가며 고투한다. 몰리나리의 모델은 본문
에서도 언급된 2차 대전 당시의 이탈리아 독재자 무솔리니이
며, 딕은 정치적인 오해를 받을 위험을 무릅쓰고 무솔리니의
비극은 "히틀러의 영향을 받았다는 점이며," 여러 결점에도 불
구하고 어떤 의미에서는 "[책임을 질 줄 아는] 훌륭한 사내"였

---

* 버질의 베이비랜드와 브루스 히멀의 "조그만 수레들" 또한 기본적으로는 같은
기능을 수행할 뿐만 아니라 플롯상의 중요한 전기를 제공해준다.

다고 술회하고 있다. 몰리나리는 딕의 소설에 자주 등장하는 '부조리하지만 자애로운' 부성상의 현신인 동시에 "모든 정부는 거짓말을 한다"로 시작되는 유명한 경구*를 한 몸에 구현한 듯한 모순투성이의 인물이기도 하지만, 에릭이 경험하는 개인적, 사회적 혼란, 나아가서는 시간과 공간의 혼란에서 빠져나오기 위한 '제3의 길'을 제시해준다는 맥락에서 '2000년쯤 전에 살았던 어떤 위인偉人'에 비교되기까지 한다(5장). 타인의 병을 대속代贖하는 식의 특이한 공감능력과, 독배이자 성배이기도 한 JJ-180이 몰리나리에게 어떤 일을 가능하게 해주는지를 감안한다면 완전히 동떨어진 비유는 아닐지도 모른다.

미래적인 설정을 전면에 내세운『안드로이드는 전기양의 꿈을 꾸는가?』나『유빅』에 비하면『작년을 기다리며』는 여러모로 사실주의적인 소설로의 접근이 눈에 띈다. 여기서 말하는 사실주의란 미학사적인 견지에서 말하는 리얼리즘이 아니라, SF나 판타지 등의 이른바 '장르' 소설과는 대척점에 서있는 것으로 간주되는 '일반' 소설을 의미한다.** 전통적인 역사소설 등으로 대표되는 일반 소설의 이면에는 작중 현실이 독자나 작가가 살아가는 현실 세계와 같은 법칙의 지배를 받는다는 공통의 이해가 암묵적으로 깔려있다. 단순화해서 말하자면 작가가 자아내

---

* "모든 정부는 거짓말을 한다. 그러나 그 정부의 관리들까지 같은 마약을 빠는 국가는 재앙에 직면한다." I. F. Stone,『In a Time of Torment, 1961-1967』(1967)

** 조나단 레섬이 편찬한 이 책의 작가 연보에서도 바로 그런 의미로 사용되고 있다.

는 허구는 어떤 식으로든 '현실' 세계에서 일어나는 사건의 일부로 받아들여지며, 그 사건을 에워싼 등장인물들의 행동과 심리를 통해 묘사된다. 반면에 고전적인 SF나 판타지에서는 현실 세계를 구성하는 법칙과는 동떨어진 (것처럼 보이는) 사건이 일어나고, 이것은 종종 법칙 자체의 재편성이나 파기로까지 이어지곤 한다. 특히 SF의 경우에는 기본적으로 작품이 제시하는 비사실주의적인 배경의 이질성을 독자에게 '설득' 시키기 위한 세계 구축構築에 작가의 역량이 분산될 수밖에 없으므로, 작중 행위의 개연성은 어느 정도 해당 장르의 관습=프로토콜에 의존하기 마련이다. 그러나 『작년을 기다리며』 속에서 묘사되는 등장인물들의 행위는 합리적이든 불합리적이든 간에 지극히 인간적이며, 딕의 주장대로 '현실적' 이다. 특히 결혼 생활의 불협화음과 항성 간 전쟁이라는 일견 어울리지 않는 두 개의 갈등 요소 사이에서 악전고투하던 주인공이 자율제어식 택시와의 대화를 통해 일종의 실존적인 평안을 얻는 대목은 작가와 독자와 (외계인과 비생물들을 포함한) 작중 인물들의 분산되고 피폐해진 삶이 하나의 전체론적인 '현실' 로 수렴되는 듯한 기묘한 감동을 불러일으킨다.

딕이 본서 『작년을 기다리며』를 집필한 것은 히피 운동이 전 세계 청년층의 광범위한 지지를 얻고 미국의 베트남 개입이 노골화되던 1963년의 일이었다. 사생활 면에서는 세 번째 아내인 앤과의 결혼 생활이 파국을 향해 달려가고, 약물 과용에서 비롯된 극심한 울증鬱症과 생활고에 시달리던 최악의 시기이기도 했다. 딕은 각성제인 암페타민을 '연료 삼아' 하루에 A4용지로 60페이지에 달하는 글을 썼지만 워낙 박한 고료 탓에 생계에는 큰 도움이 되지 못했고, 먹고 살기 위해 또다시 암페타민에 의존하며 글을 쓰는 악순환의 고리에 빠졌다. 누가 보아도 극단적(혹은 병적)이라고밖에는 할 수 없는 이런 상황에서 걸작으로 간주되는 작품을 세상에 내놓은 작가는 딕이 처음도 아니고 마지막도 아니다. 그러나 이 시기의 딕 작품들이 내포한 절실한 계시啓示의 감각과, 인간 현실에 밀착한 용어—여기에는 SF의 클리셰도 포함된다—로 그 감각을 표현하는 경탄할 만한 작가적 역량은 딕이 왜 'SF작가 중의 SF작가'로 불리는지를 극명하게 보여준다.

이 책의 번역 텍스트로는 조나단 레섬이 편찬하고 미국의 비영리 출판사인 라이브러리 오브 아메리카Library of America (LoA)에서 출간된 하드커버판 딕 선집 제2권 『Philip K. Dick: Five Novels of the 1960s & 70s』(2008)을 사용했다.

김상훈 (SF 평론가)

1928   필립 킨드리드 딕. 12월 16일 일리노이 주 시카고의 자택에
서 쌍둥이 누이인 제인 샬럿 딕과 함께 예정일보다 6주 일찍
태어났다. 아버지 조셉 에드거 딕은 제1차 세계대전에 참전
했다가 제대 후 농무부에서 일했다. 어머니 도로시 킨드리드
딕은 공문서를 검열하는 비서였으며, 만성 신부전증을 앓고
있어서 쌍둥이들에게 수유를 하기가 힘들었고 의사의 도움
도 제대로 받지 못했다. 그래서 쌍둥이들은 둘 다 발육 상태
가 좋지 않았다.

1929   1월 26일, 심각한 탈수 증세와 영양실조에 시달리던 갓난애
들을 서둘러 병원으로 데려갔지만 누이는 병원으로 가던 중
사망했다. 그는 체중 5파운드*가 될 때까지 인큐베이터 신세
를 지게 된다(쌍둥이 누이의 죽음에 괴로워하던 그는 훗날
이렇게 기술했다. "누이는 살기 위해, 나는 누이를 살리기 위
해 발버둥을 친다, 영원히……. 그녀는 내게는 전부나 다름
없다. 나는 늘 내 누이와 헤어지는 동시에 함께해야 하는 저
주를 받았다"). 아버지에게 샌프란시스코로 전근해도 좋다
는 농무부의 허락이 떨어졌다. 가족은 콜로라도 주 포트 모
건으로 휴가를 떠났고, 그는 어머니 도로시와 함께 현지 친
척의 집에 머물며 아버지의 전근 절차가 끝나기를 기다렸다.
누이는 포트 모건 공동묘지에 묻혔다. 가족은 캘리포니아의
베이지역에 있는 소살리토로 이사했고, 퍼닌슐러**로 옮겼

* 2.3킬로그램
** 샌프란시스코 반도.

403

다가 마지막에는 앨러미다에 자리를 잡았다.

1930 아버지가 네바다 주 리노에 위치한 국가부흥청(NRA) 서부
지부 국장으로 승진한다. 가족은 버클리에 정착했고, 아버지
는 주중에는 리노에 머물며 직장과 가정을 오갔다.

1931 캘리포니아 대학의 아동 복지 연구소가 운영하는 실험적인
탁아소에 다녔다. 기억력과 언어능력 및 손의 협응력 테스트
에서 높은 점수를 받았다. 음악적 재능이 뛰어나다는 칭찬도
듣게 되었다.

1933-34 어머니가 이혼을 요구하면서 부모가 별거에 들어간다. 그는
어머니와 외갓집에서 외조부모 및 매리언 이모와 함께 살게
되었다. 어머니가 정규직을 얻으면서 집에 남겨지게 된 그는
'미마Meemaw'라는 애칭으로 부르던 외할머니의 자상한 보
살핌을 받으며 진보적인 성격이 강한 브루스태틀록 스쿨 부
설 유치원을 다녔다. 매리언 이모는 신경쇠약으로 가끔 병원
에 입원하기도 했지만 그를 무척 귀여워했다.

1935-37 부모의 이혼 절차가 마무리되면서 어머니를 따라서 워싱턴
D. C.로 이사했다. 아버지는 재혼했다. 이 시기부터 천식과
심계 항진증을 앓기 시작했다. 기숙학교로 보내라는 의사의
권유를 받고 행동장애를 가진 아동들을 위한 컨트리데이 스
쿨로 보내졌다. 그곳에서 처음으로 구토 공포증을 경험하며,
사람들 앞에서는 음식을 삼키지도, 먹지도 못하게 되었다. 6
개월 뒤 귀가 조치를 받고 처음으로 심리치료사를 만난다.
프렌즈 퀘이커 데이 스쿨을 다니다가 2학년 때 공립학교로
전학했다. 학교에서는 소외감 때문에 힘들어했고 이것은 곧
잘 무단결석으로 이어졌다("그 후에는 내가 혐오하는 학교에

가는 일을 제외하면 딱히 하는 일이 없는 시기가 오래 계속
되었다. 기껏해야 수집한 우표들을 만지작거리거나…… 구
슬치기, 딱지치기, 볼로배트bolo bats, 당시 갓 출판되기 시
작한 코믹북 읽기 같은 남자아이들의 놀이를 하는 정도였
다……"). 자연스럽게 우러나오는 마음의 평화와 감정 이입
을 체험한 것도 이 시기였다. 그는 훗날 인터뷰에서 이 경험
을 어린 시절의 '사토리'*라고 표현했다. 어머니의 격려를 받
고 처음으로 글쓰기를 시작한 것도 이 무렵이었다.

1938 어머니와 함께 버클리로 돌아갔다. 3년 동안 만나지 못했던
아버지를 찾아갔다. 새로 전학한 공립학교에서 자신을 '짐
딕'이라고 소개하지만 곧 다시 필립이라는 이름을 사용했
다. 지역 소식과 연재만화를 실은 개인 신문인《더 데일리 딕
The Daily Dick》을 만들었다.

1940-43 고전 음악과 오페라에 열중하기 시작했고, 평생 그 열정을
가슴에 품고 살았다. 『어린 왕자』와 『호빗』, 『곰돌이 푸』 및
『오즈』 시리즈를 읽었다. 《어스타운딩》《어메이징》《언노운》
등의 SF 잡지를 발견하고 열심히 모으기 시작했다. 이 잡지
들의 내용을 본떠 그림을 그리고 글을 썼다. 독학으로 타자
치는 법을 익혔고, 라디오 방송으로 접한 제2차 세계대전 소
식을 들으며 친구들과 전황에 대해 곧잘 토론을 벌였다. 두
번째 개인 신문인《진실The Truth》을 만들면서 연재만화의
주인공으로 '미래 인간Future-Human'을 등장시켰다("자신
의 초超 과학기술을 인류의 복지를 위해 사용하고, 미래의 암
흑가에 맞서는 인물"이었다). 지금은 소실된 첫 번째 소설
『소인국으로의 귀환Return to Liliput』을 완성했다.《버클리

---

*Satori. 일어로 '깨달음'을 의미함.

가제트》지에 정기적으로 단편소설과 시를 기고했다. 가필드 공립 중학교와 오하이 시에 위치한 기숙사제 사립 고등학교인 캘리포니아 예비 학교를 다녔다. 정서장애를 극복하기는 여전히 어려웠지만, 급우들에게 정신의학과 심리 테스트에 관한 해박한 지식을 피력하기도 했다(1974년에 딸 로라에게 보낸 편지에서 그는 이렇게 쓰고 있다. "어떤 의미에서는, 학교에 적응을 잘하면 잘할수록 나중에 현실 세계에 적응할 수 있는 확률은 도리어 낮아진다고 할 수 있어. 그러니까 네가 학교에 제대로 적응을 못하면 못할수록, 나중에 학교에서 자유로워진 뒤에 마주치는 현실에 더 잘 대처할 확률이 높아진다고도 할 수 있겠지. 그런 날이 정말로 온다면 말이야. 아마 나는 군대에서 말하는 '안 좋은 태도'를 갖고 있는지도 모르겠구나. 제대로 하든지, 아니면 포기하든지 양자택일하라는 뜻인데, 나는 언제나 그만두는 쪽을 택했어"). 광장공포증과 공황장애로 인한 발작이 더 심해졌다.

1944-47   버클리 고등학교에 입학했다. 독일어를 배우고 칼 구스타프 융의 저서를 읽기 시작했다. 곧잘 현기증 발작을 일으켜 앓아눕곤 했다. 샌프란시스코의 랭글리 포터 클리닉에서 매주 융 학파의 심리분석가에게 치료를 받았지만 결국은 그 분석가를 철두철미하게 경멸하기에 이르렀다. 유니버시티 라디오에 판매원으로 취직했으나, 나중에 아트 뮤직으로 옮겼다. 두 곳 모두 음반, 악보, 전자기기 등을 판매하고 수리도 해주는 음악 상점이었다. 이 두 가게의 소유주인 허브 홀리스는 카리스마 넘치는 까다로운 인물이었는데, 딕에게는 멘토이자 아버지 같은 존재가 되었다(홀리스는 훗날 딕의 소설에 자주 등장하는 전제적이지만 따스한 마음을 가진 '보스'의 모델이 된다). 홀리스 밑에서 일하는 동안 딕의 불안장애는 많이 나아졌지만, 학교에만 가면 악화되는 통에 마지막 1년 과정은

집에서 개인 교습을 받으며 마쳐야 했다. 같은 해 가을이 되자 집에서 나와 로버트 던컨, 잭 스파이서, 필립 라만티어 같은 작가들과 함께 창고를 개조한 공동주택으로 이사를 갔다. 대부분 동성애자로, 작가 특유의 보헤미안적 삶을 즐기던 룸메이트들은 딕의 독자적인 지적 성장의 원천이 되었다. 딕은 버클리 대학에 잠시 다니며 철학을 전공했지만 의무적으로 참가해야 하는 ROTC 훈련을 혐오했다. 광장공포증은 더욱 악화되었고, 11월에는 결국 자퇴를 하고 말았다. 훗날 그는 ROTC 훈련 도중 소총 분해결합을 거부했다는 이유로 퇴학당했다고 주장했다.

1948-49 아트 뮤직의 매니저는 여성 경험이 전무하다는 것을 알고 가게의 지하방에서 젊은 여성과 잠자리를 함께 할 수 있는 기회를 마련해준다. 재닛 말린과 알게 되고, 서둘러 결혼해 버클리의 아파트로 이사한다. 갈등으로 점철되었던 6개월 동안의 서투른 결혼 생활은 연말이 되기 전에 이혼으로 끝이 난다. 아버지와 다시 재회하고, 지금은 소실된 장편 『어스셰이커The Earthshaker』를 간간이 집필하기 시작했다.

1950 6월에 두 번째 아내인 클리오 애퍼스털리디스와 결혼한다. 버클리의 프란시스코 거리에 작은 집을 장만했고, 마지막으로 아버지를 만났다. 작문 교사이자 범죄소설과 SF 분야에서 편집자와 평론가로 활동하던 앤서니 바우처(앤서니 화이트)와 조우했고 그의 영향을 받아 다수의 SF 단편을 쓰기 시작했다(훗날 딕은 바우처를 평하며 "성숙한 어른, 그것도 분별 있고 교육받은 어른도 SF를 즐길 수 있다는 사실을 깨닫게 해준 인물"이라고 회고하기도 했다). 당시 딕은 지독한 가난에 허덕였다(훗날 출간된 단편집 『골든 맨The Golden Man』의 1980년도 판 서문에서 딕은 이렇게 술회했다. "럭

키 도그 애완동물상점에서 파는 말고기는 동물 사료로 팔던 것이었다. 그러나 클리오와 나는 그걸 먹었다. 정말 궁핍했다……").

1951-52 《판타지 앤드 사이언스 픽션》지에 처음으로 팔린 단편 「루그 Roog」로 데뷔한다. 홀리스에 대한 신의를 저버렸다는 이유로 아트 뮤직에서 해고당했다. 잡지 《플래닛 스토리즈》에 단편 「워브가 저기 누워있다Beyond Lies the Wub」를 게재하고, 스콧 메러디스 출판 에이전시와 전속 계약을 맺는다. 최초의 사실주의적 소설인 『거리에서 들리는 목소리Voices from the Street』(2007)와 『메리와 거인Marry and the Giant』(1987)을 집필했지만 생전에는 출간되지 못했다(훗날 딕은 이렇게 술회했다. "나는 1951년 11월에 처음으로 단편을 팔았고, 이것들은 1952년에 처음으로 잡지에 실렸다. 고등학교를 졸업할 무렵에는 꾸준히 글을 쓰면서 잇달아 장편을 탈고했지만 물론 하나도 팔리지 않았다. 나는 버클리에 살고 있었고, 주위 환경은 문학을 하기에 안성맞춤이었다. 주류 문학을 하는 소설가들은 얼마든지 있었고, 베이지역에 사는 지극히 유망한 전위적 시인들과도 교류했다. 모두들 나더러 글을 쓰라고 권했지만, 꼭 그걸 팔아야 한다고 격려한 사람은 아무도 없었다. 그러나 나는 책을 팔고 싶었고, SF 소설도 쓰고 싶었다. 나의 궁극적인 꿈은 주류 문학적 소설과 SF **양쪽**을 쓰는 것이었다").

1953-54 최초의 SF 장편인 『태양계 제비뽑기Solar Lottery』(1955)와 『존스가 만든 세계The World Jones Made』(1956)를 판타지 소설 『우주 꼭두각시The Cosmic Puppets』(1957) 및 리얼리즘 소설인 『함께 모여라Gather Yourselves Together』(1994)와 함께 에이전시에 팔았다. 음반 가게인 '터퍼와 리드'에서

잠시 일하던 중 공황장애와 광장공포증이 재발했고, 폐소공 포증까지 겪었다. 공포증과 우울증 치료제로 처방받은 암페 타민을 복용하기 시작했다. 수십 편의 단편을 썼고 그중 대다 수를 잡지에 파는 데 성공했다. 딕은 가장 다작을 하는 SF 작 가 중 한 사람이 되었다(1953년 한 해 동안에만 무려 30편의 작품이 펄프 잡지*에 실렸다). FBI 수사관 두 명이 방문해서 점잖게 그를 심문한다. 이 사건을 계기로 그는 평생 동안 감 시당하고 있다는 생각을 품게 되었다. SF 작가로 이름을 알리 는 것에 대한 모호한 저항감과, 사람들 앞에 나서기를 두려워 하는 광장공포증에 시달리면서도 난생 처음으로 SF 컨벤션에 참가해서 A. E. 밴 보그트를 만났다. 보그트의 소설은 딕의 초기 SF 소설들에 큰 영향을 미쳤다. 단편 고료와 아내가 이 런저런 시간제 일을 해서 번 돈으로 주택 융자금을 갚고, 짧 은 기간이나마 재정적인 안정을 누렸다. 매리언 이모가 세상 을 떠나자 딕의 어머니는 매리언의 남편인 조 허드너와 결혼 하고, 조카인 여덟 살배기 쌍둥이를 입양했다.

1955 장편 데뷔작인 『태양계 제비뽑기』가 에이스 북스에서 페이 퍼백 단행본으로 출간되었다. 첫 번째 단편집 『한 줌의 암흑 A Handful of Darkness』도 리치 & 코원 출판사에 의해 영 국에서 간행된다. 딕은 같은 해 『농담을 한 사내The Man Who Japed』(1956)와 『하늘의 눈Eye in the Sky』(1957)을 집필했다.

1956−57 주류 문단의 인정을 받기 위한 노력의 일환으로 일반 소설인 『조지 스타브로스의 시간A Time for George Stavros』(소실됨) 『언덕 위의 순례자Pilgrim on the Hill』(소실됨), 『시스비 홀트

---

* pulp magazine. 갱지를 사용한 선정적인 싸구려 잡지.

의 깨진 거품 The Broken Bubble of Thisbe Holt』(1988), 『좁은 땅에서 빈둥거리며Puttering About in a Small Land』(1985)를 집필했다. 클리오와 두 번의 자동차 여행을 하면서 동쪽으로는 아칸소 지방까지 둘러보았다. 『한 줌의 암흑』증보판인 『변동 인간 외外The Variable Man and Other Stories』가 에이스 북스에서 페이퍼백 단행본으로 출간되었다. 스콧 메러디스 출판 에이전시와 잠시 결별했지만 곧 재계약했다.

1958 딕은 처음으로 자신의 사실주의적 모티프를 SF 소설에 접목했고, 그 결과물인 『어긋난 시간Time Out of Joint』이 리핀코트 출판사에서 출간되었다. 그의 소설 중에서는 최초의 하드커버였으며, SF 소설이 아니라 스릴러를 의미하는 '위협에 관한 소설Novel of Menace'로 홍보되었다. 일반 소설인 『밀튼 럼키의 구역에서In Milton Lumky Territory』(1985)와 『니콜라스와 히그Nicholas and the Higs』(소실됨)를 집필했다. 단편인 「포스터, 넌 죽었어Foster, You're Dead」가 소비에트 연방에서 무단으로 잡지에 실린 것을 알게 되었다. 이를 계기로 소련 과학자 알렉산드르 톱치예프와 편지로 아인슈타인의 상대성 이론에 관해 의견을 주고받았고, 이 편지들은 CIA에게 노출되었다(딕은 1970년대에 정보자유법에 의거해 공개 요청을 보낸 뒤에야 이 사실을 알았다). 9월에 클리오와 마린 카운티의 포인트 러예스 스테이션으로 이사했다. 10월에 앤 루빈스타인이라는 미망인을 만나 격정적인 사랑에 빠졌고, 12월에는 클리오에게 이혼을 요구했다.

1959 클리오는 이혼 후 포인트 러예스 스테이션을 떠나 버클리로 돌아갔다. 딕은 앤과 함께 살며 그녀의 세 딸(헤티, 제인, 텐디)의 의붓아버지가 되었다. 이들은 가금류와 양을 키우며 아이들의 양육비 명목으로 세인트루이스에 사는 앤의 전남

편 가족들이 보내준 돈으로 생계를 꾸려갔다. 앤의 정신과 의사에게서 상담을 받기 시작했는데, 이는 1971년까지 간헐적으로 이어졌다. 만우절에 멕시코의 엔세나다에서 앤과 결혼했다. 돈을 벌기 위해 초기 중편 중 2편을 장편 SF로 개작했다. 이것들은 1960년에 각각 『미래 의사Dr. Futurity』와 『불카누스의 망치Vulcan's Hammer』라는 제목으로 에이스 북스의 '더블 시리즈'*로 출간되었다. 일반 소설인 『허풍선이 과학자의 고백Confessions of a Crap Artist』(1975)을 집필했다. 이 소설은 클리오와의 이혼, 그리고 앤과의 연애에서 대부분의 소재를 얻었으며, 커노프사와 하코트사 양쪽에서 출간될 뻔했지만 결국 성사되지는 못했다. 그러나 그 과정에서 딕의 작가적 능력에 주목한 하코트 출판사는 차기 일반 소설의 선불금을 지불했다. 앤이 임신을 했고, 딕은 암페타민의 일종인 서모자이드린을 계속 복용했다.

1960   2월 25일에 첫아이인 로라 아처 딕이 태어났다. 하코트 출판사에서 일반 소설을 내고자 하는 희망은 결국 이루어지지 못했다. 편집자가 휴가를 간 사이에 출판사가 합병을 하면서, 딕이 쓴 『모두 똑같은 이를 가진 사내 The Man Whose Teeth Were All Exactly Alike』(1984)와 『조지 스타브로스의 시간』을 개작한 작품인 『오클랜드의 험프티 덤프티Humpty Dumpty in Oakland』(1986)의 출간을 제대로 추진하지 못했기 때문이었다. 가을이 되자 앤이 또 임신을 했지만 경제적으로 더 궁핍해지는 것을 두려워했던 앤은 딕의 반대에도 불구하고 아이를 낙태했다.

1961   앤의 수공예 보석상에서 잠깐 일을 했다. 변화를 다룬 중국

---

* Ace Double. 두 작가의 각기 다른 작품을 앞뒤로 뒤집어 묶은 페이퍼백 시리즈.

의 고전인『역경I Ching』을 발견하고, 향후 20년 동안 그 점
괘를 참고하며 살아갔다. 딕은 자신이 '움막'이라고 부르던
곳에 틀어박혔다. 타자기와 전축, 그리고 책들이 있는 이 오
두막에서 그는『높은 성의 사내The Man in the High
Castle』의 집필에 착수했다. 플롯의 일부는『역경』의 점괘를
참조했다.

1962   『높은 성의 사내』는 퍼트넘 출판사에서 스릴러물로 출간되
었고 호평을 받았지만 판매는 부진했다. 그러자 퍼트넘 출판
사는 사이언스 픽션 북클럽에 판권을 팔았다. 딕은 장편『당
신을 합성해드립니다We Can Build You』를 집필했는데, 이
는 1969년에서 1970년 사이에 《어메이징》지에 「A. 링컨, 시
뮬라크럼A. Lincoln, Simulacrum」이란 제목으로 연재되었
다. 같은 해에 집필한『화성의 타임슬립Martian Time-Slip』
은 1963년 잡지 《월드 오브 투모로우》에 '우리는 모두 화성
인All We Marsmen'이란 제목으로 연재되었다(훗날 딕은
이렇게 회고했다. "『높은 성의 사내』와『화성의 타임슬립』을
통해 나는 실험적인 주류 소설과 SF 사이의 간극을 줄였다고
생각한다. 어느 날 갑자기 작가로서 하고 싶었던 일을 다 할
수 있는 길을 찾은 기분이었다").

1963   7월에 스콧 메러디스 출판 에이전시에서 팔리지 않는다는 이
유로 10여 편 이상의 주류 소설을 돌려보냈다. 돈이 궁해진
나머지 그는 앤의 집을 담보로 레코드 가게를 시작할 것을 고
려했다. 9월에는『높은 성의 사내』가 SF 문학상 중 최고의 권
위를 자랑하는 휴고상 최우수 장편상을 받았다. 그러나 결혼
생활은 악화일로를 걸었다. 딕은 친구들에게 아내가 자기를
죽이려 한다고 주장했다. 오랫동안 부부 싸움을 하다가 앤을
로스 정신병원으로 보냈고, 앤은 랭글리 포터 클리닉에서 2

주간 치료를 받는 데 동의했다. 결혼이 깨지는 것을 막기 위해 두 사람은 미국 성공회 예배에 참석하기 시작했다. 딕은 이곳에서 세례를 받았다. 딕의 팬이었던 매런 해켓은 친구의 주선으로 딕을 만났다. 그녀와 그녀의 의붓딸들도 성공회 신도였다. 딕은 암페타민을 연료 삼아 『닥터 블러드머니, 혹은 폭탄이 터진 뒤 우리는 어떻게 살아남았나Dr. Bloodmoney, or How We Got Along After the Bomb』(1965), 『타이탄의 게임 플레이어The Game-Players of the Titan』(1963년, 에이스 북스에서 출간), 『시뮬라크라The Simulacra』(1964), 『작년을 기다리며Now Wait for Last Year』(1966)를 탈고했고, 『알파성의 씨족들Clans of the Alphane Moon』(1964)과 『우주의 균열The Crack in Space』(1966)을 쓰기 시작했다. 집필실이 있는 오두막으로 걸어가면서 그는 하늘에서 기괴한 가면을 쓴 인간 얼굴의 환영幻影을 보았다. 훗날 그는 이 체험을 장편 『파머 엘드리치의 세 개의 성흔The Three Stigmata of Palmer Eldritch』(1965)에 녹여내었다.

1964   버클리를 방문하는 일이 잦아졌다. 『파머 엘드리치의 세 개의 성흔』을 탈고한 후 3월에 출판 에이전시에 넘겼다. 3월 9일 이혼 소송을 제기하고 잠시 어머니 집에서 살았다. 베이 지역의 활기찬 SF 팬덤에 합류해서 폴 앤더슨, 매리언 짐머 브래들리, 론 굴라트와 레이 넬슨 같은 작가들을 만났다. 『높은 성의 사내』의 속편을 쓰기 시작했다가 포기했다. 『우주의 균열The Crack In Space』, 『잽건The Zap Gun』(같은 해 『프로젝트 플로셰어Project Plowshare』라는 제목으로 잡지에 연재되었고 1967년에 출간됨), 『끝에서 두 번째의 진실The Penultimate Truth』을 탈고했으며, 『텔레포트 되지 않은 사내The Unteleported Man』(1966)를 쓰기 시작했다. SF 작가 아브람 데이비슨의 아내로 당시 그와 별거 중이었

던 그래니아 데이비슨(훗날 '그래니아 데이비스'로 소설 출간)과 연애편지를 교환했다. 7월에는 운전 도중 차가 전복되는 바람에 큰 부상을 입고 심각한 우울증을 겪으면서 집필 의욕을 상실했다. 오클랜드에서 열린 세계 SF 컨벤션에 참석했다. 마약이 횡행했던 집회였다. 친구인 잭과 마고 뉴컴 부부가 오클랜드에 있는 딕의 자택을 방문했다. 12월이 되자 그는 매런 해킷의 의붓딸인 21살의 낸시 해킷에게 구애를 시작했다("네가 나를 위해 우리 집으로 들어왔으면 좋겠어. 안 그런다면 나는 머리가 돌아버려서 점점 더 약을 찾게 될 거고…… 결국 아무런 글도 쓸 수 없을 거야. 나에겐 자극과 영감을 줄 수 있는 네가 필요해.")

1965   3월에 낸시 해킷과 함께 살기 시작했다. 가정 생활을 시작하며 다시 집필을 하기 시작했고 고질적인 광장공포증 역시 부활했다. 딕은 LSD를 두 번 복용하고 불편한 환영을 경험했다("나는 '그'를 맥동하고, 격렬하고, 마구 진동하는 존재로서 지각했다. 복수심에 불타는 위압적인 존재, 마치 형이상학적인 IRS*요원처럼 회계 감사를 요구하는 존재라고나 할까"). 팬진**인 《라이트하우스》에 실린 에세이 「마약, 환영 그리고 실체에 대한 탐색Drugs, Hallucinations, and the Quest for Reality」에서 그는 다음과 같이 술회했다. "사람들은 환각에 매달릴 필요가 없다. 착란으로 몸을 망치는 길은 하나만 있는 것이 아니므로." 『텔레포트 되지 않은 사내』를 완성하고, 캘리포니아의 미국 성공회 주교인 제임스 파이크***와 돈독한 우정을 쌓았다. 파이크가 비서로 채용한 낸시의 의붓어머니인 매런 해킷은 파이크의 숨겨진 정부情婦였다. 딕은 파

---

* Internal Revenue Service. 미 국세청.
** fanzine. 팬이 발행하는 잡지.
*** James A. Pike(1913~1969).

이크와의 대화를 통해 신학적 고찰과 초기 크리스트교의 기원에 관한 연구에 심취하기 시작했다. 낸시와 함께 산 라파엘로 이사했다. 레이 넬슨과 공동으로 『가니메데 혁명The Ganymede Takeover』(1967)을 썼고, 『거꾸로 도는 세계 Counter-Clock World』(1967)의 집필을 시작했다.

1966   『거꾸로 도는 세계』를 탈고하고『안드로이드는 전기 양의 꿈을 꾸는가?Do Androids Dream of Electric Sheep?』(1968)와 『유빅Ubik』(1969), 아동 SF인 『농부 행성의 글리멍The Glimmung of Plowman's Planet』(1988년에 영국에서 『닉과 글리멍Nick and the Glimmung』이라는 제목으로 출간됨)을 썼다. 7월에 낸시와 결혼했다. 딕은 회의적이었지만, 파이크 주교와 매런 해킷, 낸시와 함께 영매가 주최하는 세앙스*에 참석했다. 이 모임의 목적은 자살한 파이크의 아들인 짐과 접촉하기 위한 것이었다. 『작년을 기다리며』와 『텔레포트 되지 않은 사내』, 『우주의 균열』이 출간되었다.

1967   3월 15일에 둘째 딸 이솔더(이사) 프레이어 딕이 태어났다. 텔레비전 드라마 〈침략자The Invaders〉의 구성 원고를 썼지만 팔리지 않았다. 『거꾸로 도는 세계』, 『잽건』, 『가니메데 혁명』이 페이퍼백으로 출간되었다. 6월에 낸시의 의붓어머니 매런 해킷이 자살했다. IRS가 딕에게 체납된 세금과 벌금 및 이자의 납부를 요구하면서 이미 심각했던 가계 재정난이 한층 더 악화되었다. 단편 「부조父祖의 신앙Faith of Our Fathers」이 할런 엘리슨이 편집한 SF 앤솔러지 『위험한 비전 Dangeros Visions』에 실렸다. 서문에서 엘리슨은 딕이 LSD에 의한 환각 상태에서 이 단편을 썼다고 주장했지만, 이것은

---

* séance. 교령회. 죽은 사람들의 영혼과 통교하려는 사람을 중심으로 한 모임.

딕의 고의적인 오도誤導에 의한 것이었다.

1968   잡지 《램파츠》 2월호에 실린 '작가와 편집자에 의한 전쟁세 반대운동' 청원서에 서명하면서 IRS와의 갈등이 심화되었다. 낸시와 함께 '마약 SF 컨벤션Drug Con'이라는 이명異名을 얻은 베이컨*에 참가했다. 그곳에서 로저 젤라즈니를 처음으로 만났다. 젤라즈니와는 훗날 장편 『분노의 신Deus Irae』(1976)을 공동 집필하게 된다. 『안드로이드는 전기 양의 꿈을 꾸는가?』의 초판이 하드커버로 출간되었다. 이 작품의 영화 판권도 팔렸다. 『은하의 도기 수리공Galactic Pot-Healer』(1969)과 『죽음의 미로A Maze of Death』(1970)를 집필했다. 딕의 오랜 멘토였던 앤서니 바우처가 사망한다. 활자화되지는 않았지만 다음과 같은 자기소개 글을 썼다. "……기혼자이며, 두 딸과 젊고 신경질적인 아내와 함께 살고 있다……. 처음에는 스카를라티**, 다음에는 제퍼슨 에어플레인***, 그다음에는 〈신들의 황혼Götterdämmerung〉에 귀를 기울이며 대부분의 시간을 보내며, 이것들을 어떻게든 한데 엮어보려고 시도하고 있다. 각종 공포증에 시달리고 있다……. 채권자들에게 엄청난 빚을 지고 있지만 갚을 돈이 없다. 경고. 이 작자에게 돈을 빌려주지 말 것. 돈뿐만 아니라 당신의 약까지 훔치려 들 것이다."

1969   『프로릭스 8에서 온 친구들Our Friends from Frolix 8』(1970)을 썼다. 『은하의 도기 수리공』이 페이퍼백으로, 『유빅』이 하드커버로 출간되었다. 몬트리올의 한 호텔에서 거행된 존 레논과 요코 오노의 평화를 위한 '침대 시위bed-in'에 참석한

---

* BayCon. 샌프란시스코 베이지역에서 개최되는 SF, 판타지 컨벤션.
** Giuseppe Domenico Scarlatti(1685~1757). 이탈리아 작곡가.
*** Jefferson Airplane. 1965년 결성된 미국의 사이케델릭 록 그룹.

티모시 리어리*의 전화를 받았다. 리어리는 레논과 오노에게 수화기를 넘겼고, 이들은 『파머 엘드리치의 세 개의 성흔』에 감탄했다고 말하며 영화화하고 싶다는 희망을 전했다. 저널리스트인 폴 윌리엄스의 방문을 받았다. 처방받은 약물, 특히 리탈린의 복용량이 크게 늘면서 결혼 생활에도 금이 가기 시작했다. 암페타민을 강박적으로 섭취한 나머지, 췌장염과 초기 신부전증 증세로 응급실 신세를 진다. 예수가 역사 인물로서 존재했다는 증거를 찾기 위해 이스라엘로 탐사 여행을 떠났던 파이크 주교가 9월에 유대 사막에서 사망했다.

1970   『흘러라 내 눈물, 하고 경관은 말했다Flow My Tears, the Policeman Said』(1974)를 쓰기 시작했다. 평소의 집필 습관과는 달리 3월과 8월 사이에 여러 번 고쳐 썼다. 낸시의 동생 마이클 해켓이 아내와의 이혼 소송 중에 딕의 집으로 와서 눌러앉았다. 딕은 환각제인 메스칼린을 복용한 후 찬란한 사랑의 비전[幻影]을 체험했고, 『흘러라 내 눈물, 경관은 말했다』에 이를 투영했다. 7월에는 당국에 푸드 스탬프**를 신청했다. 중단편집 『보존 기계 The Preserving Machine』가 출간되었고, 『프로릭스 8에서 온 친구들』이 페이퍼백 단행본으로, 『죽음의 미로』가 하드커버로 출간되었다. 9월에 낸시가 딸인 이사를 데리고 집을 떠나면서 다량의 약물—거리에서 구입한 불법 마약까지 포함한—과 암페타민의 기운을 빌린 밤샘 토론, 편집증, 보헤미안적 너저분함으로 점철된 친구들과의 공동 생활 시대를 시작했다. 글은 거의 쓰지 않았고, 『흘러라 내 눈물, 하고 경관은 말했다』를 가끔 개고하는 정도였다. 10월에는 톰 슈미트가 합류했다(11월에 쓴 편지에

---

* Timothy Leary(1920~1996) 미국의 심리학자. LSD와 카운터컬처 옹호자로 유명하다.
** food stamp. 저소득자용 식량 배급권.

서 딕은 이렇게 술회하고 있다. "다들 각성제를 복용하고 있고. 다들 죽을 거야……. 하지만 앞으로 몇 년은 더 살겠지. 사는 동안은 지금 모습 그대로 살 거야. 어리석게, 맹목적으로. 토론하고, 함께 시간을 보내고, 농담을 나누고, 서로 의지하면서 말이야").

1971   『흘러라 내 눈물, 하고 경관은 말했다』의 미완성 원고를 엉망진창이 된 일상으로부터 지키기 위해서 변호사에게 맡겼다. 젊은 히피와 폭주족, 중독자들이 딕의 집에 드나들자 마이클 해켓이 떠났다. 5월에 한 친구가 딕을 스탠포드 대학병원의 정신과 병동에 입원시켰다. 8월이 되자 마린 제너럴 정신병원과 로스 정신과 클리닉 양쪽에서 치료를 받았다. 자신이 FBI나 CIA의 감시를 받고 있다고 주장하고, 총을 구입한 것도 이 시기의 일이었다. 11월에는 도둑이 들어 집이 크게 부서졌다. 서류 캐비닛은 누군가에 의해 폭파되었고, 창문과 문은 박살이 났으며, 개인 서신 및 재정 관련 서류들이 도난당했다(침입자의 정체에 관해 딕은 오랫동안 숱한 추측을 했다. 정부 요원, 종교 광신도, 블랙 팬서*, 심지어는 자기 자신까지 의심했다). 딕은 결국 이 집을 포기했다.

1972   2월에 캐나다 밴쿠버에서 열린 SF 컨벤션의 주빈으로 참가했다. 그곳에서 연설한 「안드로이드와 인간」은 호평을 받았고, 딕은 캐나다에 머무르겠다는 의사를 밝혔다. 그러나 얼마 지나지 않아 밴쿠버에 환멸을 느끼고 또 다른 장소를 물색했다. 오레곤 주 포틀랜드에 있는 어슐러 K. 르 귄에게 편지를 써서 방문해도 될지 타진했다. 캘리포니아 주립대학 풀러턴 캠퍼스의 윌리스 맥넬리 교수에게 풀러턴이 살 만한 곳

----

* Black Panther. 흑인 해방을 주장하는 미국의 극좌 과격파 조직.

인지 문의했다(이 시점부터 편지를 쓰는 일이 급격하게 늘어났으며, 이 경향은 죽을 때까지 계속되었다. 르 귄 외에도 제임스 팁트리 주니어, 스타니스와프 렘, 존 브루너, 노먼 스핀래드, 토마스 디시, 브라이언 올디스, 로버트 실버버그, 시어도어 스터전과 필립 호세 파머 등의 동료 작가들과 정기적으로 편지를 주고받았다). 3월에 처음으로 자살 시도를 했다. 주로 헤로인 중독자들을 위한 시설인 X-컬레이 재활센터에 입원해서 공격적 집단 요법*에 참여했다. 몇 십 년 동안이나 처방을 받아 남용해오던 암페타민을 끊었다. 맥넬리 교수와 학생들이 오렌지 카운티로 그를 초청하는 편지를 보내왔다. 딕은 풀러턴에 정착해서 일련의 룸메이트들과 함께 살았다. 젊은 친구들이 많이 생겼는데, 그중에는 작가 지망생인 팀 파워스도 있었다. 맥넬리는 딕에게 객원 강사 자리를 알선하고 풀러턴 캠퍼스의 도서관에 다량의 딕 관련 서류를 보관했다. 개인 서신과 꿈에 관련된 글들을 모아『검은 머리의 소녀 The Dark-Haired Girl』작업을 했다(1988년에 증보판으로 출간되었다). 그해 출판된 『필립 K. 딕 걸작선The Best of Philip K. Dick』의 작품 선정을 도왔다. 7월에는 18세의 레슬리(테사) 버스비를 만나 곧 동거에 들어갔다. 9월에는 로스앤젤레스 SF 컨벤션에 참가했다. 10월이 되자 낸시 해킷과의 이혼 소송을 마무리 짓기 위해 테사와 함께 마린 카운티로 여행을 떠났다. 낸시는 이사의 단독 양육권을 획득했다. 스타니스와프 렘과 편지를 주고받았고, 렘은『유빅』의 폴란드어 번역을 주선했다.『흘러라 내 눈물, 하고 경관은 말했다』를 완성하고, 단편「시간비행사들을 위한 조촐한 선물A Little Something for Us Tempunauts」을 썼다.

---

* confrontational group therapy. 매우 공격적인 분위기를 통해 고의적으로 환자들을 압박하는 정신 요법의 일종. 주로 약물 중독자들의 치료에 쓰인다.

1973 다시 꾸준히 글을 쓰기 시작했다. 2월에서 4월까지 『어둠 속의 스캐너A Scanner Darkly』(1977)를 썼다. BBC와 프랑스의 다큐멘터리 작가들과 인터뷰를 가졌다. 4월에 테사와 결혼했고, 7월 25일에 아들 크리스토퍼 케니스 딕이 태어났다. 당시 박사 과정을 밟고 있었던 장 피에르 고랭이 그를 방문해 프랑스 평론가들이 텔레비전에서 그를 노벨상 수상자로 추천했다는 사실을 알렸다. 런던의 《데일리 텔레그래프》지와 인터뷰를 했다. 돈 문제와 건강 문제에 계속 시달렸다. 유나이트 아티스트 영화사에서 『안드로이드는 전기 양의 꿈을 꾸는가?』의 영화 판권을 매입했다.

1974 2월에 하드커버로 출간된 『흘러라 내 눈물, 하고 경관은 말했다』는 『높은 성의 사내』 이래 가장 좋은 평을 받으며 휴고상과 네뷸러상 후보에 올랐고, 1975년의 존 W. 캠벨 기념상을 수상했다. 《램파츠》 청원서에 서명했던 딕은 혹시 당국으로부터 불이익을 받지는 않을지 우려하며 4월의 납세 기간이 오는 것을 두려워했다. 2월에 사랑니 발치 수술을 받으며 소듐 펜토탈*을 투여받았는데, 이때 일련의 강렬한 환영을 경험했다. 이 환영은 3월 내내 계속되면서 한층 강도를 더해 갔고, 4월이 되자 간헐적으로 나타나다가 점점 약해졌다. 이때 받은 여러 계시는 각양각색의 선하고 악한 종교적, 정치적 영향—신, 그노시스파 기독교도들, 로마 제국, 파이크 주교, KGB 등을 포함하지만 이것이 전부는 아니었다—의 산물로 치부되었지만, 딕은 남은 생애 동안 그 의미를 해석하는 데 골몰하며 많은 시간을 보낸다. "내가 『성스러운 침입 The Divine Invasion』(1981)을 쓴 뒤로는 단 한 마디도 하지 않았다. 내게 들리는 계시는 구약성서에서 '신의 영혼'을 의

* sodium pentothal. 전신 및 국소 마취제의 상품명.

420

미하는 루아Ruah의 목소리였다. 그것은 여성의 목소리로 말했고, 메시아 예언에 관련된 얘기를 늘어놓는 경향이 있었다. 한동안은 그것의 인도를 받았다. 고등학교 시절부터 가끔 그 목소리를 듣곤 했다. 위기가 닥치면 뭔가 다시 내게 말해줄 것이다……." 딕은 '2-3-74'라고 부르게 된 것에 관한 사변적인 해설을 쓰기 시작했다. 대부분 손으로 쓴 이 난삽한 원고는 8천여 장에 달했다. 훗날 딕은 이 원고에 『주해서 Exegesis』라는 제목을 붙였다(전체 원고는 미출간 상태이며 읽으려는 사람도 거의 없지만, 사후에 발췌본이 출간되었다). 메러디스 출판 에이전시와 결별했다가 일주일도 되지 않아 다시 계약을 맺고 『흘러라 내 눈물, 하고 경관은 말했다』의 출판 계약을 더블데이에서 DAW로 이전하는 데 동의했다. 심각한 고혈압과 경미한 뇌졸중으로 의심되는 증세로 5일 동안 입원했다. 프랑스 영화감독인 장 피에르 고랭이 다시 찾아와서 그가 각본을 쓰는 조건으로 『유빅』의 영화화 판권을 일괄 지급하는 계약을 맺었다. 딕은 한 달 만에 『유빅』의 각본을 썼다(영화화는 되지 않았지만, 각본은 1985년에 출간되었다). 〈블레이드 러너〉라는 제목으로 영화화된 『안드로이드는 전기 양의 꿈을 꾸는가?』를 각색하던 시나리오 작가들의 방문을 받았다. 《롤링스톤스》지의 폴 윌리엄스와 인터뷰를 했다. 1971년에 겪었던 주거 침입 사건에 관한 상세한 회고와 분석이 주된 내용을 이뤘다.

1975   어깨 부상으로 수술을 받은 후 진행 중이던 장편 『발리시스템A Valisystem A』에 관한 메모를 휴대용 녹음기로 녹음했지만 2주 만에 다시 타이프라이터로 집필하기 시작했다(이 소설은 결국 사후 출간된 『앨버무스 자유 방송Radio Free Albemuth』(1985)과 1981년에 출간된 『발리스VALIS』 두 소설로 분할되었다). 《뉴요커》지는 1월호와 2월호의 「토크 오

브 더 타운Talk of the Town」란에 연속 인터뷰 기사를 싣고 딕을 "우리가 가장 좋아하는 SF 작가"라 칭했다. 1월과 2월에 마지막으로 타오르는 듯한 비전(啓示)을 체험했다. 그노시스주의, 조로아스터교, 불교에 관한 책들을 열독하고 밤마다 『주해서』를 집필했다. 장편 『허풍선이 과학자의 고백』을 출간했다. 이것은 딕이 쓴 초기의 사실주의적 작품 중에서 유일하게 생전에 출간된 것이다. 만화가인 아트 슈피겔만의 방문을 받았다. 딕은 옛 친구이자 영국 성공회의 사제 훈련을 받고 있던 도리스 소우터에게 점점 사랑을 느꼈다. 5월에 도리스가 암이라는 진단을 받았다. 할런 엘리슨과 사이가 틀어졌다. 공동 저자인 로저 젤라즈니와 함께 『분노의 신Deus Irae』을 완성했다. 외국어 판의 출간으로 생겨난 인세 수입이 비교적 많아졌다. 외국에서 들어온 인세 덕에 잠시 풍족한 삶을 누리며 중고 스포츠카와 브리태니커 백과사전을 구입했지만, 몇 달 지나지 않아 그의 우상이자 멘토인 로버트 하인라인에게 돈을 빌리는 신세가 되었다. 『어둠 속의 스캐너』의 수정 작업을 끝냈다. 11월에 《롤링스톤즈》에 실린 특집 기사에서 로큰롤 평론가인 폴 윌리엄스가 딕을 "우주 최고의 SF 마인드를 가진 인물"로 평했다.

1976   도리스 소우터에게 청혼했지만 거절당했다. 그녀는 딕의 집안과 얽히고 싶어하지 않았다. 2월에 크리스토퍼가 탈장으로 입원했다. 2월 말 딕과 테사는 별거했다. 그러고 나서 몇 시간도 지나지 않아 딕은 여러 방법을 동시에 동원해 자살을 시도했다. 오렌지 카운티 메디컬 센터에 수용되었다가 곧 정신병동으로 보내져 14일 동안 감시를 받으며 격리되었다. 테사가 잠시 집으로 돌아왔지만 딕은 곧 그녀와의 관계를 청산하고 도리스와 함께 산타아나의 아파트로 이사를 갔다. 그곳에서 그는 남은 인생을 보냈다(도리스와는 플라토닉한 관계

를 유지했다). 5월에 밴텀 출판사에서 복간을 목적으로『파머 엘드리치의 세 개의 성흔』,『유빅』,『죽음의 미로』판권을 매입했고, '2-3-74'를 토대로 집필 중인 소설『발리시스템 A』의 선금을 지불했다. 9월에 도리스는 그의 옆집으로 이사하기로 결정했다. 다시 우울증이 도지면서 자살 충동에 대한 두려움 때문에 딕은 10월에 세인트 조섭 병원의 정신 병동에 입원했다. 연말에는 밴텀의 편집장이『발리시스템 A』를 조금 수정해줄 것을 요구했지만 딕이 원본 전체를 대폭 수정하는 바람에『발리스』라는 다른 소설이 탄생했다(1976년에 그가 출판사에 보낸『발리시스템 A』는 1985년에『앨버무스 자유 방송』으로 출간되었다).『분노의 신』이 출간되었다.

1977   처음으로 혼자 사는 것에 적응하기 시작했다. 테사와 크리스토퍼는 정기적으로 딕을 찾아왔다. 2월에 테사와의 이혼이 마무리되었다.『어둠 속의 스캐너』가 출간되었고, 팀 파워스와의 우정은 절정에 달했다. 훗날 SF 작가로 입신하게 될 파워스와 K. W. 지터, 제임스 블레이록과 정기적으로 저녁을 함께 보냈다. 파워스와 지터에게 그가 본 '2-3-74' 비전에 관해 자세히 얘기하고 토론을 벌였다. 이 두 친구는 딕이 구상 중이던 자서전적 색채가 짙은 장편『발리스』의 등장인물들의 모델이 된다.『유빅』,『파머 엘드리치의 세 개의 성흔』과『죽음의 미로』가 복간되면서《롤링스톤스》지의 격찬을 받았고, 딕은 동시대인들에 의해 매우 중요한 미국 작가로 인정받는다. 4월에 32세의 사회사업가인 조안 심슨을 만나서 오렌지 카운티에서 3주 동안 함께 지낸다. 그 후 심슨을 따라 소노마로 가서 여름 동안 잠시 머물렀다. 딕은 우울증으로 인한 격렬한 발작에 시달렸다. 프랑스의 메스Metz 문학 축제에 주빈으로 초빙받아 출국했다. 해외여행을 감행한 것은 공포증에 대한 승리를 의미했다. 그곳에서 강연한「만약 이 세상이 끔찍하다고

생각하면, 다른 세상들로 가보라」는 종교적 색채가 짙었던 데 다가 동시통역 문제가 겹쳐서 청중을 당혹케 했다. 귀국한 뒤에는 캘리포니아 북부에 뿌리를 내리고 사는 것을 거부한 탓에 심슨과 헤어졌다. 『주해서』의 집필을 계속했다. 단편 「도매가로 기억을 팝니다We Can Remember It For You Wholesale」의 영화 판권을 팔았다(이 작품은 훗날 〈토탈 리콜 Total Recall〉(1990)이라는 제목으로 개봉되었다).

1978　밴텀에서 나올 『발리스』의 수정 작업이 늦어졌다. 대신 『주해서』를 집필했다. 8월에 어머니가 세상을 떴다. 배다른 딸들인 로라와 이사가 처음으로 만났고 딕은 이 만남에 감격했다. 9월이 되자 '2-3-74' 체험을 담을 적절한 소설적 구조를 모색하면서 『주해서』에 이렇게 썼다. "나의 장편—및 단편들—은 지적—개념적—인 미로이다. 그리고 나는 우리가 놓인 상황을 파악하기 위해 지적인 미로에서 헤매고 있다……. 왜냐하면 현 상황 자체가 출구를 찾을 수 없는 미로이기 때문이다……." 메러디스 출판 에이전시의 새 담당자 러셀 갤런이 딕이 낸 장편들의 재간을 적극적으로 추진하고, 논픽션을 한 편 써보라고 권유한 덕분에 상당히 고무되었다. 이 권유가 계기가 되어 『발리스』를 위한 효율적인 접근 방법이 떠올랐다. 11월이 되자 2주에 걸쳐 『발리스』를 썼고, 갤런에게 이 책을 헌정했다.

1979　딸 로라와 이사가 여러 번 방문했다. 『어둠 속의 스캐너』가 프랑스의 메스 문학 축제에서 대상을 수상했다. 『주해서』 집필에 심혈을 기울였고, 자신의 가장 중요한 작품이 될지도 모른다는 언급을 했다. 러셀 갤런은 딕의 신작 단편들을 잡지 《플레이보이》나 《옴니》 같은 높은 고료를 주는 시장에 내놓았다. 갤런이 오렌지 카운티를 방문했을 때 마침내 두 사

람은 직접 만났다. 그러나 딕이 평소 버릇대로 밤새도록 애기를 나누자 갤런은 녹초가 되었다. 임대 아파트 건물이 조합주택으로 개조되면서 딕은 자기가 살던 아파트를 매입했지만 옆집의 도리스 소우터는 자금을 마련하지 못하고 부득이 다른 곳으로 이사했다. 도리스가 떠나가자 딕은 크게 고뇌했다. 도리스에 대한 자신의 애착을 투영한 「공기의 사슬, 에테르의 그물Chains of Air, Webs of Aether」이라는 단편을 썼다. 단편 「두 번째 변종Second Variety」의 영화 판권이 팔렸다(1995년에 〈스크리머스Screamers〉라는 제목으로 개봉되었다).

1980 「공기의 사슬, 에테르의 그물」을 포함해 『발리스』의 속편으로 간주되는 『성스러운 침입』을 3월 말에 탈고했다. 『주해서』의 집필은 계속했지만 연말까지는 별다른 저술 활동을 하지 않았다. 몇몇 장편소설의 아우트라인을 구상했지만 결국 쓰지는 못했다. 더 이상 환영을 통해 영감을 받지 못할지도 모른다는 불안에 시달리다가 11월 말에 급작스러운 계시를 받았다. 이 계시를 통해 그는 『주해서』의 집필을 중단해야 한다는 결론을 내렸다. 5페이지에 달하는 결말부의 우화를 완성했고, 12월 2일에 '엔드End'라는 단어를 타이프로 친 다음 표제 페이지를 작성했다(이 페이지에는 『변증법: 신과 사탄, 그리고 예고되고 제시된 신의 최후의 승리/필립 K. 딕/주해서/Apologia Pro Mia Vita*』라고 쓰여있다). 열흘 뒤에 참지 못하고 강박적으로 『주해서』의 집필을 재개한다.

1981 2월에 『발리스』가 출간되었다. 깊은 우정을 쌓았던 르 귄과 크게 다투었지만 금세 화해했다. 에너지가 고갈되었다는 생

---

* 라틴어로 '나의 삶을 위한 변론'을 의미한다.

각에 다이어트를 시작하고 체중을 많이 줄였다. 리들리 스콧 감독이 『안드로이드는 전기 양의 꿈을 꾸는가』를 햄프턴 팬처와 데이비드 피플스의 각본으로 영화화한 〈블레이드 러너〉의 제작에 착수했다. 영화화에 대한 딕의 반응은 환호와 경멸 사이를 오락가락했다. 투자자 측에서는 영화 대본을 소설화하기를 원했지만, 러셀 갤런은 딕이 쓴 원작 쪽이 영화와 함께 출간되어야 한다고 주장했다(결국 『안드로이드는 전기 양의 꿈을 꾸는가』는 영화와 같은 제목으로 1982년에 재간되었다). 사이먼 & 슈스터 출판사의 편집장이었던 데이비드 하트웰이 일반 소설과 SF 소설을 한 권씩 써달라는 제안을 했고, 딕은 이 제안을 받아들여 4월과 5월에 『티모시 아처의 환생The Transmigration of Timothy Archer』을 썼다. 이 책은 제임스 파이크 주교의 죽음을 둘러싸고 일어난 사건들을 소설화한 것으로, 1963년에 메러디스 에이전시에서 그가 쓴 주류 소설을 거부한 이래 처음으로 쓴 비非 SF였다. 딕은 6월에 갤런에게 보낸 편지에서 자신의 비 장르 작품들이 빛을 보지 못했던 것은 "나의 작가 인생에서는 비극—그것도 너무나도 오랫동안 계속된 비극—이었네"라고 술회했다. 두 달 후 SF 차기작인 『한낮의 올빼미The Owl in Daylight』를 구상하면서 그는 이렇게 썼다. "SF를 계속 쓸 작정이야. 그건 내 천직이니까……." 그러나 딕은 기력이 고갈되어 글을 쓸 수 없다는 사실을 알게 되었다. 9월 17일 밤에는 '타고르Tagore'라고 불리는 구세주의 환영을 보았다. 딕은 이 사람이 실존 인물이며 실론*에 살고 있다고 확신했고, 그에게서 지시를 받고 있다고 느꼈다. 다시 가정을 꾸릴 수 있을까 하는 희망에서 테사와의 재결합을 고려했다. 11월에는 〈블레이드 러너〉 초기 편집본의 특수 효과 영상 시사회에 초대

---

* Ceylon. 현 스리랑카.

받았다. 메스 문학 축제에도 재차 초빙을 받고 여행 계획을 세우기 시작했다. 그렉 릭맨과 일련의 인터뷰를 하기 시작했고, 릭맨에게 자신의 공식 전기작가가 되어달라고 부탁했다. 『한낮의 올빼미』에 관한 (완전히 상이한) 두 개의 아우트라인을 작성했다.

1982   미래의 부처인 마이트레야*의 세상이 도래한다는 영국의 신비주의자 벤자민 크럼의 예언에 심취한다. 릭맨의 인터뷰는 계속되었고, 딕은 영적인 문제에 대해 불안감과 피로감을 느끼고 있다고 토로했다. 도리스 소우터의 친구인 그웬 리가 대학 리포트를 쓰기 위해 딕을 인터뷰했다. 아마 그의 생애 마지막이었을 이 인터뷰에서 딕은 『한낮의 올빼미』의 세부적인 사항들에 대해 밝혔지만, 결국 쓰지 못했다. 2월 18일에 자신의 아파트에 홀로 있던 딕은 뇌졸중으로 쓰러져 의식을 잃었다. 이웃 사람들에 의해 발견되어 병원에서 의식을 되찾았지만 말을 할 수 없었고, 몸의 왼쪽이 마비되었다. 3월 2일 딕은 뇌졸중 발작 재발과 심부전으로 인해 병원에서 숨을 거뒀고, 콜로라도 주 포트 모건의 공동묘지에 잠들어있는 쌍둥이 누이 제인 곁에 나란히 묻혔다. 『티모시 아처의 환생』은 그의 사후에 출간되었으며, 5월에 개봉된 〈블레이드 러너〉는 딕에게 헌정되었다. '필립 K. 딕 상'이 제정되었다. 이는 미국에서 처음부터 페이퍼백 단행본 형태로 출간되는 뛰어난 SF 장편을 선정해서 매년 수여하는 상이다.

---

* 미륵보살. 불교의 보살.

1969	『Galactic Pot-Healer』
	『Ubik』
1970	『A Maze of Death』
	『Our Friends from Frolix 8』
1972	『We Can Build You』
1974	『Flow My Tears, the Policeman Said』(존 W. 캠벨 기념상 수상)
1975	『Confessions of a Crap Artist』(일반소설)
1976	『Deus Irae』(로저 젤라즈니 공저)
1977	『A Scanner Darkly』(영국 SF협회상 수상)
1981	『VALIS』
	『The Divine Invasion』(『VALIS』의 속편)
1982	『The Transmigration of Timothy Archer』
1984	『The Man Whose Teeth Were All Exactly Alike』
1985	『Radio Free Albemuth』
	『Puttering About in a Small Land』(일반소설)
	『In Milton Lumky Territory』(일반소설)
1986	『Humpty Dumpty in Oakland』(일반소설)
1987	『Mary and the Giant』(일반소설)
1988	『The Broken Bubble』(일반소설)
	『Nick and the Glimmung』(아동SF)
1994	『Gather Yourselves Together』(일반소설)
2004	『Lies, Inc.』(『The Unteleported Man』의 개정증보판)
2007	『Voices From the Street』(일반소설)

■ 단편집

1955	『A Handful of Darkness』(영국판)
1957	『The Variable Man』
1969	『The Preserving Machine』
1973	『The Book of Philip K Dick』

1977   『The Best of Philip K. Dick』

1980   『The Golden Man』

1984   『Robots, Androids, and Mechanical Oddities』

1985   『I Hope I Shall Arrive Soon』

1987   『The Collected Stories of Philip K. Dick, 1, Beyond Lies the Wub』

        『The Collected Stories of Philip K. Dick, 2, Second Variety』

        『The Collected Stories of Philip K. Dick, 3, The Father-Thing』

        『The Collected Stories of Philip K. Dick, 4, The Days of Perky Pat』

        『The Collected Stories of Philip K. Dick, 5, The Little Black Box』

1988   『Beyond Lies the Wub』(영국 Gollancz판. 『The Collected Stories of Philip K. Dick, 1, Beyond Lies the Wub』과 동일)

1989   『Second Variety』(영국 Gollancz판. 『The Collected Stories of Philip K. Dick, 2, Second Variety』와 동일)

        『The Father-Thing』(영국 Gollancz판. 『The Collected Stories of Philip K. Dick, 3, The Father-Thing』과 동일)

1990   『The Days of Perky Pat』(영국 Gollancz판. 『The Collected Stories of Philip K. Dick, 4, The Days of Perky Pat』과 동일)

        『The Little Black Box』(영국 Gollancz판. 『The Collected Stories of Philip K. Dick, 5, The Little Black Box』와 동일)

        『The Short Happy Life of the Brown Oxford』(Citadel Twilight판. 『The Collected Stories of Philip K. Dick, 1, Beyond Lies the Wub』과 동일)

        『We Can Remember It for You Wholesale』(Citadel Twilight판. 『The Collected Stories of Philip K. Dick, 2, Second Variety』에서 단편 「Second Variety」를 「We Can Remember It for You Wholesale」로 대체)

| 1991 | 『The Minority Report』(Citadel Twilight판. 『The Collected Stories of Philip K. Dick, 4, The Days of Perky Pat』과 동일)
『Second Variety』(Citadel Twilight판. 『The Collected Stories of Philip K. Dick, 3, The Father-Thing』에 단편 「Second Variety」추가) |
| --- | --- |
| 1992 | 『The Eye of the Sibyl』(Citadel Twilight판. 『The Collected Stories of Philip K. Dick, 5, The Little Black Box』에서 단편 「We Can Remember It for You Wholesale」을 제외) |
| 1997 | 『The Philip K. Dick Reader』(『Second Variety』의 단편 3편을 영화화된 단편 3편으로 대체) |
| 2002 | 『Minority Report』(영국 Gollancz판)
『Selected Stories of Philip K. Dick』 |
| 2003 | 『Paycheck』(2004년 출간. 영국 Gollancz판)
『Paycheck and 24 Other Classic Stories by Philip K. Dick』(Citadel Twilight판. 『The Short Happy Life of the Brown Oxford』와 동일) |
| 2006 | 『Vintage PKD』(장편 발췌. 단편, 에세이, 서간 포함) |
| 2009 | 『The Early Work of Philip K. Dick, I: The Variable Man & Other Stories』
『The Early Work of Philip K. Dick, II: Breakfast at Twilight & Other Stories』 |

■ 논픽션, 서간집

1988	『The Dark Haired Girl』(에세이, 시, 편지 모음)
1991	『The Selected Letters of Philip K. Dick』, 1974
1993	『The Selected Letters of Philip K. Dick』, 1975~1976
『The Selected Letters of Philip K. Dick』, 1977~1979
1994	『The Selected Letters of Philip K. Dick』, 1972~1973
1996	『The Selected Letters of Philip K. Dick』, 1938~1971
2009	『The Selected Letters of Philip K. Dick』, 1980~1982

작년을 기다리며

초판 1쇄 펴낸날 2012년 7월 15일
초판 3쇄 펴낸날 2014년 3월 5일

지은이 | 필립 K. 딕
옮긴이 | 김상훈
펴낸이 | 양숙진

펴낸곳 | 폴라북스
등록번호 | 제22-3044호
주소 | 137-905 서울시 서초구 신반포로 321 (잠원동)
전화 | 2017-0280
팩스 | 516-5433
홈페이지 | www.hdmh.co.kr

ISBN 978-89-93094-40-4 04840
세트 978-89-93094-31-2